D0875092

MICHEL BRÛLÉ

C.P. 60149, succ. Saint-Denis,
Montréal (Québec) H2J 4E1
Téléphone: 514 680-8905
Télécopieur: 514 680-8906
www.michelbrule.com

Maquette de la couverture et mise en pages: Jimmy Gagné, Studio C1C4
Illustration de la couverture: Martin Côté
Photo de l'auteur: Ulysse Lemerise-Bouchard
Révision: Diane Martin, Michel Gay
Correction: Élaine Parisien

Distribution: Prologue
1650, boul. Lionel-Bertrand
Boisbriand, Québec J7H 1N7
Téléphone: 450 434-0306 / 1 800 363-2864
Télécopieur: 450 434-2627 / 1 800 361-8088

Distribution en Europe: D. N. M. (Distribution du Nouveau Monde)
30, rue Gay-Lussac
75005 Paris, France
Téléphone: 01 43 54 50 24
Télécopieur: 01 43 54 39 15
www.librairieduquebec.fr

Les éditions Michel Brûlé bénéficient du soutien financier du gouvernement du Québec
— Programme de crédit d'impôt pour l'édition de livres — Gestion SODEC et sont inscrites
au Programme de subvention globale du Conseil des Arts du Canada. Nous reconnaissons l'aide
financière du gouvernement du Canada par l'entremise du Fonds du livre du Canada (FLC) pour
des activités de développement de notre entreprise.

Société
de développement
des entreprises
culturelles

Québec

ASSOCIATION NATIONALE DES ÉDITEURS DE LIVRES

Conseil des Arts   Canada Council
du Canada   for the Arts

Bibliothèque et Archives nationales du Québec
Bibliothèque nationale du Canada
ISBN: 978-2-89485-522-5

La serveuse du Café Cherrier

Du même auteur

L'Enfirouapé, roman, Éditions La Presse, 1974.

Le Matou, roman, Éditions Québec Amérique, 1981 ; édition définitive, Éditions Fides, 2007.

Du sommet d'un arbre, récits, Éditions Québec Amérique, 1986.

L'Avenir du français au Québec, en collaboration, Éditions Québec Amérique, 1987.

Juliette Pomerleau, roman, Éditions Québec Amérique, 1989 ; édition définitive, Éditions Fides, 2008.

Une histoire à faire japper, roman, Québec Amérique Jeunesse, 1991.

Antoine et Alfred, roman, Québec Amérique Jeunesse, 1992.

Entretiens sur la passion de lire, avec Henri Tranquille, Éditions Québec Amérique, 1993.

Le Second Violon, roman, Éditions Québec Amérique, 1996.

Alfred sauve Antoine, roman, Québec Amérique Jeunesse, 1996.

Alfred et la lune cassée, roman, Québec Amérique Jeunesse, 1997.

Les Émois d'un marchand de café, roman, Éditions Québec Amérique, 1999.

Une nuit à l'hôtel, nouvelles, Éditions Québec Amérique, 2001.

Charles le téméraire. Un temps de chien, roman, Éditions Fides, 2004.

Charles le téméraire. Un saut dans le vide, roman, Éditions Fides, 2005.

Charles le téméraire. Parti pour la gloire, roman, Éditions Fides, 2006.

Le Calepin rouge, Éditions des Intouchables, 2007.

Renard Bleu, Éditions Fides, 2009.

YVES BEAUCHEMIN
La serveuse du Café Cherrier

À ma mère

Les situations de ce livre sont fictives.
Les personnages le sont également.

PREMIÈRE PARTIE

1

— Hé! le gros cave en mauve! Viens ici, j'ai à te parler!

Dans l'air subtilement enfumé de la rue Saint-Denis, la voix avait une rondeur à la fois si joyeuse et si méprisante que des passants se retournèrent. Planté sur le trottoir face à l'intersection des rues Émery et Saint-Denis à Montréal, un homme en t-shirt de coton et jeans avachi, la barbe longue, les cheveux gras, envoyait la main à quelqu'un sur le trottoir opposé, puis, avec des gestes nerveux, il souffla quelque chose à l'oreille d'un individu à l'air aussi peu rassurant qui se tenait à ses côtés. Pendant ce temps, celui qu'on avait interpellé si grossièrement s'était arrêté, effaré comme un moineau qui aurait posé une patte dans de la glu, puis avait repris sa marche à grandes enjambées et enfilé la rue Émery, accompagné d'une jeune femme qui ne cessait de tourner la tête avec des yeux apeurés.

— Hé! reprit l'homme aux cheveux gras, sauve-toi pas, mon chéri, ça te donnera rien!

Et, traversant la rue Saint-Denis en coup de vent au risque de se faire écraser par un véhicule, il s'élança avec son compagnon à la poursuite du couple. Le jeune homme à la chemise mauve et sa compagne, cherchant sans doute une boutique où se réfugier, filaient sur le trottoir. Mais leurs poursuivants les rejoignirent presque aussitôt et leur bloquèrent le chemin. Pendant un instant, les deux loustics dévisagèrent le couple en ricanant.

— Tu veux plus me voir, Stéphane? railla le plus grand des deux. Sais-tu que ça me fait de la peine, ça? *Beaucoup* de peine!

Avec sa bouche trop grande et ses petites dents jaunies et espacées, il ne payait vraiment pas de mine. La compagne du prénommé Stéphane, menue et très jolie, poussa un soupir convulsif et se pressa contre son ami en tremblant.

— Le fric, où est-ce qu'il est, *chum*? Tu devais nous le remettre samedi.

— Je l'ai pas, répondit Stéphane à voix basse.

Et il jeta un regard de biais vers une ruelle qui s'ouvrait à sa droite entre une brasserie et un restaurant tunisien; par malheur, elle se terminait en cul-de-sac.

— Ça parle au maudit! lança l'autre avec une emphase moqueuse. Je gage qu'on te l'a volé! Qu'est-ce que t'en penses, Gilles? demanda-t-il à son compagnon.

— Ouais, je pense qu'on l'a volé, Bob, répondit celui-ci sur le même ton.

De l'autre côté de la rue, deux passants qui s'apprêtaient à entrer au cinéma Quartier Latin s'étaient arrêtés et observaient la scène. Leur curiosité déplut à Bob.

— Viens, mon Stéphane, fit-il en saisissant le jeune homme par le bras, on va aller jaser plus loin.

Et il l'entraîna dans la ruelle, suivi par son compagnon et la jeune femme, toujours accrochée à son ami et qui s'était mise à geindre doucement.

— Calme-toi, Mélanie, murmura Stéphane. On va s'expliquer et tout va s'arranger.

Les deux passants, après avoir échangé quelques mots, eurent un haussement d'épaules et entrèrent au cinéma.

Malgré la chaleur humide et lourde de cet après-midi de juillet 1999, une certaine fraîcheur régnait dans l'étroite ruelle ombreuse, atténuant quelque peu les odeurs nauséabondes qui provenaient d'une longue rangée de poubelles et de bacs de recyclage. Les deux barbus et leurs proies firent une dizaine de mètres dans une légère bousculade qui avait des allures de danse. Au-dessus de leur tête s'alignaient de hautes fenêtres rendues opaques par la poussière et la saleté. Un escalier métallique en colimaçon, fraîchement peint en noir, se dressait au fond près d'un amoncellement de matériaux de construction.

Quand Bob se sentit à l'abri des regards, il saisit Stéphane par les épaules et le plaqua brutalement contre un mur de brique:

— Les trois cents piastres, il me les faut tout de suite, bon-homme!

Un léger déclic appuya ses paroles. Avec un grand sourire, Gilles venait de sortir de sa poche un couteau automatique dont il approcha la pointe du ventre de Stéphane. Celui-ci eut un brusque mouvement de recul et sa tête alla frapper le mur avec un bruit sourd. D'assez haute taille et grassouillet, avec un visage glabre d'une roseur d'enfant, comme gélatineux, il faisait pitié à voir, masse de chair et de muscles habitée par la couardise. Mélanie, ayant presque oublié sa peur, l'observait avec une profonde atten-tion.

— Ton portefeuille, ordonna Gilles.

L'autre hésita:

— Donne-moi deux jours, Bob, et je te paie tout. Promis.

— Ton portefeuille, je te dis!

Un coup de poing dans le ventre l'incita à obéir.

— Merci, murmura son agresseur.

Il se mit à fouiller le portefeuille en chantonnant et s'empara de trois billets de vingt dollars qu'il glissa dans sa poche.

— Ça, c'est pour l'amende... Tu dois bien avoir une carte de crédit, non?... Ah! la v'là.

Et, lui mettant la carte sous le nez:

— Tu vas prendre ta carte, mon Stéphane, et aller me chercher trois cents belles piastres au guichet automatique. Je te donne une demi-heure. Pas une minute de plus. Ta petite amie va t'attendre

15

ici avec nous autres. T'amuses pas trop en chemin, ça pourrait lui attirer des ennuis.

Bob se tourna vers la jeune femme et la fixa.

Elle était d'une beauté hors du commun et paraissait au début de la vingtaine. Plutôt petite, elle avait un corps aux proportions parfaites, qui amenaient chez elle comme une grâce naturelle, et possédait de superbes yeux verts, profonds, d'une grande expressivité, des cheveux bruns légèrement ondulés, ramenés en arrière et tombant à un centimètre de l'épaule, un visage qui alliait au charme et à la fraîcheur de la jeunesse la sensualité de la femme, des lèvres d'un dessin raffiné, à l'expression volontaire, et un nez si mignon, aux ailes si délicates qu'il semblait n'avoir été créé que pour humer des arômes et des parfums. Sa vue faisait naître chez certains hommes des désirs plus ou moins contradictoires : le désir de la servir, de la protéger, de l'éblouir – mais celui également de la posséder et de la dominer impitoyablement.

Bob était de ceux-là. Chez lui, un désir primait tous les autres.

L'ardeur concupiscente de son regard glaça Mélanie.

Pendant ce temps, Stéphane, après avoir fait à son amie un signe de la main qui semblait exprimer tout à la fois son regret de l'avoir mise dans un tel pétrin et la résignation devant l'inévitable, s'éloignait à grands pas dans la ruelle, les épaules basses. La seconde d'après, il avait disparu.

Mélanie poussa de nouveau un soupir et, les bras serrés autour de la taille, fixa un paquet de cigarettes vide sur le sol, n'osant regarder les deux loustics qui s'étaient plantés à chacun de ses côtés pour lui enlever toute idée de s'enfuir.

Soudain, l'escalier de métal en colimaçon fut saisi de vibrations graves et saccadées qui envahirent la ruelle avec la puissance d'un instrument de musique géant, puis une voix d'homme, grave elle aussi, lança :

— Qu'est-ce qui se passe ici, voulez-vous bien me dire?

Un gros quinquagénaire apparut, trapu, le visage rubicond, avec une barbe et de longs cheveux blancs qui lui donnaient une ressemblance frappante avec le père Noël de Coca-Cola.

2

Il y a des femmes nées pour ne pas avoir d'enfants. Félicité Bellechasse, la mère de Mélanie, était une de celles-là. Mais, par malheur, elle en avait eu trois. Toutes des filles : Mélina, Miléna et Mélanie.

— Si la loi l'avait permis, je leur aurais toutes donné le même nom, disait Félicité dans ses jours de mauvaise humeur (il y en avait beaucoup). Les enfants, c'est tout du pareil : tous des petites brutes qu'il faut nourrir et torcher, et qui n'apportent que soucis et dépenses.

Aussi, avant de se laisser engrosser une première fois, Félicité avait-elle mené d'âpres négociations avec Sarto Gervais, son mari, employé des Postes à Trois-Rivières : il n'était pas question pour elle d'élever des enfants dans un appartement à loyer, destin traditionnel des *gens de rien*. S'il tenait à tout prix à une descendance, il leur fallait une maison bien à eux. Pas de maison ? Pas de famille.

Sarto, malgré son modeste salaire, et malgré le refus de Félicité de prendre un emploi (sa mère, Laurence née Saint-Simon, femme de dentiste, n'avait jamais eu à s'abaisser, elle, au niveau des travailleuses d'usine, des maîtresses d'école, des secrétaires de bureau et des torcheuses de malades), avait finalement réussi à amasser un petit pécule qui lui avait permis d'acheter une modeste maison à pignon sise au 516 de la rue des Volontaires. Avec ses murs de crépi bleus, sa façade en clins, son toit de tuiles orange, ses minuscules chambres mansardées et son petit perron à trois marches qu'on devait repeindre chaque année, elle faisait bien pauvre figure à côté de la maison de notable en blocs de granit où l'altière Félicité avait grandi, et le pauvre Sarto s'en ferait souvent servir la pénible comparaison. Mais cela ne l'empêcherait pas de s'attacher à *sa petite maison bleue*, que jouxtait à l'arrière une jolie cour ombragée par un chêne et où il construirait, malgré son peu de penchants pour les travaux manuels, un cabanon qui jouerait un rôle important dans l'histoire de la famille Gervais.

Mélina était née en janvier 1975. Deux ans plus tard, apparaissait Miléna, emportée à l'âge de deux mois par le syndrome de la mort subite du nourrisson. Enfin, Mélanie, la cadette, naissait le 5 avril 1980, catastrophe longtemps appréhendée, puis subie avec consternation, et dont sa mère avait décidé que c'était la dernière. À partir de ce jour, les pulsions amoureuses de Sarto Gervais, son mari, plus vieux qu'elle de dix ans, durent se trouver un dérivatif.

— Eh là! ça suffit, ripostait-elle à chacune de ses avances, tu ne me feras pas enfanter une tribu! Avec le salaire que tu gagnes, tes coups de reins vont nous mener tout droit à la misère.

Malgré son parler parfois un peu cru, Félicité Bellechasse, une catholique tout ce qu'il y avait d'orthodoxe, rejetait avec horreur la pilule anticonceptionnelle et n'éprouvait que méfiance envers la méthode Ogino, seule permise par le Vatican. Du reste, voilà des années qu'elle n'aimait plus son mari, dont la faiblesse de caractère ne lui inspirait que mépris. Elle n'aimait ni son mari ni personne, d'ailleurs, ce qui l'incluait: elle se trouvait trop grosse, peu attrayante et insuffisamment instruite, et n'éprouvait un peu d'estime que pour son intelligence («Il y en a des plus sottes que moi», disait-elle souvent) et pour sa force de caractère, qui était grande et dont tout le monde souffrait.

À l'âge de neuf ans, par une glaciale journée du mois de février, Mélanie eut ses premières menstruations. Rien ne l'avait préparée à cet événement. Cela se produisit un samedi matin vers huit heures pendant son déjeuner. Sa sœur dormait encore. Son père était au travail. Sa mère était partie faire une course à l'épicerie du coin. Honteuse et terrifiée, elle s'était emparée d'un essuie-main et s'était réfugiée dans la cave pour y attendre la mort, car elle était sûre de mourir. Cachée derrière une boîte de carton, elle pleurait tout bas, grimaçant sous les crampes, le corps agité de tremblements ; de temps à autre, elle risquait un regard vers l'essuie-main chiffonné entre ses cuisses et constatait avec horreur les progrès sinistres de la tache de sang. Presque deux heures passèrent ainsi. Félicité était revenue à la maison depuis longtemps mais, occupée par le train-train du ménage, elle ne s'était pas aperçue de l'absence de sa fille, qu'elle croyait dans sa chambre (chacune avait sa propre chambre, seule victoire importante que Sarto eût jamais remportée sur sa femme, qui aurait souhaité un boudoir en plus du salon). Vers onze heures et demie, quand le dîner fut mis au feu, intriguée tout à coup de ne pas la voir, elle se mit à la chercher dans la maison.

— L'as-tu vue sortir ? demanda-t-elle à Mélina.

— Son manteau est dans le vestibule, maman, répondit celle-ci en bâillant.

— Veux-tu bien me dire, veux-tu bien me dire, grommela Félicité en jetant malgré tout un coup d'œil dans la rue.

Elle descendit enfin à la cave, fit de la lumière et aperçut sa fille, qui éclata en sanglots.

— Qu'est-ce qui se passe ? Ah, je vois… Cesse de pleurer, niaiseuse. C'est normal. Tu es devenue une femme, pauvre toi. Si jeune… On ne peut rien y faire. C'est comme ça. Viens avec moi à la salle de bains.

Mais, dans un mouvement de délicatesse surprenant, elle remonta la première au rez-de-chaussée et demanda à Mélina de se retirer quelques minutes dans sa chambre pour ménager la sensibilité de sa sœur.

Et là, dans la salle de bains, tout en la lavant et lui apprenant comment installer une serviette sanitaire, elle lui donna en trois minutes un cours de physiologie féminine et ne revint jamais plus sur le sujet.

*

Félicité désobligeait et piquait ses filles à toute occasion. Y prenait-elle plaisir ? On ne saurait l'affirmer, car depuis longtemps cette habitude était devenue chez elle un réflexe et avait pris à ses yeux l'apparence de la franchise et du désir d'améliorer les membres de son entourage en les aidant à se corriger de leurs défauts.

Les résultats scolaires de ses enfants étaient toujours insuffisants – ou alors, quand le succès était au rendez-vous, ils lui inspiraient de la méfiance.

— Aurais-tu copié, Mélina ? demanda-t-elle un jour avec un plissement d'œil soupçonneux quand sa fille revint un soir à la maison, toute fière d'avoir obtenu 98 % pour une composition sur la vie des abeilles.

— Pourquoi dis-tu ça ? répondit l'enfant, les larmes aux yeux. T'es méchante !

— Bon, bon, bon… Je n'ai rien dit.

Félicité pratiquait la franchise avec tout le monde et permettait qu'on fasse de même avec elle.

Les années passèrent, ses filles grandirent, devinrent adolescentes, se firent des amis et prirent tant bien que mal de l'assurance, mais son attitude ne changea guère.

— Je donne toujours l'heure juste, moi, expliquait-elle, ou du moins l'heure qui *me paraît* juste. Pour moi, c'est ça, l'éducation. Surtout quand on a des filles ! Il faut les endurcir. Sinon, les hommes ne vont en faire qu'une bouchée. C'est ce qui est arrivé à ma mère et à ma sœur Émilie.

Elle classait leurs petits amis en trois catégories : les empotés, les effrontés… et les hypocrites quand ils s'efforçaient d'être polis, et elle ne se gênait pas pour laisser entendre à chacun d'eux à quelle catégorie il appartenait. Aussi les deux sœurs prirent-elles bientôt l'habitude de ne jamais les amener chez elles, ce qui leur valut d'autres récriminations.

Par conséquent, dès qu'elle le put, Mélina quitta la maison familiale afin de poursuivre des études à Montréal ; mais, de caractère plutôt conciliant, elle prit soin de rester en assez bons termes avec sa mère. Le départ de Mélanie eut lieu quelques années plus tard et dans des circonstances dramatiques.

Chaque fois, Félicité exigea qu'on lui remette les clés de la maison.

— Je n'aime pas les clés qui se promènent, déclara-t-elle à Mélina. On ne sait jamais dans quelles mains elles peuvent tomber. De toute façon, si tu as besoin de venir, je suis presque toujours à la maison, et puis le téléphone existe. Sans compter que Sarto vient d'acheter un répondeur.

Elle finit par sentir un peu de vide autour d'elle, mais ne voulut pas se l'avouer. Les rares visites de Mélina (Mélanie ne montrait jamais le bout de son nez) se mirent à lui faire plaisir, mais elle se raidissait contre cette joie, par principe.

— Tiens, tiens, tiens, remarquait-elle après avoir été quelques mois sans la voir, tu as grossi, toi. Ça ne te va pas du tout.

Ou alors :

— Seigneur que tu t'habilles mal ! Où es-tu allée dénicher cette jupe ?

— Mais je trouve qu'elle lui va bien, moi, objectait Sarto devant l'air peiné de sa fille.

— Qu'est-ce que tu connais à la mode, toi ?

Avec une pareille attitude, on aurait cru que Félicité se serait attiré la haine de ses enfants ou, du moins, qu'elle aurait suscité leur profonde indifférence. Il n'en était rien. Affamées d'amour dès leur plus jeune âge, elles s'acharnaient à tenter de lui plaire, et leur peu de succès, chose curieuse, n'avait fait que stimuler leur zèle.

À quelques reprises, se trouvant toutes deux à la maison en l'absence de leur mère, elles avaient décidé de lui faire une surprise et s'étaient lancées dans un grand ménage de la cuisine, lavant, rangeant, frottant, récurant, balayant tout ce qui pouvait l'être jusqu'au moment où, hors d'haleine, elles s'étaient affalées au salon, toutes fières de leur travail et impatientes de voir la réaction de Félicité. Chaque fois, cette réaction avait été la même. En entrant dans la pièce, leur mère s'était arrêtée, avait jeté un long regard circulaire, puis une moue narquoise avait pincé ses lèvres :

— Vous autres, vous avez quelque chose à vous faire pardonner…

Et, malgré leurs dénégations indignées, un minutieux interrogatoire avait suivi.

Au début du mois de décembre 1991, Mélina proposa à sa jeune sœur qu'elles se cotisent pour acheter un cadeau de Noël à leur mère ; il s'agissait d'une robe de chambre de velours noir en montre depuis deux semaines dans la vitrine du Royaume de la mode et que Félicité avait décrite à table avec de petits cris d'extase. La chose valait quatre-vingt-quinze dollars. Aucune des deux filles n'aurait pu réunir toute seule une pareille somme. Mais Mélina travaillait chaque dimanche chez Burger King. À onze ans, par contre, Mélanie ne pouvait compter que sur bien peu de revenus. L'idée lui vint d'emprunter de l'argent à son père, mais elle la rejeta aussitôt. Elle résolut plutôt d'essayer de se départir de sa collection de poupées et réussit à en vendre quatre, dont la splendide Lucina, sa préférée, que Sarto lui avait offerte pour ses sept ans. Elle la céda, les larmes aux yeux, à une camarade de classe. L'opération lui rapporta quatorze dollars. Cette contribution fut jugée honorable par sa sœur aînée.

Dans la nuit de Noël, Félicité déballa son cadeau sous le regard impatient de ses filles.

— Tiens, tiens… Vous avez réussi à m'acheter ça ! Allez, approchez-vous que je vous donne un bec.

Elle enfila la robe de chambre, se regarda dans un miroir, hocha la tête avec un petit air déçu (« Ça fait un peu vulgaire, non ? »), la porta une ou deux fois durant la semaine qui suivit, puis la rangea pour toujours dans un tiroir.

Mélanie constata avec tristesse que son sacrifice avait causé bien peu de joie, mais se sentit fière de l'avoir accompli. Ce désir de *faire plaisir à tout prix* finit par devenir chez elle un trait de caractère qui conditionna son attitude envers tout le monde.

Heureusement, les sœurs Gervais avaient eu Sarto comme père. À première vue, à côté de sa femme, il paraissait aussi parfaitement écrasé qu'une cannette d'aluminium sous un pneu d'automobile. Mais il avait ses révoltes secrètes, ses vengeances en catimini. Faible mais rusé, il aimait tendrement ses filles et les gâtait autant qu'il le pouvait, atténuant de son mieux le régime martial instauré par sa femme. Après avoir accompagné l'une d'elles chez le médecin, il l'emmenait au restaurant ou dans une boutique de vêtements à la mode. Une course avec elles pour acheter des fournitures scolaires se terminait au cinéma ou dans une librairie, car il aimait lire et avait transmis ce goût à ses filles. Félicité, par la suite, avait beau ronchonner, le bien était fait.

Du reste, on ne le voyait pas souvent à la maison. Ses modestes émoluments de commis de la poste l'avaient obligé à trouver un deuxième emploi comme livreur et homme à tout faire chez un marchand de meubles afin de satisfaire aux exigences de bien-être de sa femme, qui, après des années d'hésitation, s'était finalement résignée à utiliser ses temps libres comme agente d'immeubles ; mais une ville de la taille de Trois-Rivières ne lui fournissait évidemment pas autant de clients qu'elle l'aurait souhaité, et son caractère abrupt ne la prédisposait aucunement à un métier qui demande de la souplesse, du charme et parfois même un peu d'hypocrisie.

La réussite d'une transaction la transformait.

— Je viens de vendre le 880, rue Royale : 2 580 $ dans mes poches ! Je vais pouvoir enfin changer ma lessiveuse et prendre des REER !

Pendant une ou deux journées, les aspérités de son caractère se rétractaient comme des griffes de chat. Elle en devenait presque agréable.

Une connivence instinctive, quasi animale, s'était développée entre Sarto et ses filles. Le sachant le plus faible des deux, elles le protégeaient contre sa femme. Il arrivait à Sarto de prendre un coup avec des amis. Félicité lui faisait alors des scènes terribles et l'atmosphère de la maison en devenait pourrie pour des jours entiers.

Un soir de mai de l'année 1990, vers neuf heures – Mélina, l'aînée, avait quinze ans et Mélanie dix –, on vit arriver en titubant dans la rue des Volontaires un Sarto complètement éméché qui s'appuyait sur le manche d'un parapluie dont la courbe annonçait qu'il était sur le point de rendre l'âme. Monsieur Turgeon, un de ses voisins, l'aperçut. Sachant l'accueil que lui ferait sa femme s'il se présentait devant elle dans un pareil état, il alla vitement au-devant de lui, l'arrêta et lui mit la main sur une épaule :

— Sarto, tu peux pas rentrer chez toi comme ça !

— Où veux-tu que je rentre, Raoul ? En communauté ?

Il partit d'un rire strident, s'étouffa, se racla la gorge, puis cracha par terre.

— Sarto, viens t'assoir un peu sur ma galerie. Je vais demander à Josiane d'appeler une de tes filles.

— Ma vie m'appartient, Raoul, marmonna sombrement le commis de la poste qui venait tout à coup d'atteindre le sommet de son ivresse. Même si mille millions…

Le reste se fondit en une gibelotte de *m* inintelligible.

Mais il suivit quand même son voisin, s'appuyant tantôt sur son épaule tantôt sur le parapluie pour gravir les trois marches de la galerie, puis il se laissa tomber dans un fauteuil de jardin avec un grand « OUF ! » tandis que Raoul Turgeon entrait vitement chez lui prévenir sa femme.

Deux minutes plus tard, Mélina et Mélanie apparaissaient, bouleversées.

— Papa ! qu'est-ce que tu as encore fait ! s'écria Mélina, tandis que sa sœur trouvait la force d'adresser un grand sourire à leur serviable voisin. Tu nous avais pourtant bien promis de ne plus boire ! Maman va encore péter une crise et ça va être l'enfer ! Merci, monsieur Turgeon, s'interrompit-elle en se tournant vers le voisin.

Mais son air désemparé semblait indiquer que les bons offices du brave homme n'empêcheraient pas le désastre.

Sarto, comme inconscient de la situation, contemplait ses filles avec un sourire émerveillé. Jamais elles ne lui avaient paru si belles ! Surtout Mélanie.

— Raoul, bredouilla-t-il, je te… souhaite des enfants comme ces deux-là… Une vraie bénédic…

Un rot coupa la queue de son mot.

Les deux sœurs se concertaient à voix basse. Il fallait cacher leur père quelque part en attendant qu'il dessoûle. Pas question de l'amener chez lui. C'était une chance inouïe que Félicité ait été rivée à la télévision devant *L'héritage*, son téléroman favori. Monsieur Turgeon s'approcha pour annoncer qu'il ne pouvait le prendre chez lui non plus, car Félicité et sa femme étaient amies, et cela risquait de les brouiller. Il fut donc décidé d'aller coucher Sarto derrière la petite remise qu'il avait construite sur son terrain deux ans plus tôt ; l'installer à l'intérieur était impossible, faute d'espace. La nuit était assez douce. Mélanie irait chercher un sac de couchage tandis que Mélina et Raoul Turgeon, longeant la maison des Gervais du côté opposé au salon, emmèneraient Sarto jusqu'à la remise.

Cinq minutes plus tard, étendu dans un sac de couchage sur le sol, la tête calée sur une poche de briquettes de charbon de bois en guise d'oreiller, Sarto dormait comme un ange.

À présent, comment expliquer son absence? Il lui fallait trois ou quatre heures pour redevenir présentable. Mélina eut une idée: on annoncerait à sa mère que Sarto venait de téléphoner pour les prévenir qu'il était retenu chez Clément Boisvert, le marchand de meubles, à cause du réaménagement d'un local. Mais il fallait faire vite: *L'héritage* tirait à sa fin.

— Je vais téléphoner chez vous, offrit le voisin.

Mélanie le remercia d'un autre grand sourire.

Il s'éloigna en toute hâte.

— Vite, va prendre l'appel, Mélanie, ordonna sa sœur. Ça passera mieux si c'est toi qui l'annonces à maman. Depuis quelque temps, elle se méfie de moi.

Tout se déroula comme souhaité. Leur voisin téléphona. Mélanie répondit, puis, avec un naturel parfait, annonça à sa mère que Sarto était retenu par son travail et ne reviendrait pas avant minuit, peut-être même plus tard.

— J'espère qu'on le paye temps double, marmonna Félicité.

Et ce fut tout.

Mais un imprévu fit déraper le stratagème monté par les deux sœurs.

Son émission terminée, Félicité quitta le salon et s'attabla dans la cuisine devant des journaux. Au bout d'un moment, elle leva la tête et promena son regard autour d'elle. Le silence qui régnait dans la maison l'intriguait. Elle se leva sans bruit et s'avança dans le corridor sur lequel donnaient les chambres de ses filles. La porte de la chambre de Mélina était entrouverte. Elle passa la tête. Debout devant une fenêtre, Mélina et Mélanie observaient la cour.

— Que faites-vous là? demanda-t-elle.

— On regarde dehors, répondit platement Mélanie.

Et elle eut une légère grimace.

— Je le vois bien, nounoune. Qu'est-ce que vous regardez ?

— Papa voulait déplacer le patio l'été dernier, enchaîna Mélina avec aplomb. On en discutait.

Félicité émit un son à mi-chemin du soupir et du grognement :

— Avec lui, entre faire et parler, il y a un monde. Vous devriez trouver un autre sujet de conversation.

Et elle retourna à la cuisine.

Mélanie décida alors de se rendre en vélo chez une amie pour lui remettre un livre. Comme on rangeait les vélos dans la remise, cela lui permettrait de s'assurer que tout allait bien derrière le petit abri. Vingt minutes plus tard, elle était de retour et filait vers la chambre de Mélina. Félicité, de plus en plus intriguée, s'approcha doucement, tendit l'oreille et le mot « papa » lui parvint, chuchoté à deux reprises. Elle ouvrit brusquement la porte et les deux sœurs allèrent vitement s'assoir sur le lit.

— Qu'est-ce qui se passe ici ce soir ? siffla-t-elle, écarlate.

Mélina se racla la gorge :

— Mais rien, maman, on jasait.

— C'est personnel, maman, répondit Mélanie, qui possédait l'aplomb de sa mère. Quand tu parles de choses personnelles avec quelqu'un, tu n'aimes pas qu'on t'écoute, non ?

Félicité la fixa un instant, interloquée, puis :

— Oui, mais moi, je suis votre mère.

— Et nous, nous sommes tes filles, répliqua Mélanie.

Félicité s'avança vers elle, le bras levé :

— Petite effrontée !

Mais la gifle ne partit pas. Félicité frappait rarement et, sans se l'avouer, elle éprouvait une sorte de respect pour ceux qui osaient lui tenir tête.

— Décidément, je n'aime pas l'atmosphère qui règne ici ce soir, bougonna-t-elle en s'éloignant.

Mélanie se pencha vers l'oreille de sa sœur :

— Elle se doute de quelque chose. Il va falloir faire très attention.

Et elle se retira dans sa chambre.

Un moment plus tard, Mélina vint la retrouver, soucieuse :

— La température s'est mise à baisser, chuchota-t-elle après s'être assurée que personne n'écoutait derrière la porte. Je viens de l'entendre à la radio.

Mélanie leva les bras dans un geste d'impuissance :

— Que veux-tu qu'on y fasse ? Il n'avait qu'à ne pas prendre un coup.

Mélina poussa un soupir et la quitta.

— Où t'en vas-tu comme ça ? lui demanda Félicité en la voyant se diriger vers la porte, revêtue de son manteau :

— J'ai mal à la tête. Je m'en vais prendre l'air.

— Attends-moi. Je t'accompagne.

La mère et la fille firent une longue promenade silencieuse dans la rue. La météo disait vrai. La température avait baissé de plusieurs degrés. Un vent humide, venu du fleuve, s'était mis à souffler, glaçant les joues et les mains. Elles revinrent à la maison toutes deux déçues, Mélina de n'avoir pu rien faire, Félicité de n'avoir rien appris.

Vers onze heures, après avoir écouté le téléjournal, puis siroté une tisane à la menthe, Félicité poussa un long bâillement et décida d'aller se coucher. Assise sur son lit, elle venait de laisser tomber un soulier lorsqu'elle redressa brusquement la tête. Non. Il fallait en avoir le cœur net. Quelque chose de bizarre se passait dans son foyer et elle ne s'endormirait pas sans l'avoir découvert. L'instant d'après, elle quittait la chambre, enfilait son manteau et sortait dans la cour par la porte arrière après avoir allumé les projecteurs. Car c'était dans la cour que *cela* se passait, elle l'aurait juré.

Pendant un moment, elle fit les cent pas, frissonnante, les bras serrés autour de la taille, sûre d'être observée par ses filles, et contente de l'être. «Elles vont bien voir que je ne suis pas une niaiseuse et que je me doute de quelque chose. Gare à elles si je le découvre et qu'elles sont dans leur tort!»

Par bravade, elle décida de râteler le restant de feuilles mortes de l'automne précédent. Cela la réchaufferait et, qui sait? la cour finirait peut-être par livrer son secret. Elle se dirigea vers la remise, ouvrit la porte et, soudain, un long râlement la pétrifia sur place.

3

L'escalier de métal en colimaçon reprit son bourdonnement mélodieux et le gros quinquagénaire qui ressemblait tant au père Noël de Coca-Cola s'avança dans la ruelle, les sourcils froncés.

— Qu'est-ce qui se passe ici? répéta-t-il en essayant de maîtriser le léger tremblement de sa voix, car les deux individus avaient des mines plutôt sinistres.

Mais il fut aussitôt rassuré par un nouveau bourdonnement de l'escalier. Levant la tête, il aperçut un jeune plongeur en tablier maculé de sauce tomate qui venait d'apparaître sur le palier du premier étage et observait la scène.

— Qu'est-ce que vous voulez à cette jeune femme? poursuivit le quinquagénaire en continuant d'approcher. Peut-être auriez-vous des détails à donner à la police?

Et il glissa une main à l'intérieur de son veston comme pour en retirer un cellulaire.

Bob regarda Gilles:

— Viens-t'en, on fout le camp. On saura bien le retrouver, lui.

Et, après un bref regard haineux jeté au père Noël, ils décampèrent.

L'homme s'arrêta près de Mélanie:

— Est-ce qu'ils vous ont fait mal?

— Non, répondit-elle à voix basse. Merci beaucoup.

— Vous êtes sûre? On peut aller à l'urgence, si vous voulez.

Elle secoua la tête et, dans un geste de gratitude, posa une main sur l'avant-bras de son sauveur. L'œil à demi fermé, il l'examinait et la trouvait manifestement de son goût.

— Ce n'est pas très prudent, ajouta-t-il avec un sourire paternel, de se tenir dans les ruelles avec des voyous. Il finira par vous arriver malheur. Le plus drôle, c'est que je n'avais pas de cellulaire. J'ai fait semblant !

— J'étais avec mon ami, monsieur. Mais c'est comme si j'avais été seule, rectifia-t-elle aussitôt avec une grimace amère. Il m'a plantée là pour aller chercher du fric. Une histoire de drogue, j'en suis sûre. C'est après lui qu'ils en avaient. Moi, je ne les connais pas.

— Il vous a laissée là toute seule ? s'étonna l'autre.

— Ouais… Faut croire qu'il n'a pas votre courage (l'homme eut un geste d'humble dénégation). Mais ça m'est égal. C'est fini entre lui et moi. Je ne fréquente pas les lâches. S'il revient me voir, je vais l'envoyer promener.

Il y eut un bref moment de silence. Le jeune plongeur, déçu de ne pas voir de spectacle, avait disparu. Le quinquagénaire parut soudain un peu mal à l'aise. Il toussota, puis :

— Je me présente : Pierrot Bernard. Est-ce que vous me permettez de vous raccompagner chez vous – si c'est là que vous allez, bien sûr ? Ce serait plus prudent. Avec ce genre d'individus, on ne sait jamais…

Mélanie se présenta à son tour et accepta l'offre avec empressement. Oui, pour ne rien lui cacher, elle craignait de se retrouver de nouveau face à face avec les deux sinistres barbus. Quant à Stéphane, qu'il la cherche. Il ne perdait rien pour attendre ! Elle demeurait assez près, rue Saint-Denis, dans ce que les gens du quartier appelaient la Maison rose, une conciergerie où elle venait de louer un minuscule trois-pièces au premier étage.

Chemin faisant, ils poursuivirent leur présentation. Il était né à Montréal, y avait toujours vécu, exerçant mille métiers, ce qui lui avait permis d'accumuler peu à peu un petit pécule. À présent, il pouvait s'adonner à sa passion : la littérature.

— Vous lisez beaucoup ?

— Mieux que ça. J'écris. J'essaie de lire le moins possible, pour échapper aux influences, vous comprenez…

Mélanie s'était arrêtée, surprise :

— Vous écrivez quoi ?

— Des romans. Parfois des nouvelles.

— Vous en avez publié beaucoup ?

— Pas encore. Je suis très exigeant. C'est le malheur des perfectionnistes… Quand je me sentirai prêt, j'offrirai au public le fruit de mon travail. Pas avant.

À l'étonnement de Mélanie se mêlait à présent de l'admiration. Les yeux à demi fermés, un léger sourire répandu sur ses lèvres rouges et charnues, Pierrot Bernard jouissait de l'effet produit.

Ils se remirent en marche.

— Il y a longtemps que vous écrivez ? demanda Mélanie.

— Quelques années.

Il secoua la tête, poussa un léger soupir, puis :

— Et vous, que faites-vous dans la vie, mademoiselle ?

— Oh ! moi, je ne suis qu'une petite serveuse, monsieur. Une serveuse, en plus, qui vient de perdre son emploi. Mais j'ai passé une entrevue hier au Café Cherrier et j'ai bon espoir de retravailler bientôt, peut-être même la semaine prochaine. J'habite Montréal depuis seulement un an. C'est que je suis née à Trois-Rivières, voyez-vous. Au début, j'ai eu un peu de misère à m'habituer à la grande ville, mais à présent, j'adore ça. Évidemment, tout n'y est pas rose, ajouta-t-elle en riant, comme je viens de le constater.

— Jolie comme vous êtes, répondit-il en s'inclinant avec une galanterie surannée, il y aura toujours un admirateur pour venir à votre secours si le besoin se fait de nouveau sentir.

Elle lui jeta un regard de côté, de plus en plus surprise, et vaguement méfiante. Jamais on ne lui avait parlé ainsi, avec ces tournures fleuries et démodées qui lui rappelaient le langage d'un ancien curé de sa paroisse à Trois-Rivières. C'était sans doute la façon des écrivains de s'exprimer – ou de draguer ! Il était bien poli et bien gentil, le monsieur, mais il fallait quand même se montrer prudente. Pour l'instant, une mésaventure suffisait !

Ils arrivaient à la Maison rose. C'était un immeuble de trois étages à la façade recouverte de crépi rose, justement, de style vaguement Art déco, coincé entre deux autres immeubles en blocs de granit qui semblaient s'amuser à le presser pour l'amincir et l'allonger, comme s'il avait été en caoutchouc ; son revêtement de crépi et ses ouvertures d'une étroitesse singulière lui donnaient un charme particulier qui attirait, disait-on, une clientèle plutôt bohème.

Mélanie s'arrêta et, se tournant vers lui, posa de nouveau la main sur son avant-bras (cela risquait de passer pour une avance, mais elle tenait tellement à lui montrer sa gratitude) :

— Merci pour tout, murmura-t-elle avec un sourire ému. Sans vous, je ne sais pas ce qui serait arrivé.

— Mais non, mais non, la rassura-t-il dans un nouveau mouvement de modestie et paraissant avoir oublié ses mises en garde, ce n'étaient que deux petits minables… Un coup de vent, et ils se seraient envolés !

Il glissa la main dans la poche de son veston, en sortit un stylo et un morceau de papier, et griffonna quelque chose :

— Tenez, voici mon numéro de téléphone. Si jamais je peux vous être utile, appelez-moi. N'hésitez pas. Rien ne me ferait plus plaisir, je vous assure.

Il dressa la tête, les sourcils relevés, l'air solennel, et répéta, la fixant droit dans les yeux :

— Croyez-moi.

*

À huit heures quinze, ce même soir, Mélanie, affalée sur un mauvais canapé, regardait la télévision chez elle lorsqu'on frappa à sa porte. Elle avait reconnu le pas de Stéphane.

— Je ne suis pas là! lança-t-elle sans se lever.

— Mélanie, voyons, ouvre-moi, je vais tout t'expliquer.

— Tu n'as rien à m'expliquer. J'ai tout compris.

— Qu'est-ce que tu dis? Allons, ouvre-moi, je t'en supplie!

Mélanie se leva, alla à la cuisinette, puis, revenant avec un grand verre d'eau, s'approcha de la porte et l'ouvrit toute grande:

— Je ne fréquente pas les lâches.

Elle lui lança le verre d'eau en plein visage, claqua la porte et la verrouilla.

Ainsi prirent fin les amours de Stéphane et de Mélanie.

*

Le lendemain matin, elle se réveilla vers sept heures, l'humeur morose. C'était peut-être à cause de la pluie, qui avait commencé au milieu de la nuit. Assise dans son lit, les jambes repliées, elle fixait un mur de brique qui luisait de l'autre côté de la ruelle. En avançant et levant un peu la tête, on pouvait apercevoir une bande de ciel d'un gris maussade et comme inépuisable; les coups de klaxons de la rue Saint-Denis, rendus plus vifs et précis par l'humidité de l'air, se mêlaient à la rumeur de la pluie qui tombait avec force, rejaillissant sur le rebord à demi pourri de la fenêtre; au-dessus de sa tête, des glissements rapides de pantoufles indiquaient que son voisin, vendeur d'électroménagers d'occasion, se préparait à une autre journée de travail chez Ameublement Elvis.

Elle poussa un soupir, porta la main à son front et le massa longuement pour tenter de dissiper une lourdeur désagréable dans sa tête. Voilà longtemps qu'elle ne s'était pas sentie aussi seule. Un peu plus, et elle aurait regretté son geste de la veille. Stéphane avait beau être poltron, c'était un compagnon agréable, généreux, attentif, et il lui faisait bien l'amour. Mais pas question de le revoir, car il avait trahi sa confiance et, pire encore, perdu son estime.

Elle s'allongea de nouveau dans son lit et se rendormit, mais la faim et la touffeur de cette journée pluvieuse de juillet la réveillèrent bientôt. L'instant d'après, elle avalait des rôties tartinées de beurre d'arachide et un mauvais café, puis passait sous la douche. Quand le téléphone sonna, elle avait enfilé son jeans et boutonnait sa blouse.

Sa première idée fut de ne pas répondre. Une engueulade avec son ex ne lui semblait pas la meilleure façon de commencer cette minable journée de grisaille.

Et pourtant elle décrocha. C'était Camille, une autre des serveuses qui avait perdu son emploi dans la faillite du Bon Gigot, c'est-à-dire à cause des problèmes de coke du patron. Camille lui proposait d'aller au cinéma pour se changer les idées. Camille était une bonne grosse fille, franche et directe, toujours gaie. On lui aurait scié un bras qu'elle serait demeurée gaie. C'était peut-être le genre de filles toujours gaies qu'on retrouve un jour pendues dans leur chambre, qui sait ? Mais Camille était la personne que Mélanie avait besoin de voir ce jour-là. Elles se donnèrent rendez-vous à deux heures moins dix au Parisien, rue Sainte-Catherine, où venait de prendre l'affiche *Hasards ou coïncidences* de Claude Lelouch.

La pluie cessa vers midi et une heure plus tard un soleil ardent avait tout séché. On se serait cru dans une autre ville. Camille attendait son amie devant le cinéma. En l'apercevant, elle agita les bras en poussant de petits cris, comme si elle venait de gagner le gros lot. En fait, il y avait un lot, pas très gros, il est vrai, mais fort utile dans les circonstances : un laissez-passer qui permettait à deux personnes d'assister gratuitement à une séance de cinéma ; Camille le tenait de l'ami d'un ami qui travaillait depuis plusieurs années comme critique de cinéma à *La Presse*. *Hasards ou coïncidences* ennuya les deux serveuses en chômage. Elles en profitèrent pour sommeiller, serrées frileusement dans leur châle, car la climatisation avait transformé le cinéma en chambre froide. Le café au lait qu'elles prirent ensuite au Picasso, rue Saint-Denis, mit du temps à les requinquer.

— Fais attention, conseilla Camille quand Mélanie lui fit le récit de sa rencontre avec Pierrot Bernard, c'est sans doute un vieux cochon. Il était peut-être de mèche avec les deux autres, qu'en sais-tu ? J'en ai connu un, moi, il y a deux ans, un grand-papa dans ce genre-là, tout en bonnes manières et en délicatesses. J'étais tombée sous le charme. Eh bien, un soir, il a failli me violer.

Et elle éclata de rire.

— Heureusement que, le mois d'avant, mon cousin Fernand, qui est prof de judo, m'avait appris des trucs d'autodéfense. Ah, ma fille ! si t'avais vu le coup que je lui ai porté. Je pense qu'il en a encore mal au ventre !

Le fou rire s'empara d'elle, se transforma en quinte de toux et l'empêcha de continuer.

En quittant le café, elles promirent de se revoir durant la semaine, puis décidèrent de faire un bout de chemin ensemble. Deux garçons se retournèrent vers elles ; mais c'est Mélanie qu'ils reluquaient. Finalement, Camille reconduisit son amie jusque chez elle ; Mélanie l'invita à prendre une bière. Il en restait trois au frigo. Elles se contentèrent chacune d'une demie ; il fallait ménager : les prestations d'assurance-chômage n'arriveraient pas avant un mois.

Vers cinq heures, Mélanie téléphona à sa sœur Mélina qui, avec les années, était devenue pour elle une confidente et parfois même une conseillère. Elle demeurait chemin de la Côte-des-Neiges près de l'Université, enseignait l'histoire et la géographie à la polyvalente Louis-Joseph-Papineau et adorait son métier. Elle devina que sa sœur filait un mauvais coton et cherchait à se faire inviter à souper.

— Je viens de mettre au feu un bel osso buco. Tu viens manger ?

Mélanie accepta aussitôt. Elle venait à peine de raccrocher lorsque le téléphone sonna. C'était monsieur Boisseau, le patron du Café Cherrier. Elle sentit comme un grand coup dans la poitrine. Il lui demanda si elle pouvait se présenter au travail le lendemain matin à huit heures.

— Oui, bien sûr, monsieur. Demain matin, huit heures. Je serai là sans faute. Merci beaucoup.

Elle dut s'assoir, ses jambes la lâchaient. Watatatow ! Son chômage n'aurait pas duré huit jours ! Le Café Cherrier, c'était un endroit chic, plusieurs crans au-dessus du Bon Gigot. Elle ne devait pas rater sa chance : il fallait faire bonne impression dès le début. Elle écourta sa visite chez Mélina et se mit sagement au lit vers dix heures afin d'être en pleine forme le lendemain, car la première journée dans un nouvel emploi était toujours terrible. Stéphane n'avait pas appelé. Tant mieux. Ce fut en pensant à lui, néanmoins, qu'elle s'endormit. À son réveil le lendemain vers sept heures, après avoir filé sa nuit d'une traite, elle constata qu'il avait commencé à s'éloigner dans son esprit, image déjà un peu floue qui perdait de sa consistance.

Cette première journée au café puisa jusqu'au tréfonds de sa jeune vitalité. Il fallait tout apprendre en même temps : le nom des membres du personnel, le fonctionnement de la caisse, le menu, les usages de la maison, les petits caprices des habitués, ceux du cuisinier, et tout cela en se montrant toujours rieuse et enjouée, comme Camille ! Pour ajouter à sa charge, une serveuse n'ayant pu se présenter au travail, elle dut prolonger sa journée de cinq heures.

Vers huit heures du soir, elle débarrassait une table, exténuée, lorsqu'un léger toussotement la fit se retourner. Affalé sur une banquette, Pierrot Bernard la contemplait en souriant. Il lui fit signe d'approcher :

— J'avais envie de vous voir, lui confia-t-il d'une voix feutrée. J'aurais pu sonner à votre porte, mais j'ai trouvé plus convenable de vous rencontrer dans un lieu public.

— Comment saviez-vous que je travaillerais ici ? s'étonna Mélanie.

Il eut une moue de condescendance amusée :

— Impossible qu'on ne vous engage pas, ma belle. Il suffit d'avoir des yeux pour le savoir.

4

Son roupillon derrière le cabanon ne porta pas chance à Sarto Gervais, qui dut passer deux semaines à l'hôpital, en proie à une pneumonie carabinée. La connivence des deux filles avec leur père avait été éventée de façon retentissante. Il fallut des mois à Félicité pour leur pardonner. Et ce pardon était imprégné de rancune.

— Vous êtes bien chanceuses que j'aie passé l'éponge, espèces de petites hypocrites, leur disait-elle à tout propos. Bien des gens n'auraient pas eu mon bon cœur et vous seriez encore en train d'y goûter ! Réalisez-vous votre chance ?

— Oui, maman, répondaient-elles du bout des lèvres, en levant les yeux au plafond.

Mais elle n'avait pas accordé le pardon à son mari, qu'elle soumit à une surveillance atroce, contrôlant ses allées et venues avec une minutie de garde-chiourme, au point de l'humilier devant ses employeurs et ses compagnons de travail. Un jour, sans lui en parler, elle téléphona à la Régie de l'assurance-maladie pour se renseigner sur les traitements de désintoxication et se scandalisa devant la longueur des listes d'attente ; on pouvait, bien sûr, s'adresser à des cliniques privées, mais si on ne possédait pas d'assurance pour couvrir les frais du traitement, cela devenait fort coûteux ; évidemment, le plan d'assurance de son mari ne l'incluait pas.

Sarto eut vent de ces démarches et, pour une des rares fois de sa vie, piqua une colère noire :

— Et qu'est-ce que tu me prépares ensuite, hein ? Une demande en divorce ? Une mise en tutelle ?

Et il assena un coup de poing sur la table de la cuisine dont un panneau se fendit en deux.

C'était un soir de juin, peu après le souper. L'engueulade se transforma en éruption volcanique. Mélanie, terrifiée, quitta la maison. Sa sœur la suivit bientôt. Commotionnée, Félicité finit par courir aux toilettes et rendit son souper. Quand elle en ressortit, Sarto était parti à son tour. Il ne revint qu'au bout de trois jours, silencieux, la barbe longue, l'air sombre, et, pour une fois, sa femme n'osa pas le questionner sur son absence. Sa révolte lui valut plusieurs mois de paix, qu'il se garda bien d'utiliser pour de nouveaux excès d'alcool. Il fuyait désormais le liquide maudit et les parties de cartes, cette glissoire vers la bouteille; il abandonna également la chambre conjugale et prit l'habitude de dormir sur le canapé du salon. Félicité, piquée mais soulagée, n'émit aucun commentaire. Quand Mélanie, qui n'avait alors que dix ans, s'étonna de cette nouvelle habitude, son père lui répondit que le lit lui causait «des problèmes de dos» et Félicité confirma sa réponse d'un hochement de tête.

L'homme et la femme se mirent à vivre l'un à côté de l'autre comme si chacun était seul. On ne se parlait que par utilité ou quand une circonstance extraordinaire l'exigeait. Félicité s'était remise à ronchonner – comment aurait-elle pu s'en empêcher? – mais elle y mettait désormais une certaine prudence, évitant de prendre son mari directement à partie. Après tout, elle avait besoin de son salaire; il fallait éviter un abandon du foyer et toutes les complications que cela entraînerait. Lui-même semblait se satisfaire de cette nouvelle situation; son caractère doux et accommodant, son goût de la plaisanterie rendaient l'atmosphère à peu près tolérable pour tout le monde.

Les années passaient. Mélina, l'aînée, quitta la maison en 1994 – elle avait dix-neuf ans – pour aller poursuivre des études à Montréal; elle se destinait à l'enseignement.

Mélanie resta seule avec ses parents.

Un jour, une voisine rencontrée à l'épicerie laissa entendre à Félicité que son mari la trompait avec la veuve d'un garagiste à Yamachiche ; elle pouvait même lui fournir le nom de la dame et son numéro de téléphone ; Félicité déclina son offre avec un sourire de mépris :

— Pour ce qu'il peut faire avec elle, laissa-t-elle tomber.

Mais le bruit courait également, poursuivit la voisine, qu'il voyait aussi d'autres femmes, dont une résidante du quartier, coiffeuse de son métier, qui demeurait à quelques rues.

— Eh bien, je les plains, se contenta-t-elle de répondre.

Et l'on changea de sujet.

Mais la température familiale baissa encore de quelques degrés. Félicité se voyait déshonorée, ridiculisée, et se remit à houspiller son mari à propos de tout et de rien. Elle le craignait moins à présent. Les informations qu'on pouvait désormais lui fournir lui seraient d'une grande utilité dans le cas d'une séparation ou d'un divorce.

Comme bien des cadets, Mélanie avait beaucoup appris en observant les relations de Mélina avec sa mère. Les rares fois où celle-ci avait voulu résister à ses volontés, elle s'était retrouvée le nez dans la poussière. Les affrontements n'amenaient que gaspillage d'énergie et désagréments, alors qu'on pouvait jouir de sa liberté d'action en toute quiétude avec un peu d'adresse et de diplomatie. En somme, louvoyer valait mieux que braver. C'était le choix qu'elle avait fait. Il avait l'avantage de rendre les rapports avec sa mère généralement supportables et lui permettait de temps à autre de se donner le plaisir de lui faire plaisir. Avec Félicité, il est vrai, cela demandait beaucoup d'efforts et de ténacité, mais Mélanie y attachait une grande importance.

Elle grandissait et ne cessait d'embellir, rieuse et pleine de projets, apparemment imperméable à l'atmosphère orageuse qui régnait souvent à la maison. À dix-sept ans, c'était une fille plutôt facile à vivre; les enfantillages étaient passés depuis longtemps, elle obtenait de bons résultats scolaires et s'acquittait régulièrement de sa part des travaux ménagers. Mais une chose inquiétait Félicité. Mélanie semblait avoir hérité des penchants sensuels de son père. Elle aimait beaucoup les garçons et les garçons, naturellement, l'aimaient beaucoup aussi. La quantité d'appels téléphoniques qui affluaient à la maison, certains retards que sa fille avait peine à expliquer, une lettre plutôt salée, d'une main inconnue, trouvée dans un manuel scolaire (Félicité était une grande fouineuse), ou alors la brusque mise en veille de l'écran de l'ordinateur lorsqu'elle entrait parfois à l'improviste dans sa chambre, tout cela faisait naître chez Félicité les plus sombres inquiétudes. À quelques reprises, elle avait cherché, mine de rien, à faire parler Mélanie, mais celle-ci avait habilement mis fin à ses questions par des plaisanteries.

Un soir de septembre 1997, vers cinq heures, Sarto, ébahi, trouva sa femme affalée sur une chaise dans la cuisine en train de sangloter. Il ne se rappelait pas l'avoir vue dans un pareil état.

— J'ai enfanté un monstre, lui annonça-t-elle entre deux hoquets. Ta fille a quitté la maison. On ne la reverra plus.

5

Au Café Cherrier, on commençait à taquiner Mélanie sur le *mononcle* à grande barbe qui lui faisait la cour. Pour la troisième fois, en effet, Pierrot Bernard s'était présenté au restaurant vers le milieu de la soirée – moment où Mélanie terminait sa journée – pour la saluer et prendre de ses nouvelles, et cette fois il l'avait attendue pour la raccompagner chez elle. Ils avaient alors longuement causé sur le trottoir, puis l'écrivain l'avait invitée à prendre un café à la Brûlerie Saint-Denis, qui se trouvait tout près. Après une courte hésitation, la jeune femme avait accepté.

Elle avait passé avec lui des moments délicieux, qui les avaient menés presque à minuit. Pierrot Bernard s'était montré charmant, attentif, spirituel. Il semblait instruit, mais n'étalait pas sa culture. Il faisait la cour à Mélanie, mais sans lourdeur, comme s'il s'agissait d'une sorte de plaisanterie, se moquant volontiers de lui-même, se décrivant comme « un vieux bonhomme sentimental » qui serait tombé sous l'envoûtement d'un ange.

— Mais je vais m'en remettre, ne craignez rien, lança-t-il. C'est comme une petite crise de rhumatisme : deux ou trois Tylénol, un bon bain chaud, et on n'en parle plus.

Soudain, il changea de registre. Depuis qu'il l'avait rencontrée, lui avoua-t-il, son inspiration avait connu un jaillissement extraordinaire. Il avait peine à la suivre. Mélanie avait fait surgir en lui un foisonnement de personnages d'une richesse incroyable, remplis d'une telle énergie qu'ils ne lui laissaient plus de repos, le forçant à écrire pendant des heures et des heures, l'obligeant même parfois à se lever la nuit pour jeter des notes sur des bouts de papier.

— J'en ai des crampes dans la main… Oui, j'écris à la main, ajouta-t-il devant son air étonné. Je suis de la vieille école. L'ordinateur, ce n'est pas pour moi. Dans mon esprit, l'art et l'électronique, ça ne va pas ensemble… Ah! mais quelles joies vous me donnez, Mélanie. Et dire que je vous connais à peine!

Elle l'écoutait, subjuguée. Jamais on ne lui avait parlé ainsi. Tous les jeunes hommes qu'elle avait connus jusque-là lui paraissaient maintenant frustres, grossiers, obsédés par le sexe. Avec lui, tout était différent. Elle se sentait valorisée. Il la considérait comme *une vraie personne*, qu'on pouvait désirer, bien sûr, mais qu'en même temps on respectait, et ces marques de respect étaient prodiguées avec de l'affection, de la finesse, une légèreté raffinée. C'était merveilleux!

Sans qu'elle en prît tout d'abord pleinement conscience, elle surveillait maintenant son langage, choisissait ses expressions, faisait la coquette. Les joues de Pierrot Bernard rosissaient de satisfaction. Il changea encore une fois de registre et se lança dans des confidences. Comme tout le monde, il avait connu des moments difficiles. Qui peut y échapper? Plusieurs années auparavant, une femme l'avait beaucoup fait souffrir. Elle l'avait quitté d'une façon cruelle et imprévue. Car il n'avait rien vu venir, rien.

C'était le 8 juillet 1980. Jamais il n'oublierait cette date. Ils vivaient ensemble depuis quatre ans. Un garçon leur était né – le seul enfant qu'il ait jamais eu. Ce soir-là, elle lui avait demandé de l'emmener en auto avec leur fils au centre commercial Rockland pour lui acheter une barboteuse. À l'époque, celui-ci avait à peine trois ans.

— Attends-nous dans l'auto, lui avait-elle dit, j'en ai pour quinze minutes tout au plus.

Il avait souri:

— Tu es sûre ? Quand tu commences à magasiner, toi…

Elle était partie avec l'enfant. Il revoit le petit Rémi qui se retourne pour lui envoyer la main, passant près de trébucher dans un nid-de-poule. Le stationnement était bondé, c'était un vendredi soir, les gens et les autos allaient et venaient, la foire de la fin de semaine venait de commencer.

Une demi-heure avait passé, puis une heure. Il avait commencé à s'inquiéter, était sorti de l'auto, avait jeté un coup d'œil aux alentours. Avait-elle de la difficulté à le retrouver ? Le stationnement avait commencé peu à peu à se vider ; bientôt, ce fut presque un désert. De plus en plus inquiet, il était entré dans le centre commercial et s'était mis à sillonner les allées en jetant des regards partout, mais on allait bientôt fermer ; un agent de sécurité lui demanda de quitter les lieux. Il était retourné à l'auto, en espérant y retrouver sa femme avec le petit. Personne. Les avait-on enlevés ? Alors, avant d'alerter la police, mû par un sinistre pressentiment, il avait décidé de retourner à la maison.

En arrivant chez lui, il avait trouvé l'appartement à demi vidé ! Elle avait pensé à ce stratagème tordu pour ficher le camp sans ennui avec leur fils. Il n'avait plus jamais entendu parler ni d'elle ni de lui.

— J'ai longtemps pensé au suicide. Mais, peu à peu, j'ai fini par remonter la côte. Il faut croire que j'ai la vie chevillée au corps !

Mélanie, les yeux humides, le regarda un moment sans parler.

— Comme ç'a dû être difficile, murmura-t-elle enfin. Je pensais que ces choses-là n'arrivaient que dans les films… Mais, bien sûr, se reprit-elle aussitôt, le cinéma s'inspire de la vie… Et pourtant, à vous voir, on ne dirait pas que vous avez tant souffert.

Il eut un sourire à la fois triste et bon.

— La vie rend philosophe.

Il poussa un soupir, puis battit légèrement des pieds sur le plancher :

— *Basta!* Tout cela est bien loin, à présent. Et, ce soir, je me trouve avec une charmante jeune femme qui accepte gentiment de se laisser ennuyer par mes histoires. Que diriez-vous d'un sorbet? Ils sont délicieux ici.

Elle accepta. Il s'était mis, malgré son âge, à produire sur elle un effet du tonnerre.

Une demi-heure plus tard, ils sortaient dans la rue.

— Il faut que j'aille dormir, dit-elle, presque gênée d'avoir à le quitter. J'ai travaillé dur aujourd'hui. J'aime beaucoup mon nouvel emploi, mais on n'y chôme pas, je vous en passe un papier!

— Mon Dieu, Mélanie, excusez-moi, je n'ai pas vu le temps passer! Nous autres écrivains, nous vivons dans une bulle!

Il s'inclina devant elle avec un sourire confus et s'éloigna à pas pressés, se retournant à deux reprises pour lui envoyer la main. Elle le regarda un moment, tout attendrie, puis gravit lentement l'escalier qui menait à son appartement. Sa soirée l'avait remplie d'une euphorie étrange et inconnue, comme si elle venait d'accomplir un exploit, qu'elle aurait été, d'ailleurs, bien en peine de décrire. Pour la première fois de sa vie, elle connaissait un *homme de qualité* et, qui plus est, un écrivain, c'est-à-dire un artiste, un être d'une intelligence supérieure, d'une sensibilité et d'une délicatesse exquises en comparaison desquelles les hommes qu'elle avait connus jusque-là ressemblaient à des cartons de pizza. Elle avait le sentiment de vivre un moment capital de son existence. La chance avait placé sur son chemin un être d'exception qui, chose inouïe, avait découvert en elle-même un trésor qu'elle ignorait. Quoi au juste? Elle n'en avait aucune idée. Un mot surgit dans son esprit, venu d'une lecture lointaine: elle était sa *muse!* Voilà. Il fallait donc se montrer à la hauteur. Mais comment? Elle admirait cet homme et, en même temps, ressentait comme un besoin maternel de le protéger. Tout cela formait dans son esprit un sentiment complexe, étourdissant, confus, d'où la peur n'était pas absente. Si sa mère apprenait qu'elle s'était mise à fréquenter un homme de trente-six ans son aîné (car il était clair qu'ils allaient se revoir), elle hurlerait d'indignation et, pour une fois, Sarto partagerait sans doute son avis. Mais Mélanie croyait désormais que, dans les relations humaines, l'âge ne constitue qu'un facteur parmi d'autres et que la jeunesse et la fraîcheur d'âme peuvent survivre aux années.

Cette nuit-là, elle dormit d'un sommeil agité et se réveilla plusieurs fois. Vers quatre heures, après s'être tournée et retournée dans son lit, elle allongea le bras et ouvrit la radio. Le son grave et moelleux d'un violoncelle se répandit en sourdine dans la chambre. Fascinée, elle écoutait la mélodie triste et voluptueuse qui semblait lui parler à la fois des bonheurs enfuis et de ceux à venir. Ses yeux se remplirent de larmes. Elle plongea son visage dans l'oreiller en sanglotant. Comme c'était délicieux! Un petit air de jazz suivit, joué à la clarinette et au piano. Elle ferma la radio, pour faire durer l'émotion. Sa crise de larmes l'avait rassérénée. Elle dormit d'une traite jusqu'au matin.

Au Café Cherrier, ce jour-là, quand l'aide-cuisinier eut le malheur de la taquiner encore une fois sur son *mononcle* (c'était sa manière balourde de lui faire la cour, de façon à mettre en valeur sa propre jeunesse), elle devint rouge comme une tomate et lui répliqua, la voix sifflante, qu'elle en avait assez de ces «farces idiotes». Sa réponse fit le tour du personnel en trois minutes et on cessa désormais de lui parler de Pierrot Bernard.

Trois semaines passèrent. On arrivait au milieu d'août. Pierrot Bernard venait trouver chaque jour Mélanie au restaurant et avait conquis la sympathie des employés par sa bonhomie et les gros pourboires qu'il laissait pour un simple café. Une fois son travail fini, Mélanie l'accompagnait dans de longues promenades à travers la ville.

Un soir, ils se rendirent en autobus jusqu'au parc du mont Royal (il ne possédait pas d'auto et semblait avoir des moyens fort modestes, mais n'était-ce pas le lot de bien des artistes?) et, au détour d'une allée solitaire, il embrassa Mélanie, qui attendait ce moment depuis plusieurs jours et commençait à trouver son ami bien timide. Voilà longtemps qu'elle ne voyait plus ses cheveux blancs, sa corpulence et ses traits fatigués par l'âge.

Pierrot Bernard logeait à la Villa du Pont, une conciergerie de douze étages qui s'élevait, boulevard de Maisonneuve, près du pont Jacques-Cartier, d'où elle avait tiré son nom si poétique. Le 18 août, jour de congé pour la serveuse, il l'invita à dîner chez lui. Cette invitation la remplit d'un plaisir mêlé d'appréhension; elle savait que ces moments d'intimité seraient déterminants pour la suite de leur relation.

— Arrive vers onze heures. J'aurai une surprise pour toi. J'espère qu'elle te fera plaisir.

Et il eut un sourire que Mélanie aurait trouvé vaguement inquiétant si elle n'avait éprouvé une telle estime pour celui qui le lui adressait.

6

À force de se faire tapoter dans le dos par son mari, Félicité se calma peu à peu.

— Apporte-moi de l'eau, murmura-t-elle d'une voix mourante. Bien froide.

Affalée sur sa chaise, les jambes écartées, elle poussait des soufflements de phoque, promenant son regard dans la cuisine comme si les murs ou les objets de la pièce avaient pu lui apporter une solution. À sa crise de larmes succéda alors un profond abattement. Elle se mit à fixer le plancher, hagarde, marmonnant de temps à autre : « Et dire que ça m'arrive à moi… À moi ! Je voudrais mourir. »

— Mais qu'est-ce qui s'est passé ? lui répéta Sarto pour la dixième fois. Parle, bon sang ! Est-ce qu'elle a tué quelqu'un, jériboire ?

— Elle a fait pire que ça, répondit enfin Félicité. Elle a tué son âme et notre réputation. Il va falloir quitter Trois-Rivières. Après ce que j'ai vu, moi, je ne veux plus rester dans cette ville une minute de plus.

Et elle lui raconta enfin la scène horrible dont elle avait été témoin.

Félicité était sortie peu après le souper en disant à sa fille qu'elle ne serait de retour que tard dans la soirée, car elle avait trois clients à rencontrer au sujet de l'achat d'un immeuble commercial, rue des Forges, et l'un d'eux se montrait si pointilleux, si méfiant, si friand de chichis et de complications, que la discussion durerait sûrement des heures ; mais l'affaire n'était pas à dédaigner, car il y avait beaucoup de fric en jeu.

Contre toute attente, tout se régla en quarante-cinq minutes, on convint d'un rendez-vous chez le notaire pour la semaine suivante et lorsque Félicité revint à pied chez elle, sa montre indiquait huit heures.

« Pour une fois que les choses sont simples », se dit-elle en plissant l'œil de satisfaction comme une vieille chatte à la vue d'un bon feu. Et, sur cette petite phrase, elle composa un air qu'elle se mit à chantonner à voix basse.

Comme la nuit était plutôt douce, elle décida, pour célébrer l'heureuse issue de ses efforts, de prendre une bière sur sa terrasse. Elle entra chez elle, ne vit personne, n'entendit aucun bruit, et fit le tour des pièces. Elle était seule.

— Où est donc passée Mélanie ? grommela-t-elle à voix basse. Décidément, les études, c'est le moindre de ses soucis.

Elle décapsulait une Labatt 50 en jetant un regard distrait par la fenêtre lorsque son attention fut soudain attirée par une scène étrange. Un jeune homme se tenait immobile au milieu de la cour, tourné vers le cabanon et, apparemment, intéressé au plus haut point par ce qui semblait se dérouler derrière la porte fermée. Félicité n'avait pas fait de lumière dans la cuisine, de sorte qu'il ne s'était pas aperçu de sa présence. Il ne s'agissait pas d'un cambrioleur mais d'un camarade de Mélanie, qu'elle avait entrevu à quelques reprises et dont le nom lui échappait. Que se passait-il donc dans le cabanon qui l'intéressait à ce point ?

Elle posa sa bouteille sur le comptoir, sortit sans bruit par la porte principale, qui donnait sur la rue, et longea silencieusement la maison en se dirigeant vers la cour, puis s'arrêta au coin.

C'est alors qu'elle entendit, en provenance du cabanon, des soupirs et des halètements qui la glacèrent d'horreur.

— Torbinouche! murmura une voix d'homme essoufflée, tu fais bien ça!

Un rire léger lui répondit, puis elle reconnut la voix de sa fille:

— Mon beau Toto, dit Mélanie.

Le seul mot pouvant décrire les événements qui suivirent est «EXPLOSION». Félicité bondit dans la cour en rugissant, faisant fuir à toutes jambes le spectateur qui se croyait seul, et s'élança vers le cabanon dont elle ouvrit la porte à la volée, puis, dans un flot d'imprécations fumantes, chassa Mélanie et son *client* – car elle était sûre qu'il s'agissait d'un client, et que c'était, bien entendu, *un autre client* qui attendait impatiemment dans la cour le moment de satisfaire lui aussi ses bas instincts. Ils disparurent à demi habillés derrière une haie pour se rendre ensuite Dieu sait où. Félicité ne s'en souciait guère. L'âme broyée par l'humiliation et carbonisée par la colère, elle vivait mille morts et croyait entendre les ricanements de Satan penché à son oreille. Sa fille putain! Sa fille putain recevant des clients chez elle aux yeux de tout le monde!

Une heure plus tard, le téléphone avait sonné. C'était Mélanie. Elle voulait s'expliquer. Non, avait-elle protesté, elle ne vendait son corps à personne. Non, elle ne savait pas qu'un copain de classe se trouvait dans la cour en train de se rincer les oreilles. Quelle menteuse! Quelle effrontée! Est-ce que des parents honnêtes et dévoués méritaient une pareille débauchée? La mère et la fille avaient échangé des paroles très dures, de ces paroles après lesquelles toute réconciliation devient impossible. Et, finalement, l'ultimatum avait sonné: Mélanie devait quitter immédiatement la maison. Elle avait une demi-heure pour venir chercher ses effets personnels, puis disparaître. Après, les portes seraient verrouillées.

Quand Mélanie s'était présentée à la maison, Félicité s'était enfermée dans sa chambre, car elle ne voulait pas assister au départ de sa fille. D'ailleurs, Mélanie n'avait pas cherché à lui parler. Elle avait prestement rempli deux valises de tout ce qui lui tombait sous la main et avait filé sans demander son reste. Où ? Cela n'avait plus aucune importance.

Sarto, appuyé contre un mur, les jambes en flanelle, l'écoutait, hébété. Le comportement de sa femme le consternait presque autant que celui de sa fille. D'ailleurs, qu'en était-il au juste ? Il connaissait trop bien le rigorisme de Félicité pour ne pas entretenir de doutes sur ce qui s'était véritablement passé.

— Tu ne sais donc pas où elle se trouve ?

— Je ne connais aucune adresse de bordel à Trois-Rivières. Tu es peut-être plus renseigné que moi ?

— Oh, ça va, ça va, je trouve que tu tartines épais, Félicité !

Elle darda sur lui un regard haineux :

— Tu ne vas quand même pas prendre sa défense, non ? Il est vrai qu'avec tes mœurs…

Il leva les mains pour lui imposer le silence, mais elle continua de plus belle et se mit à l'engueuler. C'était son mauvais exemple qui avait entraîné leur fille dans le mal. La débauche amène la débauche. Il était le seul coupable.

— Me prends-tu pour une idiote ? Est-ce que tu penses que j'ignore la façon dont tu passes tes *temps libres* ? Je pourrais te donner la liste des femmes que tu fréquentes ou que tu as fréquentées. Avec les charmes que je te connais, tu dois sans doute les payer… Surpris, hein ? Je ne t'ai jamais rien dit parce que tu n'en vaux pas la peine, et puis, au moins, ces dévergondées me rendent le service de me débarrasser de toi.

— Ça va, la canonisée de Trois-Rivières ! Si tous les saints sont comme toi, on est mieux en enfer !

Il ricana, lança des plaisanteries féroces, puis, comme presque toujours dans les orages de leur vie commune, battit en retraite et quitta la maison, car il ne se sentait pas de taille à l'affronter plus longtemps et craignait ses vengeances, qu'elle avait l'art de faire durer. Quelques minutes plus tard, il entrait dans un restaurant et parlait au téléphone à Thomas Bérubé, un camarade de classe de Mélanie, qu'il avait vu deux ou trois fois à la maison et qu'il soupçonnait d'être le partenaire du cabanon.

— Oui, monsieur Gervais, Mélanie est ici, répondit le jeune homme, embarrassé. Elle va passer la nuit chez nous… c'est-à-dire chez mes parents… enfin, vous me comprenez… À moins que vous préfériez…

— Non, je crois que, dans les circonstances, c'est mieux ainsi. Je peux lui parler ?

— Elle est à côté de moi.

— Papa, lança Mélanie d'entrée de jeu, il ne faut pas croire ce que maman dit de moi. C'est ridicule ! Je ne suis pas une putain, papa ! Comment voulais-tu que je sache que ce tarlais de Robert Gosselin nous écorniflait dans la cour ? Papa, je t'assure que…

— Allons, allons, l'interrompit-il, tu n'as pas à me convaincre. Je te connais et je sais ce que tu vaux.

Cette réaction, qu'elle avait espérée sans être sûre de pouvoir y compter, relâcha quelque chose en Mélanie et, pendant un moment, les larmes l'empêchèrent de parler.

— Ma pauvre petite fifille, murmurait Sarto, tout ému, qu'est-ce qui se passe ? Ah ! tu aurais dû faire attention… Tu connais le caractère de ta mère et ses saudits principes. Bon, bon, bon… Je saute dans mon char et j'arrive.

Mélanie n'y tenait guère mais n'osa s'y opposer. La rencontre eut lieu sur le trottoir, car on avait raconté aux parents de Thomas Bérubé une tout autre version des événements. Quand Sarto arriva en vue de la maison, les deux amoureux l'attendaient dehors en faisant les cent pas dans la rue, heureusement déserte à cette heure-là. Il embrassa sa fille et serra la main du jeune homme comme si de rien n'était.

— Eh bien, lança-t-il en guise d'introduction, ce fameux cabanon ne nous porte pas chance, hein ?

Mélanie, soulagée, éclata d'un rire nerveux. Thomas qui, bien sûr, connaissait la mésaventure de Sarto, fit semblant par politesse de ne pas comprendre. Malgré son jeans aux genoux avachis et son t-shirt de coton où explosait un dessin psychédélique, il faisait vaguement penser à un soldat de l'époque romaine échappé d'un manuel d'histoire. Grand, bien découplé, avec un visage osseux, une bouche sévère, un front haut et des cheveux coupés ras, il donnait une impression d'énergie aveugle et même de brutalité. Mais les regards pleins de tendresse que lui adressait Mélanie à tout moment montraient qu'il n'en était rien.

La conversation fut courte. Sarto prit soin d'éviter les remontrances (Mélanie venait d'en faire le plein) et s'informa plutôt des projets de sa fille dans l'immédiat. Elle répondit qu'elle avait l'intention de poursuivre ses études au cégep et que, dès le lendemain, elle se mettrait à la recherche d'un petit appartement et d'un emploi à temps partiel. Est-ce que son papa pourrait la soutenir financièrement pendant quelques semaines ?

En père prévoyant, Sarto avait pris soin de s'arrêter au guichet automatique de la caisse populaire.

— Ah, Seigneur ! Que de soucis ! soupira-t-il en essayant de prendre une contenance sévère.

Il fouilla dans sa poche et lui tendit une liasse de billets de banque. Il y en avait pour quatre cents dollars.

Mélanie lui sauta au cou et se remit à pleurer. Thomas Bérubé lui tendit la main et, de sa voix rendue caverneuse par l'émotion :

— Vous êtes vraiment un chic type, monsieur Gervais. Mélanie est bien chanceuse de vous avoir comme père.

— N'importe qui aurait fait comme moi, voyons, répondit Sarto, tout rouge de plaisir et qui en avait oublié les explications qu'il devrait donner à sa femme pour cette ponction massive dans leurs économies.

*

Mélanie loua le lendemain un minuscule trois-pièces dans une arrière-cour de la rue des Forges et dénicha une semaine plus tard un emploi de serveuse au Café Morgane, rue Notre-Dame Ouest, qui lui permit de vivoter pendant qu'elle poursuivait ses études. Mais un événement tragique allait bientôt chambarder sa vie.

7

En cette matinée du 18 août 1999, un ciel merveilleusement lumineux faisait l'impossible pour dissoudre les laideurs du boulevard de Maisonneuve, et même la Villa du Pont, avec ses douze étages qui écrasaient les alentours, en perdait un peu de sa rébarbative lourdeur.

Mélanie s'arrêta un instant devant l'immeuble, leva la tête comme pour le toiser, puis pénétra dans le hall. Il était onze heures dix.

On se serait attendu qu'une construction aussi imposante ait une entrée en rapport avec son importance ; il en avait peut-être été ainsi au début. Mais la soif de profits des propriétaires, qui avaient utilisé la plus grande partie de l'espace pour y construire des bureaux loués sans doute à fort prix, avait fait du hall un endroit exigu, bas de plafond et d'aspect minable, dont le seul ornement était un mur en miroir dans lequel s'ouvraient deux portes d'ascenseur.

Sans oser se l'avouer, Mélanie dut réprimer les vagues craintes que lui inspirait cette rencontre avec Pierrot Bernard. Et dans la secousse de l'ascenseur qui l'emporta vers le dixième étage, elle sentit comme la poussée du destin qui vous trimballe à hue et à dia sans vous demander votre avis.

— Ah ! comme je suis content de te voir, s'exclama l'écrivain en ouvrant sa porte toute grande. Depuis neuf heures que je prépare notre petit dîner ! J'espère que tu as bon appétit – et que tu l'aimeras !

Et il lui posa deux gros baisers sur les joues.

— Humm…, fit Mélanie en reniflant. Même si j'avais avalé un déjeuner de bûcheron ce matin, je crois que le ventre se mettrait à me gargouiller. Qu'est-ce que tu as préparé?

Le délicieux fumet qui remplissait l'appartement avait brusquement endormi toutes ses craintes. Comment un homme qui, d'évidence, savait si bien cuisiner pourrait-il être méchant?

Pierrot Bernard, tout souriant, la dévorait des yeux:

— Ah! ah! ah! c'est une surprise, ma chère. Et je pense ne pas avoir trop mal réussi… Mais il faut attendre encore une petite demi-heure pour que tout soit à point.

La main sur l'épaule de la jeune femme, il lui fit visiter l'appartement. Celui-ci comportait trois pièces, assez exiguës et très modestement meublées mais d'une propreté impeccable. Un canapé au tissu vert olive, plein de bosses et de creux, et deux fauteuils de cuir noir affligés de petites crevasses jaunâtres étaient orientés vers un gros appareil de télévision d'un modèle ancien surmonté d'oreilles de lapin. Il manquait un rideau à la fenêtre du salon, d'où le regard butait sur la massive structure verdâtre du pont Jacques-Cartier.

Mélanie ne put cacher son étonnement devant un intérieur aussi humble. Il leva le bras dans un geste d'excuse:

— L'art s'épanouit dans la pauvreté.

— Mais c'est quand même très bien, crut bon d'ajouter la jeune femme. Tu as tout ce qu'il te faut, il y a beaucoup de lumière, et puis la vue qu'on a du pont est vraiment impressionnante.

Du salon, ils allèrent à la cuisine. C'était une pièce tout à fait banale, la plus spacieuse de l'appartement, éclairée par un plafonnier à tubes fluorescents et deux larges fenêtres, l'une donnant sur le pont, l'autre, sur le boulevard de Maisonneuve.

Des murs peints d'un beige lustré, des armoires de mélamine bon marché, un comptoir qui avait connu des jours meilleurs, de vieux électroménagers, une grande table rectangulaire en placage d'érable décollé par endroits et trois chaises dépareillées, tout exhalait une modicité de moyens qui frôlait la pauvreté. Au-dessus du frigidaire trônait une grande photo couleur de l'acteur Paul Newman en tenue de coureur automobile, le visage impassible, le regard décidé.

— Maintenant, la surprise, fit Pierrot Bernard d'une voix pleine d'entrain où on sentait comme de la taquinerie. Ou plutôt... la *première* surprise.

Et, la prenant par la main, il l'entraîna vers la chambre à coucher.

Un lit à deux places, un bureau de travail, une commode et un classeur en occupaient presque tout l'espace. Des empilages de feuilles dactylographiées s'élevaient partout. Mélanie, étonnée, fixait l'énorme et vétuste machine à écrire qui occupait le centre du bureau.

— Tu devrais acheter un ordinateur. C'est tellement merveilleux. On en trouve d'occasion pour pas trop cher.

— Même d'occasion, c'est au-dessus de mes moyens, soupira l'écrivain. Plus tard, peut-être.

Une vague odeur d'encens flottait dans l'air. Était-ce pour en cacher d'autres ? Par la fenêtre ouverte, qui donnait également sur le boulevard de Maisonneuve, parvint la longue plainte d'une sirène d'ambulance. Pierrot Bernard alla aussitôt la fermer.

— Mais tu n'as pas encore remarqué ma surprise, lança-t-il sur un ton de doux reproche.

Et il pointa le doigt derrière Mélanie. Elle se retourna et aperçut, accrochée au mur, une grande feuille rose pâle, plastifiée et fixée sur une plaque d'aggloméré aux contours dorés. Sur la feuille s'étalait un petit poème en gros caractères imprimés, tout en fioritures :

> Mélanie, amour de ma vie,
> Écoute mon cœur en pâmoison,
> Lis dans mes yeux cette euphorie
> Affaiblissant ma raison.
> Ne rejette pas ma tendresse,
> Impératrice de ma faiblesse,
> Et accepte de moi le don.

— C'est un acrostiche, fit-il remarquer avec gravité. Tu as vu ? Si on lit verticalement la première lettre de chaque vers, ton prénom apparaît. J'ai pondu ça la semaine dernière.

Elle posa sur lui un regard ému :

— Oui, j'ai bien remarqué.

La pauvreté de ces vers de mirliton ne l'avait pas encore frappée. C'était la première fois qu'un homme composait des vers en son honneur. Des vers pour elle seule – et qui parlaient d'elle ! L'image du quinquagénaire se nimba dans son esprit d'une lueur encore plus vive.

— C'est beau, murmura-t-elle d'une voix recueillie, et c'est très gentil.

Pierrot Bernard s'esclaffa :

— Gentil, je veux bien, mais pour le reste ! Je n'ai absolument aucun talent comme poète ! Ce malheureux poème m'a donné un mal de chien. Mais je tenais à l'écrire. Nous autres, écrivains, nous exprimons plus facilement nos sentiments par l'écrit que par la parole.

Elle se jeta brusquement dans ses bras :

— Merci, Pierrot ! Personne ne m'a jamais fait un aussi beau cadeau. Tu es merveilleux !

Il eut un sourire satisfait et se mit à la caresser sur tout le corps. Mais un léger raidissement chez sa compagne lui fit comprendre qu'il allait peut-être un peu vite en besogne.

— Ah! mais j'allais oublier la popote, s'écria-t-il en la relâchant. Il ne faut pas que mon dîner brûle! Ce serait la catastrophe!

Et il se précipita vers la cuisine.

Elle le suivit et le regarda un moment s'affairer devant le four, puis au-dessus des casseroles fumantes. Soudain, elle eut très faim.

— Tu serais aimable, fit-il en se retournant, d'aller au frigo et de sortir la bouteille de vin. Elle a assez fraîchi. C'est du blanc. Je me suis rappelé que tu n'aimais pas trop le vin rouge.

— Oh là là! fit-elle en déposant la bouteille sur la table. Un Clos Sainte-Odile! Tu me reçois comme une princesse!

Il se retourna et posa sur elle un long regard:

— Comme une impératrice, rectifia-t-il. L'impératrice de ma faiblesse.

Ce regard éveilla en elle un vague malaise. Elle se sentit soudain toute fragile et inexpérimentée devant ce gros homme robuste à longue chevelure blanche qu'elle voyait à la fois comme un père et comme un adolescent, mélange bizarre qui la déroutait. Son bas-ventre se crispa comme par un réflexe de défense et ses jambes se glacèrent.

Pierrot Bernard dut deviner son malaise, car, lui qui ne pratiquait guère l'humour, se lança dans l'autodérision avec des dandinements de pitre, des grimaces de bouffon, tortillant du derrière et faisant voleter ses mains comme une grande folle surexcitée:

— Si Votre Majesté veut bien profiter des derniers moments de cette chaise qui n'aura bientôt plus que trois pattes... voilà... et poser un regard bienveillant sur cette saucière à peine ébréchée acquise pour deux fois rien chez Dollarama... merci... Je prierais à présent Sa Gracieuse Majesté de bien vouloir fermer ses impériaux quenœils afin qu'elle puisse jouir dans toute son entièreté de la surprise culinaire que je vais avoir l'honneur de déposer devant son auguste personne.

Elle obéit, attendit quelques secondes, puis ouvrit les yeux et poussa un cri de ravissement devant une assiette garnie de fines tranches de magret de canard aux olives, accompagnées d'endives braisées et d'un risotto à la milanaise.

— C'est exquis! lança-t-elle, utilisant ce qualificatif sans doute pour la première fois de sa vie.

— Il faut goûter avant de juger, répondit Pierrot Bernard avec une prudente modestie.

Mais il se révélait un remarquable cuistot; Mélanie l'assura qu'on ne faisait pas mieux au Café Cherrier, réputé une des bonnes tables de Montréal.

— Tu devrais ouvrir un restaurant, lança-t-elle en plaisantant à moitié.

Il haussa les épaules avec un sourire :

— Manque de fric… Et puis, j'ai mon œuvre à écrire.

— Je n'ai jamais rien lu de toi… à part ce poème, bien sûr… Sur quoi travailles-tu?

Elle commençait à être légèrement grise, car son hôte, très attentionné, veillait à ce que son verre soit toujours plein.

— Sur un roman inspiré par la vie de Paul Newman, le fameux acteur. Tu le connais sûrement. Qui ne le connaît pas? Ce n'est pas pour rien que sa photo est au-dessus de nos têtes… Voilà six ans que j'y travaille. J'admire beaucoup ce comédien. Un artiste extraordinaire. Et un homme merveilleux, qui n'a pas peur de se lancer dans toutes sortes de combats. J'ai vu tous ses films et je possède deux autographes de lui. L'un d'eux m'a coûté pas mal cher! Je l'ai arraché dans un encan. Je peux prétendre, sans risque de me tromper, que bien peu de personnes connaissent sa vie mieux que moi.

— Tu écris une biographie ou un roman?

— Une biographie romancée… ou plutôt un *roman biographique*. Un genre que j'aime beaucoup. C'est le romancier en moi qui veut rendre hommage à son idole, tu comprends?

— Je l'aime bien moi aussi, déclara Mélanie pour être gentille, car, au fond, elle n'éprouvait pour lui aucun intérêt particulier. Et… quel est le titre de ton roman?

— *Newman*, tout simplement.

— J'ai hâte de le lire. Tu le termines bientôt?

— Oh, j'ai encore bien du travail, soupira-t-il. Écrire n'est pas un métier de tout repos. S'il ne s'agissait que d'aligner des mots, n'importe qui peut faire ça…Mais il faut trouver les *bons* mots, ceux qui expriment notre vérité intérieure…

Il pencha la tête et ferma les yeux avec une expression accablée.

— Mais j'y arriverai! lança-t-il soudain en se redressant, et il frappa la table du plat de la main.

Il parut à Mélanie si courageux dans l'adversité qui était son lot quotidien que ses yeux se mouillèrent de compassion.

— Si je pouvais t'aider, murmura-t-elle.

— Tu m'aides déjà beaucoup, je t'assure.

Et, allongeant le bras à travers la table, il lui prit la main et la serra à deux ou trois reprises.

— À présent, au dessert! fit-il en se levant. Nous aurons l'honneur de présenter à Votre Majesté une bavaroise aux trois chocolats nappée d'un coulis de framboises, le tout accompagné, naturellement, d'un mousseux approprié.

Mélanie, dont la tête commençait à tourner, leva la main:

— Merci pour le mousseux, j'aurais peur d'être malade.

Une grimace de dépit assombrit le visage de Pierrot Bernard:

— Oh! ce ne sont que des bulles, de toutes petites bulles, légères comme une brise du printemps, et qui facilitent la digestion. Cela va te faire du bien.

— Merci quand même.

Il haussa les épaules, se rendit au frigidaire et revint avec la bavaroise.

— C'est toi qui as fait ça? s'exclama Mélanie, émerveillée.

— Je fais tout, moi. Bien obligé.

Elle sentit un peu d'humeur dans sa voix. Déplaire à quelqu'un l'avait toujours fait souffrir. Lui déplaire à lui, c'était au-dessus de ses forces:

— À bien y penser, dit-elle, je vais prendre un peu de mousseux… Une goutte seulement.

— À la bonne heure! C'est un asti spumante, l'accompagnement classique des desserts. Une bénédiction des dieux! Tu connais?

— Oui, oui, je crois bien.

Il revint avec deux flûtes, fit sauter le bouchon avec une adresse de sommelier, versa le vin et servit le dessert.

La bavaroise s'avéra aussi bonne que belle, et le vin si léger, si parfumé, que Mélanie ne s'opposa pas quand il remplit sa flûte une seconde fois. Elle trouvait son compagnon de plus en plus drôle, chacune de ses remarques la faisait rire aux éclats; il lui paraissait rajeuni à présent, presque jeune, et la vie elle-même avait perdu toutes ses teintes sombres et s'étendait devant elle comme un immense parc rempli de lueurs multicolores.

Soudain, elle dressa la tête, un éclair malicieux dans l'œil:

— Ne m'avais-tu pas dit qu'il y aurait une *autre* surprise?

Il sourit, légèrement embarrassé:

— Oui, c'est vrai. Tu fais bien de m'en parler, je l'avais presque oubliée. Je vais te la montrer tantôt.

Et il se mit à lui raconter les épisodes déjà écrits de *Newman*, lui expliquant avec force exemples la difficulté qu'il y avait à créer une œuvre de fiction à partir d'un personnage réel – et, de surcroît, encore vivant – sans trahir ce dernier, puis il lui brossa à larges traits les épisodes projetés, le chapitre final lui causant beaucoup de soucis, car aucune esquisse jusqu'ici n'arrivait à le satisfaire; de temps à autre, il remplissait la flûte de Mélanie. Elle l'écoutait, subjuguée par ses propos, flattée par ses confidences, et portait machinalement la flûte à ses lèvres, apparemment insoucieuse à présent de la griserie qui la gagnait un peu plus à chaque gorgée.

— Ah! et puis, *basta*! lança tout à coup Pierrot Bernard. Au diable le métier d'écrivain! Vive la vie! Le moment est venu, ma chère Mélanie, de te présenter ma *deuxième* surprise.

Il se leva, contourna la table et lui prit la main avec une soudaine et profonde gravité:

— J'espère qu'en la voyant tu ne te moqueras pas de moi. N'oublie jamais – et j'insiste là-dessus – que le petit cadeau que je me prépare à t'offrir m'a été inspiré par l'amour. Et qui dit amour dit respect, n'est-ce pas? Respect, adoration, abnégation: les trois piliers de la sagesse amoureuse.

Mélanie se mit à rire:

— Mon Dieu! quel air mystérieux! Vas-tu me faire un tour de magie noire?

Elle se leva à son tour et dut s'appuyer sur le dossier de sa chaise, car les murs de la pièce menaçaient d'entrer en valse.

— Ah! la magie noire, c'est toi qui me la fais subir, Mélanie. Jamais une femme ne m'a plongé dans un tel état de dépendance. Viens, suis-moi.

Et, lui enserrant tendrement les épaules, il l'emmena dans la chambre à coucher:

— Ferme les yeux, à présent. Tu les ouvriras quand je te le dirai.

Mélanie obéit, et dut aussitôt s'adosser contre le chambranle par crainte de tomber. Elle regrettait à présent d'avoir tant bu, mais son regret ne portait que sur ce fait et ne concernait pas la situation confuse et imprévisible dans laquelle elle s'était mise, car un tournoiement insensé s'était emparé de son esprit. Elle entendit un léger glissement de tiroir, puis un froissement de papier ; des pas s'avancèrent vers elle, puis s'arrêtèrent.

— Regarde, à présent, fit Pierrot Bernard à voix basse.

Par les fentes du store vénitien qui masquait la fenêtre de la chambre, des rais de lumière traversaient la soie d'un déshabillé translucide aux délicats dégradés de rose et de vert que l'écrivain tenait suspendu devant lui.

Ce cadeau parut à Mélanie d'une effronterie si naïve et si balourde qu'elle éclata de rire.

Les traits de Pierrot Bernard se crispèrent et son visage devint écarlate.

— Tu te moques de moi ? murmura-t-il.

— Gros nounours ! tu ne feras jamais rien comme les autres !

Et elle se jeta dans ses bras.

Une heure plus tard, elle était devenue sa maîtresse.

8

À Trois-Rivières, Mélanie fréquentait le cégep aussi souvent que son travail de serveuse le lui permettait – en moyenne trois jours par semaine – et vivait les plaisirs et les tracas de l'indépendance. Thomas Bérubé et deux copains l'avaient aidée à s'installer dans son nouvel appartement. Elle avait dû faire l'acquisition d'électroménagers et de quelques meubles essentiels et vivait chichement. Cette gêne était largement compensée par le soulagement que lui procurait l'absence de sa mère. Elle se surprenait chaque jour d'avoir pu la supporter si longtemps.

Apitoyé par son sort, Sarto l'aidait en cachette. Une ou deux fois par semaine, il se présentait chez sa fille, les bras chargés de sacs d'épicerie. Depuis quelque temps, Mélanie le trouvait vieilli et fatigué, comme rongé par des tourments secrets.

Un jour, elle le questionna.

— Tout va bien, tout va bien, ma petite serveuse, la rassura-t-il avec un entrain qui sonnait faux. Je viens d'obtenir une augmentation au bureau de poste, les Canadiens sont en première position — et même, depuis une ou deux semaines, ta mère a meilleur caractère. Je ne peux pas en demander plus au p'tit Jésus, non ?

L'hiver arriva. Sarto lui apporta un édredon et deux chaufferettes électriques, car l'appartement, mal isolé et pourvu de fenêtres vétustes, se transformait en glacière les jours de grands vents.

— Ta mère s'ennuie de toi, mais elle essaie de le cacher, lui dit-il un jour.

— J'en doute, papa. En tout cas, moi, je ne m'ennuie pas d'elle. Je suis contente d'avoir quitté la maison.

Il posa sur elle un long regard narquois :

— Je serais bien surpris que tu sois si contente que ça d'être en chicane avec ta mère, toi qui as toujours cherché à la gagner…

Elle ne répondit rien.

Les faits semblèrent donner raison à Mélanie. Un soir qu'elle était allée payer son loyer à sa propriétaire, madame Vanasse, qui demeurait à deux coins de rue, celle-ci lui confia que Félicité était venue la trouver quelques jours auparavant pour déblatérer contre sa fille et inciter la bonne dame à se débarrasser de ce « démon de débauche » qui ne lui apporterait tôt ou tard que des ennuis.

— Je vous parle ainsi la mort dans l'âme, madame, car après tout c'est ma fille et je l'ai portée neuf mois dans mon ventre, mais l'expérience m'a montré que lorsqu'un être a le cœur pourri, rien ne peut le sauver. On a tout avantage à s'en tenir éloigné.

L'appartement de Mélanie étant difficile à louer et celle-ci n'ayant fait l'objet d'aucune plainte d'aucune sorte, madame Vanasse s'était contentée de hocher gravement la tête, et les choses en étaient restées là. Mais elle tenait, naturellement, à informer sa locataire des propos que sa mère répétait à son sujet ; c'était comme une sorte de mise en garde indirecte : « Continue d'être sage, ma petite bonne femme, sinon tu risques de te retrouver avec tes meubles sur le trottoir ; la Régie des loyers me donne des droits, tu sais. »

Il semblait donc que Félicité avait modifié ses projets : plutôt que de quitter Trois-Rivières, elle avait décidé d'en chasser Mélanie. Mais elle dut bientôt s'apercevoir qu'en ce siècle de relâchement des mœurs la chose était impossible à réaliser à moins que l'inconduite de sa fille ne devienne scandaleuse et n'outrepasse publiquement les lois.

Or Mélanie menait une vie tout à fait paisible. Au Café Morgane, les patrons appréciaient son efficacité et son entregent (elle avait appris le métier en trois jours et c'est grâce à elle que certains clients étaient devenus des habitués) ; elle suivait ses cours au cégep avec toute l'assiduité possible et voyait Thomas Bérubé trois ou quatre fois par semaine ; par crainte d'indisposer ses parents, ce dernier évitait toujours de découcher. Il avait abandonné ses études en septembre et travaillait comme aide-mécanicien. C'était un garçon simple, aux idées grises et carrées, facile à vivre mais un peu ennuyant, qui rêvait de posséder un jour un lave-auto, un poste d'essence ou quelque commerce du genre. Le goût que Mélanie venait de développer pour les romans l'ébahissait, surtout quand ces derniers comptaient plus de deux cents pages ; l'affreux petit appareil de télévision noir et blanc dont elle devait se contenter depuis son départ de la maison s'était montré un puissant incitatif.

Il l'avait longuement observée un jour qu'elle était en train de lire *Anna Karénine* de Tolstoï.

— Comment fais-tu pour tout retenir ? lui avait-il demandé en tâtant l'épaisseur du livre.

Elle avait levé vers lui un regard amusé :

— Mais ça se fait tout seul, voyons. C'est comme lorsqu'on parle avec une personne. On ne pourrait pas répéter par cœur tout ce qu'elle vient de nous dire, mais on garde le fil, quoi.

Il avait haussé les épaules avec une expression découragée :

— Moi, je le perdrais, le fil. Et en plus, un écrivain russe !

— Les Russes sont comme toi, mon lapin : une tête, deux bras, deux jambes et une…

Elle acheva sa phrase par une caresse qui changea brusquement leur centre d'intérêt.

*

Dans une ville de la dimension de Trois-Rivières, les rencontres fâcheuses sont inévitables. Un matin de février, en route vers son restaurant, Mélanie arriva face à face avec sa mère au coin des rues Hart et Bonaventure, en face du parc Champlain. Félicité eut une seconde d'hésitation, voulut d'abord changer de trottoir, puis, se ravisant, se planta devant sa fille :

— Comment ! tu n'as pas encore décampé, toi ? Si ce n'est pas pour moi, tu devrais le faire pour ton père. Tu déshonores son nom !

— Je ne déshonore rien du tout, maman, je t'assure ! Je…

— Je ne suis plus ta mère, m'entends-tu ? Je ne le suis plus !

Elle leva le bras comme pour la frapper puis, lui tournant le dos, s'éloigna à grands pas en marmonnant. Par bonheur, les rares passants se trouvaient à bonne distance et aucun d'eux n'avait entendu la conversation.

Mélanie arriva en larmes au Café Morgane. Aux questions inquiètes de madame Marcotte, la patronne, elle répondit que ce n'était pas grave, qu'elle avait mal dormi, que tout irait mieux dans quelques instants.

— Elle doit être dans ses règles, murmura Suzanne Marcotte à l'oreille de son frère qui, assis devant un registre de comptabilité, observait la serveuse, étonné. Fais comme si de rien n'était.

*

Le même jour, Mélanie reçut de sa sœur Mélina une lettre qui la bouleversa.

Maman fait la vie dure à papa. Elle s'est aperçue qu'il te donnait des sous. Elle lui fait des crises terribles et l'accuse de t'encourager au mal. Incroyable que des scènes pareilles puissent encore se produire en 1998… Nous avons toute une mère ! Tu connais trop bien papa pour t'imaginer que c'est lui qui m'a appris ces choses. Non, c'est Louise, la fille de monsieur Boivin qui travaille aux Postes avec papa. Ils vont de temps à autre prendre un verre en ville. Un soir de la semaine dernière, papa, qui avait sans doute un peu bu, lui a tout raconté, en lui faisant jurer, bien sûr, de ne rien dire à personne.

Il en va ainsi de bien des confidences, je suppose. Je n'ai pas à te dicter ta conduite, ma petite sœur, tu es assez grande pour savoir quoi faire. Mais si tu quittais Trois-Rivières un de ces jours pour venir t'installer, par exemple, à Montréal, cela apporterait sûrement un soulagement à notre pauvre papa. Je m'inquiète pour sa santé et tu dois sûrement t'en inquiéter toi aussi.

Dans la soirée, Sarto se présenta chez Mélanie pour chercher son vieux Macintosh tombé en panne plusieurs semaines auparavant et qu'elle n'avait pas les moyens de faire réparer pour le moment; il avait déniché un technicien qui effectuerait le travail à bon compte et s'occupait, bien sûr, de la facture; Mélanie le rembourserait quand elle aurait des sous, rien ne pressait.

Elle trouva son père pâle, amaigri, fondit en larmes et se jeta dans ses bras.

— Mon pauvre papa, je sais tout! Maman est en train de te faire mourir à petit feu à cause de moi. Je vais quitter la ville, papa… Aussitôt que j'aurai trouvé du travail à Montréal, je m'en irai. Ce sera mieux ainsi pour tout le monde.

Alors Sarto piqua une colère:

— D'où tiens-tu ces papotages? Pure invention! Et moi, qu'est-ce que je vais devenir là-dedans? Mes deux filles m'auront quitté l'une après l'autre! Belle façon de me récompenser pour tout ce que j'ai fait pour vous!

Il avait l'air si triste et désemparé que Mélanie regretta ses paroles; il aurait mieux valu ne rien dire et agir en invoquant d'autres raisons.

Elle essaya de le calmer, l'amena à la cuisine, le fit asseoir et lui offrit un café, qu'il refusa.

— De toute façon, papa, je n'ai jamais pensé faire ma vie ici, tu le sais bien… Je rêve depuis toujours de m'installer à Montréal, comme Mélina. Ça ne m'empêchera pas de venir te voir, mon petit papibou, et toi-même, tu pourras venir me voir aussi souvent que tu le veux, non?

— Ta mère gagne toujours, murmura Sarto d'un air sombre.

Il passa la main sur son front, soupira, puis regardant sa fille droit dans les yeux:

— Je ne sais pas où tu as pris tes informations, mais la réalité est bien plus compliquée que tu ne penses. Ta mère est malheureuse comme un tas de pierres en plein hiver. L'autre soir, en revenant du travail, je l'ai surprise étendue sur son lit en train de pleurer, et c'est ton nom que j'ai entendu, Mélanie. Elle souffre comme une damnée à cause de toi… Tu vas me dire que c'est elle-même qui a bâti son enfer… N'empêche qu'elle t'aime… Oui! oui! elle t'aime… à sa façon, bien sûr, mais elle t'aime… Ta mère a bon cœur, je te dis, mais son problème, c'est qu'elle ne sait pas comment le montrer… Elle est comme une boîte de chocolats qu'on aurait coulée dans du béton… Impossible de l'ouvrir… Ne ris pas, c'est la vérité…

Il pencha la tête et laissa pendre ses mains entre ses cuisses:

— Si tu pars toi aussi, murmura-t-il, qu'est-ce qui va me rester?

«La bière et les femmes», eut envie de répondre Mélanie, mais elle n'en fit rien. L'homme exténué qui était assis devant elle pouvait-il encore avoir la force et le goût de courir la galipote?

Soudain, comme si le sujet de leur conversation lui était devenu insupportable, il demanda un café, prit des nouvelles de Thomas Bérubé, raconta les dernières balourdises de son patron au bureau, puis glissa l'ordinateur dans son emballage d'origine tout en poussant quelques plaisanteries de commis-voyageur, une habitude dont il n'avait jamais pu se débarrasser malgré les gronderies de sa femme mais qui lui avait gagné une certaine notoriété dans son milieu de travail.

Mélanie l'écoutait, souriante, attendrie, rassurée.

— Je te rapporterai ta machine dans le courant de la semaine prochaine, lui promit-il en soulevant la boîte.

Mélanie le trouva bien essoufflé tandis qu'il descendait l'escalier, son fardeau entre les bras.

*

Quelques semaines passèrent. Un soir que Mélanie se trouvait chez elle avec Thomas Bérubé en train de jouer une partie de scrabble (c'était la façon diplomatique qu'elle avait imaginée pour améliorer l'orthographe lamentable de son ami), des coups précipités furent frappés à la porte et une voix haletante se mit à l'appeler.

— Mais c'est ma sœur Mélina! Qu'est-ce qu'elle fait à Trois-Rivières ce soir?

Elle courut ouvrir. En l'apercevant, Mélina fondit en larmes. Sa sœur la fit entrer, lui présenta une chaise, voulut lui enlever son manteau (celle-ci refusa d'un mouvement de tête) et, après lui avoir posé plusieurs questions, réussit à débrouiller son récit confus et entrecoupé.

Au milieu de l'après-midi, Félicité lui avait téléphoné. Une heure plus tôt, son mari était arrivé à la maison, conduit en auto par un collègue de travail; il venait d'avoir un malaise au bureau de poste. «Si tu l'avais vu! Il était pâle à faire peur, ma fille, et se plaignait d'une douleur à l'estomac. Il est allé se coucher en disant que ça passerait, mais juste à l'entendre respirer, j'en ai la chair de poule, Mélina. J'essaie de le convaincre d'aller à l'urgence, mais c'est comme si je parlais au vent. Peux-tu venir, ma fille? Tu as toujours eu le tour avec lui, il va finir par t'écouter, toi, j'en suis sûre. Je le sais, Trois-Rivières n'est pas à la porte et je te demande là un grand service, mais tu me connais: je ne te dérangerais pas pour une niaiserie!»

Mélina, qui ne donnait pas de cours ce jour-là, arriva à Trois-Rivières deux heures plus tard. Une ambulance était stationnée devant la maison de ses parents. La porte s'ouvrit. Des brancardiers transportaient son père. Félicité, éplorée, lui fit un signe découragé de la main et monta dans l'ambulance sans avoir eu le temps de lui dire un mot.

Mélina arrivait de l'hôpital. Sarto était inconscient; il avait subi un infarctus massif qui semblait avoir causé d'importants dommages neurologiques. Un médecin lui avait laissé entendre que, s'il survivait à cette crise, ce ne serait plus jamais le même homme.

— Plus jamais? répéta machinalement Mélanie à voix basse.

Thomas Bérubé, debout derrière elle, la tenait serrée dans ses bras, le menton appuyé sur sa nuque, tout en se demandant si, par délicatesse, il ne valait pas mieux qu'il parte.

Mélanie se dégagea doucement de son étreinte et, tournant vers lui un visage sans expression:

— Je m'en vais à l'urgence, Thomas... Je t'appellerai ce soir ou demain matin.

À l'affliction que lui causait ce malheur s'ajoutait celle de constater l'ampleur de l'aversion de Félicité à son endroit; plutôt que de lui demander son aide, alors qu'elle se trouvait à cinq coins de rue, sa mère avait préféré s'adresser à Mélina, qui habitait à cent quarante kilomètres.

— Est-ce que c'est maman qui t'envoie?

— Oui, mentit Mélina. Dépêche-toi, je t'en prie. Mon auto est devant la porte.

Le trajet se déroula en silence. Mélina conduisait mal, des brûlures d'estomac lui coupaient la respiration, elle passa près de faucher un piéton qui traversait la rue à un feu rouge. Félicité n'avait pas réagi quand Mélina lui avait annoncé son intention d'aller chercher sa jeune sœur. Elle espérait que les circonstances inspireraient à sa mère toute la retenue convenable lorsque Mélanie se présenterait auprès du malade.

Le cubicule où se trouvait Sarto à l'unité de soins intensifs était occupé aux trois quarts par son lit, une chaise et une petite table métallique chargée de flacons et de divers instruments. Un réseau compliqué de tubes transparents branchés sur le malade augmentait l'impression d'exiguïté des lieux. En y pénétrant, les deux sœurs s'étonnèrent de trouver leur père seul. Félicité avait filé. Où ? Pourquoi ?

Mélanie se pencha au-dessus de son père. Son visage blafard, aux joues creusées, à la peau tendue, d'un aspect cadavérique, lui arracha un sanglot. Des sifflements sinistres s'échappaient de sa bouche entrouverte aux dents jaunies qui paraissaient maintenant trop longues. « Est-ce à cause de moi que tu vas mourir, papa ? se lamentait intérieurement Mélanie. Pourtant, tu sais combien je t'aime… Dis-le-moi, mon petit papibou : j'ai mal agi ? J'aurais dû me conduire autrement ? Et pourtant, qu'est-ce que je faisais de si mal ? Dans le fond, est-ce que tu ne m'approuvais pas, mon papibou ? Ah ! je t'en prie, ne meurs pas. Laisse-moi t'expliquer… Laisse-moi te dire combien je t'aime… Je vais m'occuper de toi chaque jour, à présent, et tu vas prendre du mieux, je te le promets… »

Soudain, le rideau qui masquait l'entrée du cubicule glissa bruyamment sur sa tringle et Félicité apparut dans son ample manteau de drap bleu foncé, le visage défait, et darda son regard sur Mélanie.

Les deux sœurs se retournèrent, le visage crispé.

9

Depuis quelques semaines, Mélanie croyait avoir enfin trouvé le véritable amour. Chaque jour, elle découvrait chez Pierrot Bernard de nouvelles qualités, un trait de caractère charmant ou original, une façon amusante de réagir aux choses de la vie. Il se montrait avec elle d'une délicatesse exquise, la couvrait de petits cadeaux choisis avec un flair infaillible : une rose, quelques chocolats dans un emballage doré où palpitaient les frisettes d'un ruban pastel, un napperon à la fine broderie pour orner sa table de nuit, des plats cuisinés avec une adresse de cordon-bleu, des billets de cinéma obtenus grâce à une mystérieuse stratégie (lui-même n'y allait jamais, ce qui permettrait à Mélanie d'inviter une amie), et même une fois – comble de l'altruisme observateur – une paire de semelles orthopédiques pour coussiner l'intérieur de ses chaussures de travail, Mélanie s'étant plainte un soir devant lui des maux de pieds que lui causaient ses longues heures au Café Cherrier.

Aussi, pour ne pas perdre un pareil trésor, ne pensait-elle qu'à lui plaire elle aussi de mille façons, rivalisant avec lui de gentillesse comme s'ils participaient à un concours. Or, elle avait appris depuis longtemps que le sort d'un couple se joue d'abord et avant tout au lit. Bien sûr, Pierrot Bernard n'avait plus la fougue amoureuse d'un jeune homme, mais, en revanche, quelle expérience ! quelle adresse ! quel sens de la psychologie féminine ! Elle en oubliait ses seins tombants de quinquagénaire couverts de poils blancs, l'oignon qui déformait son pied gauche et sa bedaine glorieusement épanouie. À côté de lui et malgré leur fraîche vigueur, les poulains fringants qu'elle avait connus jusque-là paraissaient bien niais et maladroits.

Un soir du mois de mars, il lui permit de lire – faveur suprême – un long extrait de *Newman*. Pour une fois, il n'était pas trop mécontent de ce qu'il venait d'écrire. Le passage racontait l'épisode dramatique d'une partie de pêche au crabe au cours de laquelle le comédien avait failli laisser sa vie. Pierrot Bernard assurait qu'il avait à peine exagéré certains détails.

— J'ai hâte de voir ce que tu en penses, dit-il en lui présentant quelques feuilles dactylographiées. Tu me parais avoir un bon pif en littérature. Évidemment, il ne s'agit pas de la version finale, j'ai encore quelques retouches à faire.

Mélanie, tout impressionnée, alla s'assoir à l'écart et se mit à lire. Plus elle avançait dans le texte, plus son émerveillement croissait.

Le mois d'auparavant, le jour où pour la première fois Paul avait pénétré dans la grotte, la noirceur ayant un contour entrevue par lui dans les plissements de l'eau secrète, c'était cette pieuvre.

Elle était là chez elle.

Quand Paul, entrant pour la seconde fois dans cette cave à la poursuite du crabe, avait aperçu la crevasse où il pensait que le crabe se réfugiait, la pieuvre était dans ce trou, au guet.

Paul avait enfoncé son bras dans le trou ; la pieuvre l'avait happé.

Elle le tenait.

Il était la mouche de cette araignée.

Paul était dans l'eau jusqu'à la ceinture, les pieds crispés sur la rondeur des galets glissants, le bras droit étreint et assujetti par les enroulements plats des courroies de la pieuvre, et le torse disparaissant presque sous les replis et les croisements de ce bandage horrible.

Des huit bras de la pieuvre, trois adhéraient à la roche, cinq adhéraient à Paul. De cette façon, cramponnée au granit, de l'autre à l'homme, elle enchaînait Paul au rocher. Paul avait sur lui deux cent cinquante suçoirs. Complication d'angoisse et de dégoût. Être serré dans un poing démesuré dont les doigts élastiques, longs de près d'un mètre, sont intérieurement pleins de pustules vivantes qui vous fouillent la chair.

On ne s'arrache pas à la pieuvre. Si on l'essaie, on est plus sûrement lié. Elle ne fait que se resserrer davantage. Son effort croît en raison du vôtre. Plus de secousse produit plus de constriction.

Paul n'avait qu'une ressource, son couteau.

Il n'avait de libre que la main gauche, mais on sait qu'il en usait puissamment. On aurait pu dire de lui qu'il avait deux mains droites.

Son couteau, ouvert, était dans cette main.

On ne coupe pas les tentacules de la pieuvre ; c'est un cuir impossible à trancher, il glisse sous la lame ; d'ailleurs la superposition est telle qu'une entaille à ces lanières entamerait votre chair.

La pieuvre n'est vulnérable qu'à la tête.

Paul ne l'ignorait point.

Il n'avait jamais vu de pieuvre de cette dimension. Du premier coup, il se trouvait pris par la grande espèce. Un autre se fût troublé.

Pour la pieuvre comme pour le taureau, il y a un moment qu'il faut saisir ; c'est l'instant où le taureau baisse le cou, c'est l'instant où la pieuvre avance la tête, instant rapide. Qui manque ce joint est perdu.

Paul sentait croître la succion des deux cent cinquante ventouses.

La pieuvre est traître. Elle tâche d'abord de stupéfier sa proie. Elle saisit, puis attend le plus qu'elle peut.

Paul tenait son couteau. Les succions augmentaient.

Il regardait la pieuvre, qui le regardait.

Tout à coup, la bête détacha du rocher son sixième tentacule, et, le lançant sur Paul, tâcha de lui saisir le bras gauche.

En même temps, elle avança vivement la tête. Une seconde de plus, sa bouche anus s'appliquait sur la poitrine de Paul. Paul, saigné au flanc, et les deux bras garrottés, était mort.

Mais Paul veillait. Guetté, il guettait.

Il évita le tentacule et, au moment où la bête allait mordre sa poitrine, son poing armé s'abattit sur la bête.

Il y eut deux convulsions en sens inverse, celle de la pieuvre et celle de Paul. Ce fut comme la lutte de deux éclairs.

Paul plongea la pointe de son couteau dans la viscosité plate et, d'un mouvement giratoire pareil à la torsion d'un coup de fouet, faisant un cercle autour des deux yeux, il arracha la tête comme on arrache une dent.

Ce fut fini.

Toute la bête tomba.

Cela ressemble à un linge qui se détache. La pompe aspirante détruite, le vide se défit. Les quatre cents ventouses lâchèrent à la fois le rocher et l'homme. Ce haillon coula au fond de l'eau.

Paul, haletant du combat, put apercevoir à ses pieds sur les galets deux tas gélatineux informes, la tête d'un côté, le reste de l'autre.

Paul, toutefois, craignant quelque reprise convulsive de l'agonie, recula hors de la portée des tentacules.

Mais la bête était bien morte.

Paul referma son couteau.

— C'est extraordinaire, Pierrot! s'exclama Mélanie en déposant les feuilles sur ses genoux. Je n'ai jamais rien lu d'aussi beau ni d'aussi prenant, je te le jure! Ton roman va se vendre à coups de millions!

— Oh! tu exagères, voyons, répondit-il en baissant modestement les yeux.

Et il eut un petit rire où s'exprimait toute la paisible résignation de l'homme revenu de tout et qui n'a plus d'illusions sur rien.

— Mais comment fais-tu ? poursuivit Mélanie, l'œil brillant d'enthousiasme. On dirait vraiment que tu es pêcheur !

— Bah ! il suffit de se documenter ! Une ou deux journées à la bibliothèque municipale, et le tour est joué. Tout le monde peut faire ça.

Pierrot Bernard lui avait caché un détail. Après s'être assuré la veille par d'adroites questions que sa petite amie n'avait jamais lu un roman de Victor Hugo, il avait prélevé cet extrait des *Travailleurs de la mer*, se contentant de changer le nom du personnage principal et quelques mots ici et là, puis de raccourcir un peu le texte pour le mettre au goût du jour.

Cette petite entourloupette faisait partie de son entreprise de séduction. Elle connut un grand succès, car, à partir de ce moment, Mélanie eut la conviction de se trouver en présence d'un grand écrivain méconnu. Évidemment, la réussite à long terme de cette duperie reposait sur une condition essentielle : Mélanie ne devait jamais lire *Les travailleurs de la mer*. Mais Pierrot Bernard avait jugé que les goûts quelque peu prosaïques de la serveuse et la modeste étendue de sa culture lui permettaient de courir ce risque.

*

Quelques semaines plus tard, alors qu'ils se trouvaient dans une librairie d'occasion, avenue du Mont-Royal, Mélanie tomba sur un exemplaire en assez bon état des *Travailleurs de la mer* édité quarante ans plus tôt dans la collection Nelson. Les deux petits tomes beiges à reliure cartonnée et entoilée, ornée d'un fleuron vaguement Art déco, l'avaient séduite et leur prix était raisonnable.

— Ne touche pas à ça, Mélanie ! s'écria aussitôt Pierrot Bernard. C'est de la merde, du pur concentré de merde !

Mélanie le regardait, étonnée par la véhémence de sa réaction ; la fougueuse mise en garde de son ami venait de déclencher un vigoureux froncement de sourcils chez le jeune propriétaire de la boutique, qui voyait ainsi filer la chance d'empocher quatre beaux dollars.

— N'achète jamais ça ! poursuivit-il en levant les bras. J'en ai lu quarante pages l'automne dernier et j'ai failli faire une syncope d'ennui ! D'ailleurs, tous les romans de Victor Hugo sont devenus illisibles aujourd'hui, sauf peut-être *Les Misérables*. C'est vide et boursouflé, rempli de développements interminables et sans aucun sens du rythme ! La mort, quoi !

— Je ne suis pas tout à fait de votre avis, se risqua timidement le libraire. J'ai bien aimé *Notre-Dame de Paris*, et *Quatrevingt-treize*, ça se lit encore très bien.

— Vous avez droit à vos opinions, répondit sèchement Pierrot Bernard. Mais moi, en tant que professionnel de l'écriture…

Et il pointa son pouce vers le bas.

Puis, se tournant vers Mélanie qui continuait de feuilleter le roman, il joignit les mains dans un geste de supplication.

Elle replaça le livre sur son rayon et se mit à examiner les dernières acquisitions de la librairie étalées sur une table. Mais la véhémence de son ami continuait de l'étonner. « Ma foi, se disait-elle, on croirait qu'il est jaloux de Victor Hugo… »

*

Depuis sa lecture de l'épisode de la pieuvre, Mélanie se sentait une mission : celle de servir cet homme extraordinaire qui, malgré son immense talent, croupissait dans l'obscurité. Elle commença bien humblement par s'occuper des soins de son ménage, car l'appartement était assez mal tenu. Puis elle se mit à lui préparer des plats – oh, bien simples : fricassées, ragoûts, bouillis, pâtés chinois, tartes – afin de lui permettre de se consacrer davantage à l'écriture, car le fameux dîner gastronomique au déshabillé ne le montrait pas sous son vrai jour : en vieux garçon solitaire, il cuisinait peu et se nourrissait mal, ce qui, se plaignait-il, l'avait fait beaucoup engraisser.

Au début, il insista pour rembourser Mélanie de ses dépenses d'épicerie ; puis il la paya de moins en moins souvent et finit par considérer la chose comme allant de soi ; il est vrai qu'elle mangeait de plus en plus souvent chez lui.

Mais de quoi vivait-il, se demandait Mélanie, si sa plume ne lui rapportait rien ? Un soir de septembre qu'il était venu la cueillir au Café Cherrier après son travail, elle se risqua à lui poser la question alors qu'ils se promenaient dans le square Saint-Louis.

Il se tourna vers elle avec un sourire goguenard :

— Je suis surpris que tu aies attendu si longtemps avant de m'interroger là-dessus. Assoyons-nous sur ce banc, veux-tu ?

Et il lui raconta que sa mère, en femme prévoyante et qui connaissait bien le caractère bohème de son fils unique – car il était un bohème, il n'avait pas honte de le dire –, avait placé à son nom avant de mourir une assez forte somme en fiducie dont on lui versait chaque mois une partie des intérêts sans qu'il puisse toucher au capital.

— C'est comme une pension, vois-tu, à laquelle, poursuivit-il avec un soupir, va s'ajouter dans quelques années ma pension de vieillesse. Maman croyait en mon talent et elle savait que je voulais consacrer ma vie à l'écriture. Alors, elle a pris tous les moyens à sa disposition pour que je puisse réaliser mon rêve. Sans elle, où est-ce que j'en serais aujourd'hui ?

— Tu avais une bonne mère, déclara gravement Mélanie. J'aurais aimé avoir une mère comme elle.

— Il n'y a pas de jour, Mélanie, où je ne lève la tête vers le ciel pour la remercier. Évidemment, si elle avait été plus riche, je vivrais dans de meilleures conditions. Les taux d'intérêt, comme tu sais, fluctuent continuellement. Il y a des années où je frôle le seuil de la pauvreté, ma belle…. Mais je suis libre et j'écris! N'est-ce pas merveilleux?

Vers la fin de la soirée, sa version des faits changea légèrement.

Après leur promenade dans le square Saint-Louis, Pierrot Bernard avait eu envie de prendre un verre. Ils s'étaient rendus à une succursale de la Société des alcools où il avait acheté un litre de vin bon marché qu'ils étaient allés *déguster* à son appartement. Au quatrième verre, son visage s'était légèrement affaissé, son regard s'était mis à vaciller, et l'ivresse l'avait rempli d'une joie bavarde.

— Ma fifille, lança-t-il tout à coup, il faut que je t'avoue une chose: je t'ai un peu menti tout à l'heure, je ne sais trop pourquoi. Vas-tu m'en vouloir? Non, hein, ma petite Mélanie d'amour? Ah! je le savais bien… Tu es adorable… Que veux-tu? Ce maudit métier d'écrivain me porte parfois à inventer, c'est plus fort que moi.

— Où veux-tu en venir?

— La pension de ma mère est ridicule: une centaine de dollars par mois. En fait, je vis de l'aide sociale. Eh oui! Il m'en a fallu de l'adresse pour cacher au gouvernement ce misérable revenu! Mais il m'a fallu encore bien plus de courage, crois-moi, pour supporter l'humiliation de vivre, par amour de la littérature, aux crochets de la société. Maintenant, je m'y suis presque fait.

Mélanie le fixait, silencieuse. À vrai dire, cet aveu ne la surprenait pas outre mesure. Elle se trouvait devant un homme *à part*, supérieurement doué, qui se sentait une mission hors du commun et refusait par conséquent de se mêler au troupeau des gens ordinaires. N'était-il pas normal que l'État subvienne au moins en partie à ses besoins?

— Et quelles raisons as-tu données aux fonctionnaires pour qu'on te verse les prestations? demanda-t-elle enfin.

— Oh là là ! ma fifille, tu deviens indiscrète ! Mais c'est normal, toutes les femmes le sont. Les hommes aussi, d'ailleurs. On ne peut rien y faire, c'est la nature humaine ! Encore un p'tit verre, et je vide mon sac.

Il saisit la bouteille, se versa une rasade, fit cul sec, faillit s'étouffer, puis se racla longuement la gorge. Son visage prit alors une expression de profonde gravité :

— J'ai les nerfs fragiles, Mélanie. Très fragiles… Beaucoup d'artistes sont ainsi, comme tu sais… En août 96, je faisais ma troisième dépression… Eh oui… C'est terrible, mais c'est comme ça… Je ne peux supporter aucun stress… Voilà le problème… Le stress me tue… Mais, au fond, quand on y pense, ma maladie – car c'en est une – est une bénédiction pour moi… Oui ! Elle me force à mener une vie solitaire, comprends-tu… et à écrire.

Mélanie continuait de le fixer. Un curieux remue-ménage s'opérait dans sa tête. En fait, devant qui se trouvait-elle ? Une loque ? Un malade ? Un mythomane ? Ou un écrivain de génie ? L'image qu'elle s'était faite de Pierrot Bernard commença tout à coup à s'effriter, laissant apparaître celle d'un pauvre diable sans intérêt ; mais l'éblouissement que lui avait causé sa lecture du combat de Paul Newman contre la pieuvre rejeta promptement cette dernière dans l'ombre, redonnant à l'écrivain tout son éclat.

10

Pendant quelques secondes, le temps sembla se figer dans le cubicule. Félicité, immobile, dévisageait Mélanie qui supportait crânement son regard, prête à tout, tandis que Mélina cherchait fiévreusement dans sa tête les phrases qui pourraient prévenir la querelle sur le point d'éclater près d'un homme en train de lutter contre la mort. Au milieu de la rumeur de l'urgence, ponctuée à tout moment de cris et de chocs, les halètements du malade s'élevaient et s'éteignaient avec un petit gargouillis, chacun d'eux donnant l'impression d'être le dernier.

Alors Félicité s'avança d'un pas et tendit les bras vers sa fille, la tête rejetée en arrière dans une pose un peu théâtrale:

— Ah! Mélanie! lança-t-elle avec un profond soupir, quel malheur nous arrive!

Une grimace douloureuse tordit son visage et des larmes se mirent à couler sur ses joues.

Les deux sœurs, soulagées, échangèrent un regard, et Mélina eut un petit geste impératif de la main à l'adresse de sa cadette.

Mélanie s'approcha de sa mère et posa timidement une main sur son épaule. Une infirmière apparut alors dans l'entrée, contourna rapidement les femmes, se pencha au-dessus du lit de son patient et se mit à régler l'ajustement d'un tube.

— Suis-moi, ordonna Félicité à Mélanie.

La mère et la fille filèrent dans un corridor bordé de chaque côté d'une rangée de civières sur lesquelles reposaient des malades dans tous les états possibles de la souffrance ou de l'affliction.

Elles franchirent une porte et se retrouvèrent dans un coin désert où s'élevait un empilage de boîtes de carton.

Félicité s'arrêta et, se tournant vers sa fille :

— Ah! ma pauvre enfant! lança-t-elle dans un sanglot, tu vois où nous mène ton inconduite? Mais je te pardonne. Car, dans la vie, il faut apprendre à pardonner. C'est une loi du Ciel.

Et elle serra longuement Mélanie dans ses bras.

Celle-ci, stupéfaite, offensée, essayait, toute raide, de s'abandonner à l'étreinte, incapable de dire un mot. « Quoi? C'est moi la coupable? Il y a une coupable dans cette histoire? »

Elle se dégagea des bras de sa mère et, prenant sur elle-même, demanda du ton le plus uni qu'elle put trouver :

— Qu'est-ce que dit le médecin, maman?

Félicité courba les épaules et répondit à voix basse :

— Rien de bon, mon Dieu, rien de bon… Il ne s'en remettra pas, le pauvre… Il va sans doute mourir… Ah! c'est le mieux qui puisse lui arriver… Ma pauvre enfant, si j'avais su…

Elle s'arrêta et se mit à fixer le plancher.

— Si tu avais su quoi, maman? demanda Mélanie au bout d'un instant.

Félicité fit un geste de la main comme pour écarter une question inopportune, puis :

— Retournons auprès de ton père… Il a besoin de nous…

Elle plongea la main dans une poche de son manteau et Mélanie crut entendre le bruissement d'un chapelet. Alors qu'elles longeaient de nouveau les civières, une vieille malade échevelée, l'œil égaré, se dressa à demi et poussa des cris en agitant un bras jaunâtre et décharné.

Mélanie n'avait qu'un désir : quitter ces lieux au plus vite.

*

Sarto Gervais mourut le lendemain au milieu de l'après-midi sans avoir repris conscience. Ses funérailles eurent lieu trois jours plus tard, organisées par Félicité d'une façon énergique et expéditive, avec un grand souci d'économie. Le goûter qui suivit le service funèbre ne comportait ni bière ni vin et, au bout d'une demi-heure, il y eut pénurie de sandwichs, seules les crudités étant offertes avec une certaine abondance. Les sœurs Gervais eurent un peu honte de cette radinerie, car leur père, homme sociable et bon vivant, comptait de nombreux amis et connaissances, et une petite foule s'était déplacée pour lui rendre un dernier hommage. Le visage défait de la veuve et ses propos parfois incohérents atténuèrent un peu la mauvaise impression ressentie par certains, mais la morne tristesse qu'on lisait dans le regard des deux filles du défunt toucha bien davantage.

*

Trois semaines plus tard, Thomas Bérubé déménageait à Chibougamau où l'un de ses oncles, garagiste, lui offrait un emploi de mécanicien. Les deux amoureux échangèrent de vagues promesses de se revoir. Manifestement, leur séparation ne plongeait aucun des deux dans une peine inconsolable ; une fois leur frénésie amoureuse calmée, ils avaient réalisé qu'ils n'avaient plus grand-chose à se dire. Mais une vague déception leur barbouillait l'âme, comme s'ils venaient de réaliser la médiocrité de leur relation.

— Fais attention à toi, murmura Thomas en enlaçant tendrement Mélanie.

— Et toi, essaie de ne pas trop te salir dans ton garage, Toto, répondit-elle d'un ton léger, comme pour mettre une note de gaieté dans leurs adieux.

11

À présent, Mélanie dormait deux ou trois fois par semaine chez Pierrot Bernard. L'appartement ne lui plaisait pas beaucoup : ses plafonds bas, l'exiguïté des pièces, le caractère froid et impersonnel de l'immeuble, l'impression, à se trouver si loin de la rue, de flotter dans une sorte de bulle, coupé de la vie, tout cela faisait parfois naître chez elle une vague sensation d'étouffement. Mais son attachement pour le romancier l'emportait sur ces désagréments et le fait de pouvoir l'aider, si modestement que ce soit, dans sa mission de créateur lui apparaissait comme un privilège.

— Un écrivain, lui disait-il souvent, est d'abord et avant tout un contemplatif.

Cela expliquait peut-être le mode de vie assez singulier de Pierrot Bernard. Se levant et se couchant tard, il ne se consacrait à l'écriture que l'après-midi – et encore, jamais plus de trois heures par jour – et presque jamais durant la fin de semaine.

— Il faut que je refasse le plein, expliquait-il. Cela prend du temps. Et ma source d'inspiration, c'est la vie. Alors, il faut que je m'y plonge, à tout moment. Sans la vie, un romancier se dessèche comme une fleur privée d'eau, tu comprends.

D'où ses longues flâneries à travers la ville et ses longues haltes dans les cafés – il en affectionnait trois ou quatre. Il y sirotait sans fin un cappuccino en lisant les journaux fournis par l'établissement ou en bavardant avec des inconnus aussi oisifs que lui (« C'est dans ces occasions-là qu'on apprend parfois des choses précieuses », assurait-il) ; d'où ses longues méditations dans les parcs durant la belle saison (« Il n'y a rien de plus beau qu'un arbre qui frémit au vent, lançait-il dans un élan de lyrisme, et même durant mes siestes – je m'en permets parfois –, la beauté des arbres continue de me pénétrer ») ; d'où ses longs arrêts sur le trottoir, adossé contre un mur, les mains dans les poches, à observer les passants et les petits incidents de la rue, ou appuyé contre une colonne dans un grand magasin, à contempler les allées et venues des clients et du personnel sous l'œil intrigué d'un agent de sécurité.

Pierrot Bernard préférait s'adonner seul à ces vagabondages quotidiens. « La solitude, ma fille, disait-il en dressant un index solennel, est la véritable patrie de l'écrivain. »

Mélanie n'aurait jamais osé le contredire et se demandait même parfois si sa présence ne lui nuisait pas.

Tout cela faisait que *Newman*, malgré les nombreuses années qu'il lui avait consacrées, avançait bien lentement, d'autant plus que Pierrot Bernard, en éternel insatisfait, ne cessait de reprendre ce qu'il avait déjà écrit. Sa chambre à coucher continuait de lui servir de cabinet de travail. Mélanie l'avait agrémentée de quelques posters punaisés au mur et d'un vase rempli de fleurs séchées posé dans un coin sur un petit guéridon, mais son ami avait refusé qu'elle modifie la disposition des meubles. Les empilages de feuilles continuaient de s'élever autour de son bureau, certains si hauts qu'ils menaçaient de s'écrouler – mais on était encore bien loin du mot *FIN*.

Vers la mi-novembre 2000, Mélanie, un soir, demanda à lire d'autres extraits du roman. Elle avait besoin de nourrir son admiration pour l'homme extraordinaire que le destin lui avait envoyé.

Pierrot Bernard, mécontent, secoua la tête :

— Attends encore un peu, ma chérie. Quand je jugerai que mon œuvre est prête, tu seras ma première lectrice, lui promit-il.

Rongée par la curiosité, elle insista, promettant de ne rien révéler à personne, l'assurant qu'elle faisait fort bien la différence entre un texte achevé et un texte en cours de peaufinage, et lui reprocha finalement de manquer autant de confiance en elle qu'en lui-même, convaincue qu'elle était de retrouver à bien des endroits le plaisir que lui avait procuré la description du combat de Paul Newman contre la pieuvre.

Alors il se fâcha tout net, ses mains se mirent à trembler, ses yeux se mouillèrent, son visage prit une expression farouche.

— Ne me demande pas de me trahir, lui dit-il à voix basse sur un ton presque menaçant. Pour un artiste, se trahir, c'est se tuer.

Mélanie battit en retraite.

C'est que Pierrot Bernard était un grand sensible et elle apprit très vite qu'il fallait le ménager si on voulait qu'il soit d'agréable compagnie.

Un soir, il arriva au Café Cherrier le visage décomposé. Il venait de voir un chien se faire écraser par un camion dans la rue Sherbrooke; les entrailles de la bête lui étaient sorties par la gueule et elle n'était morte qu'au bout d'affreuses convulsions.

— Ah! Seigneur! Seigneur! murmurait-il, affalé sur une chaise dans un coin à l'écart. Que c'est terrible d'assister à la destruction d'un être! Les bêtes sont comme nous: projetées dans la vie par une force impitoyable, puis condamnées au supplice de l'anéantissement!

Mélanie, qui venait de terminer son quart de travail, l'écoutait en silence. Elle n'aurait su dire ce qui l'émouvait le plus: le désarroi de son ami ou le langage soigné qu'il utilisait pour l'exprimer. Elle lui offrit un verre de vin rouge, puis un deuxième (il n'avait pas un sou sur lui), et ils décidèrent ensuite de se rendre dans un bar que l'écrivain fréquentait parfois, rue Papineau (il n'y avait plus une goutte d'alcool à l'appartement). Le vin rouge l'avait un peu calmé, mais la violence de son émotion demandait qu'on poursuive le traitement.

Il but jusqu'à une heure du matin – Mélanie trempait ses lèvres de temps à autre dans un martini pour l'accompagner –, puis arriva chez lui en titubant, soutenu par son amie ; il lui fallut presque dix minutes pour retrouver sa clé et il ne se réveilla le lendemain qu'au milieu de l'après-midi avec un terrible mal de bloc.

Mais l'incident de la veille lui avait inspiré un nouvel épisode pour *Newman*.

— Tu vas voir, ça ne sera pas piqué des vers, lança-t-il joyeusement. Eh oui ! c'est ainsi que se font les livres, ma chérie. Il faut parfois en baver un coup !

*

La nuit suivante (Mélanie dormait chez lui), Pierrot Bernard fit un cauchemar.

Il participait à une chasse au canard – lui qui détestait les armes ! – avec un petit groupe d'inconnus. Chacun avançait en silence, le regard tourné vers le ciel, en suivant la rive d'un lac bordé de longues quenouilles ; on entendait, sans la voir, les cancanages d'une volée qui approchait. Soudain, Pierrot Bernard se retrouva seul dans un champ. Une voix lui cria : « Le voilà ! Tire ! Idiot ! Tire ! » Il leva la tête. Un canard volait au-dessus de lui en tenant une enclume entre ses pattes. Nullement étonné par la chose, il pointa son fusil vers l'oiseau. Le canard pencha la tête *et le fixa* (il voyait encore son œil courroucé !), puis, écartant les pattes, laissa tomber l'enclume. Elle se dirigeait vers lui ! Terrifié, il fit un bond de côté. L'enclume modifia sa trajectoire ! Alors, il se mit à courir, mais il avançait à peine, comme il arrive souvent dans les cauchemars, tandis que l'enclume, elle, se rapprochait, menaçante, terrible. Elle allait le frapper !

Alors il se dressa dans son lit en poussant un cri terrible. Dans la lueur bleuâtre de la veilleuse, Mélanie, penchée au-dessus de lui, le regardait, les yeux agrandis par la peur.

— Ce n'est rien, ce n'est rien, bafouilla-t-il, un mauvais rêve, tout simplement…

Mais, pour s'en libérer, il le lui raconta dans les moindres détails. Cela prit quelques minutes. Le sommeil de Mélanie en fut brisé; elle fixa le plafond jusqu'au petit matin, tandis que son compagnon ronflait à ses côtés, les bras allongés de chaque côté de la tête, une légère odeur de sueur émanant de ses aisselles.

Vivre avec un artiste était un privilège, se disait-elle quelques jours plus tard en déposant, le sourire aux lèvres, un bol de potage devant un client. Mais parfois – il fallait bien l'admettre – c'était aussi une corvée.

Rien n'est parfait.

*

Un soir, après qu'ils eurent fait l'amour, Pierrot Bernard raconta à Mélanie comment s'était déclenchée sa troisième dépression.

C'était au mois de septembre, cinq ans plus tôt. Il avait pris le train au début de la matinée pour aller rendre visite à Ottawa à un ami qu'il n'avait pas vu depuis longtemps et qui travaillait au ministère de la Défense. Simple gratte-papier – on gratte beaucoup de papier là-bas, semble-t-il –, mais grand amateur de musique et de littérature, c'était un esprit ouvert, curieux de tout, d'une fréquentation très intéressante.

— J'étais assis près d'une fenêtre en train de lire *Promenades dans Rome* de Stendhal – tu connais? non? c'est exquis! – car nous avions convenu au téléphone d'avoir une discussion sur le bouquin. Le train allait partir et le wagon où je m'étais installé était presque vide. Soudain, une femme dans la cinquantaine débouche dans l'allée avec un petit garçon et vient s'asseoir juste en face de moi. Cela m'ennuyait un peu, car tout le monde sait que les petits garçons – celui-là devait avoir quatre ou cinq ans – sont en général fort remuants, et je voulais lire en paix. Je me suis dit: «Pourquoi s'installer juste sous mon nez quand il y a au moins cinquante places de libres dans le wagon?» Enfin, les trains étant des endroits publics, chacun peut s'assoir où il veut et on n'a pas à rouspéter. J'ai salué la dame d'un mouvement de tête et elle m'a répondu par un charmant sourire. C'était une femme mince, élégante, encore jolie pour son âge, avec des yeux noisette très vifs et une belle bouche sensuelle.

— Hum, hum… Comme je te connais, tu n'as pas dû être long à lui faire des avances…

— La suite de mon histoire va te montrer, ma chérie, que je n'ai pas pu aller bien loin. Nous avons échangé quelques mots alors que le train s'ébranlait. Elle reconduisait son petit-fils chez sa fille qui demeurait à Gatineau, je crois. «C'est un enfant très éveillé, très intelligent, dit-elle. Imaginez-vous: il a à peine quatre ans, et il est en train d'apprendre à lire – *par lui-même!* N'est-ce pas, Victor?» Et Victor, très sérieux, a fait oui de la tête. «Oh, bien sûr, a repris la dame, nous l'aidons parfois un petit peu, mais je vous assure que la plupart du temps il se débrouille tout seul. N'est-ce pas extraordinaire! Je l'adore!… Je le mangerais!» Et elle se mit à le tapoter et à le tripoter comme une grand-maman sait si bien le faire. Le petit garçon se débattait en riant, tout fier. Au bout d'un moment, je me suis replongé dans mon livre en espérant que mes compagnons me laisseraient un peu de tranquillité, car je voulais absolument le terminer avant d'arriver à Ottawa. Soudain, j'entends Victor prononcer lentement: «Pro… me… na…. des… dans… Rome.» «Vous voyez! s'écria la dame. Je vous l'avais bien dit. Il sait lire!» C'était vrai, car personne n'avait encore prononcé le titre devant lui. J'étais très impressionné, chérie.

— Je l'aurais été aussi. J'ai eu tellement de misère à six ans avec l'alphabet!

—Alors, pour m'amuser, je lui demande de venir s'assoir près de moi, je place le livre ouvert sur ses genoux et je lui demande de m'en lire les premières lignes. Et il les lit! Oh, en trébuchant sur quelques mots ici et là, mais pas plus de deux ou trois, je t'assure…

C'était remarquable pour un enfant de son âge. Quelques minutes se passent ainsi, puis Victor finit par se lasser, va retrouver sa grand-mère et lui demande une bande dessinée.

Je me replonge dans ma lecture. Comme d'habitude, Stendhal est merveilleux ; dehors, le soleil l'est aussi – un merveilleux soleil de début d'automne qui réussit à nous faire croire que l'été n'est pas fini –, mon ami a réservé une bonne table à Ottawa, une fin de semaine passionnante m'attend, je suis de bonne humeur, la vie est belle, quoi !

— Et alors ?

— Alors, au bout d'une demi-heure, la belle grand-maman se met à cogner des clous pendant que son petit-fils continue de lire sagement sa bande dessinée. Et puis, tout à coup, elle ouvre les yeux et se redresse un peu sur son siège :

— Pardonnez-moi, monsieur… monsieur ?

— Bernard, madame.

— Eugénie Lacerte, répond-elle en me tendant la main. Monsieur Bernard, est-ce que je pourrais vous confier Victor deux minutes, le temps d'aller aux toilettes ?

J'incline la tête avec le sourire, elle se lève et s'en va, quelques minutes passent et Victor se met à lire sa bande dessinée à voix haute. Il lit à une vitesse folle ! Ça doit être la vingtième fois qu'il le parcourt, cet album, mais quand même ! J'en étais soufflé ! Et c'est alors que ça s'est produit.

— Qu'est-ce qui s'est produit, Pierrot ?

— J'ai voulu lui faire plaisir, à ce petit bout de chou. J'avais emporté des chocolats avec moi. Je fouille dans ma poche, j'ouvre la boîte… et je lui en offre.

— Et alors ?

— Et alors, il en prend un et le croque. Une minute plus tard, son visage était devenu écarlate et avait doublé de volume. Il était allergique aux noix et mes chocolats en contenaient. Quand sa grand-mère est revenue, il était affalé sur son siège, inconscient, et il avait peine à respirer. Moi, je courais comme un fou dans le wagon en appelant au secours, tandis que sa grand-mère hurlait en s'arrachant les cheveux : elle avait oublié d'emporter avec elle son injecteur d'adrénaline. Il y avait des trousses de secours quelque part dans le train, mais avant qu'on réussisse à mettre la main sur l'une d'elles, l'enfant avait cessé de respirer.

— Mon Dieu !

— Oui, mon Dieu… Sans le vouloir, je l'avais tué. La grand-mère a prétendu qu'elle m'avait prévenu (c'était faux), la police m'a mis la patte dessus au premier arrêt et j'ai passé deux jours en prison à Ottawa, tandis qu'un avocat que mon ami avait réussi à dénicher se débattait pour me faire libérer, car madame Eugénie Lacerte, dans son langage élégant et précis, m'avait décrit comme un dangereux maniaque et m'accusait d'avoir volontairement tué son petit-fils.

— Mon pauvre amour ! s'apitoya Mélanie, comme tu as dû souffrir !

Et elle posa une main sur sa cuisse.

— Ah ça, tu peux le dire… Il y a eu un procès, on a fini par m'acquitter, mais j'étais complètement émietté, tu comprends… Il m'a fallu passer quatre mois dans l'unité psychiatrique de l'hôpital Notre-Dame, où on m'a soigné, je dois dire, d'une façon merveilleuse… Depuis ce temps, je ne parle plus jamais aux enfants, jamais ! Je ne veux plus voir d'enfants !

Mélanie le regardait, atterrée. Un de ses rêves secrets venait peut-être de s'envoler.

— Je n'aurais pas dû te parler de cette affaire, murmura-t-il au bout d'un moment.

— Mais oui, au contraire… Je veux connaître ta vie dans tous ses détails. Pourquoi dis-tu ça ?

Il pencha la tête, le regard assombri :

— Non, je n'aurais pas dû.

Soudain, il se redressa, rempli d'une joie frénétique :

— Je t'invite au restaurant. Au diable les soucis ! Vive la vie !

Ils se retrouvèrent une demi-heure plus tard au Piémontais, rue de Bullion, où Pierrot Bernard, qui semblait connaître le patron, commanda un repas exquis, largement arrosé, puis régla l'addition avec des airs de grand seigneur. « Où a-t-il pris cet argent ? » se demandait Mélanie.

Elle n'osa pas le questionner.

Ils s'attardaient en sirotant une sambuca, mollement affalés sur leur chaise dans le bien-être langoureux de la digestion, lorsque le visage de Pierrot Bernard prit tout à coup une expression de profonde gravité ; il posa les coudes sur la table et, plongeant son regard dans celui de Mélanie :

— Mon amour, j'ai une proposition extrêmement sérieuse à te faire.

12

Dans l'autocar qui l'amenait de Trois-Rivières à Montréal en ce 23 avril 1998, Mélanie regardait distraitement la route, un livre ouvert sur les genoux – elle n'avait pas réussi à en lire dix lignes. Elle songeait, avec un léger serrement à l'estomac, que ce départ marquait le véritable début de sa vie d'adulte. Plus de père, plus de petit ami, plus de camarades de classe malgré les ardentes promesses de se revoir, plus de ces lieux familiers où s'étaient ancrées ses vieilles habitudes. Tout à refaire. Et devant cet inconnu, une vague angoisse. Mais aussi une curiosité avide. Et un sentiment de libération tellement vif et profond qu'elle en avait presque mal : plus de Félicité ! Être délivrée non seulement de sa présence mais de sa proximité ! Agir et prendre des décisions comme si elle était morte ! Quitter Trois-Rivières, c'était un peu tuer sa mère. C'était aussi venger Sarto.

Ce que Mélanie n'avait pas bazardé chez un brocanteur, elle l'avait donné à des amies du cégep et n'avait conservé que ses vêtements, quelques livres, quelques souvenirs et les objets de toilette de première nécessité, tous entassés dans une grosse valise que le chauffeur avait poussée dans la soute à bagages avec une grimace d'effort. Comme c'était amusant, et aussi un peu apeurant, de se sentir libre comme une bulle emportée par le vent ! Et dire que chacun, tôt ou tard, devait passer par là… Eh bien, voilà, c'était fait.

Elle arriva à Montréal vers quatre heures. Mélina l'attendait au terminus. Deux mois plus tôt, elle était tombée amoureuse d'un étudiant en médecine de l'Université de Montréal ; ils vivaient *la grande passion*, celle où on a le souffle coupé à la simple vue de l'être aimé ou au son de sa voix au bout du fil; ils avaient même parlé de partager le petit appartement qu'elle occupait dans le quartier Côte-des-Neiges. Mais rien ne pressait: de toute façon, il passait déjà presque toutes les nuits chez elle!

Les deux sœurs s'embrassèrent avec effusion.

— Tu as fait un bon voyage?

Mélanie fit signe que oui.

— Comment va maman?

— Je ne l'ai pas vue depuis quelque temps.

Mélina serra les lèvres. Elle aurait tant souhaité une réconciliation entre la mère et la fille. Elle-même, à force d'adresse et de patience, avait toujours réussi à maintenir une relation convenable avec Félicité. Mais il fallait bien reconnaître que ce n'était pas à la portée de tout le monde! Pour rester en bons termes avec elle, il fallait un don, quelque chose se rapprochant à la fois de la patience des saints et de la bonasserie des idiots.

Elles rangèrent la valise dans la petite Toyota que Mélina avait achetée au début de l'année et dont elle était très fière (c'était sa première auto) et les deux sœurs filèrent vers l'appartement de Côte-des-Neiges où un bœuf bourguignon les attendait dans une mijoteuse. Comme Bruno n'arrivait qu'en fin de soirée, elles soupèrent en tête à tête, rirent comme des enfants, puis se confièrent l'une à l'autre avec beaucoup d'abandon, car le vin leur déliait la langue. Mélina décrivit son amant avec des yeux agrandis par l'extase. Mélanie ne put retenir une larme en parlant de son père, puis se plaignit de la médiocrité de sa vie amoureuse. Sa sœur tenta de l'encourager:

— Notre heure finit toujours par arriver, ma petite sœur. Il faut avoir l'œil aux aguets.

Elle eut envie d'ajouter: « Et fuir les insignifiants », mais se retint, de peur de la blesser.

Des préoccupations plus matérielles retinrent bientôt leur attention : Mélanie devait se trouver rapidement du travail, car elle avait peu d'économies. Et l'offre d'hébergement que lui avait faite Mélina datait d'avant sa rencontre avec Bruno. Bien sûr, cette offre tenait toujours et le canapé-lit du salon se montra fort potable. Mais les soupirs et les gémissements que Mélanie entendit à deux reprises cette nuit-là en provenance de la chambre à coucher de sa sœur (malgré la porte fermée) la convainquirent de ne pas abuser de son hospitalité ni de la gentillesse de son petit ami ; il fallait décamper au plus vite – et donc trouver du travail pour payer un loyer.

Deux jours plus tard, elle commençait une carrière de vendeuse aux Mousquetaires du meuble, rue Papineau, et le surlendemain louait un appartement à la Maison rose.

Mélanie ne connaissait rien, naturellement, dans la vente des meubles et en éprouvait une certaine appréhension. Mais l'accueil que lui réservèrent les patrons et les membres du personnel la rassura et facilita son apprentissage. Il lui apparut bientôt que l'apparence physique dans ce métier comme dans bien d'autres représentait un atout important.

Un jeune vendeur, en début de carrière lui aussi, s'intéressa aussitôt à elle. Il était grand, costaud, un peu grassouillet, assez beau garçon et chanteur de pomme émérite. Il s'appelait Stéphane Bourgon et s'était mis à lui faire la cour avec tellement de fantaisie et d'imagination – lui inventant des surnoms comiques ou flatteurs, la bombardant de compliments et de reparties imprévues, lui apportant chaque jour pour son dîner une petite gâterie exotique achetée dans une pâtisserie du coin (cela impressionnait chaque fois la jeune femme fraîchement débarquée dans la grande ville) – que Mélanie en fut amusée, puis touchée. Le garçon lui plaisait plus ou moins, mais il se donnait tant de mal ! Pourquoi le décevoir ? Et puis, en refusant ses avances, ne risquait-elle pas de passer pour une sainte nitouche aux yeux des autres employés ? Il y avait là de quoi tuer une réputation.

Un mois plus tard, elle lui permettait de monter dans son lit. Les gâteries exotiques se raréfièrent peu à peu, puis cessèrent. Mais Stéphane l'invitait au cinéma et au restaurant. En fin de soirée, ils allaient au square Saint-Louis ou au parc La Fontaine et fumaient un joint en se bécotant. Stéphane semblait pouvoir s'en procurer à volonté et se vantait de ses nombreuses sources d'approvisionnement, qui lui permettaient de la variété. Ils allaient ensuite faire l'amour à l'appartement de la Maison rose, mais Stéphane y passait rarement la nuit, car il logeait encore chez ses parents et ne voulait pas d'histoires.

Un soir de décembre pendant le temps des fêtes, alors qu'il se préparait à la quitter, Mélanie se mit à le taquiner :

— Le p'tit garçon à sa maman veut aller se faire border dans son lit ? Oh ! qu'il aime se faire dorloter ! Le matin, quand il a fini son dodo, ça lui prend ses rôties bien chaudes avec les bonnes confitures aux framboises préparées juste pour lui par sa maman ?

Stéphane finit par s'impatienter :

— Oh ! ça va, change de disque, veux-tu ! Mes vieux me demandent seulement cinquante dollars par semaine de pension. Faudrait être fou pour ne pas en profiter ! Avec le salaire minable que je gagne aux Mousquetaires, comment j'arriverais à me débrouiller si j'avais à payer en plus un vrai loyer et tout le reste ?

— Je le fais bien, moi.

— C'est ton problème. Et je te ferai remarquer, en passant, que je te paie pas mal de choses.

Comme la remarque était juste, la discussion s'arrêta.

*

Sans en être tout à fait conscient, Stéphane considérait Mélanie comme une fille facile, mais elle le détrompa bientôt.

Un soir de mai 1999, un de ses copains, profitant de l'absence de ses parents partis en Europe, avait organisé une grande fête à leur maison de Laval. Il vint cueillir Stéphane et Mélanie à la station de métro Henri-Bourassa dans la Cadillac lilas du paternel.

— Tu vas voir, ma belle, avait annoncé Stéphane à Mélanie, ils habitent toute une cabane! Ça doit frôler le million!

Et, comme de fait, Mélanie en avait eu plein la vue. Le papa du copain, entrepreneur d'asphaltage et membre d'un réseau très sélect de chouchoutage municipal inspiré par la charité la plus ardente, n'avait pas lésiné sur l'enveloppe matérielle qui servait de cadre au déroulement de sa vie privée. Le gigantesque bungalow de granit rose, entouré de fontaines jaillissantes et d'arbustes taillés au rasoir, écrasait de son opulence tapageuse toutes les maisons du voisinage et plongea pendant un moment la jeune femme dans un silence respectueux.

Raymond, le fastueux copain, qui venait d'entreprendre de nonchalantes études de droit, avait invité une vingtaine de ses amis à jouer au billard; cette activité, qui allait s'étendre sur toute la nuit, ne devait constituer toutefois qu'une partie des amusements, et peut-être pas la plus importante.

La salle de billard, lambrissée de chêne et comptant quatre tables, se trouvait au rez-de-chaussée à l'arrière de la maison; une piscine intérieure la jouxtait. Le bar avait été bien garni, un buffet gargantuesque attendait les invités, on avait libre accès à un imposant frigo bourré de bouteilles de bière et de mousseux, et Raymond avait apporté un soin tout spécial au choix de la musique, diffusée par un système à faire baver d'envie le propriétaire de la discothèque la plus *in* de Montréal – et de Laval, cela allait de soi.

Mélanie fut d'abord intimidée par les lieux et tous ces visages inconnus. Mais les garçons, séduits par sa beauté et sa réserve un peu effarouchée, lui firent un accueil chaleureux; quant aux filles, elles se gardèrent bien de manifester la moindre jalousie et rivalisèrent de gentillesse avec les garçons, prenant soin cependant de ne pas la quitter de l'œil.

La fête avait débuté vers dix heures. La bière coula bientôt à flots. Pendant un certain temps, Raymond, que tout le monde, pour une raison inconnue, appelait *Ramon*, s'acquitta de ses devoirs d'hôte avec beaucoup d'énergie. Puis il se mit à disparaître on ne sait trop où pour des périodes de plus en plus prolongées, et disparut enfin tout à fait.

Vers minuit, cinq garçons et deux filles étaient déjà passablement soûls et le tapis d'une table de billard avait subi une déchirure de quarante centimètres. Debout sur le bord de la piscine, trois autres garçons, devant un groupe de filles hystériques, s'étaient lancés dans un concours fort amusant pour déterminer qui pisserait le plus loin. Un petit roux très agité voulut mettre le feu à un dictionnaire qu'il avait appuyé contre un arbuste en pot, mais on réussit à le calmer. Vers une heure du matin, stimulés par la baignade, des couples s'enlaçaient ici et là parmi des volutes de fumée bleue avec un abandon sans cesse grandissant, puis une certaine confusion se répandit un peu partout et l'on vit apparaître des emmêlements de membres, des exhibitions de chair nue et de toisons pubiennes dont un éclairage de plus en plus tamisé atténuait la crudité, tandis qu'un déluge de musique stridente remplissait les lieux comme une pâte épaisse.

Stéphane avait enfilé pas mal de bières, mais on ne pouvait le considérer encore comme tout à fait soûl.

— Tu ne bois pas beaucoup, fit-il remarquer à Mélanie.

— Non.

— Faut boire ! Faut s'amuser !

— J'aime savoir ce que je fais quand je suis avec des étrangers. Et même avec des gens que je connais.

Il haussa les épaules et poussa un ricanement. Mélanie, de plus en plus mal à l'aise, le suivait sur les talons et déployait de prodigieux efforts pour paraître à l'aise et détendue. Soudain, la prenant par la taille, Stéphane voulut montrer à tout le monde les privautés qu'ils s'accordaient dans l'intimité. Elle le repoussa avec un rire forcé, puis le repoussa de nouveau en manifestant cette fois de l'impatience. Vexé, il la quitta pour aller s'affaler sur un canapé près d'une jeune Anglaise de *Ennedidji* perdue dans les vapeurs d'on ne sait trop quoi, qui se laissa obligeamment tripoter les seins. De temps à autre, il jetait à Mélanie un regard de défi comme pour lui dire : « Eh bien ! qu'attends-tu, niaiseuse ? Arrive en ville ! » Celle-ci feignait l'indifférence et en fut bientôt réduite à faire la conversation avec un Péruvien affreusement sérieux qui tenait à tout prix à perfectionner son français.

Vers trois heures, une voiture de police, appelée par des voisins, s'arrêta devant le bungalow, mais les agents, sans doute intimidés par l'aspect de la maison ou le nom de son propriétaire, repartirent aussitôt sans avoir mis pied à terre. Mélanie, troublée par le spectacle qui se déroulait autour d'elle et excédée par les avances dont un colosse de dix-sept ans l'accablait depuis une heure, essaya de convaincre Stéphane de partir, mais il ne semblait pas très bien comprendre ce qu'elle lui disait.

Alors un incident se produisit qui provoqua un dénouement. Devant ses insuccès répétés, le colosse décida d'employer la manière forte ; saisissant Mélanie par un bras, il fit sauter trois boutons de sa blouse. La réponse fut instantanée. Était-ce le souvenir inconscient d'un film policier ou du récit d'une copine de cégep ? D'un geste vif et précis, elle remonta son genou droit dans l'aine du don Juan, qui se plia en deux en poussant un meuglement et tomba assis par terre en se massant le bas-ventre.

Mélanie avait filé dehors et s'éloignait à grands pas sur le trottoir, le visage ruisselant de larmes.

— Hé ! attends-moi ! cria Stéphane en se lançant à sa poursuite.

Il la rejoignit avec peine, car ses jambes lui obéissaient mal et Mélanie avait accéléré le pas.

— Dis donc, fit-il en l'attrapant par une épaule, t'en as fait une belle, toi !

Un taxi surgit au coin de la rue et se dirigea vers eux. Mélanie, sans dire un mot, agita le bras dans sa direction.

— Tu vas passer pour une sauvage, et moi aussi, continua Stéphane, de plus en plus irrité.

Le taxi s'arrêta le long du trottoir.

— Ah oui ? fit Mélanie en se retournant vers son ami.

Et elle lui appliqua une gifle qui le fit reculer de deux pas, puis se glissa à l'intérieur du véhicule. À sa grande surprise, Stéphane, sans dire un mot, vint prendre place à ses côtés en se frottant la joue.

— Pas de chicane dans mon char, hein ? les prévint le chauffeur, un petit homme tout en rondeurs avec des cheveux coupés ras qui ressemblaient à de la fibre de coco.

Le trajet jusque chez Mélanie se déroula dans un silence total.

Mais à partir de cette nuit-là, l'attitude de Stéphane à l'égard de sa petite amie changea. Après deux ou trois jours de bouderie, il lui présenta des excuses en l'assurant qu'il n'avait jamais prévu que la soirée prendrait une pareille tournure. À présent, il l'écoutait avec plus d'attention, accueillait ses avis avec plus de sérieux et ses manières s'imprégnèrent peu à peu d'une tendresse qui se serait peut-être transformée en amour si deux barbus, un après-midi de juillet, ne l'avaient pas interpellé rue Saint-Denis, préparant ainsi l'apparition d'un Pierrot Bernard sauveur dans une ruelle bordée de poubelles et de bacs de recyclage.

13

Mélanie, dans le bourdonnement du Piémontais, regardait Pierrot Bernard, étonnée ; un sourire légèrement ironique venait d'apparaître sur ses lèvres. Celui-ci, intimidé, hésitait à poursuivre et semblait à présent chercher ses mots. Une délicieuse bouffée de poulet grillé, venue de la table d'à côté, les enveloppa soudain et la rumeur qui régnait dans le restaurant diminua pendant un instant.

— Et alors, fit Mélanie, c'est quoi, la proposition *extrêmement sérieuse* que tu as à me faire ?

— Je… mais auparavant, il faut que je t'annonce une nouvelle.

Il se cambra légèrement sur sa chaise et releva un peu le menton, l'œil à demi fermé :

— Depuis deux semaines, ma chérie, mes revenus ont augmenté.

— Ah oui ? Voilà pourquoi tu m'as invitée dans ce chic restaurant ?

— C'est ça. J'ai davantage les moyens à présent de te témoigner mon affection… Si j'ai tardé à te mettre au courant, c'est que je voulais d'abord m'assurer que ma nouvelle situation était… comment dire… solide. Elle l'est.

Et il s'arrêta.

Mélanie, de plus en plus amusée par l'air de gravité enfantine de son compagnon, lui fit signe de poursuivre.

— Depuis deux semaines, annonça Pierrot Bernard, je rédige des textes pour le Groupe Biblique du Grand Montréal.

Mélanie s'esclaffa :

— Ils t'ont converti ?

— Ils *croient* m'avoir converti. J'ai d'abord assisté à quelques-unes de leurs réunions. C'est d'un ennui… Si tu savais !… J'ai dû développer toute une technique anti-bâillements, ma chérie ! Puis, au bout d'un mois, je leur ai soumis quelques petits textes à saveur évangélique en manifestant tous les signes d'une profonde conversion. Le directeur du groupe, qui semble avoir de gros problèmes de français, les a aimés. Il m'a demandé d'en rédiger un autre en me donnant ses directives. Je l'ai fait. Il a été enchanté ! Le poisson venait de mordre à l'hameçon. Il m'a proposé alors de devenir rédacteur pour leur groupe. J'ai fait semblant d'hésiter, parlant de mon indignité, de mon ignorance, de mes turpitudes, etc. Ces gens-là adorent entendre les confessions de pécheurs repentis, ils jouissent de nous voir nous humilier en public. « Tous les humains sont comme toi, mon pauvre ami. Nous sommes tous pécheurs et promis à la damnation, et c'est Jésus qui nous sauve. En répandant son message, tu vas assurer ton salut – et celui de bien d'autres. » « Oui, mais il faut vivre », que je lui ai répondu. « Bien sûr, bien sûr… Christ ne nous demande pas de mourir de faim. Quelles sont tes conditions ? » Je lui ai demandé cinq cents dollars pour chaque texte de 800 mots. On s'est entendus sur trois cents, à raison d'un texte par semaine. Je ne sais pas où ils prennent leur fric, mais ils semblent en avoir beaucoup. Et ce n'est pas tout ! J'ai contacté il y a deux jours les Élus de la Parole Divine des Derniers Temps, qui viennent d'acheter une ancienne église catholique, rue Amherst. Je crois que c'est une secte encore plus grosse que mon Groupe Biblique. J'ai assisté à un de leurs rassemblements et je suis en train de me convertir encore une fois. Dans quelque temps, je vais leur proposer des textes à eux aussi… sous un autre nom, bien sûr.

— C'est ridicule, laissa tomber Mélanie.

— Oui, mais ça rapporte. N'est-ce pas ce qui compte?

Mélanie fit une légère grimace, prit une gorgée de sambuca, observa pendant un instant les garçons qui circulaient avec une adresse affairée parmi les tables, puis, ramenant son regard sur l'écrivain:

— Et alors, est-ce que je peux enfin connaître ta proposition *extrêmement sérieuse*, mon très cher?

Pierrot Bernard eut un sourire crispé, puis, d'une voix grave et onctueuse aux intonations séductrices:

— Je voudrais que nous vivions ensemble, ma chérie. J'ai besoin de toi, je crois que tu as besoin de moi, et – ce qui est loin d'être négligeable – cela améliorerait notre condition à tous les deux: un seul loyer à payer, un seul compte d'électricité, un seul compte de chauffage et de téléphone. Trivial? Pas du tout. Le bonheur ne repose pas seulement sur des sentiments, mais aussi sur des choses concrètes. Pas vrai?

Et il avança sa main sur la table pour saisir celle de Mélanie.

Elle le regardait en silence, interdite, touchée, un peu inquiète, ne sachant que répondre. Quelque chose lui disait que sa proposition comportait des risques, qu'elle ne pouvait définir et encore moins exprimer. Mais l'homme assis devant elle semblait rempli d'une bonne volonté si tendre et si enveloppante que ses idées en étaient toutes brouillées.

Elle prit une longue inspiration:

— Laisse-moi y réfléchir, répondit-elle.

Et elle glissa sa main dans la sienne.

*

Le 18 mars 2001, Mélanie emménageait dans l'appartement de la Villa du Pont. La joie que sa décision causa à Pierrot Bernard avait dissipé ses dernières réticences. Une seconde lune de miel commença. Son ami se montrait d'une gentillesse exquise et il était encore une fois aux petits soins avec elle. Des bouquets de fleurs embaumaient à présent chaque pièce. Le matin, debout le premier, il préparait sans bruit le petit-déjeuner, puis, Mélanie partie à son travail, se chargeait de toutes les courses et de tous les travaux ménagers. Son ardeur au lit avait décuplé ; son imagination également ; ses fantaisies étonnaient parfois Mélanie, qui néanmoins s'y pliait toujours avec bonne humeur.

Un jour, en arrivant de son travail, elle se plaignit encore une fois de maux de pieds ; le lendemain, il lui avait arrangé un rendez-vous avec un podologue. On arrivait à la fin d'octobre ; une vague de froid fondit sur Montréal. Mélanie sortit son manteau d'automne, qu'elle trouvait démodé et pas assez chaud ; elle en passa la remarque un matin. Le soir, elle en avait un autre, d'une coupe très élégante et qui – suprême coup de chance ! – lui allait à ravir sans qu'on ait à faire de retouches. Pierrot Bernard déclara l'avoir acheté en solde chez Holt Renfrew ; en fait, il en avait férocement négocié le prix dans une boutique qui fermait pour cause de faillite.

Une nouvelle vie semblait avoir commencé pour l'écrivain. Il avait beaucoup diminué ses virées dans la ville (comme il les appelait) et travaillait à son *Newman* avec une assiduité accrue. Sans compter que son emploi de rédacteur pour les deux sectes (car les Élus de la Parole Divine des Derniers Temps avaient également requis ses services) lui demandait au moins deux jours de travail par semaine. Méfiant, il exigeait toujours d'être payé en argent comptant.

Un soir, il arriva chez lui la gueule fendue jusqu'aux oreilles.

— Qu'est-ce qui se passe ? demanda Mélanie, qui sortait du bain.

— Ma chérie, je viens d'entendre une réflexion extraordinaire dans le métro. C'est un petit garçon – sept ou huit ans, pas plus – qui a dit à sa mère pendant qu'ils avançaient sur le quai :

«C'est dur, tu sais, maman, d'être un chat. Parce que, quand t'es un chat, il faut que tu le sois tout le temps. Ça n'arrête pas. »

Mélanie sourit :

— C'est mignon, en effet.

— Mignon ? C'est génial ! J'ai tout de suite noté sa réflexion sur un bout de papier. Ça m'a donné l'idée d'un roman pour enfants. J'ai même trouvé le nom du chat : Beaupoil. Qu'en penses-tu ? Amusant, n'est-ce pas ? Il paraît que les romans jeunesse se vendent comme des petits pains chauds. À la librairie Le Parchemin, on m'a dit l'autre jour qu'il s'en publie des centaines chaque année au Québec !

Le lendemain, il avait griffonné une esquisse de roman et, abandonnant son *Newman*, y travailla pendant quelques jours. Puis il n'en parla plus.

Au début de l'hiver, les Élus de la Parole Divine des Derniers Temps le laissèrent tomber, en proie, lui annoncèrent-ils, à des problèmes financiers. Dieu dans sa sagesse, lui expliquèrent-ils, voulait peut-être les éprouver. Avec la neige et le froid, une baisse de ferveur et de générosité semblait, de toute façon, affecter les fidèles, car, une semaine plus tard, Joël Jobidon, le pasteur du Groupe Biblique du Grand Montréal, annonça à Pierrot Bernard qu'il se voyait forcé de réduire ses cachets de moitié.

— Évidemment, ajouta-t-il aussitôt, vous n'êtes pas obligé de continuer à travailler pour nous.

Pierrot Bernard accepta néanmoins de poursuivre son travail de rédacteur. Mais des fautes et des coquilles se mirent à apparaître dans ses textes, jusque-là impeccables, et les recherches bibliques qu'il effectuait avant de les écrire diminuèrent considérablement.

— À présent, plaisantait-il, je me fie davantage au Saint-Esprit. Il a qu'à ne pas Se tromper !

Cependant, avec les jours qui passaient, son humeur s'assombrit peu à peu. Était-ce à cause de la réduction forcée de leur train de vie, pourtant resté fort modeste? du sentiment qu'il ne parviendrait jamais à percer comme écrivain? d'une trop vive sensibilité?

Mélanie commença à s'inquiéter.

Elle-même avait des problèmes au Café Cherrier. Un aide-cuisinier, engagé depuis quelques semaines au restaurant, avait eu le coup de foudre pour elle, mais l'exact contraire s'était produit pour Mélanie, qui le trouvait presque répugnant. Nullement découragé par la froideur de son accueil – mais peut-être aussi pour s'en venger –, l'homme avait redoublé d'ardeur; ses assiduités tournaient au harcèlement.

Un peu effrayée, Mélanie réalisait que la beauté pour une femme est parfois une chose bien difficile à porter, et presque un fardeau. Est-ce que sa liaison avec un homme presque trois fois plus âgé qu'elle, connue de tous au restaurant, l'avait atteinte dans sa réputation? En tout cas, la plupart des membres du personnel souriaient devant ses tribulations et semblaient les considérer comme une chose normale.

Mais pas Camille, son ancienne copine de travail au Bon Gigot, qu'on venait d'engager au Café Cherrier. C'était une fille généreuse, directe, fougueuse jusqu'à l'étourderie. La conduite de l'aide-cuisinier à l'égard de son amie l'indignait, mais elle s'était retenue jusque-là, car une nouvelle arrivée dans un établissement doit faire preuve de prudence. Un bon matin cependant, après une scène particulièrement pénible, Camille prit l'aide-cuisinier à part. C'était un homme dans la trentaine, râblé, aux traits lourds et grossiers, l'air insolent.

— Fous-lui la paix, Alfred. Elle ne veut rien savoir de toi. Tu m'as l'air lent de la comprenure.

— De quoi tu te mêles, toi? Est-ce que je t'ai demandé l'heure?

— Je te la donne quand même. C'est l'heure de la laisser tranquille. Tu perds ton temps. Et tout le monde rit de toi.

— Et tu penses qu'on rit pas de toi aussi, grosse torche ? T'es-tu vu l'air ? T'inquiète pas : personne viendra t'achaler, toi. On s'occupe pas des poubelles.

Devant la brutalité de la riposte, les yeux de Camille s'étaient remplis d'eau. Le ton continua de monter. Alfred leva le bras, proféra des menaces. Un cuisinier s'approcha :

— Allons, allons ! lança-t-il sur un ton plaisant, essayant de calmer le jeu. Est-ce qu'il va falloir que j'appelle la police ?

Alfred, après un long regard haineux à la serveuse, retourna à son épluchage de légumes.

Mélanie, bouleversée, avait suivi la scène de loin. Elle s'approcha de son amie, posa la main sur son bras :

— Camille, tu n'aurais pas dû… Tu te l'es mis à dos. Il va t'en faire baver un coup !

— Qu'il essaie seulement ! Je vais demander à monsieur Boisseau de le foutre à la porte !

— Ne fais pas ça, Camille. On vient de t'engager. Il te connaît à peine. Tu risques de passer pour une chicaneuse.

— Il me fait vomir, ce concentré de dépotoir ! Dire que je suis prise à travailler près de lui !

La journée se termina sans autre incident, mais Alfred, par ses attouchements furtifs et ses sourires effrontés, laissa voir à Mélanie que sa passion pour elle n'avait pas du tout refroidi, bien au contraire.

Alors une sourde peur s'insinua dans la jeune femme. Comment tout cela tournerait-il ? Elle avait peut-être affaire à un maniaque. La pensée lui vint de quitter son emploi. Mais il n'en était pas question, se dit-elle aussitôt. Mille fois non ! Chaque soir, à son retour chez elle, la mine assombrie de Pierrot Bernard et ses allusions de plus en plus fréquentes à leurs problèmes d'argent lui montraient bien que ce n'était pas le moment de tomber en chômage. Pourtant, malgré la modicité de leurs revenus, ils ne manquaient pas de l'essentiel.

Le soir du 14 décembre, une pluie glaciale se mit à tomber sur Montréal, transformant la neige accumulée dans les rues et sur les trottoirs en une sloche dégueulasse et sournoise qui cherchait à s'infiltrer dans les bottes des pauvres piétons. Mélanie était de ceux-là et, sa journée finie, se dirigeait lentement vers son appartement de la Villa du Pont, la tête remplie de pensées tristounettes, se demandant, dans un accès de philosophie désabusée, si la vie, finalement, c'était seulement ça : maux de pieds, sourires forcés, soucis et déceptions ; en même temps, elle devait se préparer à remonter le moral d'un homme fragile dont la gentillesse ne faisait pas oublier le caractère capricieux, imprévisible et angoissé. Ah ! peut-être avait-elle commis une grave erreur en liant sa vie à la sienne…

C'est un Pierrot Bernard tout réjoui qui lui ouvrit la porte :

— Tu as congé demain, non ?

— Pas du tout. Pourquoi ?

— C'est qu'on risque de se coucher tard. Nous sommes invités au restaurant.

— Mais je suis vannée, Pierrot. Il est huit heures et je ne suis ni changée ni maquillée ! Invités par qui ?

— Par quelqu'un, mon petit loup, dont on ne peut pas refuser l'invitation.

Et il lui raconta qu'il avait rencontré dans un café quelques jours plus tôt un riche homme d'affaires, grand amateur d'art et de littérature, une sorte de mécène, quoi, avec lequel il avait eu une longue conversation. Par un autre coup de chance, Pierrot Bernard avait sur lui quelques pages récentes de son *Newman* dont il n'était pas trop insatisfait. Rompant avec ses habitudes, il s'était risqué à les lui soumettre.

— Et tu ne me les as pas fait lire ? s'étonna Mélanie, vexée.

— Pardonne-moi, ma chérie. Je vais te les montrer tout de suite, si tu veux. Ou plutôt demain matin. Il ne nous reste que quarante minutes. Justin Périgord nous a donné rendez-vous au Bistrot Bienville à neuf heures tapant. Il ne faut pas le faire attendre.

— Et donc, si je comprends bien, il a aimé ton texte ? poursuivit Mélanie en dégrafant sa jupe.

— Et comment ! J'en rougissais. Il faut dire que je n'ai pas l'habitude des compliments. Mais là n'est pas le plus important. Il voulait lire *tout le manuscrit*, car, figure-toi donc, mon petit loup, que ce monsieur Périgord songe à fonder une maison d'édition – une sorte de dada de riche qui ne sait plus que faire de son argent, j'imagine. Tu comprends pourquoi je tiens absolument à ce rendez-vous, n'est-ce pas ?

— Et d'où lui vient son argent, à ce monsieur ?

— Je ne sais pas trop. Il semble avoir fait fortune dans les salons funéraires et viendrait de vendre sa compagnie à des Américains.

Mélanie poussa un profond soupir. Elle aspirait à une fin de soirée en robe de chambre et en pantoufles, évachée devant la télé à regarder une émission idiote. Mais il semblait tellement tenir à cette rencontre au resto… Comment lui refuser ce plaisir ?

Ils s'étaient dirigés vers la chambre à coucher où Mélanie enfila en hâte une robe moulante de satin bleu nuit, qui faisait toujours beaucoup d'effet. Sa fatigue s'était un peu allégée, mais elle aurait bien dormi une heure ou deux. C'était une preuve considérable d'amour que d'accepter de sortir par ce temps de chien, éreintée par sa journée de travail et le moral dans les talons. Elle en fit la remarque à Pierrot Bernard tout en se précipitant vers la salle de bains pour se maquiller.

— Je le sais, ma chérie, et je t'en garderai une reconnaissance éternelle.

Et il lui plaqua un long baiser dans le cou.

— Arrête, tu me chatouilles.

— Je te devrai peut-être ce soir les débuts officiels de ma carrière d'écrivain, poursuivit-il en lui caressant les seins.

— Je t'en prie, Pierrot, fit-elle en le repoussant. Prends plutôt le bottin et appelle-nous un taxi. Pas question de se rendre là-bas en métro par un temps pareil.

— À tes ordres, ma chérie. De toute façon, la course ne nous coûtera pas cher : c'est dans le Plateau-Mont-Royal, à une dizaine de coins de rue d'ici. On m'a déjà parlé du Bistrot Bienville, poursuivit-il dans le taxi. Contrairement à ce que son nom peut laisser croire, c'est un resto très chic et très cher où, malgré tout mon amour pour toi, ma chérie, je n'aurais jamais eu les moyens de t'inviter… Du moins, pour le moment.

Et il éclata de rire.

Son entrain fiévreux intriguait Mélanie ; il était comme sous l'effet d'une sorte de trac. Elle ne l'avait jamais vu ainsi et voulut le questionner, puis se ravisa ; la réponse se trouvait sans doute au restaurant.

Le Bistrot Bienville était un établissement minuscule, à la décoration simple et sans prétention, et ne comptait qu'une dizaine de tables. À leur arrivée, un homme assis au fond agita la main et vint à leur rencontre. Pierrot Bernard fit les présentations et Mélanie eut droit à un baise-main, le premier de sa vie ; elle rougit comme une couventine.

— J'étais certain, fit Justin Périgord en l'enveloppant d'un regard pénétrant, qu'un homme du mérite de monsieur Bernard ne pouvait avoir qu'une amie ravissante.

Et, s'inclinant de nouveau devant elle, il lui présenta une chaise.

— Merci beaucoup, monsieur, bafouilla Mélanie à voix basse.

Un garçon s'approcha avec la carte des vins et Justin Périgord, malgré les protestations de Pierrot Bernard, scandalisé par cette prodigalité, commanda du champagne.

— C'est ma bien modeste façon de rendre hommage au talent et à la beauté.

Et il termina sa phrase en se tournant vers Mélanie.

Des impressions contradictoires se bousculaient dans l'esprit de la jeune femme. Leur hôte lui paraissait phraseur et guindé, avec toutes les aptitudes requises pour faire passer à ses compagnons une soirée assommante, mais, en même temps, son air amène et distingué, son visage charnu et sanguin de bon vivant, ses traits agréables, sa chevelure blanche et fournie, d'une coupe élégante, n'étaient pas sans l'impressionner.

Malgré la blancheur éclatante de ses cheveux, Justin Périgord venait tout juste d'atteindre la quarantaine ; la taille encore svelte en dépit d'un soupçon de bedon, le rire facile et sonore, l'œil pétillant, il semblait éprouver un plaisir manifeste à mettre en valeur son agréable voix de baryton. Pour les gens de la condition de Mélanie, il représentait le type même du *monsieur comme il faut*.

Les craintes de la jeune femme de voir la soirée se figer dans l'ennui ne se réalisèrent pas ; l'homme d'affaires sut se montrer à la fois attentif et bon raconteur, plein de drôlerie et habile manieur de compliments. Mais ce qui séduisit Mélanie plus que tout fut la profonde admiration qu'il paraissait éprouver pour le talent de Pierrot Bernard et les perspectives que cette admiration semblait devoir ouvrir à sa carrière.

— Vous savez, ma chère Mélanie – vous me permettez, n'est-ce pas, de vous appeler par votre prénom ? – s'il ne fallait que du talent pour réussir dans la vie, tout serait tellement plus simple ! Mais, hélas, il y faut aussi de la chance, et cette chance, elle est souvent refusée à des personnes du plus haut mérite. C'est injuste, c'est absurde, c'est tout ce que vous voulez, mais on n'y peut rien. Je ne suis pas infaillible, bien sûr – sinon on m'aurait élu pape, n'est-ce pas –, mais, comme vous, j'ai tout de suite senti chez votre ami un talent rare – très rare – qui mérite d'être reconnu.

Puisse-t-il l'être un jour ! Ce ne serait que justice. Voilà pourquoi j'ai si hâte de lire ce *Newman*. Les vingt pages que monsieur Bernard m'a si obligeamment permis de lire m'ont mis l'eau à la bouche !

— Vous êtes bien chanceux, répondit Mélanie, légèrement pompette. Moi, je n'ai pas encore eu ce privilège.

— Comment, monsieur Bernard ! Est-ce que j'ai bien entendu ?

— Je vais réparer ma gaffe dès demain matin.

— Je te rappelle, mon chéri, que demain matin je travaille.

— Alors, ce sera demain soir.

— J'y compte bien.

Et sur ces mots, priant ses compagnons de l'excuser, elle quitta la table et se dirigea vers les toilettes.

Dès qu'elle eut le dos tourné, les deux hommes échangèrent un sourire entendu et Justin Périgord porta à ses lèvres les doigts réunis de sa main droite et leur appliqua un discret baiser.

Au retour de Mélanie, Périgord parla de ses projets d'édition, qui concernaient d'abord et avant tout la littérature ; il voulait agir avec prudence, c'est-à-dire en prenant tout le temps nécessaire, et d'abord se documenter, étudier le marché, etc. Cela dit, sa décision était prise, ce n'était qu'une question de mois.

Mélanie l'écoutait en silence, de plus en plus impressionnée.

À la fin de la soirée, l'homme d'affaires tint à ramener ses invités chez eux ; sa BMW les attendait devant le restaurant. Mélanie crut alors remarquer qu'il avait beaucoup moins bu qu'elle et son ami. « C'est un vrai riche, se dit-elle. Il est habitué au luxe. Les bonnes choses ne lui font pas tourner la tête… »

Et c'est avec une tête aux idées bien brumeuses et comme percutée par une masse de fonte qu'elle dut se lever le lendemain matin pour se rendre à son travail.

*

Pendant les trois jours qui suivirent, Pierrot Bernard ne fit pas la moindre allusion à leur soirée au Bistrot Bienville, comme s'il l'avait oubliée. Puis, au détour d'une conversation dans un supermarché, Mélanie mentionna le nom de Justin Périgord.

— Il t'a trouvée extrêmement sympathique, tu sais, fit aussitôt remarquer Pierrot.

— Ah bon.

— J'oserais même dire… attirante.

La jeune femme, surprise, s'arrêta et, le regardant droit dans les yeux :

— Ah oui ? Il t'a dit ça ? Vraiment ? Et… tu n'es pas un peu jaloux… ou inquiet ?

— Pourquoi je le serais ?

Elle resta muette une seconde, puis :

— Oui, pourquoi, en effet ?

Et elle rit.

Ce jour-là, la conversation n'alla pas plus loin.

Comme il le lui avait promis, Pierrot Bernard avait fait lire à Mélanie l'extrait de *Newman* pour lequel Périgord lui avait prodigué de si grands éloges. Mélanie fut éblouie par cet épisode mouvementé et haut en couleur. Il faut dire qu'il s'agissait d'une habile adaptation d'un épisode du *Barrage d'Hermiston*, le chef-d'œuvre inachevé de Robert-Louis Stevenson. Elle s'étonna cependant de la différence de ton entre ce passage et celui qu'elle avait lu il y avait déjà plus d'un an. Mais, ignorante comme elle l'était, comment pouvait-elle se permettre de juger un texte ?

14

Depuis le début de sa liaison avec Pierrot Bernard, Mélanie ne voyait que rarement sa sœur Mélina. Pierrot, sans le lui avoir jamais dit ouvertement, ne semblait guère désireux de la rencontrer, ni elle ni aucun autre membre de sa famille. Il se décrivait comme un sauvage qui avait besoin de solitude pour bien fonctionner et trouvait toujours une raison indiscutable pour ne pas accompagner Mélanie les fois où celle-ci allait voir sa sœur.

À la fin du mois de décembre, Mélanie reçut un appel de Mélina qui avait une grande nouvelle à lui annoncer : leur mère songeait à s'établir à Montréal.

— Elle veut vendre sa maison. Trois-Rivières l'ennuie, à présent. L'immobilier ne marche plus tellement là-bas, paraît-il. À Noël, je l'ai trouvée déprimée, amaigrie. Elle voudrait se louer un logement quelque part, pas loin de nous deux.

Mélanie eut un rire sardonique :

— De nous deux ? Tu as bien dit *de nous deux* ?

— C'est l'expression qu'elle a utilisée. Si je comprends bien, elle veut se réconcilier avec toi, Mélanie.

— À ce que je vois, tu ne lui as pas encore appris que je vis en concubinage avec un homme qui a presque trois fois mon âge.

— Elle le sait.

— Alors, tu la connais mal. Elle ne veut pas se réconcilier avec moi. Elle croit *peut-être* qu'elle le veut. Mais, en fait, elle a besoin de chicanes. Voilà pourquoi elle cherche à se rapprocher de nous. Elle a dû épuiser sa provision d'ennemis à Trois-Rivières.

Plus personne n'a envie de se chamailler avec elle. C'est l'horreur! Elle va mourir d'ennui. Alors, il faut qu'elle découvre un nouveau terrain de chasse, vois-tu… Essaie de lui faire changer d'idée, Mélina, je t'en prie… Montréal, c'est grand, mais pas assez pour nous deux. Tu vas le regretter toi aussi, je te préviens.

— Tu es dure, Mélanie… Si tu l'avais vue comme moi à Noël… Je…

— Je ne la verrai plus jamais à Noël ni en aucun autre temps, Mélina. Elle n'existe plus pour moi, comprends-tu? Si tu avais vécu ce qu'elle m'a fait vivre!

— Je sais, je sais, ma petite sœur… Mais je l'ai trouvée si triste et si vieillie, comme abandonnée de tous… J'en avais presque les larmes aux yeux… Elle m'a longuement parlé de son projet. Papa avait de bonnes assurances. En y ajoutant l'argent de la vente de la maison, elle dit avoir assez de revenus pour vivre décemment jusqu'à la fin de ses jours, et même pour nous laisser à chacune un petit héritage après sa mort.

— Mais je n'en veux pas de son argent! Je ne veux *rien* d'elle! Mes souvenirs me suffisent! Mon Dieu, la seule pensée qu'elle pourrait venir un jour frapper à ma porte… Je t'en supplie, Mélina… Explique-lui que la vie à Montréal est beaucoup plus chère, qu'on n'y est pas en sécurité comme à Trois-Rivières ou ailleurs, qu'il s'y commet des crimes chaque jour, qu'il est plus difficile de s'y faire des connaissances et des amis… Enfin, tu sais tout ça autant et mieux que moi, Mélina…

Il y eut un long silence au bout du fil.

— Moi non plus, Mélanie, je ne suis pas particulièrement enchantée à l'idée de la voir arriver dans les parages, mais tu la connais… On ne peut pas la téléguider! Elle n'en a toujours fait qu'à sa tête. Enfin… je vais essayer de la convaincre, mais ne te surprends pas si un beau matin… Souhaitons-nous bonne chance, ma petite sœur!

Elle promit de tenir Mélanie au courant de la situation et raccrocha.

Pierrot Bernard, affalé dans le salon devant la télé, feignait d'être absorbé par une émission d'art culinaire, mais il avait écouté avec beaucoup d'attention les propos de son amie.

Celle-ci vint bientôt le rejoindre et lui raconta l'affaire de long en large. Mine de rien, il demanda quelques précisions sur la situation financière de Félicité Bellechasse, puis, très tendrement, essaya de calmer Mélanie, ajoutant que, chez les personnes d'un certain âge, entre un projet de cette nature et sa réalisation, il y avait une marge que la plupart d'entre elles ne franchissaient pas, tellement elles étaient ancrées dans leurs habitudes. Il termina cependant par cette remarque, inspirée, disait-il, par son expérience de la vie :

— Je comprends tes sentiments à l'égard de ta mère, ma chérie, et je réagirais sans doute comme toi si j'avais vécu ce que tu as vécu. Mais dis-toi bien une chose : on ne se trompe jamais en pardonnant. C'est un des secrets du bonheur, je crois.

*

Le matin du 5 janvier 2002, vers dix heures, Mélanie, vannée par ses heures supplémentaires au Café Cherrier et encore en robe de chambre, sirotait un café au lait, attablée dans la cuisine, tout en regardant le pont Jacques-Cartier par la fenêtre. La vue de cette grande structure verdâtre aux lignes élégantes, sillonnée jour et nuit par les autos et les camions, lui avait toujours plu. Le pont était devenu pour elle comme un compagnon familier ; il lui faisait vaguement penser à un gros chien un peu encombrant mais sympathique et rigolo, couché dans un coin de la pièce et essayant de se faire le plus discret possible. La rumeur qui en provenait, affaiblie par les fenêtres scellées de l'appartement, produisait une sorte de musique qui atténuait l'atmosphère morne et impersonnelle de l'énorme immeuble de brique où elle habitait, si différent de la petite maison bleue qui l'avait vue grandir à Trois-Rivières.

Pierrot avait quitté l'appartement pendant qu'elle dormait encore ; elle ignorait où il était allé. C'était bien de se retrouver seule, ce matin-là, à boire tranquillement son café en contemplant le pont ; on n'était pas obligée de lui parler, à celui-là, ni de lui plaire ou d'essayer de deviner ses pensées, ses désirs ou ses chagrins. Il se contentait de bourdonner joyeusement sous le soleil dans l'air glacial de ce mois de janvier, et cela convenait parfaitement à Mélanie.

Elle prit une longue gorgée de café tiède, puis se pencha et se mit à frotter son mollet gauche. Elle avait souvent mal aux jambes, à présent, et ce métier de serveuse, qu'elle avait toujours aimé jusque-là, commençait à lui peser, car les journées lui paraissaient de plus en plus longues depuis quelque temps. Les exhortations de Mélina, qui l'incitait à reprendre ses études, lui revinrent à l'esprit. Elle secoua la tête en essayant de penser à autre chose, puis se mit à masser son talon.

Un déclic se fit entendre à l'entrée. Pierrot apparut bientôt dans la porte de la cuisine, s'arrêta sur le seuil et la regarda sans dire un mot en se frottant les oreilles. Il avait l'air soucieux et vaguement ennuyé.

— Il y a longtemps que t'es levée ? demanda-t-il enfin.

— Une demi-heure, à peu près.

— Quel froid de canard ! Les oreilles allaient me tomber !

— D'où viens-tu ?

— Je suis allé me promener.

— Par ce froid de canard ? demanda Mélanie, légèrement ironique.

— En fait, j'avais un rendez-vous, assez loin d'ici, et je m'y suis rendu à pied. On dit que la marche, c'est bon pour la santé, et particulièrement par temps froid.

Mélanie hésita une seconde, puis :

— Un rendez-vous avec qui ?

— Avec Justin Périgord. J'ai à te parler à ce sujet. Mais, auparavant, poursuivit-il avec un entrain quelque peu forcé, je vais me réchauffer un peu la carcasse. Brrrr !

Il se versa une tasse de café, y ajouta le filet de crème et les trois cuillerées de sucre habituels, aspira bruyamment une gorgée et s'attabla devant Mélanie.

— Ma chérie, j'ai un grand service à te demander.

— Je le devine.

— Ah oui ? C'est quoi ?

— Vas-y plutôt. Je t'écoute.

Son ton devenait de plus en plus ironique.

Le visage de Pierrot Bernard s'assombrit ; il pencha la tête, poussa un profond soupir et se mit à fixer l'intérieur de sa tasse comme s'il avait eu envie de se jeter dedans pour en finir avec la vie.

— J'ai des problèmes avec Justin Périgord.

— Ah bon. Il abandonne son projet d'édition ?

— Non, ce n'est pas ça. C'est bien pire. Il hésite à me publier. J'ai l'impression qu'il s'est mis à douter de moi. À douter que je finisse jamais mon livre.

— Et pourtant, tu lui as dit que tu y travaillais chaque jour, ou presque, non ?

— Bien sûr ! Mais quelqu'un doit aller lui parler en ma faveur. Quelqu'un qui me connaît bien.

— Et c'est moi.

— Qui veux-tu que ce soit d'autre ?

— J'avais bien deviné.

— Les femmes devinent tout, c'est bien connu. En faire la remarque est devenu un cliché.

— Et j'irais le trouver pour lui dire quoi ? Comme je n'ai toujours pas lu ton livre, je ne peux pas en parler.

— Les relations humaines sont une chose bien complexe, ma petite chérie. Il ne s'agit pas tant de lui parler de mon livre que de lui parler de *moi*. Et de te montrer gentille avec lui.

Mélanie sursauta, stupéfaite, puis une rougeur intense se répandit sur son visage ; ses mains s'agrippèrent au rebord de la table et on entendit un léger crissement d'ongles :

— « Gentille », tu as dit ? Avec quelqu'un qui me trouve « attirante » ? Est-ce que j'ai bien compris ?

— Tu n'as rien compris du tout. Et je n'ai rien dit qui mérite que tu te mettes dans un pareil état.

Son accent théâtral amena un rire sardonique à Mélanie. Puis, brusquement, elle fondit en larmes.

Pierrot Bernard se précipita vers elle et la prit dans ses bras :

— Mais voyons ! voyons ! Qu'est-ce qui se passe, mon petit loup ?

— Il m'intimide, cet homme… L'autre soir, au restaurant, si tu avais vu les regards qu'il me jetait parfois… Je suis sûre qu'il va se mettre à me chanter la pomme comme un dératé, et même qu'il… Si tu venais avec moi, ça serait différent…

Une grimace de contrariété apparut une seconde dans le visage de Pierrot Bernard.

— Mais je ne comprends pas tes craintes, mon amour. C'est quelqu'un de *très bien*, cet homme ! Je ne le connais pas depuis longtemps, d'accord, mais tu peux te fier à mon pif, chérie… J'ai quand même bourlingué un peu en cinquante-huit ans, et les individus douteux, ça ne me prend pas trois éternités pour les détecter, crois-moi. Je les sens tout de suite ! Jamais, je te jure, l'idée ne lui viendrait de te mettre dans une situation… inconfortable. Il est trop chic et trop bien élevé pour ça, voyons ! Mon petit trésor ! Regarde-moi !

Il avait les yeux pleins d'eau.

— Que le ciel me foudroie, lança-t-il dans une envolée pathétique, si jamais il se comporte avec toi d'une façon indélicate !

— Le ciel, le ciel, murmura Mélanie en essuyant son nez sur une manche de sa robe de chambre, qu'est-ce que le ciel vient faire là-dedans ? Il s'en fout bien, le ciel !

— Je t'assure, ma petite Mélanie, que je ne te demande qu'une chose facile et tout à fait normale dans les circonstances : c'est-à-dire...

Il la prit par les épaules et, plongeant son regard dans le sien :

— ... c'est-à-dire de lui parler en ma faveur, de lui parler du sérieux que je mets dans mon travail, des années de labeur que j'y ai consacrées, de la passion qui m'anime pour la littérature, de l'intensité avec laquelle je vis ma vie... Mais suffit ! Tu m'obliges à faire mon propre éloge ! Ça devient gênant, à la fin !

Il fit une légère pause, puis :

— Oui, bien sûr, tu lui plais, j'en conviens. Et alors ? Est-ce que je devrais lui envoyer quelqu'un qui l'horripile ? Il aime les jolies femmes. Bon. Et moi, j'essaie de le convaincre d'une chose qui est pour moi d'un intérêt primordial, essentiel. Alors, je lui envoie comme ambassadrice... une jolie femme. Voilà. N'importe qui ferait comme moi. C'est même un vieux truc de marketing ! Où est le mal ?

Il prit une grande inspiration, puis, penchant la tête, le visage sombre, la voix assourdie :

— Tu tiens ma carrière entre tes mains, chérie.

Mélanie le regardait, ébranlée, mais toujours méfiante et travaillée par une sourde colère. Les grands mots et les belles phrases l'avaient toujours impressionnée, mais sa courte expérience de la vie commençait à lui montrer qu'ils ne sont parfois que des paravents pour cacher des choses moins jolies.

*

Elle résista pendant une semaine. Mais finalement, la mine abattue de son compagnon, ses longues bouderies silencieuses, qui se terminaient invariablement par des reproches et des remarques sarcastiques, ses promenades nocturnes à travers l'appartement, cruels effets d'une insomnie qui ne voulait plus le lâcher et l'épuisait, tout ce grignotement obstiné de fourmi charpentière finit par avoir raison d'elle. Le 12 janvier, Mélanie, de guerre lasse, accepta d'aller rencontrer Justin Périgord en début de soirée à ses bureaux de la rue Peel. Pierrot Bernard, très nerveux, l'avait minutieusement préparée et n'avait cessé de la remercier pour sa générosité. Souvent, lui assurait-il, le succès ne dépend que d'une minuscule poussée exercée au bon moment au bon endroit. C'est ce qu'on appelle *aider la chance*. «Si tu réussis, mon amour – et je suis certain que tu réussiras –, je te devrai la vie. »

Et, l'ayant tendrement enlacée, il posa sur ses lèvres un de ces délicats baisers qui touchent autant le cœur que les sens.

15

La journée du 13 janvier avait bien mal commencé. L'esprit en déroute et dans un geste de distraction imbécile, Pierrot Bernard avait voulu porter à ses lèvres sa tasse de café, oubliant qu'il tenait aussi dans sa main une paire de ciseaux, et avait failli se crever un œil! Les ciseaux avaient profondément entaillé l'arcade sourcilière de son œil droit et le sang avait pissé. Il en avait été quitte pour la peur, mais, les jambes molles comme de la guenille, avait dû rester assis un bon quart d'heure dans la cuisine, un linge à vaisselle pressé contre la plaie, à prendre de profondes inspirations pour lutter contre l'évanouissement.

C'est qu'il venait de passer une autre nuit blanche! Mais, cette fois-ci, il ne s'agissait pas d'une insomnie délibérée: c'en était une véritable! Vers une heure du matin, Mélanie avait téléphoné pour lui annoncer qu'elle allait dormir chez son amie Camille. Sa voix neutre et impersonnelle l'avait intimidé. Il n'avait pas osé la questionner sur sa rencontre avec Justin Périgord. Les choses avaient sûrement mal tourné. Que s'était-il passé? Qui avait gaffé? Quelles en seraient les conséquences? Il avait retourné ces questions dans sa tête jusqu'à l'aube, la peau moite, le cœur battant, secoué par une petite toux nerveuse qui avait fini par lui râper la gorge.

Justin Périgord devait l'appeler dans la matinée pour lui raconter sa soirée. Mais voilà: à onze heures, l'animal n'avait toujours pas donné signe de vie!

Finalement, à onze heures vingt, il s'était enfin décidé. Leur conversation avait été âpre, saccadée, chacun interrompant l'autre, parfois avec grossièreté. Périgord était bourru, sec, coupant. La somme promise à Pierrot Bernard ne lui serait pas versée, car Mélanie n'avait pas montré toute la coopération souhaitable.

— Je n'ai pas de temps à perdre avec des pimbêches qui se prennent pour la reine d'Angleterre, lui avait-il dit. La vie est trop courte!

— Mais voyons, Justin, il faut parfois faire preuve de patience. Je ne t'ai pas…

— Patience, tu dis? Alors là…

— Laisse-moi finir. Je ne t'ai pas envoyé une call-girl, tout de même! Penses-tu que j'ai couché avec elle le jour même où je l'ai rencontrée? Il a fallu d'abord que je gagne sa sympathie, puis sa confiance, qu'on établisse des liens, quoi… D'autant plus que nous ne sommes plus des jeunesses, mon vieux. Notre…

— Parle pour toi. Quant à moi, il y a des femmes qui…

— Il y a des femmes qui ne disent pas toujours ce qu'elles pensent, voilà ce qu'il y a! Sois réaliste: notre différence d'âge avec Mélanie est énorme. Il ne faut quand même pas s'imaginer…

— Je n'imagine rien. Mais je sais une chose: je ne me laisserai pas traiter comme un moins que rien par une petite conne que je peux trouver à des milliers d'exemplaires, et en plus joli encore! Bonne journée.

— Minute, Justin! Laisse-moi quand même lui…

Mais Périgord avait raccroché.

Pierrot Bernard se laissa tomber sur le canapé, anéanti. C'était la catastrophe: il risquait de perdre sur les deux fronts à la fois: pas de fric de Périgord – et plus de Mélanie! Car il comprenait à présent pourquoi elle avait découché; c'était un début de rupture. L'échec complet, quoi! Il avait cru qu'en séducteur expérimenté Périgord allait embobiner la serveuse sans trop de mal. Elle n'était quand même pas si farouche, après tout. Mais, sous ses airs de Casanova, ce n'était qu'un épais aux mains lourdes. Et puis, pour qui se prenait-elle, cette petite conne ? Est-ce qu'elle croyait avoir le cul de la Sainte Vierge ? Enfin, tout n'était peut-être pas perdu. Il avait sans doute quelques heures devant lui pour penser à une stratégie. Mais, dans l'état où il était, *comment penser* ?

⋆

Il eut bien plus de temps qu'il ne l'aurait souhaité : Mélanie fut trois jours sans montrer le bout du nez. Quand elle se présenta enfin, le soir du 16 janvier, l'appartement était silencieux et plongé dans l'obscurité ; on n'entendait que la sourde rumeur du pont Jacques-Cartier ; une veilleuse dans la cuisine diffusait sa lueur blafarde.

— Pierrot ? fit la jeune femme après avoir doucement refermé la porte.

Pas de réponse.

— Pierrot, es-tu là ?

Elle s'avança, fit de la lumière dans la cuisine. Des journaux répandus sur la table. Un flacon de Tylénol couché sur le comptoir, une partie de son contenu répandu autour de lui. Une chemise fripée accrochée au dossier d'une chaise.

« Qu'est-ce qui s'est passé ? » se demanda-t-elle, la bouche tout à coup sèche comme du carton.

Elle appela de nouveau son compagnon, sans obtenir plus de réponse, puis, le cœur battant, se dirigea vers la chambre à coucher et actionna le commutateur.

Il était étendu dans le lit, immobile, les yeux fermés, le visage livide, ses longs cheveux blancs tout embroussaillés étalés sur l'oreiller.

« Il est mort », se dit-elle, saisie d'effroi.

Et, la voix tremblante, elle l'appela encore une fois.

Un sourd gémissement lui répondit.

Alors, se précipitant sur lui, elle se mit à le secouer de toutes ses forces. Il ouvrit enfin les yeux, voulut lever un bras pour la repousser, mais le laissa retomber lourdement.

— Qu'est-ce que tu as? cria Mélanie. Qu'est-ce qui se passe?

— Laisse-moi mourir, marmonna-t-il d'une voix à peine audible.

Elle voulut faire venir une ambulance, appeler la police. Il refusa.

— As-tu un médicament à prendre? demanda-t-elle.

Il fit signe que non. Elle lui donna à boire un peu d'eau, voulut le faire manger, alarmée par son visage amaigri et par ce filet de voix rauque qui s'échappait de sa gorge quand il parlait. Il refusa la nourriture d'un mouvement de tête.

— Je n'ai pas faim… Laisse-moi mourir…

Il n'avait pas mangé depuis trois jours. Cela faisait partie de sa mise en scène, mais le jeûne lui avait été facile, tant l'appréhension de perdre sur tous les fronts lui avait chambardé les entrailles.

Pendant les heures qui suivirent, ses propos se résumèrent à ces deux phrases: « Je n'ai pas faim » et « Laisse-moi mourir ».

Vers deux heures, Mélanie, épuisée, était allée s'étendre au salon, se levant de temps à autre pour aller jeter un coup d'œil sur le malade. Les moments pénibles vécus trois jours plus tôt avec Justin Périgord avaient été refoulés au fond de son esprit. C'était un des objectifs que s'était fixés Pierrot Bernard.

Au matin, il accepta finalement d'avaler quelques cuillerées de céréales arrosées de lait et parla un peu. Son récit entrecoupé de larmes (car, en menteur émérite, il *croyait* à ses mensonges) émut vivement la serveuse.

Le deuxième jour de son absence, convaincu qu'elle l'avait abandonné, il avait voulu mettre fin à ses jours en s'empoisonnant avec des analgésiques. D'horribles vomissements l'avaient bientôt saisi; son supplice avait duré des heures. Finalement, exténué, il avait rampé vers son lit, résolu à y attendre cette mort qui n'avait pas voulu de lui.

— Si tu n'étais pas venue, conclut-il, c'est un cadavre qu'on aurait trouvé… Maintenant, laisse-moi dormir un peu. Nous avons des choses à nous dire, toi et moi, mais cela devra attendre, les forces me manquent.

L'explication à laquelle il avait fait allusion n'eut lieu que le lendemain après-midi. Entre-temps, il avait pu se lever, prendre une douche, changer de vêtements et manger un peu. Mais il veillait à ce que le mieux ne survienne pas trop vite. Rassurée sur son état, Mélanie était partie travailler.

Vers trois heures de l'après-midi, elle était de retour. Pierrot Bernard se trouvait au salon. En la voyant apparaître, il éteignit le téléviseur.

— Comment vas-tu ? demanda-t-elle.

— Ça va.

Mais sa voix démentait ses paroles.

— Il faut aller à l'urgence, Pierrot. Tu m'inquiètes.

Il agita faiblement la main :

— On verra. Viens t'assoir. J'ai des questions à te poser. Elles me trottent dans la tête depuis quatre jours.

Mélanie obéit. Mais plutôt que d'aller le rejoindre sur le canapé, elle choisit un fauteuil en face de lui. Pierrot Bernard remarqua ce détail.

Il poussa un soupir, s'empara d'un papier-mouchoir et s'essuya le front (depuis la veille, il se plaignait de bouffées de chaleur), puis, affermissant son regard autant qu'il le pouvait :

— Qu'est-ce qui s'est passé l'autre soir chez Justin Périgord ?

— Je préfère en parler une autre fois. Il vaut mieux d'abord aller à l'urgence.

— Non. Je veux connaître tout de suite la vérité.

Alors elle lui raconta brièvement sa soirée. Comme convenu, elle s'était rendue au bureau de l'homme d'affaires. Périgord s'était d'abord montré bienveillant et attentif, puis de plus en plus aimable, et avait fait de grands éloges de son ami, en se plaignant toutefois que le marché du livre fût devenu bien fragile. Il lui avait longuement parlé d'édition et l'avait impressionnée par sa faconde et par l'étendue de sa culture. Ensuite, se lançant dans des confidences, il lui avait raconté sa vie ; elle semblait riche et colorée, pleine d'expériences singulières ; il avait beaucoup voyagé, roulé sa bosse sur les cinq continents, jusqu'en Nouvelle-Zélande où il avait épousé à l'âge de vingt-cinq ans une millionnaire dont la famille avait fait fortune dans la charcuterie ; c'est à ce moment qu'il s'était initié aux affaires, une expérience qui s'était avérée précieuse par la suite. Mais le mariage n'avait pas duré et, quelques années plus tard, il s'était retrouvé en France, décrochant, après une longue période de vaches maigres, un emploi dans la maison Hachette, où, après quelques promotions, il s'était finalement retrouvé à un poste important ; son expérience du monde de l'édition venait de là. Mais, comme il avait toujours soif de nouveautés, au bout de quelques années, il avait quitté Hachette et fait des tentatives dans divers domaines – avec des succès divers. Au début des années quatre-vingt, une occasion alléchante s'était présentée d'acquérir une chaîne de salons funéraires aux États-Unis. « C'était le retour aux viandes froides, en quelque sorte… Excusez cette plaisanterie douteuse, qui n'a même pas l'excuse d'être originale… Enfin, les affaires ont si bien marché qu'au bout de quelques années j'étais devenu, comme on dit, indépendant de fortune et libre de m'adonner entièrement à ce qui me plaisait, comme ces rentiers cossus dans les romans de Balzac. »

— Est-ce qu'il disait vrai ? se demanda Mélanie. Je ne sais pas.

— Pourquoi en doutes-tu ? s'enquit Pierrot Bernard.

Elle eut un vague geste de la main :

— De toute façon, quelle importance ? Quand tu sauras ce qui est arrivé ensuite…

— Qu'est-ce qui est arrivé, Mélanie ? demanda Pierrot Bernard avec une grimace d'appréhension.

— On s'est remis à causer de toi, de ton livre et de ce projet d'édition… Il avait l'intention d'acheter une petite maison d'édition dans le Vieux-Montréal… J'oublie le nom… Les Mille Feuilles… quelque chose comme ça…

Pierrot Bernard eut un sourire forcé :

— Est-ce que ce ne serait pas plutôt une pâtisserie ?

Mélanie se contenta de hausser les épaules.

— Et puis, tout à coup, poursuivit-elle, il m'a proposé de goûter à un cognac qu'il avait acheté la veille… Importation privée… Il était grand amateur de cognac… « entre autres choses », qu'il a ajouté avec un petit sourire… Ça m'a mise mal à l'aise, tu comprends. Même une idiote l'aurait vu venir. Mais j'ai quand même accepté, bien que je n'aime pas le cognac. Qui veut passer pour une gourde ? Et puis, je pensais à toi, je voulais me montrer gentille, et surtout ne pas l'indisposer, tu comprends… Mais alors là, les choses se sont rapidement gâtées… Il avait fait tes éloges, il a entrepris de faire les miens : jamais il n'avait rencontré une femme aussi ravissante que moi, depuis notre soirée au restaurant, mon image l'obsédait… et d'autres platitudes du genre… Moi, je me suis mise à regarder du côté de la porte.

— Je n'en reviens pas ! l'interrompit Pierrot Bernard, frémissant d'indignation.

— Et puis, pour ne rien te cacher, Pierrot, j'avais l'impression d'être tombée dans un guet-apens… organisé par vous deux.

Une expression d'horreur apparut dans le visage de Bernard :

— Comment as-tu pu penser…

— Je n'avais aucun contrôle sur mes pensées, cher… De toute façon, ton Périgord ne semblait pas se rendre compte de mon malaise, ou plutôt, il devait s'en ficher. Alors il a commencé à me tenir des propos… des propos à me faire rougir ! Et pourtant, je n'ai rien d'une sainte nitouche, tu le sais bien. Je me suis levée et je lui ai dit qu'il fallait que je parte. Seigneur ! Il est devenu comme fou ! Il s'est mis à m'embrasser et à me peloter en me disant qu'il avait fait aménager une « petite chambre de repos » dans la pièce voisine et que si j'acceptais de m'y retirer avec lui, il saurait bien me montrer sa reconnaissance… et tout ça en me faisant de ces attouchements… Alors, je l'ai giflé et j'ai fiché le camp, mon manteau sur un bras, mais en oubliant mes gants de cuir, la plus jolie paire que je me sois jamais achetée. Voilà, mon cher, ce qui s'est passé. Voilà le *monsieur* que tu voulais que j'aille convaincre. Tu aurais voulu te servir de moi comme pute que tu n'aurais pas agi autrement.

Le torse rigide, le regard fixe, Pierrot Bernard, silencieux, se mordillait nerveusement les lèvres.

— Ah! le salaud! s'écria-t-il tout à coup. Tu avais donc raison de te méfier… Eh bien! regarde-moi faire!

Et il s'empara d'un téléphone posé près de lui sur une table.

— Mieux encore! reprit-il en se ravisant, le visage écarlate, sa faiblesse envolée comme par magie. Va chercher le sans-fil dans la cuisine. Tu pourras écouter notre conversation.

Quelques instants plus tard, il parlait à l'homme d'affaires. Avait-il averti ce dernier de son appel? Ou comptait-il que son complice devinerait sans peine qu'il s'agissait d'une mise en scène?

— Salut. C'est Bernard. Dis donc, j'en apprends de belles à ton sujet, espèce de salaud! Mélanie vient de me raconter comment tu t'es comporté avec elle l'autre soir, vieux vicieux!

— Qu'est-ce que…

— *Prends-toi-z-en* aux femmes de ton âge, au moins! Ah! t'es chanceux, espèce d'ordure, que je n'aie pas assez d'argent pour te traîner en cour! Mais ne te réjouis pas trop vite! Je pourrais te réserver une surprise!

— Il a raccroché, constata Mélanie.

— Est-ce qu'il avait le choix? grogna Pierrot Bernard en déposant le combiné avec fracas.

Elle se mit à l'observer, surprise:

— Dis donc, tu as l'air mieux, toi.

— Il n'y a rien comme de se vider le cœur, ma chérie… si tu me permets encore de t'appeler ainsi.

Elle se contenta de répondre par un sourire qu'il trouva ambigu.

16

À certains signes, Pierrot Bernard voyait que leur liaison touchait à sa fin. Malgré toutes les précautions qu'il avait prises et toute l'habileté qu'il avait déployée afin de berner Mélanie dans les règles de l'art, le comportement de son amie avait changé. Depuis cette histoire avec Périgord, elle se montrait un peu détachée, indifférente, vaguement ironique, l'esprit souvent ailleurs. S'était-elle amourachée de quelqu'un d'autre? Il pouvait désormais compter sur les doigts d'une seule main ses marques de tendresse, qu'elle lui avait prodiguées jusque-là avec une si charmante spontanéité. Ils ne faisaient presque plus l'amour à présent, alors qu'elle y avait pris tant de plaisir, et quand cela leur arrivait, il y avait quelque chose de moche et de mécanique dans leurs caresses et leurs étreintes, au point que l'attirance qu'elle avait toujours exercée sur lui avait commencé à s'étioler.

« Tout finit par finir », s'était-il dit avec philosophie, mais ce lieu commun ne l'avait aucunement consolé. Il se faisait vieux, ses charmes de *sugar daddy* – déjà plutôt restreints – allaient bientôt s'éteindre, tandis que sa situation financière, elle, demeurait toujours aussi fragile! Sans compter que la solitude, avec l'âge, lui devenait de plus en plus pénible.

Aussi, ce 22 février, eut-il toutes les peines du monde à compatir avec Mélanie lorsque celle-ci lui annonça, consternée, que sa mère, malgré tous les efforts de sa sœur Mélina pour l'en dissuader, avait décidé de venir s'établir à Montréal près de ses deux filles.

Il y avait peut-être là un filon à travailler. Mais il fallait d'abord laisser les choses évoluer, puis sonder soigneusement le terrain.

*

Après le décès de son mari, Félicité Bellechasse avait mis ses affaires en ordre et rempli toutes ses obligations de citoyenne et de contribuable. Un acheteur lui offrait maintenant un prix raisonnable pour sa maison. Tout était clair dans son esprit et sa décision, déjà prise : elle finirait ses jours auprès de ses filles.

Elle devait donc, pour ce faire, se réconcilier avec Mélanie. Du reste, leur brouille contrevenait autant aux usages qu'à ses principes religieux. Que sa fille menât une vie de dévergondage (comme elle en était convaincue) n'y changeait rien. Quand on veut tirer quelqu'un du péché, il ne faut pas craindre la boue, avait-elle entendu un jour dans la bouche d'un prédicateur *à la mode*. Et puis, à bien y penser, mieux valait deux bâtons de vieillesse qu'un seul. Elle ne voyait là-dedans aucun calcul égoïste. N'était-il pas normal que ses efforts pour ramener sa fille dans le droit chemin soient un jour récompensés ?

Le 15 mars, elle fit un voyage exploratoire dans la métropole pour choisir un appartement. Elle en avait averti Mélina une semaine plus tôt. Celle-ci, résignée devant l'inévitable, avait effectué des recherches sur Internet. De sorte que lorsque sa mère, au milieu de l'avant-midi, frappa à sa porte, elle avait cinq logements à lui faire visiter ; les rendez-vous, déjà pris, s'échelonnaient sur une journée et demie. Mélina lui offrait le gîte, bien sûr, et Bruno, très accommodant, avait accepté de coucher chez un ami afin de donner l'impression à la quinquagénaire qu'il n'avait entretenu jusque-là que des relations amicales avec sa fille – ou, à tout le moins, Félicité n'étant pas une sotte, de la ménager en sauvant les apparences.

Les choses allèrent rondement. Quelques heures à peine après son arrivée, Félicité – qui, pour une fois, n'avait pas essayé de marchander – louait un spacieux quatre-pièces aux boiseries et aux planchers magnifiques, boulevard Saint-Joseph, à deux coins de rue de la station de métro Laurier; Mélina et Mélanie demeurant toutes deux près d'une station de métro, on pourrait se voir aussi souvent qu'on le voudrait, même si les histoires terribles qu'on avait racontées à leur mère sur le métro entretenaient chez elle une certaine appréhension.

L'appartement était libre, mais son propriétaire – un gros monsieur délicat au visage blanchâtre vêtu d'un habit de tweed brun qui lui donnait l'air d'un pain de son – ne voulait pas le louer avant le 1er mai afin de terminer la réfection de la plomberie et du carrelage de la salle de bains «abîmé par un véritable brise-fer, madame».

— Va pour le 1er mai, approuva Félicité. De toute façon, j'ai bien des choses à faire de mon côté, monsieur.

L'homme s'inclina:

— Alors nos astres concordent, madame.

Félicité signa les deux copies du bail, glissa la sienne dans son sac à main, tendit une main virile au proprio, puis, se tournant vers Mélina:

— Voilà une chose de réglée. Occupons-nous du reste.

Le plus délicat restait à accomplir: la réconciliation avec Mélanie.

— Cela peut attendre, maman, fit Mélina pendant qu'elles se dirigeaient vers l'auto. Il vaudrait mieux que je passe encore un peu de temps à la préparer.

— Non. Je veux la rencontrer aujourd'hui même. Si c'est possible, évidemment. On ne gagne rien à faire traîner les choses. Qui sait? Je serai peut-être morte demain. À mon âge, tout peut arriver. Je ne me pardonnerais pas de passer dans l'Autre Monde sans m'être raccommodée avec elle. Et puis, malgré tout ce que tu lui dirais, ce ne sera pas plus facile le mois prochain qu'aujourd'hui même. Je la connais, ma fille. Je l'ai faite.

Cet échange de vues se déroulait au café Les Deux Marie, rue Saint-Denis, une heure environ après la signature du bail.

— Bon, c'est comme tu veux, maman, répondit Mélina avec un soupir. Attends-moi, je vais lui téléphoner.

Mélanie terminait son travail au Café Cherrier lorsqu'elle reçut l'appel.

— Se réconcilier avec moi? fit-elle en éclatant de rire.

Alfred, l'aide-cuisinier, passait près d'elle juste à ce moment:

— Je demande pas mieux, moi, lui murmura-t-il à l'oreille avec un effleurement de lèvres.

Elle le repoussa d'une bourrade.

— Eh oui, Mélanie. Elle est tout à fait sérieuse. Tu n'y échapperas pas. Du moins, tu n'échapperas pas à la rencontre, ça, c'est sûr. Et, pour te montrer sa bonne volonté et sa nouvelle largeur d'esprit, elle veut te rencontrer… avec ton ami.

— Ah çà, il n'acceptera jamais!

— N'importe, demande-le-lui. Écoute, Mélanie, toute cette histoire m'ennuie autant que toi. Ça marchera ou ça ne marchera pas, mais, au moins, nous aurons fait notre devoir.

— Comme dit maman.

— Elle est malheureuse, Mélanie… Malgré ses airs de général en chef, elle fait pitié à voir.

— Quand on passe sa vie à rendre les autres malheureux, il est normal de l'être aussi, non?

— Je ne te reconnais pas quand tu parles comme ça, ma sœur. Tu as meilleur cœur d'habitude.

Cette réplique emporta le morceau. Le vieux désir de faire naître un sourire sur les lèvres de sa mère venait de refaire surface. Après s'être encore fait prier quelques instants, Mélanie accepta de rencontrer Félicité dans la soirée, et même d'en parler auparavant à Pierrot Bernard. Mais elle refusa de la recevoir chez elle.

— De toute façon, observa Mélina, ironique, je ne crois pas qu'elle y tienne.

Contre toute attente, Pierrot Bernard accepta avec empressement d'aller au rendez-vous. La rencontre eut lieu chez Mélina au milieu de la soirée. Bruno, par diplomatie, s'était trouvé un engagement à l'extérieur.

La mère attendait au salon les deux *accotés*. En apercevant Mélanie, elle eut comme une grimace d'appréhension et vint précipitamment à elle, les yeux embués de larmes :

— Comme je suis contente de te voir, murmura-t-elle en la serrant dans ses bras. J'espère que tu as tout oublié, non ?

— Oui, maman, répondit Mélanie, émue et surprise par cet accueil.

— *Moi*, j'ai tout oublié, ma fille. Le passé est passé. Personne n'est parfait, moi pas plus qu'une autre.

Elle prit une grande inspiration, secoua la tête et se pinça le bout du nez. Le silence régnait dans la pièce.

— Eh bien, qu'attends-tu ? lança-t-elle à Mélanie. Présente-moi.

Debout dans l'embrasure, Pierrot Bernard assistait à la réconciliation, digne comme un notaire. Ce soir-là, il avait mis son plus beau costume et avait particulièrement soigné sa chevelure, dont il avait toujours été très fier. Durant toute la soirée, il joua simultanément les rôles de *l'homme qui a de la classe* et de *l'intellectuel de haut vol*, tout en montrant une charmante simplicité et en se gardant bien d'émettre une remarque ou une opinion à l'encontre des principes rigoristes de Félicité Bellechasse.

Il fit sur elle une profonde impression.

— Trois-Rivières est une ville magnifique, je la préfère même à Québec, déclara-t-il à un moment donné, car il avait deviné que la mère de Mélanie, en dépit de sa décision d'habiter Montréal, restait profondément attachée à son patelin.

— Ah ! monsieur, on s'y ennuie ! C'est le désert !

— Vraiment ? Vous me surprenez. J'y suis allé quelques fois et j'en garde le souvenir d'une ville où règne une grande effervescence culturelle. On n'a qu'à penser à ce superbe festival de poésie qui s'y tient chaque année. J'y ai assisté deux fois, si ce n'est pas trois (ce qui était faux), et avec quel plaisir ! Et vous ? Non ?

Mélanie sourit :

— Maman n'a jamais été très portée sur la poésie.

— Et pourtant, il suffit pour l'apprécier de posséder un cœur sensible, et j'ai bien vu tout à l'heure que vous en possédiez un, madame. Je pense que ta mère pourrait te surprendre, Mélanie.

— Elle l'a souvent fait, c'est vrai.

— Qui veut du café ? demanda Mélina, désireuse de faire prendre une autre tournure à la conversation.

Au bout d'une heure, la rencontre s'étant déroulée sans anicroche, chacun jugea qu'elle avait suffisamment duré. Mélanie et Pierrot Bernard se levèrent et prirent congé.

— À quelle date déménages-tu, maman ? demanda Mélanie tandis que Pierrot Bernard l'aidait à enfiler son manteau.

— Le premier mai.

— Si vite ? laissa-t-elle échapper.

Consciente de sa gaffe, elle devint toute rouge.

— Je n'aime pas les choses qui traînent, répondit Félicité, feignant d'ignorer son malaise. Et puis, la maison est presque vendue. Il ne reste plus qu'à signer le contrat. Pourquoi s'éterniser ?

— J'irai te donner un coup de main pour le déménagement, s'offrit Mélanie en y mettant toute la chaleur qu'elle pouvait.

Pierrot Bernard fit un pas vers Félicité et, inclinant la tête :

— J'espère, madame, que vous accepterez également mes services.

— Oh ! monsieur Bernard, vous avez bien mieux à faire !

— Rien ne me ferait davantage plaisir, je vous assure.

Et il eut un sourire rempli d'une si charmante bonhomie que la bonne dame, privée de ses moyens, en resta la bouche ouverte, comme assommée par tant de galanterie.

17

Un soir, Mélanie sortait du Café Cherrier un peu avant minuit, sa journée terminée, lorsqu'elle aperçut une BMW stationnée devant le restaurant. Assis derrière le volant, Justin Périgord semblait y attendre quelqu'un. Lorsqu'il l'aperçut, l'homme d'affaires lui adressa un grand sourire et lui fit signe de monter. Elle feignit de ne pas l'avoir vu et s'éloigna sur le trottoir à grands pas, le dos moite, des frémissements dans les cuisses.

Parvenue au coin de la rue de Malines, elle jeta un regard derrière elle ; Périgord avait quitté son véhicule et la suivait à quelques mètres. Le coin était désert.

Il y avait vingt-cinq bonnes minutes de marche entre l'endroit où elle se trouvait et son appartement. Quand la température le permettait, elle se rendait habituellement chez elle à pied ; après la fatigue et le stress d'une journée de travail, cela la détendait et la disposait au sommeil. Mais il n'en était évidemment pas question ce soir-là et elle se dirigea plutôt vers l'Institut d'hôtellerie, qui se dressait devant elle ; au rez-de-chaussée s'ouvrait une des entrées de la station de métro Sherbrooke. Elle poussait la porte pour y pénétrer lorsqu'un employé qui passait se tourna vers elle en agitant les mains devant lui :

— Le service est suspendu, mademoiselle.

— Pour longtemps ?

L'homme haussa les épaules en signe d'ignorance et s'éloigna. Elle aurait voulu lui crier :

« Monsieur ! Monsieur ! Restez avec moi, je vous en prie… Il y a un homme qui me suit, et j'ai peur. »

Mais elle n'en fit rien et décida plutôt d'entrer dans la station, déserte elle aussi pour le moment, et d'y attendre le rétablissement du service ; l'éclairage abondant lui procurait un certain sentiment de sécurité.

De l'autre côté de la porte, Justin Périgord, qui avait sûrement entendu sa conversation avec l'employé, s'était arrêté à quelques pas, les mains dans les poches de son manteau, et faisait mine d'observer un édifice en face de lui tout en jetant des coups d'œil furtifs vers l'intérieur. Elle ne l'avait regardé qu'une fraction de seconde, mais il lui sembla qu'un objet gonflait une poche du manteau.

Alors, descendant l'escalier, elle s'avança dans le hall au fond duquel on apercevait le guichet et les tourniquets. La présence d'un employé tiendrait sûrement l'homme d'affaires à distance ou, du moins, l'intimiderait.

La cabine était vide.

On avait sans doute annoncé un arrêt de service prolongé et l'employé en avait profité pour vaquer à d'autres affaires – ou s'en retourner chez lui, qui sait ?

De plus en plus nerveuse, elle décida de téléphoner à Pierrot Bernard pour lui demander de venir la rejoindre et se dirigea vers un téléphone public ; Justin Périgord venait de pénétrer à son tour dans la station et faisait les cent pas au pied de l'escalier en se retournant de temps à autre vers elle.

La ligne était occupée. À qui Pierrot pouvait-il bien parler à cette heure ?

Une autre sortie, donnant sur la rue Sherbrooke, était annoncée à sa gauche ; mais pour y accéder, il fallait d'abord suivre de longs corridors, sûrement déserts à cette heure.

L'idée de s'y retrouver en compagnie de Périgord la glaça.

Alors une poussée de peur monta en elle et l'intérieur de la station parut s'aplatir, se vidant de tout son air ; elle allait crier à l'aide lorsqu'un autre homme franchit soudain l'entrée de la station et se mit à descendre les marches, ignorant sans doute la panne de service.

C'était Alfred, l'aide-cuisinier.

Il passa près de Périgord sans le regarder. Était-il de connivence avec lui ? se demanda Mélanie avec effroi.

Mais le sourire que lui adressa son compagnon de travail la rassura. Elle lui fit signe d'approcher.

— Que c'est qui se passe, ma belle ? fit-il en se plantant devant la serveuse.

— Ah ! t'arrives à point, Alfred, si tu savais ! lui répondit-elle à voix basse. Vois-tu l'homme là-bas, au pied de l'escalier ? Eh bien, il me suit depuis le restaurant… Il m'a déjà causé des ennuis – je te raconterai ça plus tard – et j'ai peur de lui… Viendrais-tu me reconduire chez moi ? Le métro est en panne, ajouta-t-elle lorsque l'aide-cuisinier se tourna vers le guichet.

Justin Périgord, impassible, venait de consulter sa montre et faisait toujours les cent pas, surveillant du coin de l'œil le développement de la situation.

— Ah, comme ça, il t'achale, le bonhomme ? dit Alfred assez haut pour que l'homme d'affaires entende.

Son visage aux yeux enfoncés et à la lourde mâchoire terminée par un menton en galoche avait pris une allure patibulaire. Périgord, feignant de n'avoir rien entendu, continuait son va-et-vient, mais quelque chose dans ses gestes laissait voir à présent de la nervosité.

— Reste ici, ajouta l'aide-cuisinier d'une voix sourde. J'vas te régler ça, moi.

Il se dirigea vers Périgord et s'arrêta devant lui. Surpris ou simulant la surprise, l'homme d'affaires le regardait :

— Hé, dis donc, son père, tu devrais aller faire un beau dodo, non ? Il commence à se faire tard et t'as pas l'air solide sur tes cannes à soir. Ça te donnerait du pep pour demain.

— Qu'est-ce que c'est que cette façon…

Il n'eut pas le temps de terminer. D'un geste sec, Alfred lui décocha un violent coup de poing dans le creux de l'estomac ; Périgord poussa un cri et chancela, les mains pressées contre son ventre. Soudain, les traits convulsés, il leva un bras sur son assaillant ; ce dernier, le fixant droit dans les yeux, lui assena alors un formidable coup de pied au genou. L'homme d'affaires poussa un gémissement rauque, profond, comme s'il allait défaillir, puis, sous le rire moqueur de l'aide-cuisinier, remonta les marches à toute vitesse en boitillant.

Mélanie avait suivi la scène, toute tremblante. Un employé du métro, surgi on ne sait d'où, venait d'apparaître à ses côtés :

— Y a plus de service !

— Amène-toi, ordonna Alfred à la serveuse, on fout le camp.

La minute d'après, ils avançaient à pas rapides dans la rue Saint-Denis vers la descente qui relie la rue Sherbrooke au boulevard de Maisonneuve.

— Merci, Alfred… Tu viens de me rendre un grand service. Quel batailleur ! On voit que t'as l'habitude.

Il ne réagit pas. Croyant que son compagnon n'avait pas entendu, elle le remercia de nouveau.

— Où tu restes ? se contenta-t-il de répondre.

Elle lui donna son adresse.

— C'est pas trop loin de chez moi. J'vas te reconduire. T'inquiète pas, ajouta-t-il l'instant d'après. C'est pas le genre de bonhomme pour aller se plaindre à la police. J'en ai connu bien d'autres vieux vicieux comme lui.

Ils marchèrent un moment sans dire un mot. Mélanie frissonnait, encore bouleversée par l'incident et pénétrée par l'air humide et glacé chargé d'odeurs de friture refroidies. Le silence se prolongeait. De plus en plus mal à l'aise, elle cherchait une nouvelle façon de témoigner sa reconnaissance à l'aide-cuisinier, mais ne trouvait rien. Elle ne pouvait quand même pas lui prendre la main! Du reste, ce dernier semblait s'efforcer de maintenir un certain écart entre eux, de façon à ne jamais la frôler, comme s'il s'en était fait un point d'honneur. L'expression pensive, vaguement maussade, il lui jetait de temps à autre de rapides coups d'œil et répondait par des monosyllabes aux propos de la serveuse, qui se creusait la tête pour alimenter la conversation.

— Qu'est-ce qu'il t'a fait, le bonhomme? lui demanda-t-il brusquement.

Alors, dans un brusque épanchement, Mélanie lui raconta sa soirée avec Justin Périgord, en prenant soin, toutefois, d'y mêler le moins possible le nom de Pierrot Bernard. Alfred l'écoutait, imperturbable, le regard droit devant lui, comme si quelqu'un d'autre lui parlait.

— Vieux chien sale, murmura-t-il quand elle eut terminé. J'aurais dû le tapocher un peu plus.

Ils arrivaient à la Villa du Pont.

— Merci *beaucoup*, Alfred, répéta Mélanie d'une voix émue.

Et elle lui tendit la main. Il se contenta de lui effleurer le bout des doigts avec un plissement d'yeux railleur:

— J'suis peut-être un peu moins minable que tu pensais, hein?… Salut. À demain.

Et il s'éloigna à grandes enjambées rageuses sous le regard interdit de la jeune femme.

Quand elle entra chez elle, Pierrot Bernard, assis devant la télé au salon, ne tourna même pas la tête et se contenta de pousser un long bâillement.

— À qui téléphonais-tu vers minuit, toi? lui demanda aussitôt Mélanie sur un ton de reproche.

Il leva le regard vers elle avec un grand sourire de satisfaction :

— Ce n'est pas moi qui ai téléphoné, ma chérie, c'est ta mère. On a jasé, figure-toi donc, de neuf heures et demie à minuit et quart. J'en avais l'oreille en compote !

Elle le fixa un moment, hébétée, puis fondit en larmes.

18

À partir de ce jour, les choses évoluèrent rapidement. Une semaine environ après ces événements, Mélanie, stupéfaite, s'aperçut que Pierrot Bernard... faisait la cour à sa mère!

Celui-ci, voyant que le filon qu'il voulait exploiter avec Périgord en lui monnayant les charmes de Mélanie ne pouvait rapporter, avait tourné tout naturellement son attention vers Félicité, dont l'aisance matérielle lui avait inspiré un plan.

Or Félicité ne semblait pas prendre la chose avec déplaisir. C'était, bien sûr, une cour très déférente, de celles qu'un homme fait à sa belle-mère officieuse et, qui plus est, veuve. Cela se déroulait sur un ton léger, comme s'il s'agissait d'une plaisanterie, et Pierrot Bernard prenait bien soin de respecter les usages et les bonnes mœurs, car il s'était vite aperçu que la dame était d'une pruderie qui obéissait aux prescriptions les plus rigoureuses de la morale catholique traditionnelle. Mais, parfois, à certaines de ses réactions, on pouvait croire que cette pruderie, sous l'influence de l'époque ou du sentiment de liberté résultant de son veuvage, avait commencé tout doucement à s'effriter.

Une habitude finit par s'établir: deux ou trois fois par semaine, Félicité téléphonait chez sa fille en début de soirée pour prendre de ses nouvelles; comme Mélanie travaillait souvent à cette heure-là, c'était Pierrot Bernard qui répondait et une longue conversation commençait alors entre l'écrivain et l'ex-agente immobilière (se jugeant désormais trop vieille, elle avait décidé d'abandonner le métier). Quand Mélanie prenait l'appel, la mère et la fille échangeaient rapidement quelques propos, puis Félicité, tout naturellement, prenait des nouvelles de Pierrot Bernard ; Mélanie trouvait là un prétexte commode pour écourter leur conversation et tendait le combiné à son ami, qui se tenait toujours près d'elle. Le marathon téléphonique pouvait alors commencer.

Au début, la jeune femme s'en amusait. Puis cela finit par l'ennuyer et elle profita de ces moments creux pour lire, regarder la télévision, aller faire des courses ou même sortir avec Camille et des amies. De temps à autre, elle taquinait son compagnon, disant qu'il aimait fréquenter les femmes par lignée. « Dommage que ma grand-mère soit morte, ça t'aurait fait trois générations. » Chaque fois, Pierrot Bernard riait comme à une bonne plaisanterie – et n'en poursuivait pas moins son manège.

Un événement en apparence heureux précipita les choses, en provoquant à la fois deux tragédies et une délivrance.

Félicité avait toujours professé du dédain pour les jeux de hasard et ceux qui s'y adonnaient. Les vieillards décrépits qui se traînaient une ou deux fois par semaine jusqu'au dépanneur du coin pour acheter des billets de loterie dans l'espoir de devenir millionnaires ou, du moins, de ramasser *un gros paquet d'argent*, soulevaient ses sarcasmes. « Qu'ils s'occupent donc plutôt de leurs préarrangements funéraires… Ça soulagerait leurs descendants… Quand on n'a plus de dents, on arrête de croquer des pommes. »

Et pourtant, la vie réserve parfois des surprises. Untel qui n'avait jamais eu d'attirance pour la bouteille finit ses jours ivrogne. Était-ce l'effet de la solitude du veuvage ? Ou celui de l'oisiveté, venue avec l'abandon de son métier d'agente immobilière ? Son énergie caustique cherchait-elle un nouveau déversoir ? Toujours est-il que Félicité en vint elle aussi à rêver du gros lot et devint peu à peu une cliente assidue de Loto-Québec.

Cela ne dura pas longtemps.

Un mois jour pour jour après sa visite exploratooire à Montréal, Félicité Bellechasse, par un coup de veine inouï, gagnait deux cent cinquante mille dollars à la loterie. Le dépanneur de la rue Royale qui lui avait vendu le billet espéra une récompense monétaire – au moins, une bonne bouteille de vin – ou, à tout le moins, une poussée de passion dans l'achat de billets de loto. Il n'en fut rien. Prudente autant que superstitieuse, elle décida ce jour-là de ne plus jamais acheter de billets, car à une telle chance ne pouvait succéder, selon elle, que le malheur.

Elle avait raison.

Dix minutes plus tard, l'heureuse gagnante annonçait la nouvelle à sa fille Mélina, qui se chargea de l'annoncer aussitôt à Mélanie, car la pauvre Félicité, complètement chamboulée, avait dû se mettre au lit, en proie aux sueurs froides et chaudes et à un étrange vertige qui lui donnait l'impression que le plafond tournait alors que les murs demeuraient immobiles. Mélanie apprit la nouvelle au Café Cherrier juste avant le grand branle-bas du midi et l'annonça à Pierrot Bernard un peu avant deux heures.

Il se trouvait chez lui en train de peaufiner un chapitre de *Newman* – rêvant de nouveau à un hypothétique éditeur – et considéra plus tard comme providentiel le fait d'avoir appris la nouvelle par téléphone, car le changement qui se produisit alors dans son visage aurait sûrement intrigué Mélanie si elle avait été devant lui.

— Ah bon, fit-il d'un ton désinvolte (mais il avait peine à maîtriser les tremblements de sa voix). Deux cent cinquante mille dollars… C'est bien du fric pour une femme de son âge… Eh ben, tant mieux pour elle… Il y en a qui ont toutes les chances, même s'ils n'en ont pas besoin… Les pauvres achètent les billets, les riches gagnent les gros lots… *Such is life*…

— C'est tout ce que tu trouves à dire? s'étonna Mélanie.

— Que veux-tu que je dise d'autre?

Mais il s'aperçut qu'il faisait fausse route et que la jeune femme allait le prendre pour un envieux.

— Allons, je plaisantais, tu sais bien… Vraiment, tu t'es fait avoir comme une enfant, ma chérie! Je vais lui téléphoner tout de suite pour la féliciter… C'est merveilleux, Mélanie! Elle le méritait bien. Il faut fêter ça!

— Bon, je dois retourner au boulot, fit la serveuse, décontenancée par ce brusque changement de réaction. À ce soir.

Pierrot Bernard se rendit lentement à la cuisine et s'accouda, pensif, au rebord de la fenêtre qui donnait sur le pont Jacques-Cartier.

— Un pont en or, murmura-t-il au bout d'un moment, sans trop savoir ce qu'il disait. Un vrai pont en or…

Une addition venait de s'opérer dans sa tête: le prix de vente de la maison de Trois-Rivières + les assurances versées à la veuve après la mort de son mari + le gros lot: on arrivait presque au million! La chance d'une vie!

Il n'était pas question, bien sûr, de mettre la main sur toute cette richesse. Mais, avec un peu d'habileté, il pouvait faire en sorte qu'une partie non négligeable rejaillisse sur lui avec les effets les plus heureux.

Mais tout d'abord il fallait réfléchir.

Il s'approcha du vaisselier et enfila coup sur coup deux cognacs pour ralentir le tournoiement d'émotions qui avait transformé son esprit en carrousel. Après quoi, il retourna à la fenêtre et se remit à contempler le pont en chantonnant et marquant le rythme de la pointe de son pied. Au bout d'un moment, il en était arrivé à une première conclusion: il fallait laisser passer un peu de temps avant de téléphoner à Félicité; trop de précipitation pourrait laisser croire à de la cupidité.

Une dizaine de minutes plus tard, une deuxième conclusion s'imposa à son esprit: durant sa conversation téléphonique avec l'heureuse gagnante, il fallait, bien sûr, aborder en premier lieu le sujet de l'heure (l'éviter ou en parler à la sauvette aurait paru étrange), mais il fallait également parler *d'autres choses*, afin de ne pas donner l'impression que tout ce fric tombé du ciel lui avait obnubilé l'esprit.

Alors, il se rendit à son bureau, prit une feuille et un stylo, et dressa lentement une liste de sujets de conversation. Cela fait, il consulta sa montre.

— Je vais lui téléphoner à quatre heures. Il faut se garder également de trop attendre.

À l'heure dite, le téléphone sonna chez Félicité. Elle avait eu le temps de se remettre un peu de ses émotions et repassait des chemisiers à la cuisine tout en buvant un Pepsi.

— Mais c'est merveilleux ce qui vous arrive, madame Bellechasse! s'écria Pierrot Bernard au bout du fil. Toutes mes félicitations! Quelle félicité vous devez ressentir!

Le jeu de mots la fit rire, malgré qu'on le lui eût servi bien souvent. Cette entrée en matière légèrement facétieuse la mit de bonne humeur. Pierrot Bernard suivit méticuleusement le plan de conversation qu'il s'était dressé et lorsqu'il raccrocha, trente-cinq minutes plus tard, une expression de vif contentement illuminait son visage.

Une première manche venait d'être gagnée.

*

Comme prévu, Félicité emménagea dans son appartement du boulevard Saint-Joseph le 1er mai 2002. Mélanie ne put naturellement obtenir de congé le jour du déménagement, ni les deux jours suivants, de sorte qu'elle n'alla chez sa mère que durant les soirées; ce fut donc principalement Mélina et Pierrot Bernard qui aidèrent la dame à s'installer dans ses meubles.

L'écrivain fit preuve d'une ingéniosité et d'un zèle merveilleux. Il dirigea les déménageurs avec tant d'énergie, de sens pratique et de bonne humeur que Félicité, qui aimait pourtant commander, lui laissa peu à peu la conduite des opérations ; du reste, pour toutes les choses importantes, Pierrot Bernard prenait toujours soin au préalable de s'informer de ses désirs.

Une fausse cheminée en imitation de pierre ornée d'une tablette de marbre rose et de jambages en chêne sculpté ornait le salon et avait provoqué l'émerveillement de Félicité, la poussant à choisir cet appartement malgré un loyer qui lui avait paru d'abord un peu élevé. Cette cheminée était dotée d'un dispositif électrique qui donnait l'impression réconfortante qu'un feu y palpitait constamment, sans qu'on ait à l'alimenter ; mais ce dispositif était tombé en panne depuis des années et monsieur Turmel, le propriétaire, n'avait pu garantir qu'on pourrait le réparer, car les pièces étaient devenues rares et peut-être même introuvables.

Le surlendemain du déménagement, Pierrot Bernard se présenta à l'appartement avec une trousse d'outils et se mit à l'œuvre. Après deux visites à la quincaillerie et une petite expédition chez les antiquaires de la rue Notre-Dame, il réussit enfin à ranimer le feu factice de la cheminée et courba la tête avec modestie sous les louanges de Félicité, plongée dans un émerveillement de petite fille. Mélanie, étonnée, observait son ami en silence : à leur appartement, il avait toujours manifesté un total désintérêt pour le bricolage, expliquant qu'il souffrait du syndrome de *la main pleine de pouces*.

Un peu de temps passa. À présent, chaque après-midi, Pierrot Bernard allait prendre le café chez sa *belle-mère* vers trois heures. Puis, à force de persévérance, de câlineries et de tendres attentions, il parvint à persuader Mélanie d'inviter sa mère à souper chez eux, d'abord une fois, puis deux, et ensuite presque chaque semaine. Mélina et Bruno se joignaient à eux de temps à autre. Contre toute attente, Mélanie trouva ces soirées plutôt agréables ; la présence de Pierrot Bernard semblait enchanter sa mère et la bonne humeur qui en résultait profitait à tout le monde. Est-ce qu'elle était tombée amoureuse de son ami? Est-ce que le caractère dominateur et acariâtre que ses filles lui avaient toujours connu venait d'un mariage mal assorti, le pauvre Sarto ayant été la cause involontaire de son propre malheur comme de celui de ses deux filles?

Mélanie tournait souvent ces questions dans sa tête, surprise des changements qui s'opéraient sous ses yeux, surprise également de l'indifférence qu'ils lui inspiraient; elle se détachait peu à peu de Pierrot Bernard, comme celui-ci, malgré ses manifestations de tendresse sporadiques, semblait se détacher peu à peu d'elle-même.

Elle savait deux choses à présent:

1. Son ami ne publierait jamais *Newman*;
2. Elle n'en connaîtrait jamais que les deux extraits qu'il lui avait fait lire.

Peu à peu, une constatation impitoyable s'était imposée à son esprit: le stérile travail auquel le quinquagénaire s'adonnait depuis tant d'années n'était sans doute qu'un prétexte pour mener la vie oisive d'un parasite. Le même motif devait expliquer également les efforts qu'il avait déployés pour la convaincre de vivre avec lui, alléché par les avantages pécuniaires que cela comportait; d'autant plus qu'il obtenait en prime les charmes d'une jolie jeune femme.

Ces observations cruelles confinaient au mépris. Pourquoi ne le quittait-elle pas? Oui, pourquoi, en effet? Il est vrai qu'il avait toujours été de compagnie agréable et que longtemps il s'était montré bon amant. L'habitude avait fait le reste.

Pourtant, les occasions ne lui manquaient pas, au restaurant et ailleurs, de rencontrer des gens intéressants; Alfred lui avait cassé les pieds d'une façon abominable – curieusement, depuis l'incident du métro, il la laissait en paix –, mais bien d'autres possédaient infiniment plus de charme et de doigté. Malgré tout, rien n'avait abouti. Aimable et le sourire toujours aux lèvres (métier oblige), elle avait développé une stratégie pour repousser, mine de rien, ces avances sans rebuter ni humilier celui qui les lui faisait, tournant l'affaire en plaisanterie ou feignant de ne rien voir.

Finalement, tout le monde avait conclu qu'elle était toujours aussi follement amoureuse de son père Noël, comme on l'appelait parfois au restaurant. « L'amour rend aveugle », avait un jour conclu tristement un jeune professeur de mathématiques du cégep du Vieux Montréal qui, pendant des semaines, avait multiplié en vain ses efforts de conquête. En entendant ce lieu commun qui avait franchi les lèvres de tant d'amoureux déçus, monsieur Boisseau, le patron du café, sensible lui aussi aux charmes de Mélanie, avait hoché gravement la tête.

La vérité était probablement tout autre. Mélanie n'avait connu jusque-là que déceptions, petites et grandes, dans ses rapports avec les hommes ; ils s'étaient tous montrés balourds, sans envergure ou égoïstes ; le seul parmi eux qui lui avait inspiré une véritable affection était sans doute son père ; mais Sarto lui avait laissé également le souvenir d'un homme faible, dominé par sa femme, ballotté par ses passions.

Aussi, en cet été de l'an 2002, Mélanie laissait-elle passer les jours, ne sachant que faire ni où se diriger, et essayait-elle d'oublier son désarroi dans le travail et les distractions.

C'est Pierrot Bernard lui-même, sans le vouloir, qui allait la tirer de ce cul-de-sac.

19

Malgré un ciel parfaitement bleu et un soleil ardent qui faisait vibrer toutes les couleurs de la ville, Montréal paraissait vaguement assoupie ce matin-là, comme il arrive souvent durant les vacances estivales. Quand Mélanie poussa la porte vitrée du Café Cherrier vers sept heures trente, la lumière de la rue avait envahi le restaurant et faisait étinceler la verrerie et les ustensiles disposés sur les tables; il n'y avait que trois clients dans l'établissement, tous déjà servis et en train de parcourir leur journal en sirotant un café ou en poussant de discrets bâillements. C'était le paisible début d'une autre journée d'été où elle devrait parcourir des kilomètres parmi les tables, sueur au front et sourire aux lèvres, en portant et rapportant des assiettes, des bouteilles et des verres. Mais l'attention de Mélanie fut aussitôt attirée par un fait insolite; la mine grave, un groupe d'employés rassemblés au bout du comptoir devant les portes de la cuisine parlaient à voix basse avec une animation contenue. Camille, qu'elle voyait de dos, paraissait la plus fébrile et ne cessait d'agiter les bras et de tourner la tête vers tout un chacun.

— La voici, fit une voix d'homme.

Camille vint aussitôt à Mélanie tandis que les autres retournaient prestement à leurs occupations.

— J'ai une mauvaise nouvelle à t'apprendre, lui annonça la serveuse en l'amenant à l'écart.

— Qu'est-ce qui se passe? On me met à la porte? Le restaurant fait faillite?

— Tu n'y es pas du tout.

Elle la regarda droit dans les yeux, prit une inspiration et, posant la main sur l'avant-bras de son amie :

— La nuit dernière, Alfred a été battu à mort dans une ruelle à Verdun. Ça s'est passé derrière un bar mal famé. J'oublie le nom.

Mélanie, statufiée, gardait le silence.

— On m'a dit, ajouta Camille, qu'il fréquentait des gens plutôt… bizarres. N'importe. C'était quand même un bon gars, à sa façon. Et pas du tout un junkie, en tout cas… C'est affreux. Il ne méritait pas ça.

Mélanie s'était mise à trembler. Son amie tenta de la réconforter, lui donna à boire un verre d'eau glacée, la serra dans ses bras à deux ou trois reprises.

Toute la journée, Mélanie fut pensive, l'esprit ailleurs et accumula les maladresses à une telle fréquence que le patron en eut pitié et l'envoya chez elle au début de l'après-midi.

*

Pierrot Bernard ne réagit guère à l'annonce de la mort d'Alfred, car il le connaissait à peine et ne fit pas la sinistre association qui s'était produite dans l'esprit de Mélanie.

C'est qu'il avait bien d'autres choses en tête, le pauvre. Mélanie se trompait en croyant qu'il avait abandonné ses projets de publication ou même que ceux-ci n'avaient toujours été qu'un paravent pour sa paresse. Si tel avait été le cas durant de longues périodes de sa vie, ce n'était plus vrai.

Au début de l'hiver, sans en parler à son amie, il avait fait parvenir les 223 premières pages de son roman – c'est-à-dire les dix premiers chapitres, qu'il considérait comme achevés – à trois éditeurs de Montréal et à un éditeur de Québec ; seuls les frais de poste l'avaient dissuadé de les envoyer également à Paris, là où se trouvait selon certains la source de toute gloire véritable. Au fil des semaines et des mois, les réponses lui étaient parvenues, invariablement négatives et décourageantes. Le talent, pour s'imposer, doit souvent lutter contre l'adversité, s'était-il dit en guise de consolation. Le génie, encore plus.

Il existait toutefois une voie alternative pour acquérir la notoriété : l'édition à compte d'auteur. Mais cela prenait de l'argent, beaucoup d'argent, si on voulait faire les choses convenablement.

Or il n'en avait pas, ou si peu ! La rédaction de textes à saveur évangélique était une source presque tarie, car on s'était mis à le soupçonner de plagiat – ce qui était faux en grande partie. Les revenus de Mélanie, une fois sa part des dépenses ordinaires assumée, n'arrivaient tout au plus qu'à mettre un peu de beurre sur les épinards. Et puis, jusqu'à quand seraient-ils encore ensemble ? Depuis quelque temps, à certains signes, il avait le vague sentiment qu'elle broutait parfois l'herbe dans le champ voisin.

Aussi, les progrès de son entreprise de séduction auprès de Félicité Bellechasse l'enchantaient-ils au plus haut point. Jusqu'ici, l'opération s'était merveilleusement bien déroulée. Il ne pouvait demander mieux. Il la voyait trois ou quatre fois par semaine (durant les heures de travail de Mélanie, bien sûr), lui rendait une foule de petits services, échangeait des livres avec elle, l'accompagnait dans ses courses, et parfois même au cinéma. Un après-midi, ils s'étaient rendus chez un marchand de meubles de la rue Saint-Hubert qui avait lancé en grande pompe une vente au rabais intitulée *Le Gala du Matelas*. Félicité voulait changer le sien. Il s'était risqué alors à quelques plaisanteries légèrement osées et elle avait ri de si bon cœur que cela l'avait un peu étonné, car elle lui avait paru jusque-là être une femme aux oreilles bien sensibles quand on abordait certains sujets.

Félicité était devenue une véritable amie, et il se demandait même si cette amitié n'était pas en train de se transformer chez elle en amour. Cela risquait de le placer dans une situation délicate. Spontanément, il préférait la fille à la mère, évidemment, mais l'argent de la mère n'était pas à dédaigner ! Il ne voulait surtout pas entendre la phrase fatidique : « Choisis entre moi et ma fille. » À cette simple pensée, son dos se couvrait de sueur ; il voulait la fille *et* la mère – pour le temps que cela durerait.

Il fallait donc agir vite avant de se trouver devant l'irréparable. Et – pourquoi se le cacher ? – l'amour secret que la quinquagénaire éprouvait peut-être pour lui ne pouvait que favoriser son projet d'*autoédition*, comme on appelait la chose dans les milieux spécialisés.

*

Le matin du 28 août, Pierrot Bernard se réveilla plus tard que d'habitude ; sa montre marquait en effet dix heures trente lorsqu'il s'extirpa du lit avec d'énormes bâillements tout en se massant la nuque. La veille, il avait accompagné Mélanie à une fête organisée par Camille à son appartement pour marquer ses six premiers mois de vie commune avec Patrick, un jeune électricien qu'elle avait rencontré au Presse Café, rue Saint-Denis, le lendemain du jour de l'An ; une fête plus importante encore était prévue pour célébrer leur premier anniversaire, s'ils se rendaient jusque-là.

Toute la soirée, Pierrot, de loin le plus âgé du groupe, avait beaucoup parlé, beaucoup brillé et surtout beaucoup bu – ce qui expliquait son lever tardif. Pourtant, malgré ses excès de la veille, il avait l'esprit clair et la volonté tendue comme un puissant ressort d'acier qui ne demandait qu'à se déployer.

Il prit sa douche, s'habilla, se fit couler un café tandis que ses rôties grillaient, puis déjeuna avec appétit tout en jetant un coup d'œil sur *La Presse*, qui avait fait de vaillants efforts pour tenter de dénicher des nouvelles *buzzantes* en cette soporifique fin d'été.

Était-ce à cause du ciel plombé, annonciateur d'orages, qui écrasait la ville ce matin-là ? Pierrot Bernard sentit soudainement comme le poids d'une nécessité pressante et décida que le moment était venu de jouer le tout pour le tout. Aussitôt la cuisine rangée, il se rendrait chez Félicité et lui ferait illico sa demande d'emprunt pour *Newman*. Advienne que pourra! De toute façon, ils avaient convenu la veille de dîner ensemble chez elle, puis de se rendre dans une salle de quilles rue Saint-Zotique.

Il termina sa toilette en apportant un soin particulier à sa longue chevelure blanche, qui lui donnait, trouvait-il, une allure noble et imposante, s'humecta abondamment les joues d'une eau de toilette que Mélanie lui avait offerte en cadeau de Noël, puis quitta l'appartement, parapluie en main, car l'orage paraissait imminent.

Quand il sortit de la station de métro Laurier, de grosses gouttes de pluie s'écrasaient sur le sol avec un crépitement sourd. Il s'élança à grandes enjambées sur le trottoir et, l'instant d'après, sonnait à la porte de Félicité. Elle vint aussitôt lui ouvrir, toute souriante :

— Juste à temps, fit-elle en désignant la rue.

— De toute façon, j'avais mon parapluie, comme tu vois.

— Oui, mais malgré tout on finit toujours par se faire tremper. Seigneur! quel orage! Vite, entre!

Ces banalités échangées, elle l'amena à la cuisine, où le couvert était déjà dressé. Un fumet de poisson mêlé à un arôme citronné dilata les narines de Pierrot Bernard, qui se mit à renifler avec des claquements de lèvres gourmands :

— Qu'est-ce que tu nous as préparé?

Piètre cuisinière jusque-là par manque d'intérêt, Félicité s'était prise d'une subite passion pour les casseroles; aussi, les succès tout neufs qu'elle remportait lui montaient-ils à la tête.

Elle dressa le menton et, sous l'effet de la vanité, ses joues semblèrent gonfler :

— Filet de saumon sauce hollandaise, purée de topinambour au vin blanc et à l'huile de noisette, émincé de champignons au cerfeuil.

— Ah! Félicité, tu es un cordon-bleu diabolique! Si tu continues ainsi, il va falloir que je m'achète une nouvelle ceinture!

— L'embonpoint te va bien, répondit-elle en riant et – chose étonnante – elle se permit un léger tapotement sur le ventre de son invité.

Ils se mirent aussitôt à table, car le saumon menaçait de trop cuire. Le repas, joyeux et animé, trancha de façon curieuse avec le vacarme de cataractes qui s'élevait à l'extérieur. Pierrot Bernard avait apporté une bouteille de rouge – un vin bon marché, mais remarquable, qu'il venait de découvrir à l'épicerie. Félicité n'en accepta qu'un doigt et ne toucha pas à la sauce hollandaise, car, depuis quelque temps et nonobstant le compliment qu'elle venait de faire à Bernard sur son embonpoint, elle cherchait à perdre du poids.

Cela ne l'avait pas empêchée de confectionner un renversé aux bleuets qu'elle avait mis au four au début du repas.

— J'ai toujours eu une dent sucrée, avoua-t-elle avec un sourire coupable. C'est ma grande faiblesse, je crois.

— Une femme sans faiblesses est une femme bien ennuyeuse, répondit Pierrot Bernard avec un clignement d'œil égrillard.

En attendant que le dessert achève de cuire, ils passèrent au salon. Pierrot Bernard se rendit à la fenêtre; un rideau grisâtre empêchait de voir l'autre côté de la rue. Au bout d'un instant, il revint s'assoir en face de Félicité, qui l'observait avec un sourire alangui; il avait bu trois ou quatre verres de vin et un bien-être amollissant l'avait envahi, le remplissant d'une assurance et d'un optimisme béats.

Le moment lui parut propice pour aborder le sujet crucial. Il commença par tourner prudemment autour du pot, parlant tout d'abord du plaisir indicible de la création littéraire, puis des efforts intenses et continus qu'elle exigeait, et enfin des conditions difficiles dans lesquelles la plupart des écrivains exerçaient leur art, conditions, hélas, qu'il ne connaissait que trop.

Félicité l'écoutait en silence, son sourire disparu, son regard devenu attentif, mais elle semblait approuver ses propos par de légers hochements de tête. Encouragé, Pierrot Bernard poursuivit en racontant diverses anecdotes sur des écrivains qui avaient mariné dans la misère avant d'accéder à la gloire (George Orwell, Henry Miller, Paul Verlaine, etc.) et en arriva enfin à son projet d'auto-édition, seul moyen pour lui, semblait-il, de se faire connaître.

À ce mot, la quinquagénaire pâlit, mais le sourire réapparut bientôt sur ses lèvres ; c'était un sourire ambigu, que certains auraient trouvé acide. Le torse raidi, elle fixait son interlocuteur d'un regard perçant et ne perdait pas un mot de son exposé. Pierrot Bernard avait pris vaguement conscience de ces changements, mais, emporté par son élan, il ne pouvait plus arrêter. En arrivant aux coûts de l'opération, il déclara qu'il les voulait modestes mais capables de respecter des normes professionnelles, puis, mettant toute la séduction qu'il pouvait dans sa voix naturellement grave et veloutée, cette voix qui lui avait valu tant de sympathies et de commentaires flatteurs :

— Ma chère Félicité, je connais ton bon cœur et l'importance que tu as toujours accordée aux choses de l'esprit. Si tu pouvais me prêter… disons… dix mille dollars – oui, pas plus –, je suis sûr que je pourrais, avec la vente de mon livre, te les rendre au plus tard dans un an, intérêts compris.

Et il s'arrêta, essoufflé par son effort.

Félicité continuait de le fixer avec ce sourire qui, loin de le rassurer à présent, lui faisait courir dans le dos de petites vagues de chaleur.

— Ah bon, murmura-t-elle enfin. Je comprends tout, maintenant.

— Pardon ?

Elle avança une jambe et donna un coup de talon sur le plancher.

— Ne joue pas à l'innocent, espèce de profiteur… Je me le disais bien, aussi. C'est à cause de mon argent, hein, que tu tournes autour de moi… Je ne m'étais donc pas trompée : ma fille, comme d'habitude, fréquente un bon à rien ! Ça ne pouvait faire autrement : elle-même est une *bonne à rienne* !

Il rougit et se dressa debout tandis que la pluie, comme pour accompagner la colère de sa compagne, s'était mise à rugir :

— Ah ! ça suffit, Félicité ! Je ne me laisserai pas…

— Tu ne te laisseras pas *quoi*, fainéant ? Toute ta vie, tu t'es laissé aller, à gauche et à droite, comme un bout de branche dans un ruisseau.

Elle se leva à son tour, écarlate, le corps parcouru de frémissements :

— Approche-toi, ordonna-t-elle.

— Quoi ?

— J'ai dit : approche-toi.

Malgré ses traits crispés, une sorte de malice pétillait dans ses yeux. Se pouvait-il que la scène horrible qu'elle lui faisait ne fût qu'une farce, un tour cruel mais un tour quand même, la mystification géniale d'une comédienne naturelle, et qu'au lieu de l'envoyer promener, elle allait poser un gros bec sur sa joue et lui accorder en riant aux éclats ce prêt qu'il venait lui demander ?

Il hésita encore un peu, puis obéit.

— Quelle guenille ! marmonna-t-elle avec mépris.

Et elle lui flanqua une gifle si puissante qu'il recula de trois pas, passant près de retomber assis dans son fauteuil.

À partir de ce moment, ses souvenirs devenaient confus.

Il se rappelle avoir bondi sur elle les bras levés, puis avoir crié sous l'effet d'une violente douleur à la poitrine (il constatera le moment d'après qu'elle a fait sauter les boutons de sa chemise et lui a labouré la peau avec ses ongles). Il la revoit ensuite étendue sur le plancher près de la cheminée, les yeux fixes et grands ouverts, le sang jaillissant de sa tempe droite tandis que sa bouche palpite, muette. Il la regarde avec horreur, puis recule, car la flaque de sang va bientôt atteindre la pointe de ses souliers.

Il s'enfuit alors de la pièce, revint dans la cuisine et tourna sur lui-même un moment, l'œil égaré. Aucun bruit ne parvenait du salon. Il reprit son souffle peu à peu, puis essaya de rassembler ses idées. Ses jambes flageolaient. Il s'assit, regarda la table, ses deux couverts. Il se leva de nouveau et, luttant contre une violente répulsion, alla jeter un coup d'œil au salon. Elle était toujours immobile, la bouche ouverte, le regard fixe ; la flaque de sang atteignait à présent un tapis qui s'était mis à la boire. Un coup de nausée le saisit ; il revint précipitamment dans la cuisine et prit de grandes inspirations, le visage ruisselant de sueur, tandis que les hoquets se calmaient peu à peu. Alors un déclic se fit en lui : ses souvenirs de polars affluaient, providentiels. Il fallait d'abord faire disparaître toute trace de sa visite. Il prit assiettes, verres et ustensiles, les plaça dans le lave-vaisselle et mit la machine en marche. Il reboucha la bouteille de vin, chercha un sac, la déposa dedans, éteignit le four où le renversé aux bleuets menaçait de se calciner, alla chercher son parapluie qui séchait dans le vestibule, puis porta la main à son front avec une exclamation étouffée :

— Les boutons !

Il retourna précipitamment au salon et, son regard fuyant cette *chose* horrible qu'était devenue Félicité, il ramassa un à un les boutons de sa chemise éparpillés sur le plancher (l'un d'eux lui demanda un effort suprême, car il nageait dans la mare de sang tiède), les compta pour s'assurer qu'il n'en manquait aucun, et se disposa à quitter l'appartement. Mais au moment d'ouvrir la porte, il rebroussa chemin et décida de sortir par l'arrière et revint alors une troisième fois dans la cuisine.

— Les empreintes, murmura-t-il tout à coup, affolé.

Comment n'y avait-il pas pensé ?

Saisissant un torchon humide sur le comptoir, il le passa à tous les endroits où sa main avait pu laisser des traces, puis sortit enfin à l'extérieur, en s'assurant que la porte se verrouillait derrière lui, et, son parapluie rabattu devant le visage, tenant de l'autre main le sac qui contenait la bouteille de vin, il descendit avec précaution les quatre marches ruisselantes du perron, en priant Dieu et le Diable que personne ne le voie.

20

Quand Mélanie arriva de son travail vers la fin de l'après-midi, il était au lit et dans un état aussi lamentable que celui où elle l'avait trouvé après ses trois nuits chez Camille.

— Qu'est-ce que tu as?

Il eut un geste résigné:

— Le lendemain de la veille...

— Tu es couché depuis longtemps?

— Depuis la nuit dernière. En fait, je ne me suis pas levé.

Elle s'apprêtait à quitter la pièce, mais se retourna tout à coup:

— Tu ne devais pas dîner chez maman aujourd'hui?

— J'ai téléphoné pour m'excuser. J'ai téléphoné trois fois. Il n'y avait personne.

— Curieux, ça, murmura Mélanie en s'éloignant. Ça ne lui ressemble pas.

Elle se rendit à la cuisine, composa le numéro de sa mère et attendit. À la dixième sonnerie, elle raccrocha et, debout au milieu de la pièce, se mit à fixer le bout de ses pieds, l'air maussade. Depuis des jours, elle sentait comme un voile noir au-dessus de sa tête; la lumière en était ternie, les journées avaient pris des couleurs lugubres, une sorte d'affaissement intérieur dévorait sa joie de vivre. Elle ne connaissait que trop bien la cause de sa détresse. Un moment plus tôt, tandis qu'elle s'en revenait à pied, écrasée par la chaleur d'étuve qui pesait sur la ville, des phrases s'étaient mises à papillonner dans son esprit; elle les avait d'abord chassées mollement, puis s'y était attardée, surprise d'y trouver un soulagement. C'étaient les phrases qui annonçaient à Pierrot Bernard leur rupture. Cet homme égoïste et fragile, qui depuis tant d'années gaspillait ses forces dans un projet illusoire, était en train de gaspiller sa vie à elle. Éblouie par son charme et son expérience, elle avait mis du temps à s'apercevoir que, mine de rien, il se nourrissait de sa jeunesse, de son énergie… et de son argent, bien sûr. Un père Noël vampire… Qui aurait cru qu'un tel être puisse exister?

Du fond de la chambre, la voix plaignarde de Pierrot Bernard s'éleva:

— Qu'est-ce que tu fais, Mélanie?

Elle sursauta.

— Ce que je fais? Rien. Je pensais.

— Tu pensais à quoi?

Elle ne répondit pas. Un moment passa. Pierrot Bernard poussa un long soupir et se mit à fixer le plafond. Et si elle se doutait de quelque chose? Un suaire glacé enveloppa tout à coup son corps. Puis il entendit les pas de Mélanie qui approchaient. Recroquevillé dans le lit, il tremblait de tout son corps, satisfait tout de même que la peur l'aide à jouer son rôle de malade.

Elle apparut dans la porte et posa sur lui un regard dur, qui s'adoucit aussitôt, car il faisait pitié à voir. Bernard remarqua le changement d'expression de ses yeux et devina confusément le débat intérieur qui la torturait. Il poussa de nouveau un soupir, porta la main à son front brillant de sueur, puis, tournant vers elle un visage suppliant:

— Mélanie, j'ai besoin de toi, murmura-t-il d'un ton enfantin qu'elle trouva ridicule… Je ne pourrai plus jamais me passer de toi… Tu es ma vie.

Elle baissa les yeux, gênée, s'avança vers le lit et remonta un coin de son drap.

— Je suis inquiète pour maman, se contenta-t-elle de répondre.

Soudain le téléphone sonna.

« C'est elle, se dit Pierrot Bernard. Elle vit toujours. Je suis perdu. »

Mélanie quitta la pièce. Il se souleva sur un coude et tendit l'oreille. Mais les battements furieux de son cœur couvraient la voix de Mélanie, qui n'était qu'un murmure étouffé, tout en monosyllabes.

Elle raccrocha, puis réapparut dans la porte :

— C'était ma sœur. Maman devait l'appeler au milieu de l'après-midi pour confirmer un rendez-vous demain matin. Elle ne lui a donné aucun signe de vie. Mélina a téléphoné plusieurs fois chez elle. Jamais de réponse. Elle est inquiète. Je m'en vais la rejoindre chez maman. À tout à l'heure.

L'instant d'après, la porte claquait. Il s'assit au bord du lit, haletant. Le souffle allait lui manquer. Il jetait des regards affolés autour de lui. La chambre semblait rapetisser, se transformer en placard, les murs s'apprêtaient à le presser, à l'aplatir, à le broyer. Il poussa un long gémissement, étendit les bras devant lui, ferma les yeux, les rouvrit. Dieu merci ! c'était passé. *Elle ne lui a donné aucun signe de vie.* Tout venait de cette maudite phrase. C'est qu'elle n'en donnerait plus jamais ! Jamais ! Il l'avait tuée. *Il était devenu un meurtrier.* Comment cela avait-il pu se produire ? Lui, un homme normal, estimable, transformé tout à coup… en monstre ! Soudain, un atroce sentiment d'irréalité l'envahit. Vivait-il ou n'était-ce qu'un rêve ? Existait-il ou n'était-il plutôt que l'idée infernale de quelqu'un d'autre ?

— Allons, allons, marmonna-t-il pour tenter de se rassurer, stupidités que tout ça, ce ne sont que des stupidités.

Quelques secondes encore, et tout redeviendrait *comme avant…* Et pourtant non, hélas, il n'y aurait jamais plus d'*avant* et il appartenait désormais à la catégorie des criminels.

Quelques heures plus tôt, à l'appartement de Félicité, le sentiment de jouer dans un film policier dont il aurait connu le scénario plan par plan l'avait transformé en automate et protégé de la panique. Mais, à présent, dans sa propre chambre, le film venait de se pulvériser, et il se trouvait au bout de la succession de ses actes, qui s'allongeait derrière lui avec une précision impitoyable.

Il porta les mains à son visage et se mit à sangloter. Mais, presque aussitôt, il se leva et tituba vers la salle de bains en s'appuyant aux murs. L'instant d'après, il promenait ses doigts tremblants dans la petite pharmacie parmi les rangées de tubes et de flacons.

— Ah! voilà, fit-il en saisissant un tube de somnifères.

Il fit sauter le bouchon d'un coup de pouce, versa le contenu dans sa paume et compta les comprimés:

— Quatorze, murmura-t-il.

Il fixait les comprimés, hésitant.

*

Quelqu'un le secouait violemment et il entendait son nom crié au loin, mais de si loin que la voix était à peine audible. Soudain, il eut l'impression d'émerger d'une immense épaisseur de ouate et ouvrit finalement un œil, à demi suffoqué. Il apercevait à présent Mélanie dans un fin brouillard, penchant au-dessus de lui un visage angoissé.

— Mais qu'est-ce qui se passe, Pierrot? Qu'est-ce que tu as? Ah! Seigneur! ce n'est pas ma journée! Ce n'est vraiment pas ma journée... Est-ce qu'il faut que j'appelle l'ambulance?

Il refusa d'un hochement de tête.

Elle pleurait.

Il la fixait sans parler, anéanti, indifférent. Puis il se dit avec une calme satisfaction: «Si je les avais tous avalés, ça y était. Bon à retenir, ça...»

Mélanie sortit de la chambre et revint avec un verre d'eau. Elle l'empoigna par les épaules, l'aida à s'assoir dans le lit et lui présenta le verre :

— Bois. Ça va te faire du bien.

Puis, se penchant vers lui :

— Qu'est-ce que tu as, Pierrot ? répéta-t-elle. Qu'est-ce qui t'est arrivé ?

Il buvait lentement, sans la regarder.

Alors elle prononça une phrase qui le traversa comme une décharge électrique :

— Maman est morte, Pierrot.

Il leva la tête vers elle, hébété :

— Morte ?

— Oui. On l'a retrouvée étendue dans le salon devant le foyer. Elle baignait dans son sang… Si tu avais vu… C'était affreux… Traumatisme crânien, ont dit les policiers.

Et elle se remit à pleurer, s'épongeant les yeux avec un coin de drap.

— Morte, répéta-t-il comme un automate.

Finalement, rien n'avait changé. Il en était au même point. D'ailleurs, comment aurait-il pu en être autrement ?

Il sombra de nouveau dans un sommeil boueux. À son réveil, le lendemain matin, il eut le sentiment d'avoir dormi seul. Où était passée Mélanie ? *Savait-elle ?* Question ridicule ! Si tel avait été le cas, voilà longtemps qu'on l'aurait tiré du lit. Et vite, encore !

Il se leva, poussé par un pressant besoin d'uriner. En approchant de la porte, il entendit une voix d'homme dans la cuisine, puis celle de Mélanie. On causait à voix basse. De quoi ? De *ça*, bien sûr. De quoi d'autre aurait-on pu parler ?

Il ouvrit la porte et toussa pour signaler sa présence. La conversation s'arrêta aussitôt, il y eut un raclement de chaise et

Mélanie apparut devant lui ; elle avait les traits extraordinairement tirés ; cela la vieillissait.

— Est-ce qu'on t'a réveillé ?

— Non. Qui est là ?

— Le sergent-détective Villeneuve. Il aimerait te parler. Quand tu seras prêt.

— Je vais faire ma toilette et m'habiller. Je suis à lui dans cinq minutes.

La nuit lui avait permis de retrouver ses forces. À présent, il se sentait d'attaque. *C'était cette maudite Félicité, la cause de tout.* Si elle ne lui avait pas flanqué cette gifle sournoise, rien ne serait arrivé. Rien. Il n'avait donc rien à se reprocher. En fait, il était parfaitement innocent. Cela lui donnait le droit de mentir. Un droit indéniable. Et il s'en servirait, sans le moindre remords.

*

Le sergent-détective Rodrigue Villeneuve était un homme au début de la cinquantaine, un peu épaissi par l'âge, trapu, avec un visage aux traits solides et réguliers qui n'attirait pas particulièrement l'attention et qu'on oubliait aussitôt après l'avoir vu. Il avait une fille de douze ans, qu'il adorait, et un fils de quatorze ans qui lui causait tous les soucis qu'un père divorcé aurait pu concevoir dans ses accès d'imagination les plus délirants. Cela dit, il était calme, attentif, patient et aimable. Pierrot Bernard se méfia aussitôt de cette amabilité, tout en s'efforçant d'y répondre le plus naturellement possible.

Ce jour-là, il eut avec le sergent-détective deux conversations. La première ne dura qu'une quinzaine de minutes. Le sergent-détective lui posa des questions d'ordre général. Avait-il vu Félicité Bellechasse le jour de *l'accident* (c'était le mot qu'il utilisait) ? La connaissait-il depuis longtemps ? Quelles étaient ses relations avec elle ? Etc. Toutes questions plutôt banales, auxquelles l'écrivain répondit avec assurance, mentant, quand il le fallait, avec la plus parfaite aisance. Leur entretien se termina sur une poignée de main et Pierrot Bernard, très satisfait de ses réponses et qui commençait à avoir faim, se mit à table pour déjeuner, tandis que Mélanie partait en coup de vent pour se rendre chez sa sœur Mélina, car les arrangements funéraires les obligeaient à prendre plusieurs décisions urgentes.

Mais le sergent-détective Villeneuve téléphona au début de l'après-midi pour demander à Pierrot Bernard la permission de le revoir. Dans l'heure, si c'était possible. Pierrot Bernard, alarmé mais prenant soin de le cacher, accepta avec la meilleure grâce du monde, répondant qu'il se mettait à son entière disposition.

Cette seconde conversation fut beaucoup plus longue que la première et les questions de Villeneuve se montrèrent beaucoup plus pointues, pour ne pas dire indiscrètes. Il les fit précéder cependant d'une remarque qu'il jugeait essentielle : son interlocuteur, pour ce nouvel entretien, était en droit d'exiger la présence d'un avocat.

Pierrot Bernard sourit, étonné :

— Un avocat ? Pourquoi ?

— C'est à vous de juger, répondit le sergent-détective. En tout cas, la loi vous le permet.

L'écrivain balaya cette possibilité d'un geste insouciant :

— Les avocats coûtent trop cher. Et puis, il s'ennuierait à mourir, le pauvre !

Le policier entama cette deuxième conversation, toujours aussi cordiale et détendue (du moins en apparence), par un préambule surprenant. C'était la première fois de sa carrière, confia-t-il à Pierrot Bernard, qu'il rencontrait un véritable écrivain, c'est-à-dire une personne qui consacrait l'essentiel de son temps à l'écriture. Il admirait beaucoup les écrivains. Lui-même avait rêvé autrefois d'en être un – la vie, hélas, en avait décidé autrement –, mais c'était un rêve qu'il n'avait pas tout à fait abandonné et qu'il tenterait peut-être de réaliser pendant sa retraite, si sa santé le lui permettait, évidemment. Il se mit alors à questionner Pierrot Bernard sur l'exercice de son métier, ses habitudes de travail, ses secrets pour stimuler l'inspiration, etc.

Ce dernier, flatté mais toujours aux aguets, parla d'abondance, essayant de maintenir la conversation sur des sujets de tout repos, la ramenant vers ceux-ci, mine de rien, quand elle semblait vouloir s'en éloigner ; mais, peu à peu, et à son insu, sa méfiance s'endormit et il s'aperçut que, poussé aimablement par son interlocuteur, il parlait à présent de la précarité de ses revenus, de ses déceptions professionnelles, de sa hantise de ne jamais pouvoir percer et de l'amertume que tout cela risquait de développer en lui.

Puis, imperceptiblement, il en vint à sa vie sentimentale, à ses rapports avec Mélanie, à sa conception des relations entre hommes et femmes, à sa conception de l'amour. Le sergent-détective Villeneuve, de plus en plus amical et qui avait même accepté une bière (« C'est interdit dans l'exercice de mes fonctions, mais il fait tellement chaud ! »), revint alors au domaine de l'écriture et, plus attentif et curieux que jamais, se mit à le questionner sur la gestation et la création des personnages dans une œuvre. Était-il vrai que tout venait de la vie ?

— Absolument, assura Pierrot Bernard, enchanté d'aborder un de ses sujets favoris. Tout vient, plus précisément, de soi-même, de ce qu'on vit et de ce qu'on voit vivre autour de soi, c'est-à-dire de son entourage plus ou moins immédiat.

Il en vint à décrire son propre caractère, celui de ses parents, celui d'amis qu'il avait autrefois fréquentés, puis, poussé par Villeneuve – qui, tout sourire, semblait boire ses paroles –, il parla du caractère de Mélanie (qui lui avait inspiré un personnage important du roman qu'il était en train d'écrire) et enfin de celui de Félicité Bellechasse, disparue si prématurément, la pauvre.

— Vous sembliez la connaître assez bien.

— Nous étions devenus amis depuis quelque temps. Malheureusement, ajouta Pierrot Bernard avec un soupir peut-être un peu trop appuyé, voilà une amitié qui n'aura pas duré longtemps.

— Elle n'avait pas toujours un caractère facile, m'a dit sa fille.

— Je crois, monsieur, que les caractères faciles n'existent que dans les romans, et encore, dans les mauvais romans. Moi-même, je ne fais pas exception à la règle !

Le sergent-détective Villeneuve hocha gravement la tête et, pendant un moment, Pierrot Bernard se sentit comme un puits de sagesse.

— Est-ce qu'il vous est déjà arrivé de vous quereller avec elle ?

Pierrot Bernard prit un air froissé :

— Nous étions amis, monsieur le sergent.

— Des amis peuvent se quereller.

— Je ne suis pas querelleur, rétorqua l'écrivain. Et comme il faut être au moins deux pour une querelle…

Villeneuve opinait avec un sourire bon enfant, mais Pierrot Bernard sentit qu'il avait réagi trop vivement ; il risquait de paraître sur la défensive.

— Saviez-vous, demanda brusquement le policier, que madame Bellechasse venait de gagner une importante somme d'argent à la loterie ?

— Et comment donc ! s'esclaffa Pierrot Bernard. Tout le monde le savait ! Pensez-y : deux cent cinquante mille dollars ! C'est du gâteau, ça !

Il commençait à se sentir piégé, entraîné sur un terrain marécageux où ses pieds s'enfonçaient de plus en plus, sucés par la vase. Il serrait à présent les bras le long de son corps pour cacher la tache de sueur qui marquait sa chemise aux aisselles. Ce diable de sergent-détective était bien sympathique mais un peu pot de colle. Comment s'en débarrasser ? C'est alors que, par une inspiration astucieuse, il décida subitement d'aller au-devant des questions du policier et d'aborder lui-même le vif du sujet.

— Je ne sais pas, monsieur Villeneuve, si vous allez prendre mes empreintes digitales, mais vous risquez de trouver beaucoup des miennes dans l'appartement de cette pauvre Félicité. Nous nous voyions au moins deux fois par semaine et j'ai dû mettre mes mains un peu partout.

Et il accompagna cette dernière phrase d'un sourire légèrement équivoque.

— Je me suis permis de les prendre hier pendant que vous dormiez, répondit le sergent-détective sans broncher. Vous dormiez comme une bûche !

Cette réponse fut pour Pierrot Bernard un coup terrible et il lui fallut toute sa capacité de dissimulation pour garder un visage impassible.

— Ah bon, se contenta-t-il de répondre. C'est une procédure normale, ça ?

— Tout à fait, répondit Villeneuve, qui ne craignait pas de mentir sur des points mineurs quand cela pouvait faciliter une enquête.

Il jeta alors un coup d'œil à sa montre :

— Allons, fit-il en se levant, comme s'il arrivait au terme de la plus banale des conversations, il faut que j'y aille. Je dois conduire mon ado à sa partie de soccer. Bien content de vous avoir rencontré, monsieur Bernard. À un de ces jours peut-être.

Et il lui tendit la main.

Pierrot Bernard dut lui tendre la sienne, toute moite, découvrant du même coup les taches de sueur à son aisselle.

— Il fait chaud, hein, fit le sergent-détective en le regardant fixement, tandis que son compagnon rougissait. Le climat de

Montréal est tellement humide… Que voulez-vous, c'est la faute à Jacques Cartier…

Il le salua encore une fois et sortit. Pierrot Bernard referma la porte en tremblant :

— Je suis fait, murmura-t-il en s'adossant contre un mur, les yeux fermés.

21

Deux jours passèrent. Malgré les craintes de Pierrot Bernard, le sergent-détective Villeneuve semblait l'avoir oublié.

— Tu t'en faisais pour rien, triple idiot, se morigéna le quinquagénaire, qui commença à se rassurer. Maudit écrivain! Trop imaginatif: voilà le problème... Ah! nous, les artistes, nous sommes au fond nos propres bourreaux... Pas besoin de personne pour nous faire souffrir, allez.

Les funérailles de Félicité devaient avoir lieu le 3 septembre à Trois-Rivières, sa ville natale. Malgré sa répugnance, Pierrot Bernard se devait d'y assister et, la veille, d'accompagner Mélanie au salon funéraire, où l'on exposait sa mère une seule soirée. Son absence aurait paru bizarre.

Il avait été convenu que le voyage se ferait dans l'auto de Mélina. Les deux sœurs, leurs compagnons ainsi que Camille, qui avait tenu à être aux côtés de Mélanie durant ces pénibles moments, quittèrent Montréal le 2 septembre au milieu de la matinée et arrivèrent à destination un peu avant midi; cela donnait quelques heures à Mélanie pour retrouver des amies qu'elle n'avait pas vues depuis longtemps et les présenter à Camille.

On avait bien peu parlé durant le trajet. Pierrot Bernard, qui avait revêtu un trois-pièces noir avec un nœud papillon de velours noir, ressemblait à un entrepreneur de pompes funèbres et l'expression de son visage était à l'avenant. En fait, comme il l'avait avoué en montant dans l'auto, il ne se sentait pas «dans sa meilleure forme» ce jour-là; sa nature impressionnable supportait mal le cérémonial funèbre, qui l'amenait, par un curieux égarement de son imagination, à s'identifier au défunt. Sa respiration haletante, ses traits affaissés et les secousses qui lui traversaient le corps à tout moment avaient fini par inquiéter ses compagnons et Bruno avait même pris son pouls à deux reprises durant le voyage.

À la suggestion de Mélanie, ils dînèrent au Café Morgane, le restaurant où elle avait débuté dans le métier de serveuse ; la jeune femme aurait voulu leur présenter ses patrons, Suzanne et Guy Marcotte, qui l'avaient beaucoup appréciée, mais les obligations du golf les retenaient dans Charlevoix pour deux semaines.

Pierrot Bernard en fut secrètement soulagé, car il n'avait guère envie de rencontres ce jour-là et se plaignait de légers étourdissements. Toutefois, il avait meilleure mine au dessert et annonça qu'il ferait une promenade à pied à travers la ville pendant que Mélanie rendrait visite avec Camille à des amies. Tout le monde comprit qu'il souhaitait être seul. Mélina, de son côté, devait régler des détails de dernière minute avec l'entrepreneur de pompes funèbres. Bruno décida de l'accompagner. On se donna rendez-vous à cinq heures devant le salon funéraire Rousseau et Frère au coin des rues Royale et des Volontaires, à deux pas de la petite maison bleue où avaient grandi Mélina et sa jeune sœur, puis, après avoir été prendre une bouchée dans un restaurant du coin, on reviendrait pour la veillée funèbre.

Chacun partit de son côté.

Que se passa-t-il chez Pierrot Bernard à partir de ce moment ? Personne ne le sut jamais. Toujours est-il que, lorsqu'il apparut devant le salon funéraire avec vingt minutes de retard, ses compagnons furent frappés par sa démarche chancelante et la pâleur de son teint.

Bruno se pencha à l'oreille de Mélina :

— Ma foi, est-ce qu'il a pris un coup ?

— Un coup de vieux, en tout cas.

Mélanie s'avança à sa rencontre et, d'un air quelque peu ennuyé :

— Ça ne va pas ?

— Mais oui, ça va, ça va, répondit-il avec impatience.

Au restaurant, il refusa cependant de manger et se contenta d'une tisane à la verveine. Camille, femme de ressources, offrit de lui faire un massage de la nuque et des épaules :

— Ça rétablit l'équilibre des faisceaux d'énergie, assura-t-elle. Dans cinq minutes, vous allez vous sentir mieux.

Il refusa.

Bruno l'observait, perplexe :

— Écoute, mon vieux, si tu ne peux pas supporter les salons funéraires, personne ne t'enverra en prison pour ça, tu sais.

L'autre releva la tête dans un sursaut et, le regard étincelant :

— En prison ? Pourquoi me dis-tu ça ?

— Pourquoi ? Je ne sais pas. Comme ça. Ma foi, t'es fâché ?

Je ne suis absolument pas fâché, lança-t-il avec humeur.

Et, dans un faux geste, il renversa sa tasse de tisane sur son pantalon. Une demi-douzaine de serviettes de papier réparèrent le plus gros du dégât.

Le moment de se rendre auprès de la dépouille de Félicité Bellechasse approchait. Ses deux filles suggérèrent à Pierrot d'aller se reposer dans l'automobile.

Il secoua la tête d'un air obstiné :

— Non, je vous suis. Pour qui me prenez-vous ?

Quelques minutes plus tard, le petit groupe franchissait le seuil du salon funéraire. L'atmosphère feutrée, le beige fadasse des murs, l'air de componction du personnel et surtout l'odeur subtilement écœurante des fleurs condamnées elles-mêmes à mourir dans l'hommage qu'on voulait rendre aux défunts diminuèrent encore un peu plus la résistance de Pierrot Bernard. Mais la mâchoire serrée, son regard obtus vissé à la moquette, il suivit ses compagnons jusqu'à la pièce où Félicité Bellechasse, entourée de gerbes de fleurs et de photographies qui la représentaient dans des moments heureux de sa vie, dormait dans son cercueil, un chapelet entortillé autour des doigts.

Il s'approcha du cercueil et s'arrêta, la tête toujours penchée vers le sol. Mélanie se trouvait à sa droite, Mélina à sa gauche, Bruno un peu en retrait. Les deux sœurs se mirent à renifler et à s'éponger les yeux. Pierrot Bernard jeta un regard de côté vers son amie ; il n'osait toujours pas regarder la dépouille. Une sorte de vertige le gagnait. Mais pour sauver sa peau, il se devait d'être là où il était en montrant tous les signes convenus de la tristesse et du deuil. En ce qui avait trait aux signes, ça y était, à n'en pas douter. De tous les assistants, il était sûrement celui qui paraissait le plus affecté. Mais il devait faire encore plus. *Il devait regarder Félicité. La regarder dans l'état où il l'avait mise.* C'était une obligation incontournable. Ne pas le faire risquait de paraître suspect.

Il prit une profonde inspiration et leva la tête.

Les vingt premières secondes se passèrent sans problème. Le visage de la défunte, outrageusement fardé, avait la couleur de ces bonbons roses sans goût particulier qu'on trouve dans certaines distributrices ; sa mâchoire volontaire, devenue massive, avait pris un air d'arrogance, accentué par ses joues trop pleines farcies par l'embaumeur ; ses paupières fermées avaient l'air cousues pour le sommeil éternel.

Mais soudain, les yeux de Pierrot Bernard s'exorbitèrent et son regard se figea. Était-ce une hallucination causée par la peur, ou alors l'embaumeur avait-il mal effectué son travail, oubliant dans la bouche de la morte des fragments de viande qui avaient commencé à se décomposer et à libérer des gaz ? Les lèvres de la morte s'étaient gonflées, puis se mirent à palpiter… et il crut entendre le marmonnement d'une accusation ! Alors, blanc comme de la craie, il poussa un cri terrible et recula comme si le feu de l'enfer voulait l'avaler, puis tomba assis dans une couronne funéraire, la bouche grande ouverte, les yeux révulsés, et une broche fit une intrusion cruelle dans une de ses fesses, en lui frôlant le rectum.

Bruno, croyant à une attaque, s'était précipité vers lui pour détacher le col de sa chemise et desserrer sa ceinture.

— Elle m'accuse! Elle m'accuse! criait l'écrivain d'une voix étranglée. Mais je ne voulais pas la tuer! Non! Je ne le voulais pas!

Il perdit alors conscience.

Quand il revint à lui, on l'avait étendu sur une table et Bruno prenait encore une fois son pouls. Il poussa une plainte, glissa sa main libre sous une fesse, puis la retira aussitôt, car cela avivait la douleur. Alors il promena lentement son regard dans la pièce, aperçut une fenêtre aux stores vénitiens fermés, puis un classeur mauve et, debout près du classeur, le sergent-détective Villeneuve, les mains croisées derrière le dos et qui l'observait avec un sourire plein d'aménité. Sa présence ne l'étonna aucunement. Elle faisait partie d'un enchaînement qui lui parut naturel. Tout s'était joué, en fait, à partir du moment où Félicité, dans la violente bousculade qui avait suivi sa gifle, s'était frappé la tête sur l'angle de la tablette de marbre rose de la cheminée.

— Torbinouche que j'ai mal au derrière, se plaignit-il dans un souffle. Quelle heure est-il?

— Dix-huit heures trente, répondit Bruno.

— J'ai… dormi longtemps?

— Non.

Il leva alors les yeux vers Villeneuve, qui s'était approché et continuait de l'observer, les mains derrière le dos:

— Vous m'avez suivi… jusqu'ici?

Le sergent-détective hocha la tête avec un léger sourire qui exprimait davantage de la compassion que la satisfaction d'avoir réalisé un bon coup.

— Vous… saviez?

— Disons que j'avais des doutes, répondit doucement le policier.

À la suggestion de Bruno, on transporta Pierrot Bernard à l'hôpital, où les médecins décidèrent de le garder en observation durant vingt-quatre heures. Pendant ce temps, Mélina et Mélanie, encore sous le choc, accueillaient au salon funéraire la vingtaine de visiteurs qui s'étaient présentés pour offrir leurs condoléances aux deux sœurs.

Les funérailles de Félicité Bellechasse avaient lieu le lendemain à neuf heures à l'église Saint-Jean-de-Brébeuf. Mélina avait réservé des chambres dans un hôtel, mais tout le monde trouva à se loger pour la nuit chez des amis. Après une révélation aussi brutale, les voyageurs eurent beaucoup de mal à trouver le sommeil. Dès six heures, Mélanie était debout, sa toilette faite et, malgré les exhortations de Camille, elle se rendit à l'hôpital voir une dernière fois l'homme qu'elle aurait méprisé encore plus férocement si elle avait connu toute sa crapulerie.

Elle le trouva alité dans une chambre d'isolement sous la garde d'un jeune policier en train de tuer le temps avec des mots croisés. En l'apercevant, l'homme resta bouche bée une seconde, son stylo suspendu au-dessus du journal, hypnotisé par la beauté de la serveuse. Pierrot Bernard avait soulevé la tête et lui adressa un sourire confus :

— Je suis désolé, Mélanie… C'était un accident, je t'assure. J'ai mes défauts, comme tout le monde, mais je ne suis pas un assassin.

Puis il ajouta dans un soupir :

— *Elle*, au moins, ne souffre plus… tandis que moi…

Mélanie eut un haut-le-corps et ses lèvres se crispèrent dans une grimace de dégoût :

— C'est tout ce que tu trouves à me dire?

Elle secoua la tête et se perdit un instant dans ses pensées, comme si elle revoyait en esprit tous les jours passés avec ce quinquagénaire qui n'était pas encore parvenu à la maturité. Puis, le fixant droit dans les yeux, elle lui murmura d'une voix très douce :

— J'espère pouvoir oublier jusqu'à ton nom, pauvre toi... Bonne prison.

Et elle s'en alla.

DEUXIÈME PARTIE

1

Presque deux ans s'étaient écoulés. L'été approchait, et il s'annonçait superbe. Le mois de mai avait reçu juste ce qu'il fallait de pluie pour que les arbres et les gazons verdoient avec magnificence. La chaleur s'était installée tôt mais, égale et modérée, elle ravivait doucement les Québécois encore un peu engourdis par l'hiver. Le printemps leur avait épargné ces coups de froid imprévus et si désagréables qui vident les terrasses des restaurants et obligent tout le monde à remettre des vêtements qu'on espérait avoir remisés pour longtemps.

C'était jour de collecte des ordures ménagères dans le quartier de la Petite-Patrie. La ville déféquait imperturbablement, dans la stricte observance des règlements municipaux. Les poubelles de plastique noir alignées le long des rues comme des sentinelles gardaient sans distinction dans leur ventre déchets et choses utiles jetées par caprice ou lassitude. Bientôt les éboueurs commenceraient leur tournée et les montagnes d'ordures qui s'élevaient dans les dépotoirs, loin des regards indiscrets, s'arrondiraient un peu plus.

Ce matin-là, Mélanie se dirigeait à pas pressés rue Beaubien vers l'intersection de la rue Saint-Hubert où se trouvait le Café Gerbederose qui l'employait depuis plus d'un an. Un jeune homme maigrelet au collier de barbe noire ralentit au moment de la dépasser et la dévisagea avec de grands yeux, les lèvres serrées, puis, allongeant le pas, se retourna à deux reprises pour l'admirer de nouveau. Mélanie sourit, amusée par cet hommage impertinent et par le petit nez pointu de son admirateur.

Il était huit heures dix. Elle était un peu en retard, mais savait que sa patronne haïtienne ne s'en formaliserait pas trop, le temps ayant conservé pour celle-ci l'élasticité qu'il possédait dans son pays d'origine.

Le Café Gerbederose avait ouvert ses portes trois ans plus tôt. Son nom avait été facile à trouver, la propriétaire s'appelant Gerbederose Café. C'était une belle grande femme au début de la quarantaine, à la taille et aux seins superbes, à la peau brun foncé, avec quelque chose de royal dans son allure décidée. Sa voix forte, chantante, dans le registre médium-aigu, avait cette texture pulpeuse typique des Haïtiens et semblait remplie de toute la bonté du monde ; mais ses yeux noirs au regard vif, toujours en mouvement, comme aux aguets, indiquaient que cette bonté n'était pas sotte.

Le Café Gerbederose était en fait davantage une pâtisserie qu'un café – la patronne s'étant imposée comme une virtuose des desserts – et se transformait le midi en une sorte de bistro ; on y servait alors des repas légers, où quelques plats de la cuisine haïtienne (griot, plantain frit, tassot de cabrit, calalou, etc.) se mêlaient à la française, souvent avec bonheur, parfois de façon curieuse. L'établissement était de dimensions modestes : devant les deux comptoirs-vitrines disposés en L où s'étalaient les denrées, on avait installé une dizaine de tables à plateau de marbre avec leurs robustes chaises métalliques dont les pattes émettaient des grincements stridents lorsqu'on les déplaçait sur le plancher de terrazzo. Un achalandage régulier et soutenu compensait l'exiguïté des lieux.

Contrairement à son habitude, Gerbederose n'accueillit pas son employée ce matin-là par le retentissant « Salut, mon tit-cœur ! Passé une bonne nuit ? » dont elle la gratifiait à chaque début de journée. Mélanie s'arrêta au milieu de la place, surprise, et l'observa. La tête penchée au-dessus de la caisse, l'air maussade, l'Haïtienne compulsait des factures sans paraître avoir remarqué son arrivée.

— Qu'est-ce qui se passe ? s'inquiéta Mélanie. Un pépin ?

L'apparition d'un client obligea la patronne à suspendre sa réponse.

— Six portions de pouding au riz, s'il vous plaît, madame, demanda l'homme en jetant un regard gourmand sur l'énorme bol qui luisait doucement dans le comptoir réfrigéré.

Le pouding au riz de Gerbederose avec ses raisins macérés dans le rhum était célèbre aux alentours et sa réputation gagnait peu à peu les quartiers avoisinants. Léger, crémeux et parfumé, servi en portions généreuses, il avait conquis deux ans plus tôt un chroniqueur du *Journal de Montréal* qui lui avait consacré un article intitulé « Le meilleur pouding au riz du monde se trouve dans la Petite-Patrie ».

— Je vous le sers dans des contenants individuels, monsieur ?

— Non, non, ce n'est pas nécessaire. Un seul suffira. Ça va tout à la même place.

Et il se mit à rire, tout fier de son *trait d'esprit*.

Par amabilité commerciale, Gerbederose feignit de trouver le mot spirituel et servit l'homme en échangeant avec lui les commentaires habituels sur la météo.

Dès qu'il fut sorti, le visage de l'Haïtienne reprit toute sa gravité.

— J'ai mis Henri à la porte hier soir, annonça-t-elle à Mélanie.

— Ah oui ? Pourquoi ?

— Figure-toi donc, ma petite, qu'en fermant la boutique hier soir vers six heures, j'ai dû me rendre chez le père Carton qui m'avait appelée pour une affaire urgente. En le quittant au milieu de la soirée pour aller chez moi, je me suis tout à coup rappelé que j'avais oublié cinq nappes que j'avais mises à sécher sur la corde au milieu de l'après-midi. Des nappes toutes neuves, que j'ai payées quatre dollars pièce. Avec la vague de vols qu'on connaît dans le quartier depuis six mois, j'avais de bonnes chances de ne pas les retrouver ce matin! Alors, je suis revenue ici, pas très contente, car je tombais de fatigue, et – je ne sais pas trop pourquoi, c'est sans doute le Bon Dieu qui m'inspirait – au lieu d'entrer dans le café, je suis passée par la ruelle chercher tout de suite mes nappes dans la cour.

Elle s'arrêta et mit les mains sur les hanches :

— La porte arrière était entrouverte.

— Entrouverte ?

— Oui, ma fille… Et pourtant j'étais bien sûre de l'avoir fermée avant de partir.

— Et alors, qu'est-ce que tu as fait ?

— Eh bien, je me suis mise à trembler, tu comprends. Je pensais à un voleur. Il y a de ces vauriens qui peuvent te fendre le crâne pour un billet de dix dollars – ou pour rien du tout ! Je m'éloignais tout doucement pour appeler la police quand j'ai entendu une voix à l'intérieur : « Lili ? » C'était la voix d'Henri ! Alors, je n'ai fait ni une ni deux, je suis entrée et j'ai allumé… Eh bien ! figure-toi donc, ma fille, qu'il était en tenue de plaisir au milieu de la cuisine !

— En tenue de… quoi ?

— Nu comme une couleuvre, si tu veux. Et le machin en l'air, par-dessus le marché ! Il attendait sa petite Lili pour se l'envoyer au milieu de mes chaudrons. Tu vois ça d'ici ? Quelle hygiène ! Alors je lui ai demandé la clé qu'il s'était fait fabriquer, le voyou, et je l'ai foutu à la porte avec ses guenilles. Tout nu ! Il s'est rhabillé dans la ruelle. Ah ! quelle histoire !

Mélanie l'écoutait, stupéfaite et se retenant avec peine de rire. À travers la colère de sa patronne, elle sentait de la tristesse. Henri Luciole, beaucoup plus jeune que Gerbederose, était un compatriote de Jacmel vaguement apparenté à l'Haïtienne. Six mois plus tôt, celle-ci l'avait tiré de la rue, où il se gâtait, pour l'engager comme plongeur et commissionnaire et elle avait eu la patience de se mettre à le former comme aide-pâtissier. Hélas, dans cette dernière fonction, il ne lui avait donné la plupart du temps que des satisfactions mitigées.

— Et alors… qu'est-ce que tu vas faire, Gerbederose?

— J'ai téléphoné à Anthime tout à l'heure. Il s'en vient me dépanner.

Deux autres clients venaient d'apparaître. Mélanie passa derrière le comptoir pour les servir tandis que Gerbederose disparaissait dans la cuisine.

Anthime Faustin se présenta deux heures plus tard et déclara tout de go à Gerbederose qu'il ne faisait ça que pour la dépanner «pour un tit-bout de temps et par pure bonté de cœur». Malgré ses airs prétentieux et une certaine insolence, c'était un bon garçon, qui venait de perdre son emploi de chauffeur de taxi dans des circonstances nébuleuses, dont il refusait avec hauteur de parler.

Le peu d'entrain qu'il mit à s'acquitter de ses nouvelles fonctions montra clairement à Gerbederose qu'il n'avait pas l'intention, en effet, de s'y éterniser.

Alors, entre deux fournées de croissants, de chocolatines ou de pouding au riz, elle se remit au téléphone en poussant des soupirs accablés.

2

Mélanie avait quitté le Café Cherrier quinze mois plus tôt, en février 2003. Trois raisons l'y avaient poussée. Son métier de serveuse commençait à la lasser. Elle avait perdu les bonnes grâces du patron en se portant à la défense de son amie Camille lors d'un différend qui avait opposé cette dernière au restaurateur. Mais son départ s'expliquait d'abord et avant tout par sa peur de Justin Périgord.

Deux mois environ après l'arrestation de Pierrot Bernard, l'élégant quadragénaire s'était mis à fréquenter le Café Cherrier deux ou trois fois par semaine – et toujours quand Mélanie était de service. Il s'installait immanquablement au comptoir (Mélanie ne servait qu'aux tables) et, assis sur son tabouret, parlait cordialement avec tout le monde, le rire facile, la repartie comique, toujours très attentif aux propos de ses interlocuteurs et y réagissant par des remarques souvent judicieuses et bien senties. Le personnel du restaurant se prit rapidement d'affection pour lui, car il était aimable et avait le pourboire généreux.

Jamais il n'adressait la parole à Mélanie. Mais, de temps à autre, il la suivait des yeux en hochant légèrement la tête avec un sourire moqueur. Quand leurs regards se croisaient, la serveuse se détournait vivement, parcourue par un frisson. Dans le brouhaha et l'animation qui remplissaient le plus souvent l'établissement, personne ne remarquait cet échange furtif. Sauf Camille un soir, qui nota le malaise profond que semblait inspirer à son amie l'homme d'affaires retraité (car il s'était présenté comme tel). Dès qu'il fut parti, elle prit Mélanie à part :

— Qu'est-ce qui se passe, ma belle ? T'as des problèmes avec un *sugar daddy* ?

— De qui parles-tu ?

— Tu sais très bien de qui je parle, chère. Je ne suis ni aveugle ni stupide. J'ai bien vu qu'il a l'œil sur toi, notre beau monsieur Périgord. Mais toi, ça n'a pas l'air de te faire plaisir, oh que non ! Il s'est passé quelque chose entre vous deux ?

Mélanie, qui avait toujours caché à son amie sa mésaventure avec le faux éditeur de Pierrot Bernard, pâlit, puis, se penchant à son oreille :

— Je te raconterai tout après le travail. À condition que tu n'en parles jamais à personne, hein ? Je t'en voudrais à mort.

À la fermeture du café, elle lui racontait sa pénible soirée au bureau de l'homme à la splendide chevelure blanche, puis l'affront qu'Alfred lui avait infligé quelque temps plus tard dans la station de métro Sherbrooke ; elle avait immédiatement établi un lien entre cet incident et le meurtre sordide de l'aide-cuisinier.

Camille éclata de rire :

— Tu capotes, ma vieille ! Voyons donc ! Ce vieux beau parfumé, tuer notre pauvre Alfred à coups de barre de fer dans une ruelle ? Tu capotes, tu dérailles, t'as une araignée qui te chatouille le plafond !

Mélanie secouait la tête :

— Je n'ai pas dit qu'il l'avait tué *de ses propres mains*. Quand on a du fric comme lui, c'est le genre de choses qu'on fait faire par d'autres…. T'es naïve comme au jour de ta première communion, ma pauvre Camille.

Plusieurs semaines passèrent. Les raisons du comportement étrange de Justin Périgord étaient devenues un de leurs principaux sujets de conversation. Mélanie tentait de convaincre Camille du bien-fondé de ses craintes en s'appuyant sur toutes sortes de petits détails dans le comportement du quadragénaire : une curieuse fixité de son regard quand il l'observait, assis au comptoir, le sourire bizarre et plein de convoitise qu'il lui adressait parfois en interrompant tout à coup sa conversation avec un client ou un employé, et même, un midi – suprême grossièreté! – un frôlement de main sur son bas-ventre quand elle avait dû passer près de lui dans le restaurant bondé. Camille, elle, s'amusait à ridiculiser ces craintes:

— Ma chère, t'es la plus jeune vieille fille que j'ai jamais connue! Et parano par-dessus le marché! Plus tu t'effraies, plus ça l'amuse et plus il aura le goût de continuer, pauvre toi!

Les choses en seraient sans doute restées là si, vers la mi-février, un événement ne s'était produit qui avait décidé Mélanie à quitter subitement le Café Cherrier, sans perspective d'emploi en vue.

Ce soir-là, elle s'était rendue au magasin La Baie acheter des vêtements. Vers cinq heures, une pluie mêlée de grésil s'était mise à tomber, vidant les rues de leur animation au grand dam des commerçants; le rayon des vêtements pour dames de La Baie était presque désert quand elle s'y était présentée; les rares vendeuses profitaient de ce temps mort pour ranger de la marchandise ou jacassaient entre elles en jetant de temps à autre un coup d'œil à leur montre.

— Si vous avez besoin de quoi que ce soit, appelez-moi, je ne serai pas loin, lui dit une jeune vendeuse à l'air ensommeillé en lui remettant les trois blouses qu'elle avait choisies.

Elle venait d'entrer dans une cabine d'essayage et enlevait son manteau lorsqu'on frappa à la porte. Sans réfléchir, elle ouvrit, et poussa un cri étouffé.

— Pas un mot, lui ordonna Justin Périgord à voix basse en la repoussant au fond et en abaissant le loquet derrière lui.

Son visage congestionné exprimait une effrayante surexcitation.

— Excusez ma familiarité. Il y a longtemps que je veux vous parler, et je pense que cet endroit est aussi bon qu'un autre... Silence, je vous dis ! s'interrompit-il en lui posant une main sur la bouche. Vous allez faire votre propre malheur. Je n'ai aucune mauvaise intention, croyez-moi.

Terrorisée, elle n'entendait plus rien. Ses mains s'abattirent sur le visage de Périgord qu'elle se mit à labourer de ses ongles.

— Hé ! arrête ! lança-t-il d'une voix étranglée en relâchant son étreinte.

L'instant d'après, Mélanie s'élançait de la cabine, haletante, pour filer dans une allée sous le regard étonné de deux vendeuses derrière leur comptoir. Parvenue dans la rue, elle héla un taxi et se fit conduire chez elle, secouée par une crise de larmes.

— Est-ce que je peux faire quelque chose pour vous, mademoiselle ? s'apitoya le chauffeur, un vieil homme maigre à casquette brune qui ne cessait de se retourner vers elle et venait de brûler un feu rouge.

— Non. Non. Je vous remercie. Ce n'est rien. Ça va passer.

Et elle se remit à sangloter.

— Mon Dieu, mon Dieu, mon Dieu, soupira le chauffeur, la vie est bien dure parfois…

Le lendemain matin, Mélanie annonçait à monsieur Boisseau qu'elle quittait son emploi au café, puis, se ravisant, lui offrit de rester quelques jours de plus pour lui donner le temps de trouver une remplaçante.

— Pas la peine, ma fille, répondit-il sèchement. Tu prendras tes cliques et tes claques à la fin de ton service. J'aurai préparé tes papiers.

Et il lui tourna le dos si brusquement qu'un jet de feu lui traversa les reins et le fit souffrir le reste de la journée.

*

Dès le lendemain, Mélanie se mit à chercher un nouvel appartement. Après l'emprisonnement de Pierrot Bernard, elle s'était installée dans un meublé, rue Saint-Denis, à deux pas de la Maison rose, son premier logement à Montréal ; elle le louait au mois en attendant de trouver un appartement vraiment convenable. Mais, le loyer étant modique, elle avait, par négligence, toujours remis la chose à plus tard.

Déménager devenait à présent une priorité. Justin Périgord devait connaître son adresse. Peut-être la faisait-il surveiller ? Elle avait de plus en plus le sentiment d'avoir affaire à un fou, à un fou disposant de puissants moyens. Il fallait le semer, partir une nuit à la sauvette et se perdre dans la ville. Vivre avec quelqu'un lui aurait apporté de la sécurité. Mais, pour l'instant, elle n'en avait aucune envie. Son histoire avec Pierrot Bernard l'avait dégoûtée de la compagnie des hommes. « Si je deviens très riche, je m'engagerai un gardien, se dit-elle avec une grimace amère. Je le prendrai vieux, laid et fort. Comme ça, plus de problèmes ! »

Elle consulta les petites annonces jusqu'au milieu de l'après-midi, fit plusieurs appels téléphoniques – par précaution à partir d'une cabine – et passa la soirée chez Camille à naviguer sur Internet. Sans résultats. C'est Bruno, le petit ami de sa sœur Mélina, qui lui vint en aide le lendemain. Mélina l'avait mis au courant de la décision de sa jeune sœur. Un de ses camarades de la faculté de médecine allait poursuivre ses études en France pour un an et cherchait un sous-locataire fiable qui s'installerait dans ses meubles. Mélanie le rencontra, lui plut et, chose encore plus importante, lui inspira confiance. Cinq jours plus tard, elle déménageait discrètement au 6644 de la rue de Lanaudière dans un cinq-pièces spacieux et agréable qui occupait un premier étage. La rue elle-même, paisible et ombragée par des érables, ajoutait au charme. Mélanie eut l'impression de grimper d'un échelon dans l'échelle sociale.

Que ferait-elle désormais de sa vie ? Elle n'en avait aucune idée. Elle avait soif de paix, de sécurité – et de nouveauté. Mélina essayait de la convaincre de reprendre ses études. Elle y songeait, sans ressentir d'intérêt particulier pour quoi que ce soit. La période de chômage qui l'attendait et dont elle ne pouvait prévoir la durée ne l'inquiétait pas trop, car elle avait de l'argent de côté : l'héritage de sa mère.

Cette histoire avait connu de curieux rebondissements.

Un an environ après la mort de Sarto, un soir du mois de mars 1999, Mélina, qui avait toujours entretenu des rapports assez cordiaux avec Félicité, était allée lui rendre visite à Trois-Rivières et avait osé aborder avec elle un soir, avec d'infinies précautions, la question – oh combien délicate ! – de l'héritage que ce dernier avait voulu laisser à ses deux filles et dont il leur avait parlé à quelques reprises.

— Si j'ai pris de bonnes assurances, mes petites, vous vous imaginez bien que c'est d'abord et avant tout pour vous deux, car je n'ai pas l'intention de mener un grand train de vie au cimetière. Quant à votre mère, débrouillarde comme elle est, elle saura toujours se tirer d'affaire.

Hélas, la mort l'avait surpris avant qu'il ait eu le temps de coucher ses volontés sur le papier. L'ouverture du testament réservait une mauvaise surprise aux deux sœurs : Félicité était l'unique héritière.

— C'est normal : j'étais sa femme, se contenta-t-elle de remarquer devant la déception visible de ses filles.

Or donc, en ce soir de mars 1999, Félicité, après un souper bien arrosé avec Mélina – chose rarissime, car elle n'avait que mépris pour l'alcool et ses esclaves –, se montrait d'une humeur charmante, assise avec sa fille au salon tandis qu'à la radio Richard Abel pianotait ses fadeurs romantiques ; l'action du vin et de la musique avait même opéré chez elle un miracle inouï : elle était devenue sentimentale !

Sous le regard stupéfait de Mélina, elle se mit soudain à raconter sa jeunesse difficile à La Tuque (elle avait perdu sa mère à l'âge de onze ans et, la même année, son père – un dentiste ! – avait déclaré faillite, puis était disparu dans la nature, abandonnant ses deux filles, et c'est une vieille tante célibataire qui l'avait élevée avec une rigueur concentrationnaire) ; puis elle lui raconta sa fuite de la maison un soir d'hiver à l'âge de seize ans, ses années de jobines mal payées dans la ville de Québec, la passion insensée qui l'avait fait flamber pendant trois ans pour un homme deux fois plus âgé qu'elle.

Après avoir poussé un long soupir, elle ajouta, rêveuse :

— Quand je regarde aller Mélanie, j'ai l'impression de revivre ma vie… Dieu que j'en ai arraché ! Je lui souhaite d'être plus chanceuse que moi ! Elle m'inquiète, cette pauvre enfant, tu ne peux pas savoir à quel point…

Mélina crut qu'une occasion providentielle venait de se présenter, qui risquait de ne plus jamais revenir. Elle avala sa salive, passa sa langue sur ses dents, prit une grande inspiration et, d'une voix mal assurée :

— Moi aussi, elle m'inquiète, maman. Voilà longtemps que j'essaie de la convaincre de se remettre aux études. Son métier de serveuse ne la mènera nulle part, et elle le sait. Mais il faut bien qu'elle gagne sa vie ! Si…

Elle hésita une seconde, puis poursuivit :

— … si elle pouvait compter sur un petit pécule, cela lui permettrait de souffler un peu et de s'inscrire à temps plein au cégep… Papa nous avait toujours dit qu'il avait prévu pour nous une part d'héritage de façon à…

Au mot *héritage*, Félicité bondit sur ses pieds comme si toute l'électricité des barrages de la baie James venait de la traverser :

— Votre part d'héritage ? cracha-t-elle.

Son corps se mit à trembler, sous l'effet d'une des plus terribles colères qui l'eût jamais saisie.

— Tu oses me parler de votre part d'héritage? Si Sarto avait voulu vous en laisser une, il l'aurait écrit dans son testament! Votre part d'héritage, ce sera le vent de la rue, ma fille! J'ai enduré votre ivrogne de père pendant vingt-six ans, en plus de vous endurer toutes les deux! Alors, j'ai droit à un dédommagement, et je le prends. Ne me reparle plus jamais de ça, tu m'entends? Sinon, je t'arrache les yeux!

Et, dans les mois qui suivirent, elle fit allusion deux ou trois fois à un legs important qu'elle avait décidé de faire à sa mort à l'Oratoire Saint-Joseph; le père putatif de l'Enfant Jésus lui avait toujours inspiré, en effet, une affection particulière, sans doute à cause de l'admirable retenue dont il avait su faire preuve dans le lit conjugal.

Et pourtant, l'ouverture de son testament réservait une mauvaise surprise cette fois-ci à saint Joseph. Il devait se contenter d'un maigre huit cents dollars destinés à faire brûler des lampions pour le repos de l'âme de sa servante. Tout le reste allait à Mélina et à Mélanie, divisé en parts égales de cent quatre-vingt-dix-sept mille dollars.

Plutôt que de déshériter ses filles, Félicité s'était contentée, semblait-il, de se livrer au plaisir piquant de leur faire croire qu'elles le seraient.

*

Mélanie entra en possession de son héritage en janvier 2003. On aurait pu croire que sa jeunesse et son inexpérience la porteraient à jeter cet argent par la fenêtre. Il n'en fut rien. Malgré les craintes de sa sœur aînée, elle garda la tête froide et se contenta d'acheter une minichaîne stéréo et une douzaine de CD, de fréquenter les grands magasins pendant une semaine et d'offrir en cadeau d'anniversaire une robe de chambre en soie à son amie Camille ; elle déposa le reste – c'est-à-dire presque tout – à la caisse populaire dans des placements à court terme et se fit un point d'honneur de ne vivre que de son travail. Mais elle refusa de s'engager tout de suite à reprendre ses études, affirmant que rien ne l'intéressait à part la littérature, qui ne l'aurait menée nulle part. Pourquoi se désâmer ?

Sa liaison avec Pierrot Bernard l'avait beaucoup changée. En apparence, elle demeurait la fille sociable, vive et joyeuse que tout le monde appréciait. Mais ses expériences tumultueuses à Montréal l'avaient mûrie et avec la maturité était venu un peu d'aigreur et de méfiance. La plupart des gens de son âge envisageaient encore la vie avec insouciance, comme si elle ne devait jamais finir. Mélanie la voyait comme une partie hasardeuse, remplie de pièges sournois qu'il fallait éviter ou déjouer sous peine de se faire écrapoutir. Cela ne l'empêchait pas de rêver. Mais ses rêves étaient devenus un peu terre à terre et pratico-pratiques.

Celui qui l'habitait depuis quelque temps, c'était l'achat d'un petit hôtel ou d'un gîte du passant quelque part à la campagne mais à proximité d'une grande ville. Son chez-soi deviendrait son milieu de travail ! Que ce serait délicieux et réconfortant ! Son expérience de serveuse lui serait alors fort utile. Après toutes les turbulences qu'elle avait traversées, un nid douillet pour elle toute seule lui ferait tant de bien ! On verrait plus tard si quelqu'un d'autre pourrait s'y installer à ses côtés. Rien ne pressait. Mais cela prenait beaucoup d'argent. Beaucoup plus qu'elle n'en avait. Il fallait donc faire fructifier celui qu'elle possédait et en amasser d'autre en travaillant. Cela serait long, mais elle était jeune. Et, point capital, cet argent la mettrait à l'abri des coups du sort. Elle en avait subi plus que sa part !

Elle s'était mise, comme sa mère, à aimer l'argent.

*

Voilà pourquoi, après son départ du Café Cherrier et son installation dans l'appartement de la rue de Lanaudière – meublé d'un bric-à-brac d'étudiant qui lui convenait tout à fait –, Mélanie commença aussitôt à chercher un nouvel emploi. Très peu pour elle, la vie de rentière ! Son départ du Café Cherrier la forçait pour le moment à puiser dans ses réserves. Raison de plus de se grouiller les pattes.

Un matin d'avril 2003, pendant qu'un redoux gratifiait Montréal d'une neige mouillée qui couvrit bientôt le sol d'une sloche dégoûtante, Mélanie, en parcourant le journal, tomba sur une offre d'emploi qui alluma sa curiosité : une compagnie de marketing cherchait des représentants pour de la sollicitation téléphonique. Voilà qui lui plaisait : absence de contacts directs avec les clients, anonymat assuré. Quelques minutes plus tard, elle parlait à un responsable. On lui fixa un rendez-vous au début de l'après-midi à Verdun.

— Verdun ? C'est loin du centre-ville. Ça se voyage bien ?

— Nous sommes à deux pas de la station de métro Monk, mademoiselle. Où demeurez-vous ?... Ah bon. Alors en vingt minutes vous y êtes.

À deux heures, elle pénétrait, les pieds trempés, dans une petite salle d'attente qui sentait le parfum de fleur d'oranger bon marché. On entendait au loin comme le caquètement d'un poulailler. Une secrétaire la pria de s'asseoir, puis la fit pénétrer presque aussitôt dans un bureau où l'odeur de fleur d'oranger tournait presque en punition ; un homme au début de la trentaine l'attendait, sourire aux lèvres, chauve, grassouillet, les manches de sa chemise blanche roulées aux coudes et le front luisant de sueur, malgré la fraîcheur qui régnait dans la pièce.

— Michael, dit-il en lui tendant une main moite, presque poisseuse. Mélanie ?

Il la fixa quelques secondes sans parler, comme fasciné par son apparence. « Je lui plais, se dit Mélanie. L'affaire est dans le sac. »

— Assieds-toi, je t'en prie, Mélanie, dit-il enfin. Tu permets que je te tutoie ? Ici, tout le monde se tutoie, c'est plus simple, car on forme une équipe, tu comprends.

Puis il lui posa quelques questions insignifiantes. Son ton emprunté, doucereux, celui d'un séducteur à vingt-cinq sous, déplut à Mélanie. Elle trouva que ce ton se mariait parfaitement au parfum qui emplissait la pièce. « Je t'ai à l'œil, toi », l'apostropha-t-elle intérieurement.

— Bien, bien, bien, murmurait Michael avec de petits hochements de tête satisfaits en poursuivant son interrogatoire. À présent, Mélanie, j'aimerais que tu me lises ce petit bout de texte. Sois très naturelle. C'est la clé du succès.

Il s'agissait d'une annonce vantant les pentes de ski de Bromont et invitant les sportifs à profiter des tarifs extraordinaires qu'on leur offrait pour la prochaine saison.

Mélanie possédait une voix agréable, articulait bien et mit toute la conviction possible dans sa lecture.

— Parfait, fit Michael, radieux. Tu commences demain matin. Il y a une séance d'entraînement à huit heures pour les débutants. Sois à l'heure, s'il te plaît. Ça me fait plaisir de te connaître, Mélanie.

Et il lui tendit de nouveau la main, en posant un regard un peu trop appuyé sur sa poitrine.

Le lendemain, Mélanie se présenta au bureau à huit heures moins cinq. La secrétaire la fit passer dans une petite salle où s'alignaient une vingtaine de chaises de tôle brune devant une table de mélamine aux coins écornés posée sur une estrade. Une odeur de renfermé et de fil électrique surchauffé flottait dans l'air ; cela reposait de la fleur d'oranger. Dix personnes vinrent bientôt la rejoindre : trois Latinos, quatre Haïtiennes et trois jeunes hommes à barbe de trois jours issus du terroir québécois. Tous étaient dans la vingtaine et semblaient souffrir d'un manque de sommeil. La conversation commençait à prendre timidement lorsque la *motivatrice* apparut, cigarette à la main.

C'était une femme corpulente d'environ cinquante ans, aux boucles d'un blond cendré, au sourire martial, chaussée de souliers à talons aiguilles, qui se hissa sur l'estrade en poussant une sorte de gémissement, fixa l'un après l'autre les membres de son auditoire droit dans les yeux selon une technique éprouvée, puis lança d'une voix assourdissante :

— En forme ?

Un vague murmure lui répondit.

— Allons, allons, il faut montrer un peu plus d'énergie ! Vous êtes jeunes, vous *débordez* d'énergie. Et, chose extraordinaire, vous êtes sur le point de vous lancer dans un métier… PASSION-NANT !

Elle porta la cigarette à ses lèvres, ferma à demi les yeux, ce qui fit apparaître tout un réseau de rides à travers son maquillage, rejeta une longue bouffée, puis :

— J'ai bien dit *passionnant*… à condition d'acquérir une technique *très simple* qui permet de convaincre les gens aussi facilement que vous convainquez votre petit ami – ou votre petite amie, selon le cas – d'essayer un nouveau truc au lit.

Et elle réussit à rire encore une fois de cette plaisanterie qu'elle utilisait depuis quatorze ans.

Deux ou trois sourires ensommeillés lui répondirent.

Le succès, poursuivit-elle, résidait d'abord et avant tout dans le *ton employé*, car la compagnie fournissait les textes à lire au téléphone, des textes rédigés par des *spécialistes*. Bien sûr, il fallait savoir improviser quand l'interlocuteur ou l'interlocutrice posait des questions, mais le matériel d'artillerie – les arguments – était toujours fourni avant chaque campagne publicitaire.

D'un geste brusque, elle sortit alors une liasse de feuilles d'un sac de plastique et s'adressant à l'une des Haïtiennes assise juste devant elle :

— Me distribuerais-tu ça, chère ?

Une heure et demie plus tard, les auditeurs, rigoureusement formés et devenus presque des spécialistes à leur tour, quittaient la salle, tandis que la motivatrice, restée seule, grillait une autre cigarette sur sa tribune en se préparant à recevoir une nouvelle cohorte. La secrétaire attendait les *publicistes* (comme on venait de les baptiser) pour les mener à leur lieu de travail. Elle était jeune, fluette, avait un long nez mince, un teint d'une blancheur verdâtre et une expression renfermée et appliquée. Mélanie, qui avait le corps moite et un vague mal de tête, lui adressa un sourire, mais l'autre n'y répondit pas.

Ils suivirent un long corridor et, à mesure qu'ils avançaient, le caquètement de poulailler que Mélanie avait entendu la veille prenait de l'ampleur et se précisait. La secrétaire s'arrêta devant une grande porte d'acier peinte en gris et l'ouvrit avec une vigueur surprenante.

Une grande salle s'étala devant eux ; de longues tables étroites y étaient alignées en rangées parallèles où s'affairaient une centaine de téléphonistes, chacun penché au-dessus d'un gros bottin, la tête coiffée d'un casque d'écoute à microphone. La rumeur de leurs voix était ahurissante et rappela à Mélanie une scène du *Procès* d'Orson Welles où le héros, pénétrant dans une salle, était accueilli par le crépitement de centaines de machines à écrire.

Un gros homme à visière verte assis à un bureau aperçut les nouvelles recrues et vint à leur rencontre, le pas pesant, le geste lourd, l'air endormi. Quelques instants plus tard, Mélanie enfilait un casque d'écoute et faisait son premier appel. Il s'agissait de vendre une police d'assurance automobile aux avantages si incroyables qu'ils donnaient presque envie d'avoir un accident.

À cinq heures de l'après-midi, fourbue comme une vieille jument qui aurait peiné toute une journée au gros soleil, Mélanie se dirigeait vers la sortie avec des camarades de travail lorsqu'on la toucha à l'épaule avec une insistance particulière ; elle se retourna. Le chauve aux mains moites qui l'avait engagée la veille la lorgnait en souriant :

— Tu as vraiment une jolie robe, Mélanie. J'espère que tu vas la porter souvent.

Elle réprima un haussement d'épaules, balbutia un « Merci » embarrassé et s'éloigna.

Trois jours plus tard, abreuvée d'insultes, de remarques idiotes et de lignes fermées au nez, elle donnait sa démission, au grand désappointement de Sid (car il s'appelait Sid) qui, suant de convoitise dès qu'il la voyait, s'était mis à lui faire une cour effrénée.

3

Cette première expérience la découragea et elle fut deux ou trois semaines sans se chercher d'emploi. Étendue dans le salon sur un canapé à demi défoncé, elle lisait des Simenon; l'étudiant locataire semblait vouer un culte au célèbre écrivain, car les 27 tomes de ses œuvres complètes, écornés, fatigués et tachés, remplissaient les rayons d'une bibliothèque rudimentaire dans la chambre à coucher; Mélanie lisait un roman par jour et se prit d'affection pour le commissaire Maigret, qu'elle aurait aimé avoir comme voisin, car, mine de rien, à demi caché derrière les nuages de sa pipe, il l'aurait sûrement protégée. De temps à autre, elle allait au cinéma avec Camille et soupa quelques fois chez sa sœur Mélina. La mine inquiète, celle-ci un soir lui reprocha doucement sa vie oisive.

— Tu as raison, reconnut Mélanie. Je vais me secouer.

Le lendemain matin, installée devant son ordinateur, elle reprenait sa quête, sans rien trouver à son goût, car elle était devenue méfiante et difficile.

Ce fut en accompagnant Camille dans une course sur la Plaza Saint-Hubert un vendredi soir de mai 2003 qu'elle dénicha enfin un boulot. Son amie, grande amateure de cappuccinos, cherchait un versoir en acier inoxydable pour faire chauffer son lait et on lui avait dit que les bazars de la Plaza, tenus généralement par des Arabes, en vendaient à bon prix. Elle en trouva et, bonne marchandeuse, réussit même à obtenir un rabais.

— T'imagines, Mélanie? J'en ai vu des semblables à quinze dollars au Van Houtte de la rue Laurier! Je viens de payer le tiers du prix! Allons, je t'invite à prendre un café.

Au coin de la rue Beaubien, la joyeuse enseigne orange et vert pomme du Café Gerbederose attira leurs regards.

Camille se tourna vers son amie:

— Ça te va?

Mélanie remarqua en entrant une affichette de carton rose fixée dans le bas de la vitrine:

SERVEUSE AVEC EXPÉRIENCE
DEMANDÉE

Un délicieux arôme de pâtisseries au beurre les enveloppa. L'endroit était désert. Accroupie devant un comptoir-vitrine, une Haïtienne disposait des biscuits au chocolat sur un plateau. Elle se redressa avec un sourire radieux, poussée comme par un piston:

— Bonjour, mesdemoiselles. Qu'est-ce que je peux vous servir? fit-elle en mettant dans sa voix comme un sous-entendu de voluptés inavouables.

— Dieu que ça sent bon! s'exclama Camille, que son achat avait décidément mise de bonne humeur. Vous cuisinez au beurre?

— *Tout* ici est fait au beurre, mademoiselle. C'est une tradition. Pas très longue, bien sûr, car mon café n'existe que depuis trois ans, mais c'est *fort* comme une tradition, voilà ce que je voulais dire... Un principe, quoi... Sans beurre, je ne cuisine pas, voilà... Et alors, qu'est-ce que je vous sers, mesdemoiselles? demanda-t-elle de nouveau tandis que les deux jeunes femmes, qui venaient de s'attabler, lorgnaient les étalages des comptoirs.

Sa voix chaude, veloutée, se mariait naturellement à l'arôme de beurre et de vanille qui flottait dans l'air. Sourire aux lèvres, Mélanie la détaillait, preste et gracieuse malgré un léger embonpoint, mais le regard scrutateur, comme s'il analysait le moindre geste, le plus petit changement d'expression de ses clientes.

— Un latte, répondit Camille.

— Un cappuccino… et un emploi, ajouta Mélanie, espiègle, emportée par une inspiration subite.

L'Haïtienne éclata de rire :

— Pour le cappuccino, ça va… Mais pour l'emploi, faudrait voir un peu. Tu es sérieuse ? poursuivit-elle en passant soudain au tutoiement.

Camille regardait sa compagne, étonnée mais avec un air d'approbation.

— Oui, tout à fait.

Et Mélanie déclina en dix phrases son curriculum vitæ.

Gerbederose Café l'écouta attentivement, la dévisageant avec un tranquille aplomb, cherchant à jauger la jeune femme ; elle lui posa quelques questions, certaines frôlant l'indiscrétion, puis hocha la tête, satisfaite. Un marché fut conclu sur-le-champ : Mélanie était engagée au salaire minimum, plus 10 %, avec une autre augmentation de 10 % au bout d'un mois si elle faisait l'affaire.

— Bien sûr, ça ne tient pas compte des pourboires, poursuivit l'Haïtienne. Ils seront tous à toi. Et ils sont bons, car ici, ma fille, les clients sont satisfaits. Peux-tu commencer à travailler demain ? J'ouvre à sept heures. Les déjeuners marchent fort ici.

*

On peut dire sans exagération que les six premiers mois de Mélanie au Café Gerbederose furent des mois de bonheur – du moins sur le plan professionnel. La clientèle du café était variée, de bon aloi et – comme l'avait assuré Gerbederose – généralement satisfaite. La satisfaction entraînant la bonne humeur, travailler au café était agréable, quoique fatigant, car l'établissement attirait beaucoup de gens et la patronne, qui s'imposait de hauts standards pour la qualité de sa cuisine, se montrait exigeante pour le service.

Son pouding au riz lui avait gagné une quasi-célébrité – et elle ne voulait pas en déchoir.

Elle s'était prise d'affection pour Mélanie, qui le méritait bien. Dans toute la fraîcheur de sa beauté et la vigueur de sa jeunesse, rompue à son métier et ayant compris que le client est un animal essentiellement impatient qui souhaiterait être servi avant même d'avoir commandé – et toujours dans la bonne humeur même quand il est grognon –, Mélanie allait et venait, rapide, efficace, ingénieuse, prévenante, se rappelant les habitudes et les caprices de chacun et maintenant une façade de cordialité même lorsqu'il faisait mauvais temps dans sa tête ; on l'adorait. Beaucoup la tutoyaient et, spontanément, presque tous les Noirs, qui composaient une bonne partie de la clientèle ; mais ils le faisaient avec une courtoisie tellement cérémonieuse que celle-ci annulait leur familiarité. Manifestement, sa beauté les impressionnait.

Gerbederose, naturellement protectrice et maternelle, finit par considérer Mélanie un peu comme sa fille ; souvent, quand elle lui parlait, sa voix prenait des intonations caressantes qui troublaient Mélanie, car Félicité ne l'avait guère habituée à ces manifestations d'affection ! Parfois, quand Gerbederose passait près de son employée, celle-ci sentait des frôlements, de fugitives caresses, qui viennent tout naturellement aux natures chaudes, mais que Mélanie accueillit d'abord avec un certain malaise. Gerbederose s'en aperçut.

— Ne crains rien, ma petite, lui dit-elle un jour, je ne suis pas aux femmes. J'aime bien trop ces misérables hommes pour ça.

Mélanie se perdait en conjectures sur la vie sentimentale de sa patronne, car, après plusieurs semaines passées à son service, elle ne lui connaissait pas de compagnon ni d'amant, même de passage. Toute l'attention et l'énergie de la Noire semblaient se déverser sur son café – et, faut-il ajouter, sur la paroisse Bon Jésus d'Haïti dans le quartier de la Petite-Patrie. Elle y consacrait le peu de temps libre que lui laissait son commerce, et tous ses dimanches.

Anthime Faustin, qui persistait dans ses fonctions d'aide-pâtissier malgré le peu d'intérêt qu'il y prenait, éclaira un jour Mélanie sur la vie intime de Gerbederose en lui confiant avec de petits ricanements que le zèle paroissial de sa patronne s'exerçait principalement sur la personne de Népomucène Carton, le curé d'origine haïtienne, et d'ordinaire dans la position horizontale.

Le lendemain, Mélanie risqua une allusion plaisante à ce sujet et faillit s'attirer une gifle. Elle n'y revint plus jamais.

Par contre, dans les moments d'accalmie que connaissait de temps à autre le café, Gerbederose se laissait parfois aller à des confidences avec son employée, mais d'un tout autre ordre.

— Sais-tu, Mélanie, comment j'ai réussi à amasser le petit pécule qui m'a permis d'acheter mon commerce? lui dit-elle à la fin d'un après-midi pluvieux de novembre qui avait rendu muette la clochette de la porte d'entrée. Eh bien, c'est avec ça, fit-elle en brandissant une spatule.

— Ah bon? Explique-moi, s'il te plaît.

— C'est bien simple. J'ai travaillé pendant dix ans dans une pâtisserie de la Petite-Patrie, rue Bélanger. C'est là que j'ai appris mon métier. Mon patron, qui s'appelait Roméo Dozois, avait une vingtaine d'années de plus que moi. C'était un homme bon, à sa manière. Il est mort il y a cinq ans, le pauvre. Trop de cigarettes, trop de cigares, un coup de sang l'a emporté. Mais ce n'est pas de ça que je veux te parler, ma fille. Son commerce allait bien, car c'était un homme capable et toujours à son affaire – et il faut dire en toute modestie que je ne lui nuisais pas trop, car j'avais la pâtisserie dans le sang. Au bout d'une dizaine de mois chez lui, et comme je voyais qu'il était très parlable, je me suis risquée à lui demander si je pouvais récupérer les restants de mélange à biscuits ou de pâte à gâteaux dans les bols et les chaudrons avant de les laver. « Pourquoi ? » qu'il m'a demandé. « Pour m'en servir, bien sûr. Quand il y en aurait assez, je les emporterais chez moi. Ça me ferait des petites douceurs. » Il s'est d'abord moqué de moi. J'ai insisté. Il a refusé. J'ai insisté encore. Il a fini par accepter.

Un éclair malicieux traversa le regard de Mélanie :

— Ah oui ? Vous avez dû faire un échange de services, alors ?

— Si tu veux… Ah ! mais je n'aime pas ton regard, là, mais pas du tout… Tu penses peut-être que je lui vendais mon cul ? Non, ma belle, tu te goures complètement… D'abord, je te le répète, il était gentil, cet homme. Il me plaisait plus que bien d'autres. Et puis, il ne me traitait pas en *négresse*, mais en vraie femme que je suis, tu comprends ? La couleur de la peau, il s'en fichait autant que de sa première crotte, comme tu fais toi-même, d'ailleurs – sinon jamais je ne t'aurais prise chez moi –, et comme font tous ceux qui ont un peu d'allure… Et puis, je ne suis pas faite en bois, tout de même, j'ai des besoins, car je suis une femme en bonne santé. Alors, je joignais l'utile au plaisir, comme on dit. Ne me juge pas trop vite, ma petite, tu ne connais pas encore beaucoup la vie.

— Je n'ai rien dit, Gerbederose.

— Non, mais tes yeux parlent à ta place, ne me prends pas pour une idiote… En fait, tu devines bien que mon but n'était pas de m'empiffrer pour devenir une grosse pouffiasse. J'avais ma petite idée, là, dans le fond de la tête. J'accumulais les pâtes, les glaçages et les garnitures, je les emportais chez moi, je les faisais congeler et, quand j'en avais assez, je cuisais, puis je vendais les pâtisseries dans le voisinage – et je me ramassais des sous, tu comprends. C'est ainsi qu'au bout de cinq ans – et après bien des sacrifices ! – je me suis retrouvée avec une belle petite somme, qui m'a permis de faire une mise de fonds pour mon café. Voilà.

Une autre fois, Gerbederose raconta à Mélanie son arrivée au Québec en provenance de Paris, un 2 décembre, à l'âge de huit ans, en petite robe d'été par une température de -30 C°.

— Ce sont des choses qu'on n'oublie pas, ma belle. J'étais avec ma mère, mon frère et ma sœur. Deux jours plus tard, ma mère nous a mis à l'école et a commencé à travailler dans une manufacture de décorations de Noël.

— Et ton père ?

— Je ne l'ai pas beaucoup connu, lui. C'était un bon à rien qui se faisait vivre par les femmes. Ma mère l'avait foutu là, puis elle avait acheté un faux passeport pour la France, où nous sommes restés un an chez une de mes tantes ; c'est de là que nous sommes partis pour le Québec. Quelque temps plus tard, ma mère a payé un Haïtien de Montréal pour qu'il la marie et qu'elle puisse obtenir sa citoyenneté. Quand on est une Noire, ma fille, il faut apprendre à se démerder !

— Quand on est une Blanche aussi, Gerbederose.

— Tut, tut, tut… Tu n'as jamais porté ma peau, toi…

Puis elle lui confia qu'elle avait eu une fille, morte en bas âge, et qu'elle avait un garçon de vingt ans, parti de la maison depuis des mois et qui habitait quelque part à Montréal, à moins que ce ne fût ailleurs.

Les confidences attirant les confidences, Mélanie révéla un après-midi à sa patronne que sa mère en mourant lui avait laissé un joli héritage, qu'elle essayait de faire fructifier, sans trop savoir pour l'instant à quoi elle l'emploierait.

Gerbederose posa sur elle un long regard, puis :

— Tu ne resteras pas longtemps avec moi, toi. Tu es une ambitieuse.

Mélanie lui avait alors avoué qu'elle rêvait en effet de s'établir à son compte. Mais dans quel domaine ? Elle l'ignorait. Ce n'était qu'un rêve très vague.

En veine d'épanchements, elle lui apprit ensuite la véritable raison qui l'avait poussée à quitter le Café Cherrier, en lui faisant une description détaillée de Justin Périgord et en dévoilant les soupçons qu'elle entretenait à son sujet. Gerbederose, le front plissé, les deux mains posées sur ses cuisses rondelettes, l'écoutait avec attention.

— Si jamais il se pointe ici, Gerbederose, ne le sers pas, je t'en supplie. Trouve n'importe quelle raison, mais ne le sers pas… Quant à moi, je me serai déguisée en courant d'air, tu peux être sûre !

L'Haïtienne posa sa large main sur son épaule :

— Ne crains rien, ma fille. Si jamais ton bonhomme ose se montrer ici, je vais le recevoir avec une volée de cailloux.

4

Une semaine passa. Et soudain, par un après-midi ensoleillé de la fin de novembre où la température se montrait exceptionnellement douce, une grande joie survint à Gerbederose : René-Antoine, son garçon, apparut tout à coup au café. C'était un beau gaillard aux larges épaules, à la taille élancée, à l'expression souriante mais légèrement frondeuse, dont le plus grand plaisir dans la vie semblait être d'affronter les difficultés. Son jeans râpeux et son coupe-vent aux coudes usés indiquaient qu'elles n'avaient pas manqué.

En l'apercevant, Gerbederose poussa un cri et alla se jeter dans ses bras, ce qui paralysa le service pendant quelques minutes ; une atmosphère d'intimité familiale se substitua soudain à l'ambiance affairée du café, inspirant de l'amusement à certains clients et un peu d'impatience à d'autres.

— D'où arrives-tu, espèce de voyou ?

— De Sept-Îles, *manman*.

— Mais c'est loin, ça ! *Tonnè* ! Qu'est-ce que tu es allé faire là-bas ?

— Travailler, *manman*. J'ai fait de l'exploration minière, figure-toi donc.

Il possédait l'accent québécois dans toute sa perfection.

— De l'exploration minière ? Qu'est-ce que tu connais à ça, *Jezu Mari Jozef* ?

— Mais tout s'apprend, *manman*. Quand tu es née, tu ne savais pas comment on fait les enfants, non ? Eh bien, regarde ce que tu as réussi !

Et, avec une suffisance bouffonne, il bomba la poitrine, le menton dressé, les mains tendues vers lui-même.

Les clients – ils étaient quatorze – éclatèrent de rire et il fallut toute sa volonté à Gerbederose pour ne pas les imiter :

— Écoutez-le donc… Il ment comme un chien qui pète. Allons, tu déranges tout le monde, il faut aller causer ailleurs.

Et, prenant son fils par le bras, elle l'entraîna vers la cuisine.

Après avoir brièvement raconté les dernières péripéties de sa vie tumultueuse, René-Antoine s'aperçut tout à coup qu'il avait une faim de loup et un pressant besoin de sommeil. Mais pas au point de rester insensible aux charmes de Mélanie, à qui il adressa quelques phrases aimables et taquines avant de dévorer une quiche lorraine, puis de filer chez sa mère (car il n'avait plus d'appartement à Montréal) rattraper les deux nuits qui lui manquaient.

« Eh ben, se disait Mélanie en faisant mousser du lait à la machine à café, c'est tout un zigue, celui-là… Je n'en ai pas souvent vu des beaux comme ça… et sympa en plus… »

L'impression que René-Antoine lui avait faite était si profonde qu'elle fut à peine sensible aux sourires et aux mots d'esprit d'un jeune homme maigrelet, à la peau ambrée, au collier de barbe noire et au petit nez pointu d'un effet plutôt comique, qui s'était mis à fréquenter le Café Gerbederose avec une assiduité singulière depuis quelques semaines et tentait désespérément de gagner sa sympathie.

*

Le sort avait décidé que ce beau jour de novembre serait celui des cris.

Vers cinq heures trente, c'est-à-dire environ trois heures après l'apparition de René-Antoine, un second cri se fit entendre dans le café. Mais étouffé, presque étranglé, celui-là, il n'attira guère l'attention. C'était Mélanie, cette fois, qui l'avait poussé. Penchée au-dessus du comptoir, elle était en train de garnir une pointe de tarte aux pommes d'un capuchon de crème fouettée lorsqu'un sentiment étrange lui commanda tout à coup de lever la tête.

Dehors, debout devant la vitrine, Justin Périgord, les mains derrière le dos, consultait le menu qu'on y avait affiché. Mélanie, le teint crayeux, fit irruption dans la cuisine, où Gerbederose achevait la confection d'une douzaine de tartes au citron ; la Noire leva la tête et s'immobilisa devant l'expression de la serveuse ; Anthime, qui rinçait un grand bol d'acier inoxydable, se retourna, ferma aussitôt le robinet et plissa les yeux, tout oreilles.

— C'est *lui*, Gerbederose, souffla Mélanie à l'oreille de sa patronne, il est devant le café… Il a découvert où je travaillais…

Et, défaillante, elle s'appuya contre un mur tandis qu'un tremblement agitait son menton.

— Reste là, ordonna l'Haïtienne, je m'en occupe.

Elle sortit de la cuisine et s'avança dans la salle, les bras croisés sur la poitrine. Justin Périgord venait d'entrer et, promenant son regard dans l'établissement, allait se diriger vers une table.

— Désolé, monsieur, le café est fermé.

Comme d'habitude, Gerbederose parlait comme si son inter-locuteur était un peu dur d'oreille.

— Ah oui ? Pourtant, la porte est ouverte.

— Ça n'a aucune importance, puisque le café est fermé.

Périgord tendit la main vers trois clients assis à une table et qui écoutaient avec de grands yeux :

— Et ces gens, qu'est-ce qu'ils font, je vous prie ?

— Ils sont entrés avant la fermeture, monsieur. Vous ne vou-lez quand même pas que je les mette à la porte ?

— Et quand votre café sera-t-il ouvert, madame ?

— Ah ça, tout dépend, monsieur. C'est selon les circonstances. Je ne peux rien prévoir. J'exerce un métier difficile, vous savez. Heureusement, il y a beaucoup d'autres cafés à Montréal. Vous avez l'embarras du choix.

Périgord s'inclina :

— Très bien. J'ai compris. Je vous salue, madame. Bonne soirée.

Et il sortit, un léger sourire aux lèvres.

— C'est fait, annonça Gerbederose en réapparaissant dans la cuisine. Je l'ai vidé. Il ne reviendra plus, sois sans crainte.

— Oh oui, il va revenir, Gerbederose. Je sais qu'il va revenir. Il veut ma perte.

— Allons, allons, mon tit-cœur, tu lis trop de romans policiers. Tu devrais te mettre aux Harlequin un bout de temps. Ça te détendrait.

Soudain, l'Haïtienne eut comme un tressaillement et, regardant Mélanie droit dans les yeux :

— Tu ne vas quand même pas me quitter à cause de ce vieux schnock ?

— Non, non, bien sûr, balbutia Mélanie d'une voix mal assurée. Il faut bien que je gagne ma vie…

— Y a quelqu'un ? lança tout à coup une voix impatiente dans la salle.

— J'arrive ! j'arrive ! répondit la serveuse en accourant.

5

Un vendredi soir, à la mi-décembre, Anthime Faustin annonça à Gerbederose au moment de la fermeture – et après avoir reçu sa paye – qu'il quittait son emploi le lendemain; il venait de trouver une place comme plongeur au casino de l'île Sainte-Hélène, avec possibilité de devenir plus tard gardien de sécurité, position à la fois plus lucrative, prestigieuse et agréable.

— Je peux pas dire non, Gerbederose, je peux tout simplement pas! Si j'entre pas demain, c'est foutu! Ça serait comme un suicide professionnel, tu comprends? Comme si j'avalais un plein verre de mort-aux-rats!

— Que la mort-aux-rats t'emporte quand même, riposta Gerbederose, furieuse. Me lâcher en plein boum du mois de décembre, au moment où je fais la moitié de mon chiffre d'affaires! (Elle exagérait un peu.) Que le bon Dieu te transforme en rat et que le diable te plante son tisonnier où je pense! C'est tout ce que tu mérites, feignant! Je t'ai tiré de la merde, et voilà que, pour me remercier, tu m'en lances en plein visage!

— Tu m'as tiré de la merde, dis-tu? Comment ça, Gerbederose? Je gagnais très bien ma vie dans le taxi!

— Justement! Tu *gagnais* ta vie, pour reprendre tes mots! Mais tu ne *la gagnes plus*. Tu ne *peux plus* la gagner dans le taxi. Pourquoi? Personne ne le sait, mais on s'en doute.

— Tu te doutes de quoi, Gerbederose? De toute façon, mes affaires, ça te regarde pas.

— *Heureusement* que ça ne me regarde pas ! Si par malheur *ça me regardait*, quelle honte, Bondieu de la Sainte Vadrouille ! Ah ! Ah ! J'ai réchauffé un scorpion sur ma poitrine ! Me laisser tomber en plein mois de décembre, sans préavis ! Racaille, va ! Fous le camp, et que je ne te revoie plus jamais !

Ces insultes eurent sur Anthime Faustin un effet des plus surprenants : plutôt que de se fâcher tout à fait, il lui offrit de rester à son service quelques jours de plus, le temps qu'elle lui trouve un successeur (pour employer ses mots), ce qui contredisait les raisons qu'il venait de lui présenter ! Mais, emportée par sa colère, Gerbederose lui montra la porte et accompagna son départ d'épithètes tellement vigoureuses qu'il s'établit un froid éternel entre l'Haïtienne et le plongeur.

Elle se mit tout de suite au téléphone à la recherche d'un remplaçant. Deux jours plus tard, elle n'avait encore trouvé personne. Il faut dire que ses standards élevés lui rendaient la tâche difficile. Faustin, malgré son comportement cavalier et son peu de goût pour le métier, s'était montré un employé efficace et consciencieux ; elle finit par le reconnaître en son for intérieur – et sa colère contre l'ancien chauffeur de taxi flamba encore davantage !

Alors Gerbederose dut travailler comme deux, tâche épuisante au mois de décembre quand tous les clients ont l'esprit à la fête, veulent se payer des petites douceurs et placent à la queue leu leu des commandes en prévision du réveillon de Noël et des boustifailles qui le suivront jusqu'au jour de l'An.

Mélanie essayait bien de l'aider, mais elle en avait déjà plein les bras à servir dans la salle. Gerbederose se mit à maigrir, fit de l'insomnie, puis de l'anxiété, et, son caractère jovial se fissurant sous l'effet de la fatigue et des soucis, laissa échapper des jets de mauvaise humeur qui ne faisaient qu'empirer les choses. « *Demele get nou !* » lançait-elle parfois à Mélanie ou à un fournisseur, expression créole vigoureuse et peu aimable dont la signification se situe entre «Arrange-toi tout seul!» et «Bouge ton cul!».

Le 17 décembre au matin, il se produisit derrière le café une rencontre des plus inusitées. Gerbederose, arrivée à cinq heures, préparait de la crème pâtissière lorsqu'elle entendit comme un claquement de couvercle dans la cour, puis une sorte de raclement. Elle fronça les sourcils:

— Encore un robineux en train de fouiller dans les bacs de recyclage, marmonna-t-elle.

Puis elle attrapa une guenille et s'épongea le front. Les trois fours chauffaient au maximum et l'air de la cuisine était suffocant.

Les bruits se reproduisirent. Alors, poussant un soupir excédé, elle se dirigea vers la porte.

Cette porte bardée de tôle ne possédait, par mesure de sécurité, qu'une poignée à l'intérieur. Elle donnait sur une cour minuscule qui donnait elle-même sur une ruelle.

— Qu'est-ce qui se passe? lança-t-elle en sortant la tête par l'entrebâillement.

Appuyé contre le mur de brique, un sac de polythène gonflé de cannettes vides à ses pieds, un homme à longs cheveux bruns – de toute évidence un itinérant –, les yeux à demi fermés, humait les effluves chauds et odorants qui s'échappaient par la grille de ventilation au-dessus de sa tête. De taille moyenne, portant des vêtements avachis et usés mais relativement propres, il présentait le visage maigre, jaune et prématurément fripé de la quarantaine maganée.

— Qu'est-ce que tu fais là, toi? demanda rudement la Noire, quelque peu craintive.

L'homme se tourna légèrement vers elle, un fin sourire aux lèvres:

— Ça te regarde?

Un assez long entretien suivit, malgré les -18°C qui sévissaient dehors et incitaient à la concision.

— J'aime pas les flâneurs, lança Gerbederose, de plus en plus acerbe.

— Moi non plus.

— Tiens, tiens, écoutez-le donc ! Il essaie de faire de l'esprit ! Allez, fiche le camp.

— Je cause du tort à personne ! protesta l'autre. Je fais seulement respirer les bonnes odeurs. Ça n'enlève pas une cenne à ton patron. Et puis, l'air appartient à tout le monde – à moins que tu l'aies acheté ?

— La patronne, c'est moi, tu sauras.

L'autre haussa les épaules et se mit à rire.

— Tu ne me crois pas ? fit Gerbederose, piquée.

— T'as pas une gueule de patronne. T'as la gueule d'une femme qui travaille au salaire minimum.

— Raciste, va ! Allez, fiche le camp ou j'appelle la police.

— Appelle-la. On verra bien quel crime j'ai commis.

Gerbederose ne répondit rien, manifestement impressionnée par le bagout de l'inconnu ; puis elle se rappela soudain qu'une pile de boîtes de carton vides encombrait un coin de la cuisine. Aussi bien profiter de l'occasion pour les mettre au recyclage. Elle retourna à l'intérieur, ressortit, défit les boîtes et les jeta dans un bac. L'itinérant, toujours appuyé contre le mur, les yeux fermés, humait avec délice l'arôme des tartes aux framboises en train de cuire. Mais il s'était tassé sur lui-même, comme pour occuper le moins d'espace possible.

— J'adore la pâtisserie, murmura-t-il à voix basse.

Il y avait une telle ferveur dans sa voix que Gerbederose, secrètement flattée – et qui maintenant grelottait – ricana :

— Si t'étais plus propre, je t'engagerais peut-être comme plongeur.

L'autre ouvrit brusquement les yeux :

— Je suis *très* propre. Je me lave tous les jours.

Puis, passant soudain au vouvoiement :

— Vous avez besoin d'un plongeur ?

— Oui, mais je ne te prendrai pas. Tu ne m'inspires pas confiance.

— Je suis très travaillant, madame – et honnête, à part ça.

— Ah ! tu me donnes du « madame » à présent ? Tu cherches une faveur, quoi !

— J'ai toujours rêvé de travailler dans une pâtisserie, mais ça n'a jamais adonné. Je le sais, je paie pas de mine. Mais si vous aviez passé par les malheurs où j'ai passé, vous paieriez pas de mine vous non plus !

— Qu'est-ce qui t'est arrivé ? demanda Gerbederose, soudain intéressée – et surprise de l'être. Mais fais vite ! On gèle ! Je vais attraper mon coup de mort.

— Ma femme m'a trompé et volé. Une salope. Je me suis retrouvé dans la rue. Je suis tombé dans le découragement et je me suis mis à boire.

— On n'engage pas d'ivrogne ici.

— C'est fini, la boisson. Depuis un an et demi. À présent, je demande juste qu'on me donne ma chance.

Et il eut un pâle sourire, mais sans rien d'implorant, le sourire d'un homme resté digne malgré toutes les vicissitudes de la vie et qui demande justice. L'Haïtienne le regardait, étrangement remuée, avec le sentiment de vivre un moment grave et exceptionnel.

— Bon… Mettons que tu dis vrai… Mais jamais je t'engagerais habillé comme ça ! Si un client te voyait, mon pauvre ami, il ne remettrait plus les pieds dans mon café !

— Ça, c'est pas un problème, madame… Je m'en vas directo à l'Armée du Salut et dans une heure vous me reconnaîtrez plus.

Il allait partir, mais se ravisa, méfiant :

— Allez-vous m'engager, au moins ? Vous me faites pas marcher, hein ? Parce qu'alors, je vous avertis, ça risque de barder dans vot' p'tit cœur après neuf heures !

— Pas de menaces, mon ami. Je ne les tolère pas. J'ai vraiment besoin d'un plongeur. Je suis prête à te prendre à l'essai. Mais je ne peux pas te promettre que tu vas travailler encore pour moi dans vingt ans ! Allez, il faut que je rentre, je suis en train de tourner en bloc de glace et j'ai du travail qui m'attend. Présente-toi à cette porte. Tu n'auras qu'à frapper.

— Bon, ça va. Je reviens dans pas grand temps.

Et il se hâta vers la ruelle.

*

Deux heures plus tard, Gerbederose entendit frapper à la porte. Les mains enfarinées, elle alla ouvrir.

— Bondieubondieu ! tu n'y es pas allé de main morte ! Allez, entre !

Le clochard s'était métamorphosé en homme d'affaires. Ses vêtements défraîchis avaient cédé la place à un manteau de cuir noir, à peine trop grand, et à un complet brun tabac avec chemise blanche et cravate rouge à rayures dorées ; il tenait à la main une mallette de cuir noir très légèrement éraflée et portait des bottillons bruns à bout arrondi, d'un modèle démodé mais qui luisaient comme des torches.

Les mains sur les hanches, l'Haïtienne le contemplait en riant :

— Je n'en demandais pas tant ! Ce n'est pas un château ici ! Et pourquoi cette mallette ?

— Mes vêtements de travail.

Il la déposa sur une table, l'ouvrit et en sortit un pantalon et une chemise de coton blanc, immaculés :

— Ça vient d'un hôpital, mais qui va le savoir, à part vous et moi ? Y a que les bottillons que je trouve pas à mon goût. Mais c'est qu'une question de temps pour que j'en trouve d'autres.

— Eh ben! eh ben! s'exclamait Gerbederose, qui en avait oublié ses tâches pressantes. Au fait, comment tu t'appelles?

— Tonio. Tonio Blanchet.

— 7,30 $ de l'heure, ça te va, Tonio? C'est le salaire minimum. Pour le moment, je ne peux pas t'offrir davantage.

Il entrouvrit la bouche, ébahi: dans la situation où il se trouvait, un salaire deux fois moindre l'aurait satisfait.

— Tiguidou, dit-il avec un grand sourire.

Mais il sentit quand même le besoin de poser des conditions, histoire de montrer qu'il n'était pas né pour la galère:

— Les journées, c'est combien long ici? Parce que moi, en fin de soirée, le mal de dos a tendance à me pogner.

— Tu commences à huit heures, tu finis à sept. T'as une demi-heure pour les repas et t'as congé le dimanche, parce que c'est fermé. Ça te va toujours?

— Ça me va.

— À présent, je tiens à t'avertir, fit Gerbederose en dressant un index altier. Ici, on cuisine pour vendre aux clients, pas pour nourrir les employés. Compris?

— Si je veux goûter à quelque chose, je paierai… après vous en avoir parlé, bien sûr.

— Tu peux me tutoyer. Le *vous* m'épuise.

Il eut de nouveau un grand sourire:

— Comme tu veux, patronne.

— Et maintenant, enfile tes vêtements et à l'évier! La vaisselle d'hier n'est même pas encore lavée. Tu commences par les verres, les tasses et les assiettes, tu finis par les chaudrons. Il faut nettoyer à fond tout en ménageant le savon, puis rincer soigneusement à l'eau chaude. Gare à toi si ce n'est pas impeccable! La réputation de mon café est en jeu!

Un cliquetis se fit alors entendre dans la salle voisine, puis la clochette de la porte d'entrée tinta.

— Salut, lança Mélanie d'une voix pleine d'entrain. T'es arrivée depuis longtemps ?

— Oh, depuis cinq heures, répondit Gerbederose, si ce n'est pas un peu avant. J'ai trois fournées de prêtes déjà. Viens ici, ma petite, que je te présente quelqu'un.

Puis, se tournant vers Tonio :

— C'est Mélanie, ma serveuse.

L'apparition de la jeune femme statufia Tonio, qui rougit et détourna le regard ; les bouts de ses bottillons se frappèrent l'un contre l'autre, en formant un angle aigu et en donnant à Tonio une posture grotesque. C'était sa réaction habituelle à la beauté féminine quand elle atteignait certains sommets. Il s'en aperçut et rectifia la position de ses pieds.

— Bonjour, fit Mélanie, étonnée et se retenant de rire.

— C'est Tonio Blanchet, notre nouveau plongeur – du moins, je l'espère, ajouta Gerbederose avec un froncement de sourcils, s'efforçant à la sévérité. Montre-lui les toilettes, veux-tu, qu'il aille se changer. On ne récure pas les casseroles en cravate, ici !

Le café allait ouvrir un quart d'heure plus tard.

Tonio se lança avec ardeur dans son nouveau métier. De temps à autre, Gerbederose allait jeter un coup d'œil sur son travail et lui donnait une directive. Vers la fin de l'avant-midi, il semblait satisfaire aux exigences de sa patronne, car celle-ci avait retrouvé une partie de sa bonne humeur ; à midi, elle lui offrit même une grande pointe de pizza et deux éclairs au chocolat, qu'il dévora comme un chien affamé.

*

Mélanie avait tout de suite remarqué l'hommage muet que lui avait rendu sans le vouloir Tonio. Elle s'en amusa ; bien des jolies femmes, devant un admirateur si peu reluisant, s'en seraient moquées ou même offusquées. Chaque fois qu'elle entrait dans la cuisine, Tonio semblait se tasser sur lui-même et lui jetait par en dessous des regards éperdus. « J'ai là tout un amoureux ! » se disait-elle en lui adressant un sourire protecteur, et elle vaquait à ses affaires.

À la fin de l'après-midi, elle allait recevoir un second hommage qu'elle prit, celui-là, un peu moins à la légère.

Vers quatre heures, le jeune homme à la barbe noire et au petit nez pointu, qui était en passe de devenir un habitué de la place mais qu'on n'avait pas vu depuis quelques jours, apparut au café, presque vide à ce moment. Il s'attabla dans un coin et commanda son habituel cappuccino accompagné d'un muffin aux dattes. Il avait les traits pâles et tirés, et ses yeux brillaient d'un éclat fiévreux.

L'instant d'après, Mélanie le servait et, comme elle n'avait pas grand-chose à faire, entama machinalement une conversation avec lui :

— On ne vous a pas vu depuis quelque temps.

— J'étais malade. Une grippe de cheval. Quatre jours au lit.

— Ça va mieux ?

— Ouais… un peu.

Il semblait nerveux, troublé, et ses mains ne cessaient de tapoter le rebord de la table. Mélanie sourit :

— Pas plus que ça ? Ce n'est pas très prudent de sortir par un froid pareil… Vous risquez une rechute, et même, on ne sait jamais… une pneumonie carabinée… Ça s'est déjà vu.

— Je tenais à venir, répondit gravement le jeune homme, dont le trouble parut augmenter.

— Ah oui ? Pourquoi ? demanda négligemment la serveuse en jetant un coup d'œil vers la porte, car elle croyait avoir aperçu un client sur le point d'entrer.

— Je demeure assez loin d'ici, fit le jeune homme sans répondre à sa question. À dix stations de métro. Ça me prend au moins vingt minutes.

— Il n'y a pas de cafés dans votre coin ? s'étonna Mélanie.

— Il y en a.

Il prit une gorgée de cappuccino, déposa maladroitement sa tasse dans la soucoupe puis, levant le regard vers la jeune femme :

— J'aime ça, ici.

— Ah oui ? Merci ! Je le dirai à ma patronne, ça va lui faire plaisir… Vous avez raison, l'endroit est agréable, et puis, sans vouloir prêcher pour ma paroisse, on y mange bien. Mais quand même !… Dix stations de métro !… Vous avez des goûts précis, comme qui dirait !

— Je n'ai pas seulement ça.

Son visage était devenu écarlate et c'est d'une voix éteinte qu'il ajouta précipitamment :

— J'ai aussi de la passion. Pour vous. Ou plutôt pour toi, si tu permets… Je t'aime, quoi… De… depuis la première fois que je t'ai vue, je n'arrête pas de penser à toi. Tu es tellement belle… Excuse-moi : il fallait bien que je te le dise un jour.

Mélanie s'était reculée d'un pas :

— Allons, tu n'as pas à t'excuser, fit-elle en souriant, surprise et tout embarrassée. Je suis très touchée que tu… Bon, voilà trois clients qui arrivent… Il faut que je te laisse. Prends soin de toi, hein ?

Et elle s'éloigna, soulagée par cette diversion qui la tirait d'embarras tandis que son interlocuteur la regardait aller, l'air extatique, en se répétant : « Elle m'a tutoyé ! Elle m'a tutoyé ! »

Dix minutes plus tard, la voyant de nouveau libre, il se leva, toujours sous l'effet de son ivresse, et s'approcha du comptoir, qu'elle était en train de nettoyer :

— Je… j'ai oublié de me présenter : Louis Perez. Et toi, c'est… Mélanie ?

— Gervais.

Il la fixa avec un sourire crispé, avala péniblement sa salive, puis :

— Tu finis de travailler tard aujourd'hui ?

— À sept heures.

— Que dirais-tu si on allait prendre un verre ? Je connais un bar sympa avenue du Mont-Royal.

Le trouble du jeune homme la gagnait. Comme il avait l'air fragile ! Une pichenotte, et on avait l'impression qu'il tomberait en miettes ! Quel âge pouvait-il avoir ? Vingt ans tout au plus, et probablement moins. C'était gentil, sa déclaration, et même touchant, mais, vraiment, elle ne savait pas trop comment y réagir. Montréal ne manquait pas de jeunes filles qui l'auraient accueilli à bras ouverts. Quelle idée de s'être amouraché d'elle…

Dans la cuisine, on entendit un fracas de verre brisé. Tonio poussa un juron et Gerbederose, une exclamation.

— Désolée, Louis. Je suis prise ce soir… et tous les soirs de la semaine, d'ailleurs. Eh oui… C'est comme ça. Vraiment désolée.

Il continuait de la fixer, tout décontenancé, puis, avec la détermination hagarde d'un kamikaze, lui demanda son numéro de téléphone.

Prise au dépourvu, elle le lui donna, et le regretta aussitôt.

6

La dame était grande, élégante, un peu maniérée mais charmante, et s'appelait Élisabeth Mercier. Elle avait de longues jambes fines mises en valeur par des robes courtes et un visage qui, sans être beau, était agréable, légèrement déparé par le nez, un peu long et osseux ; ses lèvres rachetaient largement ce petit défaut, des lèvres à la fois sensuelles et spirituelles, des lèvres faites pour de longs baisers voluptueux comme pour de fins sourires. Les yeux étaient magnifiques, des yeux pers, larges et brillants, ornés de cils d'une splendeur orientale, sur lesquels une esthéticienne avait dû déployer tout son art ; ces yeux changeaient constamment de couleur et d'expression, passant de l'amusement à la tendresse, de l'attention la plus soutenue à la rêverie ou à l'enthousiasme ; la dame en usait comme une artiste chevronnée, sans aucun cabotinage, car elle avait de la classe.

Elle devait atteindre le milieu de la trentaine, parlait d'une voix chantante, ferme et précise, avec l'accent français ; mais c'était un accent étudié et appris, l'accent de Radio-Canada, comme disaient certains avec une pointe de moquerie. Malgré tout, il se dégageait de sa personne une simplicité et une spontanéité désarmantes, pleines de séduction, celles d'une femme *faisant partie de la haute* et qui, en quelque sorte, ne s'en apercevait pas.

La dame fréquentait le Café Gerbederose depuis la mijanvier, à raison de trois ou quatre visites par semaine, et s'était prise d'amitié pour Mélanie et sa patronne, qu'elle couvrait d'éloges, chacune selon ses mérites. Elle dirigeait une petite boîte de publicité rue Saint-Denis, pas très loin du café, et les affaires allaient à merveille, avait-elle confié une fois à Mélanie avec un air de profonde satisfaction.

Elle éprouvait une affection particulière pour la serveuse, qui l'aimait bien elle aussi et admirait son chic décontracté, essayant parfois de s'en inspirer dans ses rapports avec les clients; son sourire, en particulier, la ravissait et elle s'efforçait de le faire naître le plus souvent possible par mille petites attentions. Sous des dehors légers et taquins, laissant place parfois à la gravité la plus profonde, la dame s'intéressait à ses affaires de cœur. Plusieurs fois elle lui avait fait l'éloge de Louis Perez, qu'elle rencontrait au café, affirmant que c'était un jeune homme d'une rare qualité.

— Et je m'y connais, ma chère: métier oblige!

Mélanie l'écoutait, impressionnée mais pas tout à fait convaincue.

Après avoir longtemps hésité, elle était sortie à quelques reprises avec son Roméo; ils étaient allés au cinéma, au restaurant et, une fois, à un concert d'un groupe rock néerlandais aux Foufounes électriques, où elle s'était un peu ennuyée. Après sa déclaration enflammée au Café Gerbederose, il lui avait paru bien timide; en tout cas, l'obscurité semblait mieux lui convenir pour manifester ses sentiments que la lumière, même tamisée, d'un restaurant; au cinéma, il lui prenait la main de courts instants et il la porta même une fois à ses lèvres pendant l'attaque sanglante d'un camion blindé par des voleurs de banque; les vrais baisers voluptueux n'étaient cependant pas encore apparus. Au restaurant, il se contentait d'exprimer son affection en payant la note. Mélanie l'appréciait, mais son comportement coincé la faisait un peu sourire, tout en lui convenant, car elle ne souhaitait toujours pas que les choses aillent plus loin. Mais il l'intriguait, ce fils d'immigrants: il ressemblait tellement peu aux garçons et aux hommes qu'elle avait connus! Elle n'en gardait pas, en général, un très bon souvenir, mais, au moins, eux, ils savaient ce qu'ils voulaient!

Vers le milieu de février, ils passèrent la soirée dans un bar ; l'alcool finit par le dégeler et il se mit à lui faire des avances – tout en douceur, bien entendu. Elle s'y montrait de plus en plus sensible lorsque, vers une heure du matin, un accès de nausée la saisit et ruina les efforts du pauvre garçon. Il appela un taxi pour la reconduire chez elle. Affalée sur la banquette, la glace à demi baissée, elle aspirait de grandes goulées d'air froid, les yeux fermés, tandis qu'il s'informait de son état à chaque coin de rue. Arrivée à destination, elle se sentit mieux tout à coup et l'invita, par politesse, à prendre un café ou une tisane ; par délicatesse, il déclina son invitation, ruinant lui-même, cette fois, l'occasion d'une nuit d'amour qui s'offrait à lui. Mélanie en avait été à la fois surprise et soulagée.

Louis terminait son cégep et voulait devenir comptable, mais ses goûts allaient bien au-delà du monde des chiffres ; c'était un grand amateur de littérature et il possédait une bibliothèque bien garnie pour quelqu'un de son âge. Un dimanche après-midi, il avait amené Mélanie au Colisée du livre, une librairie d'occasion, avenue du Mont-Royal, où ils avaient bouquiné une heure ou deux en se parlant de leurs auteurs favoris, ou alors, tombant sur un livre bizarre ou minable découvert dans les amoncellements qui s'étalaient tout autour d'eux, ils se glissaient à l'oreille des remarques qui les faisaient pouffer de rire. C'est à cette occasion que Mélanie était tombée sur *Le lion* de Joseph Kessel, un auteur qu'elle ne connaissait pas, mais que Louis Perez lui avait chaudement recommandé. La lecture du *Lion* l'avait bouleversée.

Cet après-midi au Colisée du livre avec l'étudiant avait laissé à Mélanie un souvenir très agréable. Mais de là à parler de coup de foudre… Quelque chose manquait à leur relation, comme lorsqu'un gâteau ne lève pas. Elle éprouvait pour lui la plus grande estime, mais, justement, cela se bornait à de l'estime… C'était un garçon très convenable, gentil, respectueux, attentif, généreux, et elle ne pouvait naturellement lui reprocher aucun de ces traits de caractère, mais il la décontenançait et la laissait un peu froide. Malgré tout, elle aimait le fréquenter – en tant qu'ami. Voilà : c'était son premier véritable ami. Et, en même temps, elle voyait bien, malgré tous les efforts qu'il déployait pour le cacher, que son indifférence l'attristait. Mais qu'y faire ?

Un jour, elle s'était ouverte de ses préoccupations à Élisabeth Mercier.

— Il faut donner à nos sentiments le temps de mûrir, lui avait répondu celle-ci. Coup de foudre, feu de paille ! C'est trop souvent le cas, ma chère. Je l'ai expérimenté à quelques reprises, et vous aussi, sans doute, non ? De toute façon, la vie ne peut nous donner tout ce que nous lui demandons. J'en sais quelque chose…

Et elle avait poussé un soupir en fixant ses ongles vernis.

— Ah oui ? avait fait Mélanie dont la curiosité venait d'être éveillée.

— Je vous raconterai peut-être ça un jour… Chacun doit porter sa croix, je suppose… Mais n'allez pas penser que je suis malheureuse, se reprit-elle aussitôt. Je suis au contraire une femme *très* heureuse, qui vit avec un homme adorable et que le sort a toujours choyée – enfin, presque toujours…

Mélanie n'avait pas osé insister ; leur long conciliabule avait alors intrigué Gerbederose qui, passant la tête par la porte de la cuisine, lui avait lancé une sommation silencieuse de se remettre au travail.

*

Au début, Mélanie n'avait éprouvé qu'une pitié condescendante à l'égard de Tonio Blanchet. Tout en se montrant très correcte avec lui, elle évitait autant que possible de lui parler et n'aimait pas se retrouver seule avec le plongeur – ce qui, heureusement, n'arrivait presque jamais. Il lui apparaissait comme un spécimen raté de l'*homo sapiens* – ou, alors, comme un homme autrefois normal, mais que la vie, ou les excès, aurait irrémédiablement gâché – ce qui revenait au même.

Mais un samedi soir du mois de mars, vers onze heures, peu de temps après la fermeture du café, son opinion sur Tonio avait changé du tout au tout. La soirée avait été particulièrement occupée. À partir de sept heures, le café n'avait pas désempli. Pour répondre à la demande, Gerbederose avait dû faire décongeler de toute urgence pizzas, quiches lorraines, pâtisseries ; on avait manqué de jambon blanc pour les sandwichs. La vaisselle sale s'était tellement accumulée que Tonio, qui terminait normalement son travail à sept heures, avait dû rester.

Le dernier client parti et le verrou mis sur la porte, Gerbederose, épuisée mais rayonnante, s'était affalée sur une chaise au milieu de la salle, une bière à la main, et avait invité Mélanie et Tonio à l'accompagner :

— Allez ! vous le méritez bien ! *Mézanmi* ! On vient de faire une semaine en une soirée ! Allez, allez ! Prenez tout ce que vous voulez !

Mélanie avait choisi une Blanche de Chambly, mais Tonio qui, rompant avec son habitude, était venu les rejoindre, le visage ruisselant de sueur et répandant autour de lui un parfum douceâtre de détergent, avait opté, après une courte hésitation, pour un café au lait. En fait, il en avait bu trois coup sur coup, encouragé par les hochements de tête approbateurs de sa patronne, édifiée par la lutte héroïque du plongeur contre l'alcool.

C'est une remarque anodine de Gerbederose sur la tenue vestimentaire d'un client qui avait tout déclenché. Il s'agissait d'un habitué, un vieux monsieur taciturne qui demeurait à deux portes et venait presque chaque soir déguster un pouding au riz accompagné d'une tisane à la fleur d'oranger.

— Il a beau laisser chaque fois un bon pourboire, je ne lui ferais pas confiance pour deux sous, moi, avec son col de chemise crasseux et son pantalon qui n'a pas vu le nettoyeur depuis trois ans. Quelqu'un qui n'est pas propre de sa personne a de bonnes chances d'être malpropre en tout.

C'est alors que Tonio, appuyé au comptoir, s'était brusquement redressé, survolté par la caféine, le visage rouge, le regard étincelant, et s'était lancé dans ce que Mélanie avait par la suite appelé son *fameux discours du samedi soir*.

— Je suis pas d'accord avec vous, patronne, mais pas du tout! L'apparence de quelqu'un, ça veut rien dire. Rien de rien! Et je suis pas en train de défendre ma cause, absolument pas! J'irais même jusqu'à dire que les gens trop bien habillés, faut s'en méfier. Faites pas ces yeux-là, pour l'amour! Suffit d'y penser un peu... Les ordures, patronne, au contraire de ce que vous dites, sont obsédées par la propreté. Howard Hugues, un milliardaire qui avait volé la moitié de la planète, se lavait les mains 150 fois par jour! Et on m'a dit que Robert Landriault, qui dirige chez nous, comme vous savez, une poubelle en forme de journal, a fait installer chez lui *neuf laveuses et huit sécheuses*! Imaginez! Une vraie buanderie! Ça me surprend pas: à force de lancer de la marde aux quat' vents, on finit par en voir partout. Et puis, tenez, ça me revient: Hitler – oui, Hitler, un moyen salaud, celui-là, personne peut dire le contraire, hein? – eh bien, Hitler entrait pas dans une pièce si on avait pas d'abord passé l'aspirateur. Ça vous en bouche un coin, pas vrai? Il y a aussi Staline, une autre ordure qui a fait tuer plus de monde encore... eh bien, Staline – j'ai lu ça dans le *Dictionnaire des tortionnaires*, patronne – changeait de sous-vêtement *douze fois par jour*! Ça tenait occupées trois personnes à temps plein, pas moins!

Il ferma à demi les yeux, puis, d'un air inspiré:

— Ma théorie, c'est que *plus t'es sale, plus tu veux avoir l'air propre*. Alors quand je vois quelqu'un d'un peu trop sur son 36, je me dis: « Il doit cacher quelque chose de puant, celui-là, faut l'avoir à l'œil. » Parlez-moi, par contre, d'un politicien avec une tache sur sa cravate, de la cendre de cigarette sur le revers de son veston et le pantalon un peu fripé, dans le genre de René Lévesque, par exemple, qui était pas une carte de mode, c'est le moins qu'on puisse dire! Ça, ça donne confiance! Jamais Bourassa ou Trudeau se seraient permis une négligence de même! Aussi, c'étaient de solides crosseurs, personne dira le contraire… Il m'en vient un autre crosseur à l'esprit, là… Comment s'appelle-t-il? J'oublie son nom… Il vit dans l'Ouest… l'ouest du Canada, je veux dire – l'Alberta ou le Manitoba, je sais plus trop… Pas un poil au menton, une peau de bébé, une chevelure comme en plastique… Propre comme c'est pas possible! Mais ratoureux! Mais hypocrite! Je lui prêterais même pas une table à trois pattes!

Les deux femmes l'écoutaient, soufflées. Tonio, tout fier de son effet, retourna dans la cuisine et on entendit bientôt des bruits d'eau et un brassement de vaisselle.

— Eh bien, fit Gerbederose au bout d'un moment, il a la langue bien pendue, celui-là! À le voir, on ne le dirait pas… Mais son éloge de la saleté, ah ça, non! je ne marche pas!

Toutefois, à compter de ce soir-là, elle songea à faire passer son employé de l'état de plongeur à celui de plongeur-aide-pâtissier, promotion qu'elle avait accordée à Anthime Faustin, de maudite mémoire. Quant à Mélanie – lorsque son travail le lui permettait –, elle se mit à causer de temps à autre avec l'ancien itinérant, dont la timidité fondit peu à peu et qui se révéla plein d'esprit; mais elle ne lui parlait jamais longtemps, car le travail lui poussait dans le dos.

C'est ainsi qu'elle apprit que Tonio Blanchet – qui, dans de meilleurs temps, se faisait appeler Antoine – aurait pu connaître un tout autre destin, si lui-même et le destin l'avaient voulu. Il avait connu une jeunesse sans histoire et assez studieuse et, à l'âge de vingt ans, s'était inscrit à la faculté de droit de l'Université de Montréal. Mais à partir de là, sa vie dérapait: échec aux examens de fin d'année, emprisonnement pour actes de vandalisme au cours d'une manifestation, mort de sa mère, conflit avec son père. Suivait une longue période de vagabondage à la Kerouac (*Sur la route* était devenu sa bible, comme pour tant de jeunes) qui l'amena aux quatre coins de l'Amérique du Nord et du Sud, puis en Europe et même jusqu'en Asie.

— Y a des mois complets que je me rappelle pas! Incroyable, hein? Trop de pot, trop de hasch, trop de boisson. Des fois, fallait bien essayer d'oublier: la vie était tellement dure! Je te dirai pas (il tutoyait Mélanie, à présent) tout ce que j'ai fait juste pour survivre. Y a des choses dont j'ai honte!

Son retour à Montréal ne l'avait tiré que brièvement de la spirale qui l'entraînait vers les profondeurs. Il avait réussi à se réconcilier avec son père, à présent malade et impotent, et avait travaillé un temps comme manœuvre pour un oncle, entrepreneur de construction, qui l'avait engagé un peu par charité. Mais il révéla rapidement de grandes aptitudes pour le travail manuel et son contremaître se mit à lui confier des tâches de plus en plus complexes, dont il s'acquittait honorablement. La mort de son père changea tout.

Comme il était fils unique, l'héritage lui revint en entier.

— Si on compte la maison du paternel, que j'ai vendue au plus coupant, ça valait quatre cent mille piastres. Eh bien, les dix ou onze mois qui ont suivi, je m'en rappelle à peine ou pas du tout, car tout le liquide est passé… en liquide! Faut être fou, hein? Je l'étais. Je le suis encore un peu, mais je me surveille davantage maintenant, parce que j'en ai trop bavé… Un jour – c'était un 12 novembre, je m'en souviendrai toute ma vie – je me suis retrouvé dans la rue avec rien dans les poches et quasiment rien pour me cacher le cul, et seul – seul comme je pensais pas que c'était possible d'être seul. Je suis sûr de jamais aller en enfer, parce que mon enfer est déjà fait. Aussi, ma fille, la chance que j'ai eue de pouvoir travailler ici, je la gâcherai pas. Ça, je te le jure!

Mais la force avec laquelle on affirme une résolution ne garantit pas toujours sa fermeté.

7

Un matin de juin, en sortant de chez elle pour se rendre à son travail, Mélanie aperçut du courrier dans sa boîte aux lettres, déposé sans doute la veille par le facteur mais qu'elle avait oublié de cueillir. Comme elle était un peu en retard, elle le fourra dans son sac à main (il s'agissait de deux lettres et de quelques dépliants publicitaires) et fila vers le café.

Gerbederose arpentait la salle, dans tous ses états :

— Ah ! il était temps que tu arrives, ma petite, je dois partir pour une urgence. J'en ai pour une heure tout au plus. Je ne pouvais quand même pas confier le café à Tonio ! De quoi on aurait eu l'air, dis-moi ? D'ailleurs, il n'est même pas là, le sacripant.

— Ce n'est rien de grave, j'espère ?

— Non, non, pas du tout, répondit l'Haïtienne avec un air qui démentait ses paroles.

— C'est indiscret de te demander de quoi il s'agit ? insista la serveuse.

Gerbederose se troubla :

— Oh, c'est… c'est le père Carton – le curé de ma paroisse – qui est encore dans le pétrin, le pauvre.

Et elle partit en coup de vent.

Mélanie se fit un café, rangea de la vaisselle, puis servit quelques clients. D'autres arrivèrent et la journée se mit en marche.

Toujours pas de Tonio.

Vers dix heures, il y eut un répit qui lui permit de s'assoir un instant. Elle songea alors à son courrier, ouvrit son sac à main, examina une première enveloppe ; cela venait de la caisse populaire et pouvait attendre. Elle prit la seconde, la décacheta, en sortit une feuille manuscrite et pâlit.

La lettre provenait de Pierrot Bernard, qui continuait de purger sa peine d'emprisonnement à Sainte-Anne-des-Plaines.

Ma chère Mélanie,

Je sais que tu m'en veux beaucoup. Je m'en veux beaucoup aussi. Ma vie actuelle est très austère et m'a permis de réfléchir longuement sur les insuffisances de ma personnalité et aussi sur la chance inouïe que j'avais eue de pouvoir rencontrer une personne de ta qualité.

Mélanie releva la tête, écarlate, et chiffonna les deux feuilles, incapable d'en poursuivre la lecture.

Le voilà qui recommençait !

Il allait sans doute lui annoncer qu'on lui accorderait sa libération conditionnelle à telle date, qu'il y pensait jour et nuit, que la prison avait fait de lui un homme nouveau et que son souhait le plus ardent était de… etc.

De sa cellule, il préparait déjà ses prochaines tentatives de manipulation !

Comment sa lettre avait-elle pu se rendre jusqu'à elle ? Soudain, Mélanie se rappela qu'au moment de son déménagement elle s'était rendue au bureau de poste remplir un formulaire de changement d'adresse. Si elle avait su !

Elle promena son regard sur la salle vide, le souffle court, des battements de cœur dans les oreilles, le corps parcouru de frémissements de rage.

Elle aurait voulu tuer cet homme ! L'étrangler lentement avec un lacet de soie pour le plaisir d'entendre ses gargouillis ! Comment se faisait-il que des êtres aussi inutiles et malfaisants circulaient sur la planète ?

Soudain elle décida d'aller sur-le-champ brûler sa lettre dans la cour arrière pour s'assurer de ne jamais en lire un mot de plus.

Elle alla jeter un coup d'œil par la vitrine. La rue était déserte. Aucun client en vue. L'affaire ne prendrait qu'un instant. Elle se rendit derrière le comptoir, prit des allumettes, passa dans la cuisine et sortit dans la cour.

Du ciel sans nuages tombait une lumière jeune et vibrante qui réussissait à égayer le minable carré d'asphalte craquelé, bordé sur deux de ses côtés par une palissade de bois grisâtre et dont l'autre donnait sur une étroite ruelle le long de laquelle s'élevaient de vieux hangars. La brise, humide et presque tiède, arriva à ses narines, chargée d'odeurs de cuisson et d'un curieux relent de caoutchouc, comme si quelque part on s'amusait à faire brûler un pneu.

Il fallait agir vite. Des clients pouvaient se présenter d'un instant à l'autre. Elle inspecta la cour du regard et aperçut devant un bac de récupération une grande boîte de conserve, la gueule béante. Voilà qui conviendrait.

Elle s'empara de la boîte, glissa la lettre dedans et s'occupait à craquer une allumette lorsqu'un traînement de pieds lui fit lever la tête. Débouchant de la ruelle, Tonio s'avançait en titubant. Il l'aperçut et un sourire spongieux étira ses lèvres :

— Que c'est tu fais là, toi ? Tu joues avec le feu ? C'est pas bien, ça !

Il voulut dresser l'index dans un geste de réprimande, mais l'équilibre lui manqua et il dut s'appuyer contre la palissade.

Il était soûl comme un siphonneur d'alambic.

— Mais tu as bu ! s'écria Mélanie, horrifiée.

— Et pis quoi ? répondit l'autre en s'avançant. Ça m'empêche pas de travailler. Personne va s'en apercevoir. J'en ai vu d'autres !

— Allons donc ! Tu tiens à peine sur tes jambes ! Si jamais Gerbederose te voit dans cet état, ton emploi est foutu, Tonio ! Allez ! fous le camp ! Je lui dirai que t'es malade.

Au même moment, par la porte de la cuisine restée entrouverte, Mélanie entendit la voix de l'Haïtienne qui venait d'entrer dans le café. Elle saisit Tonio par le bras et, avec une vigueur étonnante, le tira vers un des bacs de récupération et l'aplatit sur le sol, où il s'écrasa sans un mot, docile, mou, hagard.

— Imbécile! lui dit-elle à voix basse. Fais-toi rare et ne bouge pas, je m'occupe de tout. Quand je te ferai signe, tu fileras.

Et elle s'élança vers la porte de la cuisine; Gerbederose venait d'apparaître dans la pièce, inquiète:

— Qu'est-ce que tu faisais? Tu ne répondais pas? Et Tonio? Toujours pas arrivé?

— Il a téléphoné tout à l'heure… Il est au lit, avec une fièvre de cheval.

Gerbederose eut une moue sceptique:

— Ah oui? Tu es sûre? Ce ne serait pas plutôt une cuite?

— En tout cas, il toussait comme un défoncé au bout du fil.

L'Haïtienne soupira, hochant la tête à la pensée de la journée qui l'attendait, puis, après avoir promené son regard dans la cuisine, s'approcha d'un placard et s'empara d'un tablier. Mais soudain, pivotant sur elle-même, elle dévisagea Mélanie, l'œil perçant:

— Tu ne m'as pas répondu. Qu'est-ce que tu faisais dans la cour?

— Je… J'étais allée porter des choses à la récup.

Elle sentit que son air troublé la trahissait; alors, baissant la tête, toute rouge, elle décida de se rapprocher le plus possible de la vérité:

— Non, ce n'est pas ça… J'étais allée brûler une lettre dans la cour.

— Brûler une lettre! s'exclama Gerbederose. Qu'est-ce que tu veux dire?

— Je veux dire ça: brûler une lettre, rétorqua Mélanie, son assurance retrouvée.

Et elle lui raconta en trois mots sa mauvaise surprise du matin.

Gerbederose n'eut pas le temps de réagir : la cloche tinta. Un jeune couple et ses deux enfants venaient d'entrer dans le café.

— Non ! je veux pas de rôties ! hurla un petit garçon au bord des larmes. Je veux du gâteau…

Et, de toute la force de ses poumons, il ajouta, poussant la verrerie du café au seuil de l'éclatement :

— AU CHOCOLAT !

Mélanie alla vitement les accueillir.

Pendant presque deux heures, ce fut un feu roulant. Les clients arrivaient, les uns après les autres, joyeux, taciturnes, bavards, silencieux, mais tous ayant très hâte d'être servis. Mélanie allait et venait, la machine à café poussait ses jets de vapeur courroucés et Gerbederose s'affairait dans la cuisine, car on allait manquer de pouding au riz et de croissants aux amandes.

« J'espère qu'il a fiché le camp, l'imbécile ! se disait Mélanie tout en servant son monde, sourire aux lèvres. S'il fallait que Gerbederose aille porter quelque chose aux bacs de récup ! »

Après l'heure de pointe du midi survint l'habituelle accalmie. La serveuse décida d'en profiter.

— Je ne l'ai toujours pas brûlée, cette lettre, annonça-t-elle en entrant dans la cuisine. Si tu permets, je vais le faire tout de suite.

Et elle sortit dans la cour, où l'attendaient la lettre et le carton d'allumettes dans la boîte de conserve tombée sur le sol.

Accroupie au milieu de la cour, elle fit flamber le papier, puis jeta un coup d'œil rapide du côté des bacs. Tonio avait disparu.

Le lendemain matin, il se présentait à son travail à huit heures pile, parfaitement sobre. Pour donner le change à sa patronne, il simula une mauvaise toux pendant quelques heures, puis, accaparé par le travail, oublia de poursuivre son manège. Gerbederose, très occupée elle aussi, ne s'en aperçut pas.

L'affection de Tonio pour Mélanie se transforma en culte.

8

Le 17 juin, Louis obtint d'un ami deux billets gratuits pour *Broue*, la comédie à sketches qui roulait à travers le Québec depuis vingt-cinq ans avec un succès apparemment inépuisable et reprenait une fois de plus l'affiche à Montréal. Il y invita Mélanie et eut bien plus de plaisir à la voir rire qu'à rire lui-même. Après le spectacle, ils allèrent prendre un verre dans un bar de la rue Saint-Denis, puis le jeune homme offrit à Mélanie de la reconduire chez elle, ce qu'elle accepta avec un sourire.

Quand il quitta son appartement au petit matin, il sentait sous ses talons comme des ressorts qui donnaient à ses pas une merveilleuse légèreté. Avait-il dormi trois heures? Moins, sans doute, mais des vagues de fraîcheur voluptueuses parcouraient son épiderme et tout lui paraissait merveilleusement beau: les maisons à façade de brique serrées les unes contre les autres de chaque côté de la rue, un épagneul qui venait de s'arrêter devant lui pour renifler une ordure, une grosse femme en bermuda rose qui exhibait sans vergogne ses mollets variqueux, les craquelures du trottoir, les pelouses rachitiques et même le vent qu'il ne voyait pas.

Entremêlée à toutes ces images et impressions, la pensée de Mélanie le remplissait d'une ivresse jusque-là inconnue. Aussi, malgré la perspective d'une explication orageuse avec ses parents pour avoir découché sans crier gare, c'est en sifflotant comme un pinson qu'il se dirigeait vers la station de métro Beaubien pour se rendre en vitesse chez lui prendre une douche et changer de vêtements, car il devait se présenter à une entrevue en début de matinée pour un emploi d'été. Heureusement, ses parents à cette heure étaient déjà partis au travail; l'explication n'aurait lieu que dans la soirée.

Posté près de l'entrée du métro, un itinérant tendait un bras décharné, un gobelet de carton à la main en guise de sébile. Louis s'arrêta, fouilla dans sa poche et laissa tomber une pièce d'un dollar dans le gobelet. Il ne lui restait plus en tout et pour tout que trois pièces de 25 ¢, plus deux titres de transport; autrement dit: rien. Mais jamais il ne s'était senti aussi joyeux et insouciant. Il fallait que cette joie s'exprime à tout prix, sinon il craignait d'exploser. L'aumône l'aidait à ne pas exploser.

Le pauvre homme lui aurait demandé ses souliers, Louis les lui aurait sans doute donnés sur-le-champ, car le rêve de sa vie venait de se réaliser, et ce rêve tenait en un mot: Mélanie. À présent, il pouvait mourir… Mais non! il ne voulait pas mourir! Quelle idée stupide! Il voulait vivre, vivre mille ans, si c'était possible – à condition, bien sûr, que ce soit avec son amour!

Il entra dans la station, consulta sa montre et dévala l'escalier. Le temps pressait. Il devait aller d'abord chez lui, à trois rues de la station Place-Saint-Henri, se raser, changer de vêtements, puis reprendre le métro jusqu'à la station Berri-UQÀM et, de là, se rendre au quinzième étage de Place Dupuis, où avait lieu l'entrevue – et tout cela avant neuf heures et demie.

Il venait à peine de mettre le pied sur le quai qu'un grondement sourd annonça l'arrivée de la rame – bondée, bien sûr. L'instant d'après, il se retrouvait debout dans un wagon, coincé entre un gros homme puant la sueur qui essayait obstinément, malgré le manque d'espace, d'ouvrir une boîte de carton remplie de beignes, et deux jeunes et fragiles Asiatiques aux fins sourires craintifs, qui semblaient faire l'expérience de la promiscuité publique pour la première fois de leur vie.

La main crispée sur une colonne, Louis se mit à revivre sa nuit.

Il était onze heures passées à leur arrivée chez Mélanie et, comme il s'y attendait, elle l'avait de nouveau invité à prendre un café. Mais quelque chose dans son attitude indiquait, cette fois, que ce n'était pas par simple politesse. Il gravit l'escalier derrière elle, étouffé d'angoisse. *Le moment était venu.* Elle déverrouilla la porte, fit de la lumière, s'effaça pour le laisser entrer, puis referma. Elle se tenait debout devant lui, souriante, la bouche légèrement entrouverte. Et alors tout devint facile comme dans un rêve. Il n'avait qu'à se laisser emporter par les vagues de plaisir qui l'introduisaient dans un monde jamais vu et pourtant familier. Leurs vêtements furent bientôt épars sur le plancher. Ils firent d'abord l'amour sur le vieux canapé de cuir noir du salon, puis elle l'entraîna dans la chambre à coucher, où ils firent de nouveau l'amour. Il était insatiable et ne cessait de la couvrir de caresses et de baisers. Vers trois heures du matin, lorsqu'il voulut la prendre pour la cinquième fois, elle demanda grâce en riant. Alors ils s'aperçurent qu'ils avaient tous deux très faim et se rendirent à la cuisine, où elle prépara des sandwichs au camembert. Il ne mangeait pas, il engloutissait. À tout moment, entre deux bouchées, il se levait pour l'embrasser. Elle eut soudain envie d'une bière :

— La nuit va être courte, ça va m'aider à dormir.

Même s'il n'était guère amateur de bière, il l'accompagna. Il aurait avalé de la limaille de fer pour elle !

Bock en main, ils allèrent au salon. Il enveloppa d'un regard affectueux le canapé tout bosselé où il était passé de l'état de puceau à celui d'homme fait. Il y avait si longtemps qu'il y aspirait, dévoré par le désir et l'angoisse. Eh bien, voilà ! Son rêve s'était accompli ! Et, chose inouïe, avec la plus belle fille qu'il eût jamais vue depuis qu'il regardait les filles ! À tout moment, un sentiment d'irréalité l'envahissait ; alors, prenant Mélanie dans ses bras, il humait l'odeur de ses cheveux ou de sa nuque pour se convaincre qu'elle était bien réelle.

Affalés l'un contre l'autre, les jambes emmêlées, ils burent en silence. Soudain, il se redressa et posa sur elle un regard rempli de gravité :

— Tu me rends tellement heureux que ça me fait peur… Qu'est-ce qui va m'arriver si jamais je te perds ?

Elle eut un sourire attendri :

— Il ne faut pas penser à ça, voyons.

Et elle déposa un baiser sur sa joue.

Ils causèrent paisiblement. Elle se mit tout à coup à le taquiner, lui disant que, de tous les hommes qu'elle avait connus, il était sûrement le plus timide – et, bien sûr, se hâta-t-elle d'ajouter, le plus charmant.

Il sourit, mais ce sourire était triste :

— J'ai reçu une éducation très sévère, tu sais… Ça laisse des traces.

— Mon Dieu ! s'écria-t-elle subitement. Quatre heures et quart ! Vite ! Dodo ! Je travaille demain, moi !

— Et moi, j'ai une entrevue pour un emploi à neuf heures trente !

Mélanie se réveilla brusquement à sept heures, comme chaque matin, et sentit quelque chose de dur contre sa cuisse. Tournant son regard, elle aperçut Louis à ses côtés, appuyé sur un coude, et qui la regardait avec de grands yeux remplis de désir. La situation lui parut si loufoque qu'elle éclata de rire, puis, craignant de l'avoir blessé :

— Excuse-moi. Je rêvais… Un rêve de fou. Je te raconterai.

Le temps lui manquait pour lui offrir une consolation plus agréable. Ils prirent leur douche ensemble, mais en vitesse et, cette fois, c'est Louis qui se moqua lui-même de sa nouvelle érection :

— Ah! dis donc, toi, la queue, tu ne sais pas vivre? Je vais t'inscrire à des cours de bienséance, ma belle!

Assis sur le bord du lit, il finissait à peine de boutonner sa chemise que Mélanie, déjà habillée, avait eu le temps, en serveuse accomplie, de préparer le café et de remplir des verres de jus d'orange.

— Tu sais, lui dit-elle quand ils se furent attablés, qu'Élisabeth Mercier m'a fait les plus grands compliments sur toi? Elle trouve que tu es quelqu'un de très bien.

Il eut un sourire narquois:

— J'espère que ce n'est pas à cause d'elle que j'ai pu passer la nuit avec toi?

Elle se mit à rire:

— Dans ce domaine, mon cher, je prends mes décisions moi-même.

Ils allaient partir lorsque le téléphone sonna. Mélanie regarda sa montre, hésita une seconde, puis s'approcha de l'appareil et décrocha.

— Oui, c'est bien moi… Ah bon…

Ses yeux, sa bouche et jusqu'à ses joues s'étaient arrondis de surprise:

— Voulez-vous m'excuser une seconde? reprit-elle au bout d'un moment. Je vous reviens tout de suite.

Et, posant la main sur le récepteur, elle se tourna vers Louis:

— C'est Élisabeth Mercier, imagine-toi donc. Gerbederose vient de lui donner mon numéro de téléphone. Elle veut me voir tout de suite. Gerbederose a accepté que je la rencontre avant de rentrer au travail. On se reparle en fin de journée?

9

Et pendant que Louis retournait chez lui chaviré par sa nuit d'amour et ne pensant qu'à la prochaine, Mélanie, à la demande pressante d'Élisabeth Mercier, qui avait offert de payer la course, filait en taxi vers le parc Laurier, situé quelques rues plus au sud, où l'attendait la femme d'affaires.

Mélanie trouvait ce lieu de rendez-vous un peu curieux, mais, tout compte fait, il en valait bien d'autres. Le temps était gris mais assez chaud et on n'annonçait pas de pluie; à cette heure, un parc offrait toute l'intimité nécessaire à une rencontre où allaient se discuter des choses sûrement importantes, qu'elle n'arrivait pas à deviner.

Mélanie, comme convenu, fit arrêter le taxi à l'intersection des rues Laurier et Christophe-Colomb, devant le monument d'Isabelle la Catholique, puis s'engagea à pas pressés dans l'allée en diagonale qui s'enfonçait dans le parc à gauche du monument. Elle aperçut bientôt, à une trentaine de mètres devant elle, Élisabeth Mercier assise toute droite sur un banc, les jambes croisées, les mains ramenées sur les genoux, dans une pose élégante et distinguée mais qui, en même temps, semblait manifester une extrême tension. À la vue de la serveuse, la publicitaire bondit sur ses pieds et accourut vers elle.

— Ah! Mélanie! comme c'est gentil d'être venue, murmura-t-elle d'une voix émue en lui prenant les mains. Et surtout à une heure pareille – et à cinq minutes d'avis! Combien vous a coûté votre taxi?

— Ce n'est rien, répondit Mélanie avec un grand sourire, ravie de lui rendre service.

— Ah mais non! j'y tiens! C'est déjà si généreux de votre part de bien vouloir… sans en plus débourser…

L'émotion l'empêchait de terminer ses phrases et ses yeux brillants de larmes clignaient sans arrêt. Elle fouilla fébrilement dans son sac à main, en sortit un billet de vingt dollars et le glissa de force dans la main de la serveuse.

— Mais c'est beaucoup trop! protesta celle-ci.

— Et moi je vous dis que ce n'est pas assez, répliqua sa compagne.

Elle lui prit le bras et l'entraîna vers le banc qu'elle avait occupé:

— Plus un mot! Je ne veux plus entendre un mot! Est-ce que c'est clair?

Et elle essaya d'atténuer la vigueur de ce commandement par un sourire que Mélanie trouva pathétique.

Les deux s'assirent et se regardèrent un moment sans parler. La paix matinale qui régnait dans le parc semblait l'agrandir. Un coup de vent passa et pendant un moment le frémissement des feuilles couvrit le bruit des autos qui circulaient dans la rue. Élisabeth Mercier semblait occupée à rassembler ses idées comme pour défendre une cause dont aurait dépendu sa vie ou son bonheur. Mélanie l'observait, gagnée peu à peu par une étrange émotion – et pourtant, elle connaissait si peu cette femme!

— Si vous le voulez, Mélanie, murmura enfin la publicitaire en posant sur sa compagne un regard suppliant, vous pouvez me rendre un service dont je vous serai reconnaissante jusqu'à la fin de mes jours.

Un soupir convulsif s'échappa de ses lèvres et elle ramena brusquement les mains sur son ventre, qu'elle se mit à presser en plissant les yeux, le regard dans le vague, comme perdue dans de sombres pensées.

Un moment passa.

— Et… que voudriez-vous que je fasse ? demanda la serveuse.

Élisabeth Mercier se tourna vers elle, son visage empreint d'une gravité solennelle :

— Sauver mon mariage.

Mélanie la fixait, stupéfaite.

— Je ne comprends pas… Comment puis-je sauver votre mariage, madame ?

— Appelez-moi Élisabeth, je vous prie. Cela me ferait plaisir.

Elle se mit à lisser les plis de sa jupe de soie noire à motifs gaufrés, le regard tourné vers le sol, et soupira de nouveau.

— C'est une longue histoire… Mon Dieu, par quel bout commencer ?… Mon mari, Frédéric Maupressant – il est né en France mais vit ici depuis trente-deux ans – est un homme adorable… vraiment ! Ce n'est pas l'effet de la lune de miel qui me fait parler : je le connais depuis douze ans. Nous nous sommes rencontrés lors d'une réception au consulat français et, dès le premier regard, ce fut le coup de foudre. Trois semaines plus tard, nous vivions ensemble et à partir de ce moment… Mais abrégeons… De toute façon, le bonheur ne se décrit pas.

Elle continuait de lisser sa jupe, en cherchant ses mots et se mordillant les lèvres.

— Frédéric est plus vieux que moi. L'an dernier, il fêtait ses cinquante ans. Il est né à Bordeaux, dans une famille cossue qui a le culte du bien-paraître et de la tradition, vous comprenez ? Mais je ne veux pas vous donner une fausse image de lui : c'est un homme très simple, très ouvert, spontané, et même parfois un peu bon enfant… À le voir, on ne devinerait pas son métier.

— Que fait-il ?

— Il est importateur de vins. Il gagne très bien sa vie.

Mélanie commença à ressentir un début d'agacement. De quoi donc se plaignait cette femme qui vivait avec un homme adorable, raffiné et fortuné en plus? La plupart des femmes – sinon presque toutes – devaient se contenter de bien moins.

— Et alors, quel est le problème… Élisabeth?

— Ah! voilà, j'y arrive…

Elle prit une longue inspiration, ferma à demi les yeux et posa sa main sur celle de Mélanie:

— Nous voulons des enfants depuis longtemps. Très longtemps. Les années passent, Frédéric se voit vieillir… Pour lui, c'est important d'avoir une descendance, vous comprenez? Une *vraie* descendance, de par les liens du sang… Mais malgré tous nos efforts, rien. Il y a deux ans et demi, il m'a demandé de passer des examens – jamais l'idée ne lui serait venue que l'infertilité pouvait être la *sienne!* Ainsi sont les hommes! Mais il avait raison: le problème vient de moi. Je ne pourrai jamais avoir d'enfants… Nous en avons été tous deux très attristés, évidemment, lui plus que moi peut-être… Or, depuis environ un an, quelque chose a changé entre nous. Ou, plutôt, c'est *lui* qui a changé… Je le sens, je le vois se détacher de moi peu à peu.

Vaincue par l'émotion, elle s'arrêta, fouilla de nouveau dans son sac et s'épongea les yeux avec un papier-mouchoir. Mélanie, la gorge pleine de picotements, posa une main sur son bras.

— Alors, il y a trois semaines, poursuivit Élisabeth Mercier d'une voix étranglée, nous avons eu une discussion. Je lui ai proposé… – il ne pouvait être question d'adoption, vous comprenez, à cause de ce stupide préjugé bourgeois qui veut que… – je lui ai proposé que nous nous adressions… à une mère porteuse.

Mélanie eut un mouvement de recul et une expression de crainte passa dans ses yeux.

— Et j'ai pensé à vous… Je ne pouvais penser à personne d'autre que vous, Mélanie… Vous êtes si belle, si vive, si intelligente…

Fixant sa compagne, elle attendait une réaction, qui ne vint pas.

266

— L'idée a semblé lui plaire… Comme j'en fus soulagée ! De cette façon, la loi de la continuité familiale serait respectée… et notre union aurait des chances de durer. Qu'en pensez-vous, Mélanie ?

La serveuse toussota, puis se mit à observer un vieil homme qui s'en venait en claudiquant, sa main levée tenant un petit caniche en laisse. Soudain, elle reporta son regard sur Élisabeth Mercier ; c'était un regard dans lequel se lisaient l'étonnement et le désarroi.

— Pour être franche, je n'en pense rien.

La publicitaire lui prit la main :

— Je me suis peut-être mal expliquée. Vous ne connaîtriez jamais mon mari. D'ailleurs, il ne tient pas à vous connaître et je dirais même, sans vouloir vous blesser, qu'il tient à *ne pas* vous connaître… Cela ne vous blesse pas, j'espère ? Les hommes sont parfois d'un orgueil si bizarre… Tout se déroulerait en clinique, vous comprenez ? Par insémination… Ce serait très impersonnel, très technique… Bien sûr, après, il y aurait nécessairement la grossesse et l'accouchement, comme pour toutes les femmes qui font des enfants, on ne peut y échapper… Mais cela s'arrêterait là. Nous adopterions légalement l'enfant par document notarié, en vous déchargeant pour toujours de toute responsabilité… Voilà… Je crois vous avoir décrit notre situation avec le plus de clarté possible.

Mélanie, en apparence impassible, continuait de fixer le vieil homme qui approchait. Elle avait croisé ses bras sur sa poitrine, saisie par un frisson, et gardait le silence.

Élisabeth Mercier se pencha vers elle :

— Je ne vous demande pas de me répondre tout de suite, évidemment. Prenez le temps de réfléchir, de vous habituer à l'idée… Je comprends tout à fait votre étonnement, Mélanie. Je viens de vous faire là une proposition pour le moins… inhabituelle.

Elle se tut, car le vieil homme n'était plus qu'à quelques mètres. Mélanie continuait de l'observer. Son déhanchement lui donnait l'air d'un pantin. De temps à autre, il jetait un regard sur le caniche qui trottinait en reniflant le sol. Il se tourna vers les deux femmes et les salua de la tête avec une expression à la fois joyeuse et souffrante qui frappa la serveuse.

— Allons, le travail m'appelle, fit Élisabeth Mercier en se levant.

— Et moi aussi.

Elles traversèrent le parc en silence en direction de la rue Laurier.

— Mon auto est stationnée tout près, dit Élisabeth Mercier. Je vous dépose au café? Vous avez déjà perdu assez de temps à cause de moi.

— Merci, répondit Mélanie.

Élisabeth Mercier se dirigea vers un luxueux cabriolet noir garé le long d'un trottoir et que le soleil faisait flamboyer dans toute sa magnificence; penchés vers l'intérieur du véhicule, deux adolescents le reluquaient, les mains derrière le dos. À l'arrivée des femmes, ils s'éloignèrent.

— Mon mari adore les autos, crut bon d'expliquer Élisabeth Mercier. C'est une passion. Il en possède quatre. Impossible de le raisonner.

Mélanie ne dit pas un mot de tout le trajet. Sa compagne meublait le silence de son mieux en parlant de tout et de rien; de temps à autre, elle lui jetait un regard en biais et ses yeux se plissaient d'inquiétude.

— Ah! j'oubliais, lança-t-elle négligemment en s'arrêtant devant le Café Gerbederose. Vos services, bien sûr, seraient rétribués. Et largement. Mais, avant que nous abordions ce point, je veux que vous réfléchissiez à ma proposition.

Mélanie eut un vague mouvement d'épaules, sortit de l'auto en remerciant sa compagne et entra dans le café.

10

Toute la journée, Mélanie pensa à son entretien avec Élisabeth Mercier. Cet entretien se mêlait au souvenir de sa nuit avec Louis Perez et la plongeait dans une confusion incroyable. Son service en souffrit. Gerbederose se mit à lui jeter des regards de plus en plus soucieux. La pauvre fille mêlait les commandes de ses clients, en oubliait une partie, faillit ébouillanter un petit Noir avec un plateau chargé de tasses de café et, finalement, échappa un bol de soupe au milieu de la place.

Tonio accourut pour éponger le dégât avec une vadrouille tandis que des rires et des murmures s'élevaient dans la salle.

— Ça va ? lui demanda-t-il à voix basse, la mine inquiète.

— Pas trop, on dirait.

— Est-ce que je peux t'aider ?

Elle hocha la tête :

— Merci, t'es gentil, ça va passer. Il y a des journées comme ça où j'ai la tête à côté du chapeau.

Mais lorsque Mélanie remit à une cliente un billet de dix dollars au lieu de vingt, provoquant chez celle-ci une bruyante protestation, l'Haïtienne en colère prit la serveuse à part :

— Qu'est-ce qui se passe, ma fille ? Je ne te reconnais plus ! On dirait aujourd'hui que tu as des pattes de grenouille et une tête d'oiseau ! C'est ta rencontre avec madame Mercier qui t'a mise dans cet état ?

Elle la fixait avec de gros yeux globuleux remplis d'éclairs, comme chaque fois qu'elle était vivement émue.

— Non, non, pas du tout, pas du tout, mentit Mélanie. Excuse-moi, Gerbederose, c'est une mauvaise journée, comme cela m'arrive parfois. Je vais faire attention.

Vers quatre heures, Louis l'appela. Au ton de sa voix, elle sentait qu'il se serait fait amputer une main ou un pied si elle en avait exprimé le désir. Loin de la toucher, cette adoration l'agaça et fit monter en elle un étrange sentiment de culpabilité. Non, lui annonça-t-elle le plus gentiment possible, elle préférait qu'ils se voient un autre jour. Sa journée l'avait fatiguée et elle se coucherait tôt. Mais non, pas du tout, elle ne regrettait rien, bien au contraire. Quelle drôle de question il posait! C'est ça, à la prochaine.

À sept heures, elle était affalée chez elle devant la télévision et fixa le petit écran pendant toute la soirée; mais on l'aurait bien embêtée en la questionnant sur les émissions. Sa pensée, prise d'une sorte de danse de Saint-Guy, sautait continuellement d'un sujet à l'autre, toujours les mêmes: la proposition d'Élisabeth Mercier, sa relation avec Louis. On n'aurait pu trouver de sujets plus dissemblables.

D'une part, un projet d'affaires pour la production d'un enfant à partir du sperme d'un inconnu; et de l'autre, l'amour fou d'un jeune homme sans expérience prêt à se casser le cou pour son bon plaisir. Et le voisinage dans son esprit de ces deux sujets créait un chaos qui l'étourdissait et l'épuisait.

Une phrase d'Élisabeth Mercier revenait à tout moment dans son esprit et son accent de supplication lui donnait chaque fois un coup au cœur. « *Si vous le voulez, Mélanie,* lui avait-elle dit, *vous pouvez me rendre un service dont je vous serai reconnaissante jusqu'à la fin de mes jours.* » Se mériter la reconnaissance éternelle d'une femme comme Élisabeth Mercier, c'était, en soi, une récompense extraordinaire! Et, en plus, on la paierait! Chose tout à fait normale, bien sûr, quand on pensait aux neuf mois de la grossesse avec leurs fatigues et leurs inconvénients, et enfin à l'accouchement.

Cet accouchement était, de loin, la chose qui l'effrayait le plus. Combien pouvait-elle espérer en compensation de ces souffrances qu'on disait terribles? Cinquante mille dollars? Davantage? N'était-ce pas l'occasion inespérée de réaliser son rêve d'une auberge à la campagne, tout en se gagnant une amie indéfectible?

Elle avait bien l'intention de ne pas parler du projet d'Élisabeth Mercier à Louis Perez, du moins pour le moment. Que la vie était bête! Pourquoi lui avait-on fait cette proposition quelques heures à peine après leurs ébats amoureux? Cela créait un voisinage disgracieux, un contraste désagréable et vulgaire.

C'était la première fois qu'un homme lui faisait *vraiment* l'amour et c'était la première fois qu'elle faisait l'amour avec un puceau. Sans qu'elle s'en aperçoive tout d'abord, cela l'avait toute retournée, car elle y avait joué un rôle nouveau pour lequel elle ne se sentait aucune préparation. Un puceau, c'est charmant, c'est touchant, mais c'est également maladroit et bien peu gratifiant, il fallait bien l'avouer. Pourtant, toute cette candeur, cette spontanéité, ce don total de soi sans le moindre calcul l'avaient, par une alchimie étrange et imprévue, rendue elle-même... un peu pucelle.

Non pas qu'elle l'aimait – elle ne croyait pas l'aimer et ne l'aimerait sans doute jamais –, mais il y avait quelque chose dans leur relation qui s'était mis à étancher en elle une soif brûlante et cruelle, dont elle prenait conscience pour la première fois... et cela rendait l'affaire d'autant plus curieuse!

Non, elle ne lui parlerait jamais de la proposition d'Élisabeth Mercier, et si jamais elle l'acceptait, par décence, elle romprait avec lui.

Cette décision la calma un peu. La fatigue l'aplatit alors comme une galette. Dix minutes plus tard, elle dormait.

*

Une semaine passa, puis deux. Élisabeth Mercier ne venait plus au café. Elle ne téléphonait pas à Mélanie. Gerbederose, très sensible aux réactions de sa clientèle et un peu inquiète par ce manque soudain d'assiduité, essayait d'expliquer son absence :

— Elle doit être partie en voyage, dit-elle un matin.

— Ben non, patronne, répondit Tonio. Pas plus tard qu'hier midi, je l'ai rencontrée qui sortait de la librairie Raffin, sur la Plaza. D'ailleurs, elle m'a pas reconnu… ou elle a fait semblant, peut-être ?… Après tout, un évêque regarde pas un chien !

Et il eut un rire méchant.

« Elle veut me donner le temps de réfléchir, pensa Mélanie. C'est mieux ainsi. »

Malgré ses résolutions, elle n'avait pu s'empêcher de parler à Louis de l'étonnante proposition de la femme d'affaires – mais en transformant considérablement les choses : Élisabeth Mercier portait un nom fictif et cela s'était produit deux ans plus tôt. Mélanie avait refusé, bien sûr.

— Tu as eu raison, avait répondu Louis. On ne fabrique pas des enfants comme on fabrique des yoyos. En fait, c'est un peu comme si on t'avait demandé de vendre ton corps.

— Pas de le vendre, de le louer, avait rectifié Mélanie.

Il avait haussé les épaules avec un rire sarcastique :

— Si tu veux… Beau commerce !

Pourquoi avait-elle voulu tâter ainsi le terrain auprès de son ami ? Parce que son opinion lui importait et, donc, qu'elle tenait à lui ? Parce qu'elle avait décidé d'accepter l'offre d'Élisabeth Mercier et le souhaitait comme allié ? Elle n'aurait su le dire. Certains jours, le silence de la publicitaire la soulageait. D'autres jours, il l'inquiétait, car elle craignait de l'avoir blessée sans le vouloir.

Pendant ce temps, Louis Perez lui procurait des plaisirs et lui causait des soucis qu'elle n'avait jamais connus. Il apprenait vite au lit, et c'était bien agréable. Mais elle le trouvait parfois encombrant, exigeant, susceptible. Deux semaines plus tôt, après un après-midi passé avec elle au parc d'attractions de la Ronde, il lui avait avoué un de ses rêves : qu'ils vivent ensemble ! Il se trouverait un boulot et suivrait des cours le soir. Alors qu'ils se connaissaient à peine ! Le souvenir que Mélanie gardait de la vie commune avec un homme lui donnait la nausée. Elle avait parlé de sa proposition à Camille. Les deux amies avaient bien ri. Qu'il était jeune ! Qu'il était naïf ! C'était touchant – et aussi un peu pathétique. Ils avaient parfois des querelles et elle songeait alors à le larguer. Mais ces querelles étaient suivies de réconciliations si délectables, si réconfortantes, au cours desquelles il déversait de tels trésors de tendresse, d'imagination et de drôlerie que Mélanie se trouvait idiote d'avoir songé à une rupture.

Les jours passaient et l'habitude de le voir et de pouvoir compter sur lui s'implantait peu à peu en elle.

Un après-midi de juillet, par une chaleur accablante, Mélanie était en train de frotter le comptoir à dessus d'inox que Gerbederose venait de faire installer au café lorsque Élisabeth Mercier apparut tout à coup et prit place à une table avec la même aisance et le même naturel que si elle n'avait cessé d'y venir chaque jour. Elle adressa un sourire amical à la serveuse, qui devint toute rouge d'émotion, et commanda un expresso.

— Il y a longtemps qu'on ne vous a vue, remarqua Mélanie en déposant la tasse devant elle.

Sa main tremblait un peu.

— Je ne voulais pas vous harceler, répondit l'autre à voix basse.

— Ah ! mais dites donc ! c'est madame Mercier ! s'exclama Gerbederose en apparaissant brusquement dans la salle, le visage tout en sueur, avec un sourire qui faisait éclater la blancheur phosphorescente de ses dents. De la grande visite ! Je me demandais si vous n'étiez pas malade ! On commençait à s'inquiéter pour vous, ici !

— Merci, je vais très bien, Gerbederose. C'est le travail qui me retenait. Pendant deux semaines, ç'a été la folie ! Je trouvais à peine le temps de dormir.

— Tant qu'on a la santé, madame, tout ça, ce n'est que grains de sable emportés par le vent… Tenez, il faut que je vous fasse goûter à mes nouvelles brioches aux amandes et aux canneberges. Elles viennent tout juste de sortir du four. Je n'en suis pas mécontente.

— Comment refuser, Gerbederose ? En pâtisserie, vous êtes une magicienne vaudou !

Puis, craignant d'avoir commis un impair :

— Je ne vous ai pas blessée, au moins ? Je plaisantais, bien sûr.

— Ah, vous savez, moi, ces choses, fit l'Haïtienne en levant les mains, paume en l'air, dans un geste de suprême indifférence, il y a longtemps que je les ai oubliées. Je vis au Québec, maintenant.

Et pendant qu'elle retournait à la cuisine, Élisabeth Mercier, d'un geste vif, indiqua à Mélanie d'approcher :

— Ce soir, au parc Laurier, même endroit, c'est possible ?

La serveuse hésita, puis fit signe que oui.

— Huit heures ?

Mélanie hocha de nouveau la tête.

Gerbederose apparut de nouveau, une assiette à la main, le sourire plus éclatant que jamais. Mais son œil perçant avait surpris la fin du conciliabule.

11

L'heure était délicieuse. Le soleil venait de calmer sa fureur et la ville, encore brûlante, commençait à goûter l'apaisement de la nuit qui descendait lentement. Le parc Laurier grouillait de promeneurs, presque tous les bancs étaient occupés et les enfants couraient partout en poussant des cris stridents. Sous les frondaisons, on pouvait profiter d'un début de fraîcheur, de cette fraîcheur molle et sensuelle qui incite à l'abandon.

Mélanie aperçut aussitôt Élisabeth Mercier qui l'attendait, assise sur un banc ; mais un jeune couple en short et t-shirt se trouvait à ses côtés, jambes allongées, main dans la main, fixant le vide, manifestement des inconnus.

La serveuse s'avança vers elle, étonnée que la femme d'affaires eût choisi un pareil endroit à cette heure pour une discussion aussi confidentielle.

Élisabeth Mercier vint aussitôt à sa rencontre, se pencha et l'embrassa sur les deux joues :

— Quelle merveilleuse soirée, non ? On l'a bien gagnée !

— Ah ça, oui. J'ai bien pensé mourir, aujourd'hui. La sueur me brûlait les yeux.

— Que diriez-vous si on se promenait un peu ? J'adore les parcs. Ils m'apaisent.

« Elle a besoin d'apaisement, se dit Mélanie. Et moi, j'ai besoin de quoi ? »

Après quelques remarques anodines, Élisabeth Mercier entra dans le vif du sujet :

— Et alors, avez-vous réfléchi ?

— J'ai essayé.

— Vous en êtes venue à une décision ?

— Pas vraiment…

— Qu'est-ce qui vous fait hésiter ? Vous savez, poursuivit la femme d'affaires sans lui laisser le temps de répondre, nous sommes prêts à donner beaucoup d'argent pour réaliser notre rêve. Beaucoup.

— La question n'est pas là… Enfin, pas vraiment.

— Alors de quoi s'agit-il ?

Et elle posa sur la serveuse un regard où se lisait une telle détresse que la gorge de Mélanie se serra.

— C'est que… j'ai peur, avoua enfin la serveuse. L'accouchement me fait peur… C'est ridicule, je le sais, mais depuis que vous m'avez parlé de votre projet, toutes sortes d'histoires idiotes me trottent dans la tête.

— On ne meurt plus en couches de nos jours, Mélanie… Enfin, si rarement ! Vous aurez toute l'assistance médicale nécessaire… Des soins haut de gamme, je vous assure… Et puis – permettez-moi d'y revenir – mon mari et moi-même sommes prêts à vous verser une compensation financière importante.

— Combien ? demanda Mélanie.

Et ses joues s'empourprèrent.

Élisabeth Mercier s'arrêta et, se tournant vers elle, la fixa droit dans les yeux :

— Cent mille dollars.

Soudain, deux galopins emportés dans une course folle surgirent à leurs côtés en hurlant et l'un d'eux bouscula légèrement la femme d'affaires. Elle leva le bras, comme pour le gifler ; il était déjà loin.

— Petits sauvages, murmura-t-elle.

Mélanie, qui avait à peine remarqué l'incident, fixait sa compagne d'un air stupéfait :

— C'est beaucoup d'argent.

— Ce que nous voulons n'a pas de prix, répondit la publicitaire, toute son amabilité revenue. Mais il y aura des conditions.

— Lesquelles ?

Élisabeth Mercier lui adressa un sourire malicieux et ne répondit pas, puis reprit sa promenade, le regard baissé, feignant d'examiner l'allée de gravier. Un moment passa. Elle semblait réfléchir.

— Dites donc, pendant que j'y pense, fit-elle tout à coup, ce gentil garçon qui fréquentait le café et dont je vous ai…

— Louis Perez ?

— Oui, celui-là, justement… Bizarre, je ne me rappelais plus son nom… Il continue d'y venir ?

Mélanie fit signe que oui.

— Êtes-vous devenus amis, finalement ?

La serveuse, sans trop savoir pourquoi, rougit de nouveau :

— Il est devenu *plus* que mon ami.

— Ah bon ! fit joyeusement la femme d'affaires. Vous voyez bien que j'avais raison ! Dans ce domaine, j'ai un œil infaillible, moi… Vous êtes heureuse ?

— Je suis contente.

Élisabeth Mercier lui jeta un regard étonné, puis :

— Est-ce qu'il ne serait pas une des causes de vos hésitations, Mélanie ? Il y a beaucoup d'hommes qui se rebiffent devant ce genre de choses, même chez les jeunes.

— Je ne lui en ai pas encore parlé. Ça ne regarde que moi. Du moins, pour le moment.

Elles approchaient d'un édifice de brique aux lignes élégantes, construit dans le goût des années 1930 et flanqué à droite d'une piscine publique d'où s'élevaient des cris et des bruits d'éclaboussements, puis elles se retrouvèrent dans une partie du parc beaucoup plus calme où flânaient quelques promeneurs.

— Vous êtes donc en amour, à ce que je vois, reprit la femme d'affaires. C'est merveilleux. Je crois qu'il n'y a rien de mieux qui puisse arriver à un être humain. N'est-ce pas votre avis? Assoyons-nous ici, voulez-vous? Je me sens un peu fatiguée.

Elle croisa les jambes, adressa de nouveau un sourire à Mélanie, puis:

— Est-ce que je me trompe en pensant que vous acceptez notre proposition?

La serveuse la fixait, interdite. Ah! ce regard, ce ton doucement suppliants! Eh oui, sans trop s'en rendre compte, elle venait, en effet, de donner son accord. Mais il était encore temps de reculer, rien n'était dit. Soudain, elle eut comme une sorte d'éblouissement. En établissant des liens aussi forts et profonds avec cette femme extraordinaire, elle finirait peut-être un jour par lui ressembler. Sans compter qu'il y avait aussi ces cent mille dollars qui lui permettraient de quitter Montréal, d'acheter cette petite auberge à la campagne et de vivre en paix et dans la sécurité.

— Vous ne vous trompez pas, j'accepte.

Elle avait l'impression qu'une autre personne avait parlé à sa place. Mais, pour l'instant, elle approuvait cette personne.

— À la bonne heure! s'exclama Élisabeth Mercier. Cela m'amène à vous parler des conditions.

Elle promena son regard autour d'elle, comme pour se donner le temps de choisir les bons mots, puis poussa tout à coup un léger cri de surprise:

— Tiens! comme c'est drôle! fit-elle en tendant le doigt vers un vieillard qui approchait, tenant un caniche en laisse. Le reconnaissez-vous?

— Oui, bien sûr, c'est le vieux monsieur de l'autre fois.

— Certains verraient là un signe du destin. Enfin... Il doit demeurer tout près.

L'homme passa devant elles en claudiquant, les salua de nouveau avec cette expression si particulière de radieuse souffrance qui avait frappé Mélanie, puis poursuivit lentement son chemin.

La femme d'affaires attendit qu'il fût suffisamment éloigné, puis, se tournant vers la serveuse :

— Est-ce que vous prenez des précautions lorsque... vous avez des rapports avec votre ami ?

Mélanie sourit :

— J'ai toujours pris la pilule.

— Si j'ose vous poser cette question indiscrète, c'est que mon mari, naturellement, veut s'assurer qu'il sera bien le géniteur de notre enfant. Autrement, cela n'aurait pas de sens, vous comprenez... Aussi bien nous adresser à une agence d'adoption qui nous coûterait beaucoup moins cher.

Puis elle ajouta :

— Il y aura un test d'ADN.

— Ça ne me pose aucun problème.

— Il vous faudra alors cesser de prendre des anovulants – le plus tôt serait le mieux –, puis éviter tout rapport sexuel complet avec votre ami tant que la grossesse n'aura pas été déclenchée par insémination. Il va vous poser des questions, s'inquiéter, il risque de s'impatienter, de faire des scènes de jalousie, que sais-je...

— Je vais m'en occuper.

La discussion se déroula alors rapidement. Élisabeth Mercier demanda à Mélanie un silence absolu sur leur projet, car le Québec, contrairement à l'Alberta et à la Nouvelle-Écosse, interdisait formellement la maternité pour autrui ; une indiscrétion risquait de compliquer passablement les choses. Dans quelques jours, une clinique de fertilité entrerait en contact avec elle pour lui fixer un rendez-vous. Mélanie recevrait ses émoluments par tranches mensuelles à partir du début de sa grossesse. Ils iraient en augmentant à mesure que celle-ci se poursuivrait et seraient suspendus si d'aventure elle s'interrompait par accident, quitte à recommencer. Simple question de bon sens, n'est-ce pas? Mélanie approuva.

Élisabeth Mercier se leva, le visage rayonnant, et serra longuement Mélanie dans ses bras. La serveuse s'abandonnait à son étreinte, les yeux pleins d'eau:

— Je crois, ma chère, ma très chère Mélanie, fit alors la publicitaire en l'enveloppant d'un regard débordant d'affection, que nous avons parcouru un grand bout de chemin ce soir. Merci! Mille fois merci! Personne ne m'aura jamais fait un si beau cadeau! Vous me rendez la vie, oui, je vous assure. J'ai hâte de rapporter notre discussion à mon mari. Excusez-moi de ne pas vous reconduire chez vous. Il est tellement impatient d'avoir des nouvelles!

Elle l'embrassa sur les deux joues et s'éloigna en toute hâte, se retournant pour lui envoyer la main.

Mélanie, debout devant le banc, la regardait aller. Elle avait peine à croire à ce qui lui arrivait.

*

Ce n'est qu'une fois rendue chez elle que tous les inconvénients de l'entreprise lui apparurent. D'abord, il fallait nécessairement gagner l'accord de Louis, sous peine de rupture. Elle tenait à son accord, du moins pour le moment. Élisabeth Mercier lui avait permis de partager leur secret avec le jeune homme à la condition expresse qu'il garde le silence le plus complet. Elle s'offrait même, s'il le fallait, à lui parler.

— Comment vais-je lui annoncer ça? se demandait Mélanie avec angoisse.

Oh! comme tout aurait été plus simple sans lui!

Pendant un moment, elle tourna en rond dans la cuisine, puis grignota des biscuits en essayant vainement de poursuivre la lecture de *Cent ans de solitude* de García Márquez que Louis venait de lui prêter, et décida finalement de prendre un bain.

Elle emporta son téléphone sans fil, car elle savait qu'*il* appellerait.

L'eau tiède et mousseuse commençait à peine à lécher ses cuisses lorsque le téléphone sonna.

— Allô, ma belle chérie, où étais-tu? demanda une voix bien connue. J'ai téléphoné deux fois ce soir.

Elle songea une seconde à lui mentir, puis décida qu'il avait droit à la vérité. De toute façon, tôt ou tard, elle devrait affronter son jugement. Aussi bien le faire tout de suite.

— J'avais une rencontre avec Élisabeth Mercier, répondit-elle.

Il y eut un silence au bout du fil. Mélanie imaginait son visage surpris, ses yeux arrondis où devait se lire un début d'inquiétude.

— Ah oui? se contenta-t-il de répondre.

Il n'ajouta rien, craignant de se montrer indiscret. Mélanie trouva cette délicatesse charmante. De tous les hommes qu'elle avait connus, qui en aurait été capable? Ah! dans quel merdier s'était-elle plongée!

— Peux-tu venir? lui demanda-t-elle. J'ai des choses à discuter avec toi.

— Si je viens, je passe la nuit, lança-t-il comme une joyeuse mise en garde.

— Et tes parents?

— Ils vont râler, bien sûr. Mais je suis habitué, à présent... Et puis, il faut dire que, depuis quelque temps, ils ont tendance à râler un peu moins fort. La résignation, quoi...

Il se mit à rire, sa bonne humeur insouciante revenue, semblait-il.

*

Les choses tournèrent plus mal encore qu'elle ne l'avait prévu. Il ne passa pas la nuit avec elle mais retourna chez lui. Il n'aurait pu rester, déclara-t-il. Comment avoir des relations amoureuses – des relations *vraiment* amoureuses – avec quelqu'un qui *louait son corps*? Elle se moqua de lui, rétorqua qu'il n'avait pas à se plaindre des idées arriérées de ses parents, car il les partageait.

— Je partage leur honnêteté, répliqua-t-il. Je partage leur droiture. Pas le reste, quoi que tu penses… Voilà longtemps que tu mijotais ce projet, et tu ne m'en disais rien!

— J'ai pris ma décision seulement ce soir – et je t'en parle ce soir. Que veux-tu de plus?

— Ce que je veux? Que tu sois une femme honnête et sincère… et responsable, bon sang! Faire des enfants pour de l'argent? Dégueu! Sans compter que cette Élisabeth Mercier, on ne la connaît pas. Elle a beau se donner des airs de grande dame avec ses bijoux de chez Birk's, est-ce que tu sais vraiment ce qu'elle a dans le coffre, toi? Est-ce qu'elle saura l'aimer, cet enfant? Est-ce qu'elle va le garder, tiens? Tu joues avec la vie d'un innocent. C'est immoral!

— Quel curé tu aurais fait! As-tu déjà songé au grand séminaire, mon chéri?

— Je n'en reviens pas: se faire féconder avec le sperme d'un inconnu – et pour de l'argent! poursuivit-il sans paraître l'avoir entendue.

— Arrête de me casser les oreilles avec ton argent! Je le fais d'abord et avant tout pour lui rendre service. Pour sauver son mariage. Elle est tellement malheureuse! Tu ne peux pas comprendre. Les hommes ne peuvent pas comprendre ces choses.

Il eut un petit rire sardonique:

— Bien sûr. On est tellement idiots… Et puis, qu'est-ce qui me dit, poursuivit-il, emporté par un nouveau mouvement d'indignation, que son bonhomme ne couchera pas avec toi? Ce serait plus simple – et tellement plus agréable!

— C'est *moi* qui te le dis. Ça ne te suffit pas ? De toute façon, tu peux bien croire ce que tu voudras, je m'en fiche un peu, tu sais.

Il poussa un son inarticulé, puis demanda à voix basse :

— Combien on t'a offert ? Oseras-tu me le dire ?

— Cent mille dollars, mon cher.

— Cent mille dollars ?

Il la fixait, sidéré. Soudain, ses yeux se remplirent de larmes. La somme lui apparut comme une montagne monstrueuse qui allait l'écraser de ses éboulis. Et Mélanie, qui le regardait avec un léger sourire de défi, sembla tout à coup s'éloigner, lui échapper à tout jamais.

— On ne parle pas le même langage, Mélanie… Je n'ai plus ma place ici.

Et il se dirigea vers la porte.

— L'as-tu déjà eue ? lança-t-elle avec cruauté.

Un claquement sonore lui répondit.

12

Deux jours plus tard, Mélanie reçut un appel de la clinique Fertilitas ; on lui proposait un rendez-vous pour le lendemain à la fin de l'après-midi. Elle accepta, sûre que Gerbederose lui donnerait congé, car c'était un mardi, journée plutôt tranquille.

Mais lorsqu'elle lui en parla, l'Haïtienne parut ennuyée, lui posa des questions, se montra tatillonne. Combien de temps durerait son absence ? Est-ce que c'était pour une raison vraiment importante ? Pourquoi ne l'avait-elle pas avertie plus tôt ? Le rendez-vous ne pouvait-il pas être déplacé dans la soirée ?

Mélanie ne la reconnaissait plus. Sa patronne se doutait sûrement de quelque chose. Qu'est-ce qui avait pu lui mettre la puce à l'oreille ? Élisabeth s'était-elle trahie ? Gerbederose avait-elle surpris leur conversation ?

L'Haïtienne accorda enfin sa permission, visiblement curieuse de connaître la raison de ce rendez-vous mais se retenant, par politesse.

— Je dois consulter un médecin, précisa Mélanie à contrecœur.

— Ah bon. Un médecin… Rien de grave, j'espère ?

Et elle lui jeta ce regard perçant qui semblait pénétrer jusqu'à la moelle celui qui en était l'objet.

— Non, non, ne t'inquiète pas, répondit Mélanie en rougissant.

*

La clinique Fertilitas était située à l'angle des rues Saint-Urbain et Jean-Talon. Le mot *clinique* paraissait bien pompeux pour un simple bureau de médecin, à l'installation plus que modeste, précédé d'une salle d'attente exiguë – et pour le moment déserte – qui aurait eu besoin d'une peinture fraîche. Mélanie en fut un peu étonnée.

Elle venait à peine d'arriver lorsque deux femmes entrèrent à leur tour, jetèrent un coup d'œil dans la pièce, puis se dirigèrent vers une petite table métallique où traînaient des magazines ; après en avoir choisi un ou deux, elles allèrent s'assoir chacune dans un coin. La première, au début de la quarantaine, était grande, osseuse, avec un visage maigre et sec à l'expression rébarbative ; Mélanie s'étonna qu'une femme si peu choyée par la nature ait souhaité une descendance, puis trouva sa réflexion cruelle, pour ne pas dire vache, et se dit que l'inconnue, de toute façon, venait peut-être pour d'autres raisons. La seconde femme, toute jeune, grassouillette et plutôt quelconque, possédait en revanche une luxuriante chevelure blonde étalée avec ostentation sur ses épaules et dans son dos. De temps à autre, les femmes levaient alternativement la tête et jetaient un regard en biais sur la serveuse ; un observateur invisible y aurait sans doute décelé de l'envie.

Le docteur Brunelle reçut bientôt Mélanie. C'était un petit homme maigre au visage jaune et profondément ridé, à l'air paternel et bienveillant, qui bombait continuellement le torse comme pour lutter contre la courbure de son dos.

— Je suis un ami d'Élisabeth et de son mari, annonça-t-il tout de go. J'ai connu Élisabeth quand elle était haute comme ça, imaginez-vous donc… Une charmante enfant, devenue une femme charmante, n'est-ce pas ? Elle vous a sûrement expliqué les conditions dans lesquelles doit s'effectuer votre petit… traitement ?

— Je ne dois en parler à personne.

— C'est ça… même pas à votre chatte – si vous en avez une.

Et il partit d'un bon rire chaleureux qui mit aussitôt à l'aise Mélanie.

— Que voulez-vous? poursuivit-il, certains articles de notre Code civil sont un peu en retard sur la réalité et les besoins de la population. Normalement, je serais assisté d'une infirmière et une secrétaire vous aurait accueillie, mais, dans les circonstances, vous comprenez…

L'examen débuta par une série de questions. Mélanie avait-elle déjà contracté de graves maladies? Dans sa parenté directe, y avait-il des cas de diabète, de cancer, de tuberculose, de maladies dégénératives telles que la sclérose en plaques, la maladie de Parkinson, etc.? Fumait-elle? Éprouvait-elle des difficultés avec sa consommation d'alcool? Prenait-elle des drogues? Avait-elle déjà connu des grossesses?

À chacune des questions, Mélanie faisait signe que non.

— Est-ce que votre cycle menstruel est régulier?

— Plutôt, oui.

— Est-ce que vous êtes à l'aise avec l'idée de devenir mère porteuse?

— Bien sûr.

— N'avez-vous pas peur de vous attacher à l'enfant au cours de votre grossesse?

— Je vais m'efforcer de ne pas m'y attacher puisque je l'ai promis à quelqu'un.

Le docteur Brunelle hocha la tête d'un air satisfait, puis se frotta le menton tout en fixant Mélanie.

— Je crois, mademoiselle Gervais, que cet enfant sera très beau, car il va bénéficier d'une très jolie hérédité.

— Merci, répondit Mélanie, flattée mais un peu mal à l'aise.

Puis le docteur lui demanda d'enlever sa blouse, de détacher son soutien-gorge et de s'étendre sur la table d'examen qui se trouvait derrière elle; il l'ausculta, prit son pouls et sa pression, et, relevant la tête avec un sourire comme seuls peuvent en avoir les médecins avec une longue expérience :

— La santé de la jeunesse… celle qu'on ne peut acquérir ni remplacer… Vous pouvez remettre vos vêtements, mademoiselle.

Sans savoir pourquoi, Mélanie se sentait joyeuse et pleine d'entrain. Les doutes qu'elle avait pu entretenir sur la sagesse de sa décision s'étaient dissous dans l'air du bureau. Cette décision lui apparaissait maintenant comme un acte de générosité sublime, dont elle ne se serait jamais crue capable, sans compter qu'il lui permettrait de gagner beaucoup d'argent et de pouvoir ainsi réaliser un rêve qui, autrement, aurait pris des années à se concrétiser.

Assis à son bureau, son fauteuil légèrement incliné vers l'arrière, le docteur Brunelle l'attendait, les mains croisées sur son ventre, et lui fit signe de se rassoir.

— Je tiens à vous féliciter, mademoiselle Gervais. Grâce à votre courage et à votre détermination, vous allez apporter une grande joie – une *très grande* joie – à une femme qui a tellement souffert de ne pas avoir d'enfants.

— Oh ! ce n'est pas encore fait, docteur, répondit Mélanie en riant. Il faut d'abord que je tombe enceinte et que je mène ensuite ma grossesse à terme.

— Je n'ai aucune inquiétude à ce sujet. Vous êtes jeune et pleine de vitalité, et la méthode que nous allons utiliser est très efficace.

Il ouvrit un tiroir, en sortit une petite boîte de carton. Elle contenait un appareil de plastique pourvu d'un afficheur et un tube rempli de bâtonnets.

— Vous avez là un moniteur de fertilité, mademoiselle. Jusqu'ici, la science n'a rien produit de plus perfectionné. Dans les 28 jours de votre cycle menstruel, il y a deux jours de fertilité optimale, mais ces jours sont précédés de cinq à six jours de fertilité élevée. Cet appareil indique chacun de ces jours grâce à ces bâtonnets ; il vous suffit de mettre chaque matin un bâtonnet en contact avec votre urine, puis de le glisser dans l'appareil, qui va l'analyser. Comme un spermatozoïde peut vivre jusqu'à six jours dans votre organisme, en procédant à l'insémination artificielle *au début* de vos jours de fertilité élevée, on augmente considérablement vos chances de grossesse, vous comprenez ? Évidemment, ça ne marche pas toujours du premier coup. Il vous faudra peut-être faire preuve d'un peu de patience.

— Je n'en manque pas.

— Je suis ravi de l'apprendre. Décidément, Élisabeth a eu beaucoup de chance de vous rencontrer.

Il lui expliqua alors en détail le mode d'utilisation de l'appareil, puis fixa une date approximative pour leur prochain rendez-vous, le moniteur devant en déterminer la date précise.

— Voilà, c'est tout, fit le docteur Brunelle en se levant, la main tendue. Vous voyez comme c'est simple ? Grâce à la science !

*

Mélanie fut de retour au café bien avant six heures, à la grande satisfaction de Gerbederose, qui retrouva sa bonne humeur habituelle. Comme la soirée s'annonçait particulièrement paisible, l'Haïtienne décida même de remplir une promesse faite à Tonio longtemps auparavant et de commencer son initiation à la pâtisserie, celle-ci débutant par la préparation de brioches à la cannelle, aux noix et aux raisins, une des gloires du café et qui menaçait même d'éclipser celle du pouding au riz.

Les choses allaient rondement lorsque Gerbederose reçut un appel téléphonique de son fils René-Antoine, qui se trouvait à ce moment à Calgary et dans une situation quelque peu difficile. La veille, il avait été mêlé à une rixe dans un pub ; deux Anglais l'avaient tabassé à cause d'une remarque considérée comme désobligeante qu'il avait faite sur la reine Elizabeth II. Puis, à sa sortie du pub, trois individus encore plus vindicatifs s'étaient joints à ses deux agresseurs pour le coincer courageusement dans un fond de cour et l'obliger, tessons de bouteille en main, à leur remettre son argent, sa carte de débit et le NIP qui permettait de l'utiliser. On ne l'avait relâché qu'une fois l'opération de délestage accomplie à la satisfaction générale, et non sans l'avoir invité d'une façon pressante à déguerpir de Calgary s'il tenait le moindrement à sa santé.

— *We don't like niggers, buddy,* avaient-ils ajouté avec une belle franchise, *and, least of all, niggers from Quebec.*

— Je n'ai plus un sou, *manman*, et je veux ficher le camp d'ici. Il faut que tu m'envoies du fric, et vite, sinon ma gueule ne vaudra pas chère tout à l'heure, je t'assure !

Une fois passée la tempête verbale à laquelle René-Antoine s'était d'avance résigné, les sentiments maternels reprirent le dessus chez Gerbederose et elle consentit à tirer son garçon du pétrin – à la condition expresse qu'il revienne à Montréal subito.

— Où je dois t'envoyer l'argent, cervelle de mouche ?… Attends, attends ! Je vais aller chercher un stylo.

Et elle se dirigea vers un placard qui servait de penderie à ses deux employés et dans le haut duquel se trouvait une tablette où elle rangeait divers articles de bureau et de comptabilité. Une petite boîte de carton tomba à ses pieds quand elle ouvrit la porte. Elle la ramassa, la déposa machinalement sur la tablette, prit les renseignements nécessaires pour un virement électronique, servit à son fils une nouvelle admonestation accompagnée d'épithètes aussi vigoureuses que colorées, puis se rendit à la caisse populaire.

Vingt minutes plus tard elle était de retour, un peu rassérénée par la marche.

— Ah ! les enfants, quelle calamité parfois ! soupira-t-elle en rattachant son tablier. Je suis sûre qu'à cause d'eux le Grand Maître a fermé le purgatoire – et Il doit être sur le point de fermer l'enfer.

Tonio l'approuvait avec des hochements de tête compatissants. Elle se remit à sa leçon de pâtisserie ; le plongeur se montrait si bon élève que la tempête intérieure qui agitait l'Haïtienne s'apaisa peu à peu.

Soudain, l'image de la petite boîte de carton qui était tombée à ses pieds lui revint à l'esprit ; dans l'émotion du moment, elle n'y avait pas prêté attention, mais par un des rabats qui s'était entrouvert, elle avait quand même remarqué un curieux appareil bleu et blanc qui lui était tout à fait inconnu.

Elle aida Tonio à glisser les tôles dans le four et retourna au placard.

À huit heures trente, faute de clients, Gerbederose décida de fermer. Après avoir remercié encore une fois l'Haïtienne pour sa leçon sur les brioches, Tonio était parti, les yeux pleins de bonheur. Mélanie allait l'imiter lorsque Gerbederose l'arrêta d'un geste :

— Minute. J'aimerais te causer un peu.

La serveuse la regarda, surprise.

— C'est à toi, ça ?

Et elle exhiba le curieux appareil bleu et blanc.

— Non, non, non, ma petite ! reprit-elle aussitôt sans laisser le temps à la jeune femme de réagir, je n'ai pas fouillé dans tes affaires ! Ce n'est pas mon genre, vois-tu… L'espionnage, très peu pour moi, merci. Cet objet est tombé à mes pieds tout à l'heure quand j'ai ouvert le placard pour prendre un calepin. Ton sac à main était accroché de travers et tu l'avais sans doute mal fermé.

Mélanie, sans un mot, lui prit l'appareil des mains et voulut s'en aller. Gerbederose se planta devant elle, les mains sur les hanches :

— Écoute, je sais que je me mêle de ce qui ne me regarde pas…

— Tout à fait, riposta la serveuse.

— … mais qu'est-ce que ce *moniteur de fertilité*, ma fille ? Tu veux faire un enfant ? C'est bien ça ? Mais voyons ! Vous êtes tombés sur la tête, mes pauvres oiseaux ! Toi et Louis, vous vous connaissez à peine et vous voulez fonder une famille ? *Men ou enragé !*[1] Sais-tu bien ce que c'est que d'avoir un enfant, ma fille ? Je pourrais t'en parler, moi ! Pas plus tard que tout à l'heure, René-Antoine m'a…

— Ce n'est pas l'idée de Louis, la coupa Mélanie, c'est la mienne.

— Comment ? Est-ce que j'ai bien entendu ? Tu veux le rendre père malgré lui ? Mais c'est un crime !

Mélanie secoua la tête :

— Je ne garderai pas l'enfant.

Mélanie s'aperçut alors qu'elle était en train de violer sa promesse de silence. « Comment arrêter ? » se demanda-t-elle en serrant les lèvres.

Gerbederose la fixait, ahurie :

— Alors pourquoi en faire un puisque tu n'en veux pas ?

La serveuse ne répondit rien et, prenant un air buté, chercha un moyen de mettre fin à cette discussion embêtante. Une activité intense se déployait aussi dans l'esprit de la Noire. Elle allongea le bras, tira vers elle une chaise et s'assit, car ses jambes tournaient en guenille. Soudain, elle eut un sursaut ; son regard s'illumina et une grimace où la malice se mêlait à la satisfaction arrondit ses lèvres pulpeuses :

— Je crois comprendre, murmura-t-elle. Est-ce qu'Élisabeth Mercier ne serait pas mêlée à cette affaire, ma petite ?

La serveuse baissa les yeux et garda le silence. Gerbederose la contemplait en respirant avec bruit et son visage exprimait tour à tour la compassion, le blâme et l'inquiétude.

Des larmes se mirent à rouler sur les joues de Mélanie ; ses nerfs venaient de lâcher.

— Combien te donne-t-elle ? demanda à voix basse l'Haïtienne.

_____

1. Mais c'est de la folie pure !

292

— J'ai promis de ne rien dire.

— On n'est pas obligé de tenir une promesse idiote.

Mélanie hésita, porta une main à sa joue pour l'essuyer, mais d'un geste vif Gerbederose lui tendit une serviette de papier.

— Beaucoup d'argent, répondit enfin la serveuse. Mais je ne le fais pas seulement pour l'argent, se reprit-elle aussitôt. Je le fais… parce qu'elle est malheureuse de ne pouvoir avoir d'enfant. Et son mari aussi. Il songe à la laisser.

— Ouais, ouais, ouais… J'ai déjà entendu des histoires comme ça… Parfois elles sont vraies, et parfois pas… Beaucoup d'argent, tu dis… Elle est riche, notre Élisabeth… Elle peut se payer tous ses caprices…

— Jure-moi de ne jamais en parler, Gerbederose.

— Je ne m'en parlerai même pas à moi-même… Et que pense de tout ça ton petit ami?

— Je ne le sais pas, mentit Mélanie.

Eh bien, tu es à la veille de le savoir, ma pauvre enfant! Et je ne crois pas que ça va te rendre heureuse!

— De toute façon, on a rompu, murmura la jeune femme.

Et elle se remit à pleurer.

— Donc tu lui as tout appris, fit Gerbederose en la prenant dans ses bras. Petite menteuse, va…

Mélanie se laissa caresser un moment, le nez dans l'aisselle de sa patronne, d'où émanait une odeur épicée, puis se dégagea brusquement:

— Ma décision est prise, Gerbederose, lança-t-elle avec des éclairs dans les yeux. Ça ne regarde que moi. N'essaie pas de me faire changer d'idée.

Gerbederose la fixa un moment, puis, poussant un profond soupir:

— Bon. Puisque c'est ainsi… Tu es bien assez grande pour décider de tes propres bêtises.

Et elle laissa retomber ses mains sur ses cuisses.

— Avez-vous signé un papier, au moins?

Mélanie releva la tête, surprise:

— Un papier?

— Tu viens de me dire que, pour que tu lui fasses son bébé, elle t'a promis beaucoup d'argent… Alors, quand dans une affaire il y a beaucoup d'argent en jeu… sans compter qu'une grossesse, comme tu le sais, ça comporte toujours des risques… Et puis, est-ce qu'on la connaît, cette fichue Mercier? Elle est chic, belle et bien élevée, mais qu'est-ce qu'on peut en dire de plus? Il faut un papier. Tu serais bien sotte de ne pas en exiger un. Tant qu'à faire une gaffe, fais-la dans les règles de l'art, ma pauvre enfant.

— Tu parles d'aller voir un avocat?

— Un notaire suffirait, je suppose. J'en connais un excellent. Il m'a été fort utile quand j'ai acheté ce café. Et, pendant un bon bout de temps, il était même un de mes plus fidèles clients.

Elle lui prit tout à coup les mains:

— Mais la meilleure chose que tu pourrais faire, ma petite, et celle qui me donnerait le plus de plaisir, ce serait d'abandonner ce projet de fou qui risque de ne t'apporter que des malheurs, crois-moi.

13

Ce matin-là, le notaire Parfait Michaud arpentait son bureau de la rue de Bercy à Montréal en se massant la nuque ; une vertèbre cervicale lui tirait de petites grimaces de douleur après l'avoir incommodé une partie de la nuit. « La vieillesse est un naufrage, les vieux sont des épaves », avait dit un jour Chateaubriand dans une sentence aussi lapidaire qu'impitoyable. Et Parfait Michaud, qui atteignait soixante-seize ans, sentait les flots de la mer secouer de plus en plus violemment son pauvre esquif.

C'était un grand homme maigre avec une allure vive et nerveuse qui lui donnait encore un certain air de jeunesse, mais son dos se voûtait et la teinture de ses cheveux bruns ne faisait que souligner les ravages de la calvitie.

— Maudite carcasse, murmura-t-il. Si on pouvait en changer… La science n'en est pas rendue là, hélas… En attendant, un bon expresso fera l'affaire.

Il allait se diriger vers la cuisine lorsque le téléphone sonna. Revenant sur ses pas, il décrocha.

— Madame Café ! s'écria-t-il joyeusement. Je pensais justement à vous : j'allais me préparer un petit expresso – oh ! en toute humilité, croyez-moi, car comment rivaliser avec les vôtres ?

Il avait toujours ressenti de la sympathie pour cette Noire bien en chair – et même plus que de la sympathie ; elle lui plaisait singulièrement, et parfois, quand l'image de la pâtissière apparaissait dans son esprit, des scènes coquines commençaient à s'y dérouler. Mais, à son âge, le temps des aventures tirait à sa fin, s'il n'était déjà passé – d'autant plus que cette fameuse Gerbederose devait être bien pourvue d'amants. On disait les Noires très sensuelles. C'était peut-être un mythe. Il n'avait jamais eu la chance de le vérifier. À présent, il fallait laisser la place aux jeunes.

— Que puis-je faire pour vous, madame? poursuivit Parfait Michaud de sa voix la plus aimable.

Gerbederose désirait le rencontrer pour une affaire plutôt spéciale qui concernait une de ses employées, une jeune femme très bien, mais naïve et sans expérience, et si attachante que l'Haïtienne avait fini par la considérer un peu comme sa fille. Et, pour ne rien lui cacher, l'affaire pressait.

— Bon bon bon, fit le notaire, qui avait plusieurs rendez-vous ce jour-là mais désirait augmenter son capital de sympathie auprès de son interlocutrice, au cas où. Donnez-moi une seconde, je vais consulter mon agenda.

Au bout d'un moment, il reprit le combiné:

— Je ne vous cacherai pas que j'ai une journée très chargée, mais, par bonheur, je peux déplacer un rendez-vous vers la fin de l'après-midi, ce qui me permettrait de recevoir votre employée vers deux heures. Est-ce que cela vous convient?

— Que Dieu vous bénisse! s'exclama Gerbederose. Que votre bonne étoile vous suive jusqu'à la fin de vos jours!

— Trop aimable, répondit Parfait Michaud en riant.

Il y eut alors un court silence, puis Gerbederose poursuivit:

— Je vais accompagner mon employée, qui s'appelle Mélanie… Mélanie Gervais. Et il se peut que nous soyons accompagnées par une dame mêlée à cette affaire… si vous le permettez.

— Emmenez qui vous voulez, répondit le notaire. Mon bureau peut contenir jusqu'à trente personnes.

*

Gerbederose raccrocha et, se tournant vers Tonio:

— Mon ami, j'ai un service à te demander.

— Tout ce que vous voulez, patronne, répondit l'aide-pâtissier en approchant.

— Nous devons nous absenter une heure ou deux, Mélanie et moi. Peux-tu tenir le café ?

L'expression et le ton de l'Haïtienne faisaient de cette demande plutôt un ordre.

Tonio eut un mouvement de recul :

— Êtes-vous sérieuse, patronne ? J'ai jamais tenu de café, moi.

— Allons, allons, tu es beaucoup moins bête que tu ne le crois, et je dirais même que tu peux être sacrément débrouillard quand tu le veux. Je vais te montrer le fonctionnement de la caisse – ce n'est pas sorcier. Quant à celui de la machine à café, au nombre d'expressos que tu t'es servis à mes frais jusqu'ici, je vois que tu le connais parfaitement.

Tonio eut un léger sourire. L'affaire était dans le sac.

— Mélanie, à présent, murmura-t-elle en quittant la cuisine.

La serveuse s'occupait d'une tablée de sept clients. Gerbede-rose lui fit signe d'approcher et, la prenant à part :

— J'ai arrangé un rendez-vous pour toi à deux heures avec mon notaire. Mais il faut être au moins deux pour signer un contrat. Peux-tu joindre Élisabeth Mercier et lui demander de t'accompagner ? Ce sera une façon de la jauger.

— Tu n'y penses pas, Gerbederose ! À trois heures d'avis… et sans lui en avoir parlé ! Il aurait fallu que je la prépare un peu, voyons… Elle va me trouver méfiante. Elle ne voudra pas. Et puis, je lui avais promis de garder notre affaire secrète.

— Essaie quand même. Il le faut, ajouta l'Haïtienne d'un ton sans réplique.

À la grande surprise de Mélanie, Élisabeth Mercier accepta de fort bonne grâce, ajoutant qu'elle allait lui proposer elle-même une entente notariée. C'était normal, vu l'importance de leur projet.

Elle posa alors la question tant redoutée par Mélanie :

— C'est un notaire de votre connaissance, ce monsieur Michaud?

— Pour être bien franche, non, balbutia la serveuse. C'est… c'est ma patronne qui me l'a suggéré. Je… je me suis permis de lui parler de notre projet… J'espère que vous ne m'en voulez pas trop.

Il y eut un moment de silence au bout du fil, puis, d'une voix pleine de cordialité, Élisabeth Mercier répondit:

— Votre patronne a toute ma confiance, Mélanie. Dès notre première rencontre, j'ai senti que c'était une personne fiable et loyale. Si cela peut faciliter les choses, elle peut même nous accompagner chez votre notaire.

À deux heures pile, Parfait Michaud recevait Gerbederose et ses deux compagnes. La beauté de Mélanie faillit lui faire perdre contenance. Durant toute sa carrière d'homme à femmes – l'expression l'aurait choqué, mais il aurait fini par convenir que, dans son cas, elle était juste –, jamais il n'avait rencontré une perfection aussi rayonnante – aussi *irradiante*, même. À tel point que, pendant un moment, l'attirance qu'il ressentait pour Gerbederose faiblit. Quant à Élisabeth Mercier, son chic un peu trop apprêté le laissa froid.

— Eh bien, mesdames, je vous écoute, fit-il en prenant son ton le plus professionnel.

Ce fut Élisabeth Mercier qui prit la parole. Elle n'avait pas dit cinq mots que Parfait Michaud eut un mouvement de surprise et l'arrêta d'un geste:

— Permettez, permettez, madame. Vous devez savoir que la maternité pour autrui est interdite au Québec.

— Je sais.

— Certaines provinces la permettent, mais pas nous.

— Est-ce que ça ne peut pas s'arranger? demanda Mélanie en prenant un air coquet (car elle s'était tout de suite aperçue de l'effet qu'elle produisait sur le notaire). J'y tiens beaucoup.

— Je n'arrête pas de lui dire que c'est de la folie, soupira Gerbederose, mais elle n'entend rien.

Élisabeth Mercier lui lança un regard incisif.

Parfait Michaud se racla longuement la gorge, puis croisa les mains, les coudes posés sur son bureau :

— Personne n'est au-dessus de la loi, mademoiselle… Il est de mon devoir de vous le rappeler… Enfin, voyons un peu ce que dit le Code civil…

Il se leva, s'approcha d'une bibliothèque qui occupait tout un mur et revint avec un gros volume qu'il se mit à compulser, debout devant les trois femmes. Mélanie l'observait, l'œil à demi fermé ; elle le trouvait un peu maniéré mais plutôt sympathique, dans le genre vieux pruneau.

— Bon. Voici, mesdames, annonça enfin Parfait Michaud, ce que déclare l'article 541 de notre Code civil : «Toute convention par laquelle une femme s'engage à procréer ou porter un enfant pour le compte d'autrui est nulle de nullité absolue.» C'est très nul, ça…

Gerbederose poussa un soupir et pencha la tête d'un air accablé.

— Est-ce que ça ne peut s'arranger ? répéta Mélanie en ajoutant un accent de supplication aux grâces qu'elle déployait.

Élisabeth Mercier se souleva à moitié de sa chaise :

— Il existe sûrement un biais, monsieur Michaud, une façon de rester dans la légalité tout en réalisant notre projet.

Elle lui faisait des yeux de velours, car elle avait deviné elle aussi la faiblesse secrète du notaire.

— Je le veux tellement, cet enfant ! ajouta-t-elle en joignant les mains avec une emphase mélodramatique qui amena un léger sourire à Michaud. Et c'est de Mélanie que je le veux ! Ne la trouvez-vous pas mignonne, monsieur le notaire ?

— Il faudrait être aveugle pour ne pas la trouver mignonne, comme vous dites, madame, répondit celui-ci en s'inclinant vers la serveuse.

— Et alors? demandèrent ensemble Mélanie et la femme d'affaires.

Parfait Michaud prit un air de profonde gravité qui fit saillir un peu son menton, déposa le Code civil sur le bureau et alla se rassoir dans son fauteuil :

— L'affaire mérite réflexion, mesdames.

— Et comment! ajouta Gerbederose.

Et elle laissa tomber ses mains sur ses cuisses.

— On pourrait toujours envisager la possibilité d'aller à l'extérieur du Québec, mais ce serait un peu compliqué…

— Et onéreux, ajouta Élisabeth Mercier. Il faut trouver une autre solution.

Plongé dans ses pensées, Parfait Michaud souleva machinalement le couvercle d'une bonbonnière en porcelaine de Saxe et prit une pastille de menthe ; il allait la porter à sa bouche lorsqu'il s'aperçut de son inconvenance :

— Pardon, mesdames. Je suis d'une grossièreté! Puis-je vous offrir des pastilles de menthe? Importation française. C'est un délice.

Toutes trois refusèrent d'un signe de tête.

Pendant quelques minutes, le silence régna dans le bureau. On n'entendait que le faible bruit produit par les suçotements du notaire qui, un stylo à la main, traçait des cercles concentriques sur un bout de papier, le regard perdu au fond de lui-même. Soudain, il releva la tête :

— Je ne vois qu'une solution, et encore, elle comporte certains risques : il faudrait que le contrat que vous signeriez ne parle pas du projet qui vous amène ici. Mais je dois vous prévenir : si jamais l'affaire venait à être découverte, je déclarerais n'en rien savoir. Il y va de ma réputation, après tout – et de mon gagne-pain, ce qui, vous en conviendrez, est d'une certaine importance. De quelle somme s'agit-il?

— De cent mille dollars, répondit Élisabeth Mercier. C'est la somme que j'offre à Mélanie pour le service qu'elle doit me rendre.

En entendant ce chiffre, Gerbederose porta les mains à sa bouche avec un cri. Elle fixait Mélanie avec des yeux stupéfaits et indignés.

— C'est beaucoup d'argent, fit le notaire. Il faudra trouver une raison plausible pour le paiement d'une pareille somme. Pensez-y, j'y penserai de mon côté.

— Mais c'est tout simple, reprit Élisabeth Mercier. Ne suffirait-il pas d'indiquer : *Pour services rendus*? Après tout, vous n'êtes pas censé connaître nos vies en détail, monsieur Michaud... Mes versements se feraient par mensualités qui s'échelonneraient sur neuf mois, sans plus. Qu'en pensez-vous?

Parfait Michaud sourit :

— Je vois que vous avez réfléchi à la chose, madame. En effet, votre idée me semble plutôt ingénieuse. Les solutions les plus simples ne nous apparaissent souvent qu'après des réflexions laborieuses et entortillées. Est-ce que cela vous convient, mademoiselle Gervais?

Mélanie indiqua que oui.

— Alors, je vais rédiger demain une ébauche de contrat et je communiquerai avec vous deux.

Il prit les coordonnées de ses clientes et reconduisit les trois visiteuses à la porte; en leur serrant la main, il se permit un attouchement un tantinet plus prolongé sur celle de Gerbederose qui, malgré son trouble, lui répondit par un léger sourire.

Élisabeth Mercier fit monter les deux femmes dans son cabriolet et les ramena au café; elle jubilait et remercia Mélanie à plusieurs reprises pendant le trajet, inconsciente, semblait-il, de l'humeur morose de l'Haïtienne.

— Ah! ma petite, s'exclama cette dernière aussitôt que la femme d'affaires les eut quittées, je vois bien maintenant que tu vas t'en aller! Que vas-tu faire de tout cet argent?

— Tu te trompes, Gerbederose, répondit Mélanie en lui prenant un bras. Ne va pas te mettre à me chercher une remplaçante trop vite… Plus tard peut-être, beaucoup plus tard, car je suis bien ici avec toi. Et puis, j'ai besoin de beaucoup plus d'argent, tu sais.

*

Le café avait survécu à l'absence de Gerbederose et de Mélanie, quoique avec un service passablement ralenti. Un seul client, excédé par l'attente, avait quitté les lieux en maugréant. Avec une honnêteté fort louable, Tonio avait rapporté l'incident à sa patronne, qui s'était montrée compréhensive :

— Ne t'en fais pas, mon ami, tu t'en es quand même bien tiré. On ne devient pas cafetier en dix minutes. Apprendre un métier demande du temps.

Aussi, quand Parfait Michaud téléphona le lendemain à Gerbederose pour l'inviter à ce qui devait être la signature du contrat liant Mélanie Gervais et Élisabeth Mercier, l'Haïtienne crut-elle bon de rester aux commandes de son commerce, quitte à ce que son employée lui passe un coup de fil si jamais elle avait besoin d'un avis ou d'un conseil.

— Ah, c'est bien dommage, déplora Parfait Michaud. Je me faisais une telle joie de vous revoir, ma chère Gerbederose. Qu'à cela ne tienne : dès que j'aurai une minute, je passerai chez vous prendre un latte et goûter à votre célèbre pouding au riz.

Gerbederose riait de plaisir :

— Il y a aussi une brioche au caramel et aux amandes dont je ne suis pas du tout mécontente, monsieur Michaud… Vous me donnerez votre avis.

— Il ne saurait être que favorable.

La rencontre avec Élisabeth Mercier et Mélanie avait été fixée à trois heures. Elles durent attendre une petite demi-heure, le temps que Parfait Michaud réussisse à calmer les craintes paranoïaques d'un vieux garçon sénile venu le consulter sur une question de lotissement, car il craignait, semblait-il, qu'on lui dérobe un petit terrain durant la nuit.

— Toutes mes excuses, fit Michaud, confus, en les invitant à entrer dans son bureau. Nous autres, notaires, il nous faudrait parfois être également psychiatres.

Il leur fit lecture du contrat. Élisabeth Mercier ne demanda qu'une modification. Elle souhaitait que les mensualités versées à Mélanie soient de deux mille dollars pendant les quatre premiers mois de sa grossesse pour passer ensuite à dix-huit mille quatre cents dollars les mois suivants, où elles se maintiendraient jusqu'au paiement complet. Après tout, expliqua-t-elle, si d'aventure une fausse couche survenait, il faudrait recommencer à zéro.

Mélanie et le notaire Michaud trouvèrent cette exigence tout à fait raisonnable.

14

Dix jours s'étaient écoulés. Le mois d'août finissait. Louis Perez n'avait pas revu Mélanie. À quelques reprises, il avait rôdé aux environs du Café Gerbederose, sans trouver assez de courage – ou d'humilité – pour y entrer. La semaine d'avant – coup de théâtre ahurissant ! –, il avait quitté l'emploi d'été que son père, grâce à une relation, lui avait trouvé à Hydro-Québec. « Les gens m'assomment », s'était-il contenté de lui donner comme explication. Cela avait causé toute une scène.

Ses parents s'inquiétaient de son état de santé. Il avait maigri, parlait à peine, passait les journées dans son lit à dormir ou à rêvasser devant un livre ouvert, se levait la nuit pour arpenter sa chambre ou faire de longues promenades à travers la ville.

— Je crois qu'il se drogue, Juanita, avait déclaré monsieur Perez à sa femme.

— Allons donc, pauvre nigaud ! avait riposté celle-ci. Ne vois-tu pas qu'il a une peine d'amour ? Ne te rappelles-tu pas tes propres peines d'amour ?

— Moi ? Je n'en ai jamais eu.

— Ce n'est pas ce que ta mère m'a dit quand tu t'es mis à me fréquenter.

— En tout cas, je n'aurais pas abandonné mon emploi à cause d'une femme.

— C'est que les temps ont changé, Manuel. Et les jeunes aussi. Et puis Louis, ce n'est pas ta copie. Il est même très différent de toi. Il tient davantage des Soares.

— Hélas.

— Ce n'est pas le temps de critiquer ma famille, mon cher, mais d'aider ton fils. Il faut trouver une façon de lui parler pour l'aider à se vider le cœur. C'est la seule chose qui peut lui faire du bien.

— Bonne chance !

En effet, que peuvent des parents face à la peine d'amour de leur enfant ? Louis accueillit par une rebuffade la tentative de *dialogue* de sa mère et fut ensuite près de quinze heures absent de la maison ; elle faillit donner son signalement à la police.

*

Un soir, dans une de ses errances aux environs du Café Gerbederose, Louis rencontra Tonio.

— Salut ! fit l'aide-pâtissier. Eh ! dis donc, ça fait longtemps qu'on t'a pas vu, toi !

— Ne fais pas l'innocent, Tonio. Tu sais bien qu'on a cassé, Mélanie et moi.

Tonio rougit de voir son subterfuge aussi facilement découvert :

— Cassé ? Ah bon.

Et il le regardait, la bouche entrouverte, l'air un peu niais. Mais, retrouvant aussitôt son assurance, il ajouta avec un clin d'œil :

— Je m'en doutais.

Alors Louis s'approcha et posa sur Tonio un regard qui saisit ce dernier :

— Comment va-t-elle ? lui demanda-t-il à voix basse.

— Comment elle va ? Euh… euh… comme ci comme ça, je dirais… pas si mal, pas si bien… enfin…

Puis, d'un ton plus affirmé :

— Pour être franc, on dirait qu'elle file un mauvais coton.

Sa réponse donna à Louis le courage de poser la question qu'il retenait depuis le début :

— Est-ce qu'elle s'est fait un nouveau *chum*?

— Pas que je sache… Mais je suis pas dans ses culottes, Louis… De toute façon, les femmes, tu sais, j'ai jamais trop compris ça…

— Et moi non plus!

Puis, désireux de changer de sujet:

— Qu'est-ce que tu fais par ici, Tonio? Il me semble que tu ne restes pas dans le coin.

Un sourire mystérieux apparut sur les lèvres du plongeur:

— Je fais le tour de mes talles, mon ami.

Et il souleva un peu sa main droite, qui tenait un grand sac de polythène rempli de cannettes d'aluminium.

— De tes talles? Je ne comprends pas.

— C'est pourtant simple. Tout le monde connaît ça. Tu ramasses des cannettes. Les consignées, je veux dire. Quand t'en as assez, tu vas les porter à l'épicerie, et on te donne de l'argent. Je me suis fait un bon petit paquet de fric comme ça.

Louis Perez, qui n'apprenait là rien de nouveau, l'approuvait gravement de la tête, comme s'il s'était agi d'une trouvaille remarquable. Puis, les deux hommes, n'ayant plus rien à se dire, se quittèrent sur une poignée de main.

*

Tonio n'avait pas menti en déclarant au jeune homme que son ex-amie filait, comme il disait, un mauvais coton.

Tout avait commencé quelques jours plus tôt, lors d'une conversation téléphonique que Mélanie avait eue avec sa sœur Mélina. C'était cette dernière qui l'avait appelée un soir, inquiète d'être sans nouvelles de la serveuse depuis belle lurette. Mélanie lui avait alors appris sur un ton de bravade sa décision de devenir mère porteuse. Mélina, suffoquée, était restée sans parole un moment. Puis elle l'avait longuement interrogée. Mélanie, avec franchise, n'avait caché ni l'illégalité de son projet ni les inquiétudes de sa patronne, pas plus que sa rupture avec Louis Perez, indigné par sa décision.

Il y avait eu alors un second silence.

— C'est de la folie, avait conclu Mélina.

— Aider une femme malheureuse, c'est de la folie? Tu as changé, Mélina. Qu'est-ce qui t'est arrivé?

— Combien t'offre-t-on?

En apprenant le montant qu'on lui proposait, Mélina resta bouche bée, puis, après un long soupir :

— Es-tu enceinte?

— Pas encore. On va m'inséminer bientôt.

— Je t'en prie, ne fais pas ça. Tu ne connais pas ces gens. Tu n'as jamais vu le mari. Tu ne sais même pas si le médecin qui s'occupe de toi est un vrai médecin. Les choses peuvent mal tourner, et alors tout ce beau monde risque de te laisser tomber. Et puis, il y va de ta santé. Y as-tu pensé? Tu as beau être jeune, tout peut arriver.

— Air connu.

— Air connu? Dans quelque temps, tu vas peut-être chanter une autre chanson, ma sœurette. Tu permets que j'en parle à Bruno?

— Je permets tout.

— Je te rappelle.

Une heure plus tard, Bruno, tablant à fond sur l'autorité que lui conférait son statut de médecin, avait essayé à son tour de convaincre Mélanie d'abandonner son projet. Cela n'avait fait que la renforcer dans sa résolution. Mélina l'avait alors invitée chez elle pour discuter de l'affaire. Mélanie avait refusé, se disant trop occupée. «Heureusement que ma mère n'est plus de ce monde, songea la serveuse. Oh là là! Ce que j'en aurais bavé!»

*

Le surlendemain, elle apprenait la nouvelle à son amie Camille.

Depuis que celle-ci vivait avec son électricien, les jeunes femmes se voyaient moins. Pour que deux couples se fréquentent, il faut que quatre personnes se plaisent, ce qui est déjà assez difficile avec deux. Camille trouvait Louis Perez naïf à en perdre ses culottes, mais, somme toute, assez à son goût ; par contre, Patrick l'électricien tombait quelque peu sur les nerfs de Mélanie, qui l'avait classé dans la catégorie des agités chroniques, section épais. Aussi, malgré l'impudicité toute féminine des confidences que les deux amies se faisaient sur leur vie amoureuse, leurs relations avaient tendance depuis quelque temps à se raréfier et à devenir surtout téléphoniques.

Et c'est en lui téléphonant que Mélanie, en proie au cafard et encore une fois malgré les promesses données à Élisabeth Mercier, mit Camille dans le secret. Elle se félicita par la suite de ne pas lui avoir appris la chose en tête à tête, car elle l'aurait giflée.

— Mère porteuse ? Allons donc ! s'écria d'abord Camille, incrédule.

— Puisque je te le dis. On vient de passer devant le notaire.

— Tu me fais marcher.

— Mais non ! s'impatienta Mélanie. On va m'inséminer dans quelques jours.

— T'inséminer… C'est bon pour les vaches, ça.

— Il y a des tas de femmes, Camille, qui se font inséminer, et personne ne les traite de vaches.

— Oui, mais celles-là, elles n'ont pas le choix. Toi, tu fais ça pour de l'argent.

— Qu'est-ce que tu en sais ? Tu peux lire dans ma tête ? Quelle psychologue ! Tu devrais ouvrir un bureau ! Et puis, même si c'était le cas, quel mal y aurait-il à ça ?

— Les putes doivent se dire la même chose.

— Ma foi, on dirait que t'es née au XIXᵉ siècle, Camille. Je ne te croyais pas aussi retardée.

— Je suis peut-être retardée, mais moi, au moins, sans vouloir te blesser, je ne loue pas mon utérus.

— Serais-tu jalouse?

— Jalouse, moi? Jalouse de quoi? Ah! des cent mille dollars? Pas du tout. Patrick et moi, on va finir par les gagner, nos cent mille dollars, mais on pourra continuer de se regarder dans les yeux, nous. Parlons d'autre chose, veux-tu?

Puis, malgré sa suggestion, elle demanda:

— Qu'est-ce que pense Louis de tout ça?

— On a rompu, répondit sèchement Mélanie.

— Eh bien, si j'avais été à sa place, je crois que j'aurais fait la même chose.

— J'ai bien dit: «*On* a rompu», Camille, et en réalité, c'est *moi* qui l'ai quitté, mentit Mélanie, de plus en plus ulcérée.

— Je n'en crois pas un mot. Il t'aimait vraiment, lui. Écoute, veux-tu un conseil d'amie?

— Quelle amie, Camille? siffla Mélanie.

— J'espère que tu me considères encore comme ton amie, même si mes paroles te brûlent les oreilles. Les vraies amies disent toujours ce qu'elles pensent. Enfin, elles essaient. Autrement, pourquoi se parler? Eh bien, moi, plutôt que de jouer à la vache, je demanderais un petit congé à Gerbederose – je suis sûre qu'elle accepterait si tu lui en donnais la raison – et j'irais passer quelques jours à la campagne, le temps que le bon sens me revienne. T'en as les moyens, après tout, avec l'héritage de ta mère.

— Merci de tes bons conseils, répondit Mélanie, glaciale. Je vais y réfléchir, si j'en trouve le temps.

Et elle raccrocha.

Dans les heures qui suivirent, sa détermination se mit à fondre et les doutes commencèrent à la gruger. Louis, Gerbederose, Mélina et enfin Camille, tout le monde non seulement la désapprouvait, mais la traitait quasiment de folle. À part Élisabeth Mercier, il n'y avait que le notaire Michaud pour l'appuyer, et encore, cet appui semblait comporter bien des réserves, et c'était sans doute le charme qu'elle exerçait sur le vieil homme qui le lui avait obtenu.

Cette nuit-là, elle dormit mal. Au matin, elle songeait à tout abandonner. Vers sept heures, le téléphone sonna. C'était Élisabeth Mercier.

— Je vous réveille, n'est-ce pas ? Excusez-moi.

— Vous ne me réveillez pas. J'ai déjà pris ma douche et je suis en train de me maquiller.

— J'aimerais déjeuner avec vous ce matin. C'est possible ?
Mélanie hésita :

— Je commence à travailler à huit heures. Il faudrait venir tout de suite.

— Je suis là dans cinq minutes.

Cinq minutes plus tard, on sonnait à la porte.

Élisabeth parut à Mélanie anxieuse, d'une amabilité tendue, comme si elle se doutait de quelque chose. Mais il ne fallait pas un sens de l'observation très aiguisé, à voir les traits tirés et l'expression préoccupée de la serveuse, pour que des questions surgissent à l'esprit.

— Comment allez-vous ? lui avait-elle aussitôt demandé en posant les mains sur ses épaules. Je vous trouve la mine un peu fatiguée.

Sa voix était remplie de cette tendresse exagérée qu'on ne prodigue qu'aux grands malades.

— Mais je vais très bien, avait répondu Mélanie en crânant. Je me suis couchée un peu tard hier, car je suis sortie avec des amies, mais ça va, ça va, je vous le jure.

— Vous me rassurez.

Elle jeta un rapide coup d'œil autour d'elle :

— Il est joli, votre appartement, dit-elle sans conviction, comme par politesse. Alors, où va-t-on ? Vous connaissez le quartier mieux que moi.

Elles se retrouvèrent au Café Coyote, coin Beaubien et de Chateaubriand, à deux pas du Café Gerbederose. À cette heure, l'établissement, assez petit, était bondé ; un brouhaha de voix aiguës se mêlait aux grésillements d'une radio qui jouait derrière le comptoir. Mélanie, contrariée, s'arrêta sur le seuil et regarda sa montre ; elle allait repartir avec sa compagne lorsqu'un jeune homme attablé dans un coin agita la main :

— Je m'en vais, mademoiselle.

Et il se leva aussitôt, tandis qu'elle s'avançait, suivie de sa compagne, et lui présenta galamment sa chaise.

— Merci, vous êtes gentil, fit Mélanie, surprise et flattée par ces attentions.

— De rien, mademoiselle, répondit l'autre en la fixant avec un large sourire. Bonne journée.

Et se tournant vers la publicitaire, il répéta :

— Bonne journée.

L'instant d'après, il réglait son addition à la caisse.

— Vous le connaissez ? demanda Élisabeth.

— Pas du tout.

— Alors, là, vous lui avez fait un effet du tonnerre, ça, on peut le dire ! Tenez, le voilà qui vous regarde encore… Vous voyez comme j'avais raison de vous avoir choisie… Mon enfant va avoir la vie facile, lança-t-elle gaiement.

Au regard que lui adressa Mélanie, elle redevint aussitôt sérieuse et se pencha vers la serveuse, l'air inquiet :

— Ça ne va pas ? Je suis sûre que ça ne va pas. Qu'est-ce qui se passe ? Dites-le-moi, je vous en prie.

— Il ne se passe rien, je vous assure, répondit mollement Mélanie en baissant les yeux.

— Je n'en crois rien. Je…

Elle s'interrompit. Une petite boulotte affairée au menton parsemé de poils et qui, malgré ses vingt ans, avait des allures de grand-mère venait d'apparaître devant elles, menus sous l'aisselle, carnet de commandes en main :

— Bonjour, mesdames. Je prends votre commande ou vous avez besoin du menu ? Bien, fit-elle en griffonnant à toute vitesse. Émile, deux rôties pain brun, beurre à part, et deux latte pour la trois !

Et elle fila vers une autre table.

— Non, je n'en crois rien, reprit Élisabeth Mercier. Il se passe quelque chose en vous. Et je dirais même que je le devine. Vous… vous hésitez, à présent, à… à me rendre ce service. Vous en avez parlé autour de vous et… Non ! non ! je ne vous reproche rien, croyez-moi. C'est un secret si lourd à porter qu'il est bien normal qu'on sente le besoin à un moment donné de… Et puis, de toute façon, il faudra bien tôt ou tard que vous appreniez à votre entourage, qui finirait du reste par le remarquer, l'état dans lequel… Bref, vous en avez parlé à votre ami et…

— Je n'ai plus d'ami, la coupa Mélanie.

Dans la rumeur ponctuée de cliquetis, de tintements et d'éclats de voix, sa remarque avait sifflé comme une flèche.

Élisabeth Mercier la fixa une seconde, fut sur le point de réagir, mais, se ravisant, continua sur sa lancée :

— … ou alors vous en avez parlé à une compagne de travail, à une amie, à quelqu'un de votre famille peut-être, et on vous a fortement déconseillé – on vous a peut-être même blâmée – de vous lancer dans cette aventure – car, d'une certaine façon, c'en est une, j'en conviens. Voilà pourquoi je voulais déjeuner avec vous, ce matin ; j'ai senti que vous traversiez un moment difficile.

— Je me pose des questions, c'est tout.

— Quelles questions ?

— Je ne sais pas… Par moments, je me sens coupable.

— Coupable de quoi, Mélanie?

Celle-ci haussa les épaules avec une moue incertaine, puis:

— Mais surtout, par moments, j'ai peur… De quoi? Je ne sais pas trop non plus. C'est instinctif.

— Mélanie, avez-vous confiance en moi?

Et elle plongea son regard dans le sien, comme pour lui montrer le fond de son âme, tandis que sa main allait chercher celle de la serveuse.

— Personne, Mélanie, murmura-t-elle avec des larmes dans la voix, personne, je vous le jure, ne m'aura rendu un service aussi précieux que celui que vous vous préparez si généreusement à me rendre… À moi et à mon mari, vous allez redonner la vie… Nous sommes en train de sécher comme des arbres plantés dans un désert… Il nous faut cet enfant, Mélanie. Notre couple va bientôt mourir si vous ne venez pas à son secours.

La serveuse, émue, la regardait en silence. La jeune grand-mère au menton poilu arriva, une assiette dans chaque main, et les déposa sur la table avec un «Bon appétit!» énergique, puis s'éloigna de nouveau.

Soudain, quelqu'un derrière le comptoir augmenta le volume de la radio et la voix chaude et séductrice de Jean-Pierre Ferland, flottant au-dessus des conversations, se mit à chanter «Je reviens chez nous».

Mélanie croqua dans une rôtie et but une gorgée de café avec un appétit soudain. Ce café faisait un peu pitié à côté de celui qu'on servait chez sa patronne; elle en passa la remarque à sa compagne, qui hocha vivement la tête. Soudain, jetant un coup d'œil à sa montre, la serveuse sursauta:

— Mon Dieu! il faut que je sois au travail dans cinq minutes, sinon Gerbederose va être débordée.

Les soucis quotidiens avaient repris le dessus, la crise s'était estompée.

— Allez, partez sans moi, fit Élisabeth, je vais régler. Merci pour le temps que vous m'avez accordé.

Mélanie allait la quitter lorsque Élisabeth, toujours assise, ouvrit son sac à main et lui tendit un paquet enrubanné :

— Tenez. Un petit cadeau… Comme ça, en passant. J'avais envie de vous faire plaisir.

Deux heures plus tard, quand l'affluence eut diminué au Café Gerbederose, Mélanie déballa le paquet ; il contenait un flacon de Chanel enveloppé dans un chèque de mille dollars. Un mot l'accompagnait :

Ma très chère Mélanie,

L'argent ne fait pas le bonheur, comme dit le vieil adage, mais il permet parfois – du moins je l'espère – d'exprimer sa gratitude à ceux que l'on aime.

Élisabeth

15

Le 28 août, au début de l'après-midi, Mélanie se présenta au bureau du docteur Brunelle pour son insémination. Depuis la veille, son moniteur de fertilité annonçait le début de ses jours de fertilité élevée, auxquels succéderaient deux jours de fertilité optimale. Le temps d'agir était venu.

En pénétrant dans la salle d'attente, elle arriva face à face avec une grosse femme aux traits fades et comme fondus, un bras en écharpe, qui la heurta de l'épaule en la croisant et s'éloigna sans une excuse; c'était manifestement une patiente qui sortait d'une consultation; les nouvelles n'avaient pas dû être bonnes. Mélanie haussa les épaules, alla s'asseoir, prit un magazine et le posa sur ses genoux, sans l'ouvrir. Elle était seule.

Contrairement aux jours précédents, elle se sentait calme, presque indifférente; après tout, rien ne disait que l'insémination réussirait du premier coup; il faudrait sans doute s'y reprendre deux ou trois fois, peut-être davantage. Elle avait le temps de changer d'idée.

La porte du bureau s'ouvrit et le docteur apparut, souriant et paternel; sa blouse blanche lui donnait un air d'efficacité professionnelle rassurant, comme si elle avait eu le pouvoir de le rendre infaillible.

— Bonjour, mademoiselle Gervais. Entrez, je vous prie. Merci d'être ponctuelle, car j'ai une journée de fou aujourd'hui. Mais je ne me plains pas, ajouta-t-il en l'invitant d'un geste à s'asseoir, car j'adore mon métier. Dites donc, vous avez une mine superbe!

— Merci.

— Vous allez voir, ce n'est rien du tout, cette insémination. Comme un examen gynécologique de routine.

Il s'approcha d'une armoire et enfila des gants de latex :

— Vous pourrez ensuite retourner à votre travail comme si de rien n'était. Je vous prierais d'enlever vos sous-vêtements, de vous allonger sur la table d'examen et de vous installer dans les étriers, s'il vous plaît.

Et il lui adressa de nouveau un sourire. Mélanie le trouvait vraiment sympathique. Presque trop. Mais peut-on être *trop* sympathique ?

Et, effectivement, l'opération fut rapide et tout à fait indolore. Le docteur Brunelle introduisit dans le vagin de sa patiente un tube de nylon mince et souple en lui expliquant qu'il s'agissait de franchir le col de l'utérus afin d'y déposer un peu de sperme ; il actionna un piston, attendit un moment, le sourire toujours aux lèvres, chantonnant un air qui tenait à la fois de *Au clair de la lune* et de *Malbrough s'en va-t-en guerre*, puis retira délicatement le tube en demandant à Mélanie de demeurer étendue quatre ou cinq minutes.

Le temps écoulé, elle se leva, s'habilla, salua le docteur et partit. C'était tout. Elle venait peut-être de gagner cent mille dollars. Enfin, façon de parler… Le plus difficile, évidemment, restait à venir.

En sortant de l'immeuble, elle aperçut la grosse femme au bras en écharpe debout près d'un arrêt d'autobus ; heureusement, elle se trouvait de l'autre côté de la rue. Aucun risque de collision. Un taxi passait. Mélanie l'arrêta. Elle aurait dû se trouver au café en train de servir les clients ; Gerbederose était bien bonne de lui avoir permis de s'absenter.

*

Il y avait longtemps que Tonio connaissait dans presque tous ses détails le projet de Mélanie, même si on ne lui en avait pas dit un mot. Après tout, il n'avait pas les oreilles dans sa poche et ne faisait pas partie de ces imbéciles incapables de déduire un fait à partir de quelques indices. Et ces indices – essentiellement des remarques soi-disant voilées qu'échangeaient parfois devant lui Mélanie et Gerbederose – lui apparaissaient fort clairs et pleins de cette bonne vérité juteuse et savoureuse dont regorgent les histoires croustillantes.

Chaque fois qu'une occasion se présentait, il lançait une allusion à Mélanie pour bien lui montrer que ce n'était pas de l'eau de vaisselle qu'il avait entre les deux oreilles. L'allusion n'était jamais méchante mais, bien au contraire, amusée, sympathique, presque affectueuse. C'était sa façon à lui de se rapprocher de la belle serveuse, la seule qu'il pût se permettre (il y en avait une autre qu'il avait imaginée dans la solitude de son petit appartement, mais il serait mort de honte si Mélanie l'avait connue).

Au début, un peu effarouchée, un peu agacée, elle crut avoir mal compris, mais dut bientôt se rendre à l'évidence : Tonio savait tout. Et la seule manière d'éviter qu'il ne devienne une nuisance, c'était de s'en faire un allié.

Alors, un après-midi que Gerbederose avait dû s'absenter pour une course et que la salle était vide, elle entra dans la cuisine et lui raconta son histoire dans les moindres détails. Il l'écouta, rouge de plaisir, flatté de sa confiance, et, quand elle eut terminé, fit un pas vers elle et osa mettre une main sur son épaule :

— T'as raison, Mélanie. On se trompe jamais en essayant d'aider les autres. Et, en plus, ça va te rapporter des pelletées de fric ! Compte sur moi si jamais t'as des problèmes. Tu m'as déjà tiré de la marde un jour. J'aimerais bien te rendre ça… sans te souhaiter de malheur, évidemment !

— Je suis sûre que tout va aller comme sur des roulettes, Tonio, répondit Mélanie en riant. Quand j'aurai reçu mon dernier chèque, on fêtera ça.

Il la regarda en silence, incapable de parler : les larmes allaient lui monter aux yeux. Alors, après un long raclement de gorge, il se remit vitement à la préparation de la sauce aux framboises dont on allait remplir le ventre de quatre douzaines de beignets.

*

Deux semaines s'écoulèrent.

Il y avait des jours où Gerbederose regrettait amèrement d'avoir emmené Mélanie chez le notaire Michaud, car cela n'avait qu'affermi la jeune femme dans son projet, alors que l'Haïtienne espérait secrètement un effet contraire ; mais la rencontre avait donné au moins un bon résultat : Parfait Michaud avait repris l'habitude de venir de temps à autre à son café et en repartait toujours avec des sacs pleins de pâtisseries ; c'était excellent pour les affaires.

— Je mourrai gras et la joie au cœur, avait-il répondu un jour à Mélanie qui s'inquiétait de son régime alimentaire. À mon âge, ma fille, on ne choisit plus ses plaisirs. Il faut se contenter de ceux qui nous restent. Et heureusement il me reste, entre autres, les pâtisseries !

Mais Gerbederose s'était vite rendu compte que ce n'étaient pas les brioches, les babas, les éclairs ou les pets-de-sœur au sirop d'érable qui l'attiraient d'abord et avant tout, mais la jeune femme qui les lui servait, car Mélanie semblait l'avoir totalement éclipsée dans l'esprit du notaire, ce dont l'Haïtienne ne tenait aucunement rigueur au vieil homme, d'ailleurs.

Il arrivait immanquablement dans le creux de la matinée ou de l'après-midi, quand la serveuse avait moins à faire et plus de temps à lui consacrer, et, affalé sur une chaise, il s'amusait à bavarder avec elle, à la taquiner, parfois à la mystifier par une affirmation prononcée sur un ton de croque-mort et qui s'avérait saugrenue le moment d'après ; de temps à autre, leur conversation prenait un tour plus sérieux et ils parlaient de livres, de politique ou tout simplement *des choses de la vie*, pour utiliser son expression quelque peu sentencieuse. Pendant ce temps, il pouvait détailler discrètement sa belle interlocutrice, admirer la grâce de ses mouvements et apprécier le piquant de ses reparties, car Mélanie ne manquait pas d'esprit ni d'une certaine culture.

Quand elle le pouvait, Gerbederose se joignait à eux, car, malgré son « infidélité », elle l'aimait bien, ce vieil homme un peu précieux, mais si agréable et spirituel, et qui raffolait tellement de ses pâtisseries qu'elle en oubliait le temps qu'il faisait perdre parfois à son employée.

Le projet de Mélanie avait eu également un autre effet : Élisabeth Mercier, à présent, venait au café presque chaque jour ; on ne pouvait dire cependant que sa présence procurait à l'Haïtienne autant de plaisir que celle du notaire.

Ce que Gerbederose ignorait et que Mélanie évitait de lui dire, c'était que, chaque soir, la femme d'affaires téléphonait à la serveuse pour prendre de ses nouvelles ; la moindre indisposition de sa future mère porteuse la plongeait dans l'inquiétude, au point que celle-ci finit par lui assurer invariablement qu'elle allait bien.

Élisabeth Mercier l'invita au cinéma, au restaurant, à un spectacle d'Ariane Moffatt ; elle l'accompagna pour des courses et lui offrit des cadeaux : une cafetière électrique dont Mélanie avait exprimé vaguement le désir, des produits de beauté, un vêtement. Ces gâteries lui étaient prodiguées avec une bonne humeur et une simplicité charmantes. Mélanie s'attachait à la femme d'affaires, se laissait aller à des confidences, et le sentiment d'être en quelque sorte sa bienfaitrice lui donna peu à peu l'impression d'être devenue comme son égale.

Par curiosité, elle demanda à Élisabeth Mercier de lui faire visiter son agence de publicité.

— Tu y tiens absolument ? répondit celle-ci (elles se tutoyaient, à présent). C'est que je n'ai pas grand-chose d'intéressant à te montrer, tu sais : un bureau, c'est un bureau. Et puis, nous venons de déménager à Verdun, c'est un peu loin. Enfin, je ne dis pas non… Un de ces jours, je t'amènerai. Promis.

*

Vint la date où Mélanie aurait dû avoir ses règles, habituellement régulières. Elle les attendit. Les règles ne vinrent pas. Ses seins avaient un peu gonflé ; leur mamelon était devenu sensible. Était-elle enceinte ? Était-ce un effet de la nervosité ? un caprice de la nature ? Elle laissa passer quelques jours, puis, un bon matin, utilisa un de ces bâtonnets à lecture numérique que le docteur Brunelle lui avait donnés pour détecter le début de sa grossesse. Le test s'avéra positif !

Ce jour-là, elle se montra nerveuse, un peu irritable, et dormit mal la nuit suivante. Le lendemain, elle téléphona au docteur. Il lui recommanda de faire un second test et lui fixa un rendez-vous pour le jour suivant. Le second test s'avéra également positif.

— C'est Élisabeth qui va être contente ! s'exclama le médecin après l'avoir examinée. Et Frédéric, donc ! Toutes mes félicitations, ma chère Mélanie. Je vous laisse évidemment le plaisir d'annoncer vous-même la bonne nouvelle.

Curieusement, Mélanie n'éprouvait aucune joie, seulement la tiède satisfaction d'avoir rendu service à une personne qu'au fond elle connaissait bien peu – et ce service prenait de plus en plus l'allure d'une corvée. Il y avait, bien sûr, l'argent qui allait le récompenser. Mais pour quel motif, au fond, s'était-elle jetée dans cette étrange aventure ? Était-ce un enfant qu'elle portait… ou un placement ? « Mon Dieu que je ressemble à ma mère », se dit-elle soudain. Cette pensée l'effraya. Était-il possible qu'on finisse par ressembler à quelqu'un qu'on avait tant détesté ?

Elle ne téléphona à Élisabeth Mercier qu'au milieu de la soirée. Vingt minutes plus tard, la femme d'affaires arrivait chez elle dans un état de joie si exubérant que Mélanie en fut d'abord émue, puis étonnée et enfin un peu agacée. Que de chichi pour le début d'un bébé! Il restait quand même plus de huit mois avant qu'on puisse lui voir le bout du nez. Qui dit qu'il les traverserait?

Soudain apparurent les nausées (surtout le matin), les envies de dormir incoercibles, une étrange lourdeur dans tout le corps et qui affectait parfois l'esprit (elle se sentait alors idiote); elle en venait parfois à souhaiter une fausse couche, qui la débarrasserait de ce poids envahissant de plus en plus insupportable, et se mettait à pleurer; généralement, cela ne lui arrivait que lorsqu'elle se trouvait seule. Mais, un soir de grande fatigue, cela se produisit au café devant des clients. Gerbederose se montra alors admirable; quittant ses fourneaux, elle la remplaça au pied levé, inventa une histoire qui fit rire tout le monde (y compris Mélanie) et renvoya la serveuse chez elle se reposer. Pourtant, cette affaire l'ennuyait au plus haut point: elle lui ferait perdre tôt ou tard une employée efficace et aimée de la clientèle, et qui était devenue comme sa fille.

Ce fut Camille toutefois qui s'avéra le soutien le plus efficace de Mélanie en dépit de l'accueil corrosif qu'elle avait fait à son projet de mère porteuse. Trois jours après leur conversation, elle avait téléphoné un soir à son amie pour s'excuser de ses propos.

— Tu avais raison, Mélanie, j'étais jalouse, mais pas de ce que tu penses. J'en voudrais un enfant, moi. Mais Patrick me répond qu'il n'est « pas prêt pour le moment ». Et j'ai l'impression que le *moment* va reculer d'une année chaque année. Il y a des gars comme ça. Ce n'était pas une raison, bien sûr, pour te parler comme je l'ai fait. Tu ne m'en veux pas trop, hein?

— Mais voyons donc, ma vieille, répondit l'autre, magnanime, j'avais tout publié, moi!

— J'ai le goût d'aller faire un tour chez toi. Il y a une éternité qu'on ne s'est pas vues. Je peux?

— Tu n'as pas de permission à me demander, tu sais bien. Amène-toi, espèce de dragon.

Elles passèrent toute la soirée à rire comme des folles pour des riens. Cela fit un bien immense à Mélanie. Camille, débordante de bonne volonté, lui prépara un énorme pâté chinois, qu'elle divisa en portions et mit au congélateur. Puis elle se lança dans la confection d'un gâteau aux dattes, qui subit le même sort.

— Ainsi, les jours où tu n'auras pas le cœur à popoter…

— Depuis quelque temps, c'est *tous* les jours, ça.

— … tu auras ces réserves pour te dépanner. La prochaine fois, je te ferai une bonne soupe aux légumes, quelque chose de consistant. Une femme enceinte doit bien manger.

— Dis donc, est-ce que ta mère ne s'appelait pas par hasard Sœur Angèle?

— Ma mère ne savait pas comment faire bouillir de l'eau, chère. C'est de papa que j'ai tout appris. La cuisine, chez lui, c'est une passion. Il ne pèse pas cent cinquante kilos pour rien.

Soudain, elle se pencha vers son amie, qui sirotait une tisane, attablée dans la cuisine, et, la prenant par les épaules, se mit à la fixer, l'œil humide:

— Mélanie…

— Quoi?

— Garde-le donc, cet enfant… Après tout, c'est *toi* qui es en train de le faire. Il t'appartient.

— On s'était promis de ne plus revenir sur le sujet, Camille.

— Excuse-moi, je suis une grosse bête.

— De toute façon, il est, comme qui dirait… réservé. *Je ne le sens pas à moi*, comprends-tu?

— S'il y a une chose que je ne comprends pas, soupira Camille, c'est bien celle-là.

À partir de ce moment, Camille n'essaya plus de faire revenir Mélanie sur sa décision et se borna à lui tenir compagnie et à l'aider dans les petites et les grandes choses de la vie courante – lorsque Élisabeth Mercier ne monopolisait pas sa mère porteuse.

Mélanie en vint rapidement à préférer la présence de son amie, malgré les aspérités de son caractère, à celle de la femme d'affaires, dont la gentillesse enveloppante et quelque peu tentaculaire la mettait parfois mal à l'aise.

16

Un soir d'octobre, Mélanie s'en revenait à pied chez elle après sa journée de travail lorsqu'elle arriva face à face avec Louis Perez au coin des rues Saint-Zotique et de Lanaudière. La serveuse eut l'impression qu'il l'attendait depuis un bon moment. Le plaisir qu'elle sentit de le revoir, curieusement, l'agaça.

— Ça y est, lui annonça-t-elle sur un ton de défi. Je suis enceinte.

Il la fixait en silence, désemparé.

— Tu sais, ajouta-t-elle sans trop savoir pourquoi, quand j'aurai accouché, je serai la même fille qu'avant.

Il continuait de la regarder, se mordillant un coin de la bouche, comme en proie à une intense réflexion.

— C'est vrai, finit-il par convenir. Enfin… presque la même.

Et il réprima un soupir.

— *Tout à fait* la même, Louis, rectifia Mélanie avec un sourire engageant.

Elle ressentait tout à coup une forte envie de faire l'amour avec lui. Cela l'étonnait, car son sevrage jusqu'ici ne lui avait guère pesé. Mais un besoin impérieux de se sentir contre lui, jambes emmêlées, souffles confondus, la tenaillait à présent. Quel carcan vieillot emprisonnait l'esprit de ce drôle de garçon ! N'avait-elle pas le droit de mener sa vie comme elle l'entendait ? Et pourquoi lui plaisait-il tant ?

— Mon pauvre Louis, murmura-t-elle, tu te fais souffrir inutilement, je t'assure.

— On est comme on est, se contenta-t-il de répondre.

Et il eut ce sourire plein de bonté et de tristesse qu'elle n'avait jamais vu chez aucun autre homme.

— Qu'est-ce que tu fais dans le coin ? lui demanda-t-elle alors avec une fausse naïveté.

— Je t'attendais, tu le sais bien.

— Voilà longtemps qu'on s'est vus…

— Cent sept jours.

Elle le regarda, surprise, émue. On pouvait donc aimer à ce point ? Soudain un frisson la parcourut.

— On gèle ce soir… Qu'est-ce que ça sera cet hiver ! Tu viens chez moi ? J'ai le goût de boire quelque chose de chaud.

Il accepta d'un signe de tête et se mit à marcher à ses côtés en jetant des coups d'œil autour de lui, comme un voyageur qui retrouve un coin de pays quitté depuis longtemps. Ils marchaient vite, car le vent venait de se lever et rendait l'air piquant. Ils montèrent presque à la course l'escalier extérieur qui menait à l'appartement de la serveuse ; mais à mi-chemin, elle ralentit brusquement l'allure. « Gare aux fausses couches, se dit-elle. Je n'ai pas envie de tout recommencer ! » Comme il la suivait sur les talons, il faillit buter contre elle.

— Excuse-moi, Louis, fit-elle en se retournant. Le souffle m'a manqué.

— Oui, bien sûr, t'es enceinte, répondit-il d'un ton quelque peu acide.

Il fallut un moment à Mélanie pour déverrouiller la porte tant ses doigts étaient devenus gourds. Elle s'effaça devant Louis pour le laisser entrer et, au moment où il franchissait le seuil, frôla sa cuisse de la main ; il feignit de ne pas s'en apercevoir.

Il avançait dans le corridor, l'air grave et recueilli, promenant son regard partout.

— Tiens, tu t'es acheté une lampe? remarqua-t-il en entrant dans le salon.

Puis, passant dans la cuisine :

— T'as une nouvelle cafetière?

— Oui, se contentait-elle de répondre, ne voulant pas se lancer dans l'énumération des cadeaux d'Élisabeth Mercier.

Ils s'attablèrent dans la cuisine l'un en face de l'autre et elle lui prit la main.

— Tu m'en veux encore beaucoup?

— Ce n'est pas de la colère, Mélanie, répondit-il doucement, c'est de la peine.

— T'es trop sentimental.

— Ça doit être ça. Je vais suivre un traitement.

Un moment passa. Elle le regardait. Enfin, il lui sourit.

— J'ai le goût de faire l'amour, dit-elle.

Il ne répondit rien, mais lui serra la main. Puis il sourit de nouveau.

Alors elle se leva et vint à lui. L'instant d'après, ils s'enlaçaient.

— Oh! toi, toi, murmurait-il, pourquoi je t'ai dans la peau comme ça? Je vais finir par me détraquer…

— Et moi donc, répondit-elle dans un soupir, tu penses que c'est drôle?

Ils continuaient de s'embrasser, puis arrêtaient subitement pour se regarder, éperdus, haletants, et recommençaient.

— Il faut que je prenne une douche, murmura-t-elle au bout d'un moment en se dégageant de son étreinte. J'ai sué toute la journée.

Elle recula d'un pas et retira la barrette qui retenait ses cheveux:

— Je ne sais pas ce qui se passe, poursuivit-elle sur le ton détaché qu'on prend pour parler d'une chose banale et sans grand intérêt, mais depuis quelque temps j'ai des bouffées de chaleur qui me trempent comme si j'étais tombée dans l'eau.

— Aurais-tu oublié que t'es enceinte? demanda-t-il du même ton acide.

— Dis donc, ça va être ton nouveau leitmotiv, ça?

Les lèvres serrées, elle le fixait, le regard étincelant.

— *Leitmotiv!* s'étonna-t-il. Je n'avais jamais entendu ce mot-là dans ta bouche.

— Il y a bien des mots que tu n'as pas entendus dans ma bouche, mon flo.

Elle se radoucit et ajouta:

— Je l'ai appris d'un notaire.

— Un notaire? Tu fréquentes les notaires, à présent?

— J'en vois un de temps à autre qui vient au café. Drôle de numéro mais sympathique. Je t'en parlerai peut-être tout à l'heure.

Elle laissa glisser sa jupe sur le plancher:

— Mais pour l'instant, c'est la douche. Tu m'accompagnes?

— J'allais te le proposer, ma floune.

Il voulut l'enlacer de nouveau, mais elle fila vers la salle de bains.

*

Les retrouvailles furent un peu laborieuses au début, mais le plaisir vint vite à la rescousse. Leurs corps se rappelèrent les anciennes caresses et avec elles revinrent la tendresse et les mots doux. Il approchait dix heures quand ils sortirent peu à peu de la délicieuse torpeur qui les alanguissait. Allongés l'un contre l'autre, les jambes emmêlées, comme elle l'avait si ardemment souhaité, ils fixaient la pénombre sans parler, bercés par le tic-tac du réveille-matin.

— T'es-tu fait une nouvelle blonde? demanda tout à coup Mélanie.

— Si on veut. C'est tout récent.

Elle se retourna vers lui, piquée au vif, mais réussit à n'en rien montrer.

— C'est qui?

— Une fille de la classe, répondit-il, nullement troublé et peut-être content de répondre à ses questions.

— Tu t'entends bien avec elle? poursuivit Mélanie sur le ton de la plus sereine indifférence.

Il hocha la tête :

— Ouais… si on veut… Mais, pour être franc, c'est pas très fameux.

Elle posa sur lui un regard froidement ironique :

— Ça va s'améliorer avec le temps, tu verras. Il faut de la patience.

— Non. Ça ne s'améliorera pas. Je ne veux pas que ça s'améliore. Parce que c'est toi que j'aime. C'est avec toi que je veux faire l'amour. C'est avec toi que je veux faire *tout… Tout*, tu comprends?

Elle eut un sourire cruel :

— Même si j'ai loué mon cul?

Il la fixa un moment sans parler, les yeux brillants, les lèvres contractées :

— Ma foi, dit-il enfin, je pense que tu n'as pas encore compris… *Tu as gagné, Mélanie… Tu as gagné sur toute la ligne…* Tu devrais être contente, non?

Il se laissa retomber à ses côtés et se pressa contre elle, un bras passé par-dessus son épaule. Elle sentait son sexe endormi lové contre sa vulve encore humide. Elle sentait les pulsations de son ventre qui se transmettaient au sien. Il la regardait avec un air de si profonde gravité qu'elle serra les mâchoires, un peu effrayée. Et soudain, elle envia sa candeur. Avait-elle déjà été comme lui? Sans doute, il y avait très longtemps, si longtemps qu'elle en avait perdu le souvenir, ou presque.

— Ça ne paraît pas encore, lui dit-il tout à coup.

— Qu'est-ce qui ne paraît pas?

— Le bébé.

— Nono… je n'en suis qu'au début. Je ne suis pas une chatte pour faire des petits en deux mois.

— Oui, bien sûr… mais j'aurais cru que cela paraîtrait à certains signes… Il y a peut-être les seins… Je trouve que tes seins sont plus durs.

— Et plus sensibles, cher. Je te prierais gentiment d'en tenir compte.

— Message reçu.

Et il lui plaqua un gros bec sur la joue.

Un moment passa.

— Quand vas-tu accoucher? reprit-il, toute sa gravité revenue.

— Si tout se passe bien, quelque part vers la fin de mai.

— Tu ne sais pas encore si ce sera un garçon ou une fille?

Elle se releva à demi, appuyée sur un coude:

— Pour être franche, je ne tiens pas plus que ça à le savoir.

Il hocha la tête en essayant de prendre un air raisonnable, comme si l'attitude de Mélanie allait de soi.

— En tout cas, si jamais il y a un pépin, je serai là.

Elle se contenta de hausser les épaules en souriant.

Il s'étira longuement, puis lui dit de se retourner sur le ventre et se mit à lui masser le dos, ce qui la plongeait habituellement dans une langueur délicieuse. Au bout de quelques minutes, il se pencha à son oreille et, d'une voix caressante mais qui avait en même temps les intonations d'un ordre:

— Est-ce que je peux passer la nuit avec toi?

Alors, il se produisit quelque chose d'étrange chez Mélanie, qui ne lui était jamais arrivé. Elle eut un brusque mouvement d'humeur auquel succéda aussitôt un profond apaisement: pour une fois, elle ne dormirait pas seule!

17

Les semaines passaient et Mélanie, malgré ses malaises, parvenait à maintenir un rythme de vie inchangé. Elle déployait la même énergie au café et manifestait le même entrain et la même gentillesse avec les clients ; aucun ne se doutait de sa grossesse. Gerbederose la regardait aller et hochait parfois la tête, pensive, se disant qu'il devait y avoir un bon Dieu pour les écervelées, car, malgré toute l'affection que lui inspirait son employée, elle continuait de la blâmer pour sa décision.

Mais les choses n'allaient bien pour Mélanie qu'en apparence. Par fierté, par bravade, elle ne parlait à personne (et surtout pas à Louis) du cafard huileux qui l'attendait chaque matin à son réveil ; de l'angoisse qui la saisissait brutalement à la pensée de cet accouchement que chaque jour rapprochait ; des douleurs qui lui vrillaient les jambes pendant son travail et l'empêchaient de s'endormir le soir ; de la fatigue qui, sans crier gare, lui tombait dessus comme une tonne de briques et lui donnait envie de se coucher par terre, peu importe où elle se trouvait.

C'était cette fatigue qui rendait si difficile la tâche qu'elle s'était fixée de donner le change coûte que coûte.

Un après-midi du milieu de novembre, alors qu'une pluie torrentielle tenait les clients loin du café, Gerbederose la trouva endormie sur une chaise bancale dans l'espèce de réduit où on gardait les produits de nettoyage et les meubles en attente de réparation. L'Haïtienne la contemplait depuis un moment, le regard rempli de compassion, lorsque Mélanie ouvrit soudain les yeux.

— *Rété trankil*, *tit-cocotte*, et continue de dormir, dit douce-ment Gerbederose. De toute façon, avec cette pluie, il n'y a pas un chat dans la place.

Puis elle ajouta avec un soupir:

— Ah, je le sais, c'est de l'ouvrage, faire un enfant... On a l'impression parfois qu'on va en mourir, tellement ça nous suce la moelle et le sang...

Mélanie voulut quand même se lever, mais sa patronne la repoussa doucement et referma la porte.

*

Élisabeth Mercier venait presque chaque jour au café prendre des nouvelles de sa porteuse d'enfant. Mélanie lui avait interdit de glisser la moindre allusion à son état devant les clients.

— Mais un jour, ça va paraître, ma pauvre chérie, avait répondu la femme d'affaires, étonnée. C'est la loi de la nature, que veux-tu?

— On verra à ce moment.

— Est-ce que tu regrettes de m'aider, Mélanie?

— Pas du tout.

Et elle lui caressa furtivement la main.

— Tu sais que je ferais l'impossible pour... te faciliter les choses. Tu le sais, n'est-ce pas?

Et, effectivement, Élisabeth Mercier continuait de déployer les plus grands efforts pour égayer sa grossesse commandée. Les gâteries pleuvaient: friandises, billets de théâtre ou de cinéma, parfums, maquillage, etc. Chaque fois que l'occasion se présentait, elle l'invitait au restaurant, l'amenait dans une boutique de mode, chez la manucure, la pédicure. Un jour, la trouvant anxieuse, elle insista même pour lui offrir une séance chez une cartomancienne, qui ne lui prédit que de bonnes choses. Cela n'apaisa aucunement la serveuse.

Et au début de chaque mois elle lui faisait ponctuellement le versement stipulé dans le contrat qu'elles avaient signé chez le notaire Michaud. Ce paiement semblait apporter à Mélanie un certain réconfort dans l'ingrate mission qu'elle avait accepté d'accomplir pour la femme d'affaires.

Il faut dire que la reprise des amours entre Louis Perez et la serveuse avait considérablement allégé la tâche de la publicitaire, qui semblait s'être fixé comme but de transformer la grossesse de Mélanie en partie de plaisir. Plusieurs des soirées de la jeune femme et tous ses dimanches étaient maintenant pris. Et puis il y avait Camille, qui tenait aussi à faire sa part.

De sorte que, vers le milieu du mois de décembre, Élisabeth Mercier en fut réduite plus ou moins à ne manifester sa reconnaissance et sa tendresse que par des cadeaux, qu'elle venait lui porter au café.

Loin de la vexer, cette nouvelle situation semblait lui convenir parfaitement.

Quelques jours avant Noël, un commis de papeterie, devenu un fidèle client du café, plaisanta Mélanie sur son début de bedon, car à un extraordinaire sens de l'observation il alliait une remarquable absence de jugement :

— Oh là là ! Ça commence à grossir, ça, si je ne me trompe ! C'est l'effet des pâtisseries… ou d'autre chose ?

Il y eut un brusque silence dans la salle. Onze paires d'yeux se tournèrent vers Mélanie, puis vers Louis Perez, qui se trouvait sur les lieux comme presque chaque jour et dont bien des hommes convoitaient la jolie maîtresse.

— Je suis enceinte, répondit simplement Mélanie.

Gerbederose, debout derrière le comptoir, la regardait avec de grands yeux.

— Ah bon ! fit le commis avec une surprise pleine de bonhomie (de toute sa vie, il semblait ne pas avoir connu un moment de malaise). C'est des grandes nouvelles, ça ! Félicitations !

Puis, se tournant vers Louis, assis à la table voisine :

— Félicitations aussi au papa !

Louis Perez inclina la tête sans dire un mot.

Quelqu'un se mit alors à parler très fort d'un sujet tout à fait étranger à l'affaire et la conversation reprit peu à peu dans le café.

Une phase nouvelle venait de débuter dans la vie publique de Mélanie. Mais tout le monde comprit très vite qu'elle ne désirait pas élaborer sur le sujet.

— Après tout, elle en a bien le droit, remarqua un jour une corpulente vendeuse qui travaillait dans une boutique de robes de mariée. Ça fait partie de la vie privée, ça. Personne n'aime qu'on se fourre le nez dans ses affaires. Vous demanderez à ma voisine de palier ; je me suis arrangée pour qu'elle le sache.

À présent, quand Louis Perez apparaissait au café, certains lui jetaient de curieux regards, qui paraissaient remplis à la fois de blâme et de compassion. « A-t-on idée ! semblaient-ils dire. Pas de diplôme, pas d'emploi stable, et papa ! Il n'a pas fini d'en baver ! À moins qu'il sacre là cette pauvre fille… On a souvent vu ça. »

*

Tonio n'avait jamais trop aimé cette Élisabeth Mercier qui avait toujours feint de ne pas le voir, comme si le simple fait de reconnaître son existence l'aurait ravalée à son niveau.

— Une hostie de snob qui pète plus haut que le trou ! avait-il conclu un jour avec une vigoureuse indignation, comme pour tenter de se consoler de l'humiliation subie. La ville est pleine de ces vieilles peaux. On devrait les écraser quand elles traversent la rue. Ça nettoierait le décor.

Mais après que Mélanie lui eut appris le malheur que subissait la pauvre femme depuis si longtemps et les mesures – assez coûteuses, merci ! – qu'elle avait décidé de prendre pour remédier à la chose, il se mit à éprouver pour elle une sorte de vague sympathie, dont elle ne pouvait pas se douter, car son travail le confinait la plupart du temps à la cuisine. Et les rares fois où il la croisait, il feignait lui aussi de ne pas la voir. À elle de faire les premiers pas !

En dépit du salaire régulier que lui fournissait maintenant son travail au café, Tonio n'avait pas abandonné le ramassage des cannettes et bouteilles consignées, dont il tirait des revenus surprenants. Au début, c'était la misère qui l'avait forcé à développer cette habileté ; à présent, cela lui permettait de s'offrir des gâteries.

— C'est comme de l'argent tombé du ciel, comprenez-vous ? avait-il expliqué un matin à Gerbederose, qui s'était étonnée de le voir arriver avec deux gros sacs de polythène bourrés de cannettes vides (elle lui avait aussitôt ordonné d'aller les cacher dans la penderie). C'est comme la manne que le bon Dieu envoyait aux Juifs pendant qu'ils traversaient le désert. Je serais bien fou de pas la ramasser !

— Je vois que tu connais ta Bible, avait ironisé la Noire.

— Seulement les passages qui font mon affaire. Par exemple : « Je viendrai comme un voleur. »

— Ne viens jamais ici comme ça, mon gars, sinon…

Et elle fit le geste de lui tordre le cou.

— Voyons ! patronne, s'exclama l'autre, scandalisé. Pensez-vous que je vous volerais, *moi* ? Vous m'avez tiré de la rue !

— Et je peux t'y renvoyer aussi.

Tonio avait dû adapter ses habitudes de cueillette à sa nouvelle vie. Il ne faisait désormais le tour de ses talles (comme il les appelait) que tôt le matin, avant d'arriver au café, ou vers le milieu de la soirée, après son travail.

L'ancien clochard demeurait dans un trois-pièces minuscule – et assez bien tenu –, rue Chambord, non loin de la rue Bélanger ; son aire de cueillette, avec les années, s'était agrandie peu à peu, circonscrite à présent par les rues De Lorimier à l'est et Villeray au nord, par le boulevard Saint-Joseph au sud et l'avenue du Parc à l'ouest. Il n'était pas le seul, bien sûr, à s'adonner à cette humble occupation ; la concurrence se montrait parfois féroce. Malgré tout, il fallait faire preuve de la plus grande courtoisie envers les rivaux pour éviter les chicanes qui risquaient d'alerter la police. De plus, il fallait toujours garder à l'esprit que le ramasseur de cannettes travaillait sur le terrain d'autrui.

Les « bonnes adresses » correspondaient principalement à des commerces d'alimentation (restaurants, dépanneurs, épiceries) et à des résidences où l'on consommait beaucoup de bière et de boissons gazeuses tout en négligeant d'aller en réclamer la consigne chez le marchand. On avait beau le taquiner au café sur sa « manie », celle-ci comportait au moins deux avantages : les longues marches qu'il devait faire pour ses cueillettes le tenaient en forme et celles-ci lui rapportaient chaque année entre deux et trois mille dollars, revenu d'appoint appréciable, car Gerbederose, le payant encore au salaire minimum, ne lui avait accordé jusque-là des augmentations que sous forme de nourriture.

Avec les années, il avait appris l'importance d'observer certaines règles si on voulait éviter les embêtements et les complications ; elles étaient au nombre de huit :

1. Toujours porter des vêtements convenables en faisant ses cueillettes. Une apparence de respectabilité favorise la paix.
2. Pour la même raison, transporter sa marchandise dans des sacs propres et non transparents.
3. Éviter le bruit, pratiquer la discrétion, se montrer poli avec tout le monde, même quand notre interlocuteur ne l'est pas.
4. Travailler proprement, éviter de semer le désordre et même, au besoin, nettoyer un peu les lieux ; quand on opère sur le terrain d'autrui, les petits services encouragent la tolérance.

5. La nuit, fuir les ruelles mal éclairées (deux fois, il s'était fait détrousser par des voyous et trois fois on lui avait tapé dessus).

6. Profiter au maximum du mauvais temps, car la pluie et les grands froids tuent la concurrence.

7. Ne jamais se vanter de ses bonnes adresses, car les nouvelles circulent vite et se rendent partout.

8. Ne jamais filouter le marchand où l'on apporte ses cannettes en modifiant leur code-barres pour augmenter la consigne. C'est proprement suicidaire.

Or, un jeudi soir qu'il se trouvait au coin des rues de Chateaubriand et Jean-Talon en train d'effectuer sa tournée, il se produisit un incident en apparence insignifiant mais qui eut de grandes conséquences.

Il traversait la rue de Chateaubriand pour enfiler la ruelle qui longe l'arrière d'une longue série de commerces donnant sur le côté ouest de la rue Saint-Hubert lorsqu'il aperçut tout à coup Élisabeth Mercier sortant d'une automobile arrêtée à l'intersection. Un homme était derrière le volant, mais les reflets des glaces et du pare-brise l'empêchèrent de distinguer ses traits. La femme d'affaires s'apprêtait à le quitter ; penchée vers l'intérieur, elle continuait à échanger avec lui des propos qui semblaient fort joyeux, à en juger par le ton de sa voix. Elle referma alors la portière, releva la tête et aperçut Tonio. Son visage se crispa et la frayeur passa comme une ombre sur ses traits.

— Bonsoir ! lança-t-elle avec un entrain qui sonnait faux. Comment allez-vous ?

Et, en même temps, elle dut glisser un mot ou faire un signe au conducteur, car il démarra brusquement et faillit brûler un feu rouge en traversant de Chateaubriand pour filer vers l'ouest.

Tonio, stupéfait, s'était arrêté au milieu de la chaussée, puis, lorgnant du coin de l'œil l'auto qui s'éloignait, avait réussi à relever son numéro d'immatriculation. « FV 26001. Il faut pas que j'oublie ça ! » Il avait le sentiment qu'un événement important venait de se produire, sans trop savoir de quoi il s'agissait.

— Un vrai froid de canard, hein ? reprit la femme d'affaires tandis qu'il se remettait en marche dans sa direction, son sac de cannettes à la main, tout en évitant avec un soin extrême que des tintements s'en échappent qui en trahiraient le contenu. Mon mari vient de me déposer, j'ai des courses à faire dans le coin.

— Ah bon, répondit Tonio, qui s'arrêta devant elle sur le trottoir.

Incapable de supporter son regard, il se dandinait en fixant ses élégants bottillons de suède noir. Pourquoi lui donnait-elle toutes ces explications ? Au fait, pourquoi lui parlait-elle ?

— Et vous, Tonio, bien occupé ?

Elle savait donc son nom ? Habitué au silence méprisant de la *grande dame*, il avait l'impression d'étouffer sous un déluge de paroles.

— Moi ? Euh… Pas mal… J'ai des courses à faire, moi aussi. « FV 26001. Faut pas que j'oublie ! » Je me cherche des bottes.

— Eh bien, je dois vous quitter, Tonio, les boutiques vont bientôt fermer. Bonsoir. À la prochaine !

Elle lui adressa son plus charmant sourire et se dirigea à pas pressés vers la rue Saint-Hubert. Il se dirigea quant à lui vers la ruelle, puis, s'arrêta, honteux à la pensée qu'elle le voie, et revint jusqu'à la rue de Chateaubriand, où il obliqua vers la droite et ne s'arrêta que lorsqu'il fut sûr d'échapper à ses regards. Alors il se mit à réfléchir. « FV 26001… C'est bien ça… Deux zéros, pas trois. Deux comme dans… *les deux totons de ma blonde.* J'ai pas de blonde, mais c'est pas grave… Et puis… F comme dans… *fend* et V comme dans *vent*… Fend-le-vent. Maudite fend-le-vent ! T'es-sayais de faire la gentille, hein, mais c'était pour détourner mon attention… 26, maintenant… 26 comme dans… Tiens ! c'est le jour de mes 26 ans que j'ai attrapé une gono… Tout un cadeau… »

Qu'essayait-elle donc de lui cacher? Au fait, il ne fallait pas être sorcier pour le deviner. Un enfant de cinq ans l'aurait fait: elle voulait qu'il ignore avec quel bonhomme elle se trouvait, c't'affaire! Ce n'était donc pas son mari. C'était sans doute son amant. Mais en quoi aurait-il pu lui nuire puisqu'il ne connaissait pas le mari?

Perplexe, il se gratta la tête un moment, puis le froid, malgré les gants épais qu'il avait enfilés, se mit à brûler le bout de ses doigts et s'attaqua presque aussitôt à ses orteils. Il glissa les mains dans les poches de son manteau, tapa des pieds sur le trottoir et revint sur ses pas vers la ruelle, tout fier du truc mnémotechnique qui avait gravé à tout jamais le numéro de la plaque d'immatriculation dans son esprit. Qui sait? Ça pourrait lui servir un jour pour donner une leçon à cette dindoune.

Le lendemain matin, à peine arrivé au café, il racontait son histoire à Gerbederose, qui la raconta à Mélanie qui la raconta à son tour à Louis lorsqu'il fit son apparition habituelle au café vers la fin de l'après-midi. Tous furent du même avis: le comportement inhabituel d'Élisabeth Mercier était celui d'une femme surprise dans une aventure amoureuse et qui cherchait à donner le change comme elle le pouvait.

Tonio, déçu de voir que ses efforts de mémorisation ne serviraient sans doute à rien et qui adorait en outre prendre le contre-pied des opinions généralement admises, haussait les épaules en ricanant:

— Et moi, je vous dis que c'est autre chose qu'une histoire de fesses. Vous l'avez pas vue, vous autres, hier soir. Elle avait l'air d'une voleuse qui se fait prendre la main dans le sac!

— Eh bien, sac, poche ou sacoche, déclara Gerbederose, ça ne te regarde pas, et nous autres non plus. Que je ne te voie jamais lui faire la moindre allusion à ce sujet ni commérer devant moi là-dessus!

Mélanie et Louis Perez appuyèrent tous deux sa mise en garde par des hochements de tête.

*

Noël approchait. Les magasins et les boutiques restaient ouverts à présent tous les soirs, envahis par une ruée d'acheteurs aux pupilles légèrement dilatées, tous saisis par la même folie annuelle et incontrôlable qui connaîtrait son paroxysme le 26 décembre lors du *Boxing Day*. Mélanie et Camille flânaient un soir parmi la foule au rayon des parfums et cosmétiques du magasin La Baie, rue Sainte-Catherine, lorsqu'elles arrivèrent face à face avec Élisabeth Mercier au bras d'un homme dans la quarantaine, de belle prestance, vêtu avec un chic raffiné. Ses traits un peu forts mais réguliers et plutôt agréables laissaient deviner un caractère réservé, sinon timide.

La publicitaire, déconcertée, échangea avec lui un bref regard :

— Eh bien ! quelle belle surprise ! dit-elle enfin. Frédéric, je te présente Mélanie, une de mes très chères amies… Mon mari, poursuivit-elle tandis que la serveuse tendait sa main à l'homme et présentait Camille.

Les quatre interlocuteurs, raides et engoncés, échangèrent quelques banalités, puis s'arrêtèrent, n'ayant plus rien à se dire. Alors l'homme, montrant tous les signes d'un profond embarras, se pencha vers Mélanie et, après lui avoir bafouillé à l'oreille un rapide « Merci mille fois pour tout », salua gauchement les deux jeunes femmes et disparut avec sa compagne dans la foule.

— Eh ben ! lança Camille. Un beau monsieur, y a pas à dire ! C'est la première fois que je rencontre un Français de la haute… Il est peut-être archiduc ou marquis ou quelque chose comme ça… *Et c'est le papa !* lança-t-elle en empoignant les bras de Mélanie, comme pour la secouer. Wow ! Ton bébé va peut-être venir au monde avec une petite couronne !

— Ce que tu peux être conne parfois, répondit la serveuse en se dégageant avec brusquerie. Allez, amène-toi, le magasin va bientôt fermer.

18

Le temps des fêtes était arrivé puis disparu – et la Nouvelle Année avait débuté avec ses pompes habituelles.

Quelques jours avant Noël, Élisabeth Mercier avait offert à Mélanie un superbe collier de perles et lui avait remis deux chèques, le deuxième, postdaté, couvrant le mois de février 2005.

— Nous allons passer quelques semaines en Martinique, Frédéric et moi. Il est très fatigué et j'avoue qu'à moi-même un peu de repos ne fera pas de tort. Nous n'avons pas encore fixé la date de notre retour, mais ce sera sans doute vers le milieu de février. De toute façon, je te téléphonerai régulièrement pour prendre de tes nouvelles. Et puis, en cas d'urgence, je te laisse ce numéro, avait-elle ajouté en lui tendant un bout de papier, tu pourras m'y joindre en tout temps.

Elle semblait nerveuse, troublée, mal à l'aise. Posant les mains sur les épaules de la serveuse, elle l'avait longuement regardée, les yeux brillants d'émotion, puis avait murmuré d'une voix brisée :

— Je t'en prie, prends soin de toi, Mélanie… Ne me fais pas regretter mon absence.

— Que veux-tu qu'il m'arrive ? avait répondu celle-ci avec un peu d'humeur. Il y a longtemps que je sais m'occuper de moi-même… et des autres.

Et, avec un air de fierté blessée, elle avait caressé son ventre.

— Oui, oui, bien sûr… Je ne voulais pas te froisser, ma douce… Mais nous avons mis tellement d'espoirs en toi… C'est l'inquiétude qui me fait dire des sottises… Excuse-moi.

Elle l'avait embrassée, était venue sur le point d'ajouter autre chose mais, se ravisant, avait quitté le café, toute rouge et le pas incertain, puis s'était retournée à deux reprises pour lui envoyer la main.

Par la porte de la cuisine entrouverte, Tonio avait suivi la scène. Quelque chose venait de se passer entre les deux femmes. Il ne savait quoi. Mélanie ne semblait pas s'en être rendu compte. Mais quelque chose venait de se passer, il en aurait gagé une de ses fesses.

Depuis leur rencontre dans la rue, Élisabeth Mercier avait totalement changé d'attitude envers lui. À présent, elle lui souriait, le saluait, le questionnait sur son travail, etc. Toutes ces gentillesses écœuraient le plongeur-aide-pâtissier. Elle en faisait trop. Trop et trop tard. Ça sentait la peur, la mauvaise conscience, l'hypocrisie, quoi. Et c'était au tour de Tonio, à présent, de se montrer distant avec elle, de feindre parfois de ne pas la voir. Jamais il n'aurait cru pouvoir snober un jour une pareille fière-pet!

C'était une douce revanche, comme la vie en accorde bien peu souvent!

*

Mélanie avait passé un merveilleux jour de Noël. La veille, comme dans les contes, il avait neigé en abondance et la ville était devenue toute blanche, les bruits s'étaient assourdis et vers quatre heures, à la tombée de la nuit, les décorations lumineuses s'étaient mises à briller avec une si joyeuse ardeur que les gens, noyés dans leurs reflets multicolores, avaient envie de chanter dans la rue, et certains s'y laissaient aller – à voix basse, bien sûr. L'habitude avait commencé à se répandre ici et là de décorer les arbres avec des guirlandes lumineuses enroulées autour de leurs branches dénudées; ce travail demandait beaucoup de patience, mais l'effet était à la fois étrange et féerique. Quand elle en apercevait un, Mélanie redevenait une petite fille et poussait des cris de ravissement.

Louis – qui possédait maintenant la clé de son appartement – avait apporté chez elle un sapin pendant qu'elle travaillait. Il l'avait décoré, avait déposé à son pied des cadeaux, commencé les préparatifs d'un repas acheté chez un traiteur, puis, après avoir consulté sa montre, s'était déshabillé et avait attendu sa petite amie au lit.

Il avait été bien récompensé de ses efforts.

Mais vers onze heures, sous peine d'encourir la malédiction paternelle et d'être expulsé du domicile familial, il avait dû la quitter pour assister à la messe de minuit avec ses parents, puis participer au réveillon avec ses deux frères et ses deux sœurs. Tout le monde avait remarqué son peu d'appétit, mais personne n'avait osé en parler.

À dix heures, le lendemain matin, il revenait chez Mélanie, les traits un peu tirés mais souriant. À la mine de son amie, il vit tout de suite qu'elle n'avait guère apprécié sa nuit de Noël solitaire. Alors, la prenant dans ses bras et lui couvrant le visage de baisers :

— L'an prochain, ma choune, je te promets qu'on va réveillonner chez mes vieux.

— Ah oui ? avait-elle raillé. Alors il va falloir que tu me présentes comme ta femme – ou au moins comme ta fiancée.

— Ne t'inquiète pas : je vais m'occuper d'ici là de rafraîchir leurs principes.

— Si on est encore ensemble…

Et, sur un haussement d'épaules, elle lui avait tourné le dos avec un rire sarcastique et s'était enfermée dans la salle de bains pour faire sa toilette.

En dépit de cette saute d'humeur, la journée – comme les six autres qui terminaient l'année – avait pétillé comme du champagne et c'est tout émoustillés d'amour qu'ils avaient attaqué l'année 2005.

*

Vers la mi-janvier, Mélanie commença à trouver ses journées de travail bien longues. Dès qu'elle avait une minute, elle allait s'asseoir, se massait les reins ou les mollets, faisait des moulinets pour décrisper ses épaules, prenait de profondes inspirations – puis bâillait à avaler une armoire, car elle tombait de fatigue. Elle avait coupé le café, ayant lu dans un magazine que la caféine pouvait être dommageable au fœtus.

— Ça peut même causer le cryp-tor-chi-dis-me, Gerbederose.

Elle avait détaché chaque syllabe avec soin pour ne pas trébucher sur le mot.

— *Tonnè*! Qu'est-ce que c'est que ça? avait demandé la pâtissière avec une grimace apeurée.

— Les testicules du bébé qui ne descendent pas… Si c'est un garçon, je veux quand même le livrer avec tous ses morceaux, avait-elle ajouté en soulevant les sourcils avec un grand air de fierté. On ne se bâtit pas une réputation avec de la mauvaise marchandise.

— T'as beau jouer à faire la dure, ma tit-chérie, je sais que tu es une bonne fille, et je suis sûre que tu serais une bonne maman.

— Pour ça, Gerbederose, il me faudrait un enfant. Celui que je porte, il n'est pas à moi.

— Qui sait? Qui sait? Tu en auras peut-être un… Louis voudra sûrement un jour être papa.

— Pour être papa, ça prend une maman. Alors il devra s'en trouver une. Moi, j'ai donné.

Gerbederose avait mis les mains sur ses hanches:

— Ma parole! tu veux qu'on se chicane! Eh bien, je regrette, mais on ne se chicanera pas. Allez, ouste, au boulot! Il y a deux tables là-bas que tu n'as pas encore débarrassées.

*

Jusqu'à la mi-janvier, Élisabeth Mercier téléphona à Mélanie tous les deux jours, en manifestant chaque fois une sollicitude si maternelle et si enveloppante que la serveuse en devenait parfois agacée. Puis les appels de la femme d'affaires commencèrent à s'espacer et cessèrent tout à fait vers la fin du mois. Au début de février, Mélanie déposa comme d'habitude son chèque mensuel à la caisse populaire ; deux jours plus tard, on lui apprenait qu'il était sans provisions. Alarmée, la serveuse voulut joindre la publicitaire au numéro de téléphone que celle-ci lui avait donné au moment de son départ. Personne ne répondit.

— Qu'est-ce qui se passe ? murmura-t-elle, de plus en plus angoissée. Je ne comprends plus rien. Est-ce qu'elle m'aurait laissée tomber, la salope ?

Mélanie se trouvait seule chez elle. C'était un mercredi soir vers huit heures. Louis était chez un ami. Elle ne pouvait l'appeler. Alors, rompant avec ses habitudes de discrétion, elle téléphona chez Gerbederose pour lui demander conseil. À sa grande surprise, ce fut une voix d'homme qui répondit.

— Madame Café n'est pas ici pour l'instant, dit l'inconnu, qui semblait surpris et un peu ennuyé. Qui parle, s'il vous plaît ?

On ne pouvait s'y tromper : la texture et l'accent de la voix étaient ceux d'un Haïtien. Le nom du père Carton, le curé de la paroisse de Gerbederose, vint aussitôt à l'esprit de Mélanie. Malgré les circonstances, elle ne put s'empêcher de sourire. Elle se nomma et demanda qu'on la rappelle. C'était urgent.

— Eh bien... elle aussi, murmura-t-elle en raccrochant. Je savais bien qu'elle n'était pas en bois, la Gerbederose... Est-ce que ça existe, d'ailleurs, des femmes en bois ? Il faut être très malade, je crois.

Dix minutes plus tard, le téléphone sonnait.

— Seigneur ! s'exclama Gerbederose quand Mélanie lui eut raconté l'affaire. Est-ce que c'est Dieu possible ? Minute, veux-tu ? Minute. Je te reviens.

Pendant un moment, Mélanie entendit les éclats assourdis d'une vive discussion, dont elle ne parvenait à saisir que des fragments. La main posée sur le récepteur, Gerbederose prenait l'avis de son compagnon.

Soudain, le son s'éclaircit au bout du fil et Mélanie eut le temps d'entendre le mot « Inconcevable ! » lancé par l'homme sur un ton de profonde indignation.

— Mon tit-cœur, dit Gerbederose d'une voix toute en trémolos, je pense qu'il vient de t'arriver un grand malheur. Il faut consulter le notaire Michaud. Lui seul saura nous dire quoi faire. Je lui téléphone tout de suite.

*

Peu à peu, les contours de la catastrophe se précisèrent. Le lendemain, Parfait Michaud, ayant essayé à son tour de joindre Élisabeth Mercier, tomba sur un message où elle annonçait qu'une urgence l'avait forcée à s'absenter pour environ trois semaines, mais qu'à la fin du mois de février on pourrait l'atteindre au même numéro.

Le 28 février, Mélanie tentait de la joindre encore une fois. Une voix synthétique lui apprit alors qu'il n'y avait plus d'abonné à ce numéro. Le lendemain, après une rapide enquête, le notaire Michaud découvrit qu'Élisabeth Mercier n'avait jamais habité à l'adresse indiquée sur le contrat ; que l'agence de publicité Communica, dont elle avait prétendu être propriétaire, avait pignon sur rue non pas à Montréal mais à Québec ; qu'elle était dirigée en réalité par un certain John D. James et que personne n'y avait jamais entendu parler de la femme d'affaires. Michaud en déduisit que celle-ci avait utilisé un faux nom et travaillait pour le compte de quelqu'un d'autre.

— Mais pour qui donc ? demanda-t-il à Mélanie.

Il avait fait venir la serveuse à son bureau pour tenter d'obtenir le plus de renseignements possible sur l'arnaque dont elle avait été victime. Assis dans son imposant fauteuil à bascule, les coudes posés sur une pile de paperasses, il l'interrogeait avec une bienveillance paternelle tout en se délectant de la beauté de son visage que la grossesse avait à peine empâté.

— Vous n'aviez jamais rencontré cette femme, me dites-vous, avant qu'elle ne vous demande d'être mère porteuse ?

— Non.

— Personne ne vous en avait jamais parlé ?

— Non plus.

Il souleva le couvercle de la bonbonnière remplie de pastilles de menthe françaises que, depuis des décennies, il achetait à fort prix d'un importateur, et en offrit à Mélanie, mais elle refusa d'un mouvement de tête. Saisissant une pastille entre le pouce et l'index, il la porta à sa bouche et la suçota un moment, le regard dans le vague.

Mélanie poussa un soupir accablé :

— Jamais je n'aurais cru… J'avais tellement confiance en elle… Elle se montrait avec moi si gentille, si généreuse… Tenez, il y a deux mois, elle m'avait même présenté son mari.

Le notaire sursauta :

— Ah oui ? J'avais cru pourtant que ce dernier ne voulait pas…

— Oh, ça s'est produit par hasard… Nous sommes arrivés face à face dans un grand magasin quelques jours avant Noël. Alors, elle me l'a présenté. Elle n'avait comme pas le choix… J'étais avec une amie.

Et elle lui raconta dans les moindres détails leur brève rencontre, lui décrivant le malaise de ce Frédéric Maupressant durant les brèves minutes de leur conversation et sa profonde émotion quand il l'avait remerciée pour le service inestimable qu'elle leur rendait.

— Je vois, je vois, fit le notaire, pensif. Elle vous l'avait donc présenté… ou, en tout cas, elle vous a présenté un homme qui *prétendait* être son mari.

Le visage de Mélanie sembla se creuser sous l'effet d'une angoisse mortelle :

— Vous croyez que…

— Je ne crois rien, ma pauvre enfant. Je cherche. Comme vous. Il se peut que cette rencontre n'ait pas du tout été le fruit du hasard mais, au contraire, soigneusement planifiée… Ce n'est qu'une hypothèse, bien sûr. Vous connaissez-vous des ennemis, Mélanie ?

— Des ennemis ? Non. Il doit bien y avoir certaines gens à qui je ne plais pas, j'imagine, mais je ne vois personne qui me détesterait au point de me faire une pareille saloperie.

— Personne ? Vraiment ? Vous savez, ma chère Mélanie, les êtres naturellement bons comme vous ont souvent peine à discerner la haine et l'hypocrisie dans leur entourage. Nous en avons bien la preuve aujourd'hui, hélas. Réfléchissez. Fouillez vos souvenirs. La réponse à nos questions s'y trouve peut-être.

Elle secouait la tête en reniflant. Soudain, ses épaules se mirent à sautiller sous l'effet des sanglots. Navré, Parfait Michaud lui tendit une poignée de papiers-mouchoirs.

— Je ne veux pas de cet enfant, lança-t-elle entre deux hoquets. Je veux me faire avorter.

Le visage de Michaud prit une expression grave, presque sévère. Il appartenait à une génération qui avait peu de sympathie pour ce genre de solutions.

— Vous en êtes à quel mois, Mélanie ?

— Je commence mon septième.

— Alors, oubliez ça, ma pauvre amie. Ce serait de la boucherie – et vous risqueriez en plus d'y laisser votre peau. Croyez-en un homme d'expérience. Aucun médecin ne voudra s'occuper de vous. Il ne vous resterait que les manipuleuses de broches à tricoter. Ouf !

— Je le sais bien, sanglota Mélanie. Oh ! que je suis malheureuse ! que je suis malheureuse ! Je vais me suicider !

Parfait Michaud se leva, s'approcha d'elle et la serra dans ses bras. Et, pour une fois, la galanterie n'avait aucune part dans l'affection qu'il ressentait pour cette jolie femme en détresse.

— Allons, allons, ma petite Mélanie, nous allons tous vous aider à sortir de cette mauvaise passe. Et que le Diable lui-même vienne m'arracher les ongles d'orteils si je ne trouve pas la coupable pour lui faire payer sa cochonnerie !

*

— Hein ? Qu'est-ce que je vous avais dit ? triompha Tonio quand Gerbederose lui apprit quelques heures plus tard le coup qui venait de frapper Mélanie. J'ai toujours eu un don pour sentir les salopes – ou les salauds, tant qu'à ça –, et celle-là, je savais que c'en était une puissante. Peut-être que vous me prendrez un peu plus au sérieux la prochaine fois ?

— Bon, bon, ça va, tu m'énerves à la fin, ronchonna l'Haïtienne qui, pas plus qu'un autre, n'aimait perdre la face, et encore moins à cause d'un employé. J'en connais plusieurs, des prophètes après coup dans ton genre.

Tonio grimaça et retourna à sa cuve de lavage sans dire un mot, mais, ne se tenant pas pour battu et croyant plus que jamais à l'existence d'un lien entre les malheurs de Mélanie et l'identité de l'inconnu qui avait déposé Élisabeth Mercier au coin de la rue de Chateaubriand un soir de décembre, il décida de téléphoner au notaire Michaud pour avoir son avis et, l'espérait-il, se gagner un allié.

Ce qu'il fit le soir même en quittant le café vers sept heures.

— Oui, oui, bien sûr, que je vous replace, monsieur Tonio, répondit le notaire dans une disposition d'esprit particulièrement affable ce jour-là, car il venait tout juste de se lancer dans une aventure avec une affriolante divorcée de soixante-deux ans qui se trouvait justement près de lui en train de lui caresser une cuisse. Vous êtes le pâtissier de cette bonne Gerbederose, non ? Aide-pâtissier ? Va pour « aide », mon ami ! Vous voulez me voir ?… Ah bon… Oui, cette pauvre Mélanie vient d'en subir une dure, c'est le moins qu'on puisse dire… Ce soir même ? Oh là là ! C'est que je suis un peu occupé, voyez-vous… Un instant, s'il vous plaît…

Suivit un rapide conciliabule entre le notaire et sa nouvelle maîtresse, d'où naquit une décision qui satisfaisait en même temps à la générosité et aux besoins de la passion.

— Seriez-vous prêt à venir me rencontrer à dix heures à la Villa Frontenac, un restaurant grec à deux pas de chez moi, juste en face de la station Frontenac ? Ça vous convient ?… Ce n'est pas trop tard ?… Parfait. À tout à l'heure, alors.

À l'heure dite, Tonio s'y trouvait. C'était le type de restaurant grec revu par l'Amérique : plafond de tuiles acoustiques, plafonniers encastrés, box à banquettes recouvertes de vinyle où l'on enfonçait comme dans un lit de plumes, et un menu spécialisé… en tout : cuisines grecque, italienne, chinoise et américaine. Tonio venait à peine de s'asseoir que le notaire apparaissait et allait le rejoindre à pas pressés.

— Vous êtes mon invité, Tonio, déclara Michaud quand une grosse serveuse rousse s'approcha de leur table en lui adressant un sourire amical. Faites-moi cet honneur, je vous prie. Que prenez-vous ?

— Je sais pas trop, répondit le plongeur-aide-pâtissier, intimidé. Après vous.

L'appétit ouvert par l'amour, Michaud commanda un club sandwich et une bière blanche.

— Même chose, dit son invité, mais… euh… attendez… un café deux crèmes à la place de la bière, corrigea-t-il dans un effort suprême d'héroïsme.

— Allons au fait, car il se fait tard, débuta le notaire qui avait hâte d'aller rejoindre sa nouvelle conquête. Je dois vous avouer, mon cher Tonio, que je me sens un peu responsable des malheurs de notre pauvre amie. Ça vous étonne ? J'ai une conception très exigeante de mon métier. Eh oui… J'aurais dû, en effet, il me semble, prendre certains renseignements sur cette Élisabeth Mercier pour m'assurer de sa bonne foi et de son honnêteté – ce que j'ai négligé de faire, hélas.

— Eh yoyoye ! Si tout le monde avait la conscience comme vous, monsieur Michaud, on serait obligé de fermer les prisons !

— N'est-ce pas le but que la société devrait se fixer, mon ami ? Nous en sommes bien loin, hélas… Et moi, avec mes cinquante-deux ans d'expérience et tous mes beaux principes, je me retrouve complice par négligence d'une arnaqueuse de l'espèce la plus vile… Ma vanité vient d'en prendre un coup, ajouta-t-il avec un soupir. *Sic transit gloria mundi*, comme disent les débardeurs… On se croit expert en la matière et on se retrouve sur le derrière…

Cette réflexion inspira à Tonio deux remarques.

— Je pense que je sais ce que ça veut dire, votre « *Sic transit gloria mundi* », déclara-t-il d'abord à Michaud avec une emphase pleine de fierté.

— Je vous écoute, mon vieux.

— Dans mon jeune temps, j'aimais lire les pages roses du *Larousse*. J'étais pas mal curieux à l'époque. Est-ce que ça serait pas quelque chose comme « Ainsi passe la gloire du monde », ou une affaire dans le genre ?

— Tout à fait ! s'exclama le notaire en hochant vivement la tête. Décidément, vous m'étonnez, vous. Nos pâtissiers sont devenus cultivés.

— *Aide*-pâtissier, monsieur Michaud… Merci, merci… Mais il y a aussi autre chose que je voudrais vous dire, monsieur Michaud… Ça risque d'être pas mal plus important. C'est en rapport avec notre madame Mercier.

Et il lui raconta avec force détails sa rencontre avec la femme d'affaires dans la rue un soir de décembre et termina en lui donnant le numéro d'immatriculation du véhicule dont il l'avait vue sortir ce soir-là.

— Tenez, fit-il en lui tendant un bout de papier. FV 26001… Je vais m'en rappeler jusqu'à mon dernier souffle. C'est comme si on me l'avait gravé dans le coco. Avec ça, on peut retrouver facilement le nom du propriétaire de l'auto… Peut-être pas moi, mais vous, sûrement, non?

— Oui, bien sûr, répondit le notaire après y avoir jeté un coup d'œil. Mais il s'agissait peut-être d'un taxi, Tonio.

— Non, non, non, c'était une auto privée, monsieur Michaud. Je l'ai bien remarqué. D'ailleurs, la madame Mercier avait senti le besoin de me dire que c'était son mari qui venait de la reconduire. Son mari! Elle pissait quasiment de peur dans ses culottes! Il devait être autant son mari que, moi, je suis le garçon de Napoléon.

— Bon. Eh bien, merci, mon ami. Tu viens peut-être de me mettre sur une piste, ajouta-t-il sans conviction (car il avait déjà choisi un autre biais pour entreprendre son enquête).

Et il glissa le papier dans une poche de son veston.

Le plongeur sentit son manque d'enthousiasme et revint à la charge:

— Vous avez pas l'air de me prendre bien au sérieux…

— Au contraire, mon ami, au contraire. Dès que j'ai une minute, je me charge d'obtenir le nom du propriétaire du véhicule. Il y a sans doute là un renseignement utile. Je vous en remercie d'avance.

Il avala une dernière gorgée de bière, puis jeta un coup d'œil discret à sa montre. La serveuse, qui l'observait à l'écart, vint aussitôt porter l'addition.

— Alors, je veux pas vous déranger plus longtemps, monsieur Michaud, fit Tonio en se levant.

Et, glissant la main dans sa poche, il voulut sortir son portefeuille.

Le notaire l'arrêta d'un geste :

— Tut, tut, tut, mon ami. Qu'est-ce que je vous ai dit tout à l'heure ? Je m'occupe de tout. C'est bien la moindre des choses après tout le temps que vous venez de nous consacrer.

*

Ce même soir, vers huit heures, Louis Lopez, sans en parler à Mélanie, avait effectué de son côté une petite enquête. Si quelqu'un pouvait éclaircir le mystère qui entourait l'arnaque dont son amie avait été victime, c'était d'abord et avant tout, jugeait-il, le médecin qui avait procédé à l'insémination. Il s'était donc rendu à l'adresse qu'elle avait mentionnée quelques jours plus tôt devant lui en parlant de la clinique Fertilitas et, planté devant l'entrée d'un immeuble d'apparence banale à l'intersection nord-est des rues Saint-Urbain et Jean-Talon, il avait constaté qu'aucune plaque n'annonçait le bureau de ce docteur Brunelle. « Évidemment, marmonna-t-il en fronçant les sourcils, le toubib était dans le coup lui aussi. Il avait monté un décor, le salaud. »

Il eut un haussement d'épaules et allait s'éloigner, mais, se ravisant, il se mit à examiner la porte vitrée de l'entrée principale. Elle donnait sur un vestibule obscur au fond duquel on devinait deux autres portes. En approchant la tête, Louis remarqua sur la face intérieure de la vitre les traces d'un ruban adhésif qui formaient un grand rectangle. « Sa cochonnerie faite, il s'est sauvé avec la plaque », songea-t-il, et il eut un petit rire sarcastique.

Il avait envie d'insulter quelqu'un, de le frapper, de lui faire payer à coups de pied dans le ventre les souffrances de Mélanie et l'épouvantable gâchis où on l'avait plongée, et ne pouvait se résoudre à quitter les lieux gros Jean comme devant. Son regard tomba alors sur une rangée de sonnettes ; à tout hasard, il pressa sur un bouton, puis, comme il y en avait trois, il pressa sur les deux autres. Un moment s'écoula ; rien ne se passait.

Il venait de tourner les talons et traversait la rue lorsqu'une voix le héla.

Un homme dans la trentaine, assez grand et costaud, se tenait devant la porte vitrée; son visage aux traits réguliers et plutôt agréables était empreint d'une arrogance et d'une dureté qui lui inspirèrent aussitôt de l'aversion.

— C'est toi qui as sonné, le jeune? demanda l'inconnu assez grossièrement.

Louis Lopez, interloqué, fit signe que oui. Ses joues avaient rougi.

— Que c'est que tu veux? poursuivit l'autre.

L'étudiant revint sur ses pas et, s'arrêtant à quelques pieds de son interlocuteur:

— Vous pourriez me parler un peu plus poliment, il me semble?

L'homme poussa un rire moqueur, puis répéta avec impatience:

— Que c'est que tu veux? Enwoye! accouche! J'ai pas envie de passer la nuit icitte pour un morveux comme toi!

Jamais on ne lui avait parlé de cette façon. Mais il décida de passer outre. Le but de sa visite primait sur tout.

— Est-ce qu'il y a un médecin qui travaille ici… ou qui a *déjà* travaillé ici?

L'homme le regarda, surpris à son tour, puis répondit:

— Y a pas plus de médecin ici que de couilles dans tes culottes, le jeune.

Alors Louis, écarlate et oubliant toute prudence, s'avança d'un pas:

— Qu'est-ce que tu connais de mes couilles, grand cave? Je pense qu'elles marchent mieux que ta boîte à poux!

L'autre leva le bras pour lui flanquer une taloche, puis, changeant d'idée, se contenta de lui tapoter le dessus de la tête en ricanant.

L'instant d'après, il avait disparu.

19

Depuis des semaines, un nom hantait l'esprit de Mélanie, mais elle n'en avait parlé à personne. Il lui inspirait une telle peur qu'elle n'osait le prononcer même à voix basse – et encore moins devant un interlocuteur. Et pourtant, il n'y avait qu'un être aussi tordu et malfaisant que lui pour consacrer autant d'efforts à l'accomplissement de cette vengeance monstrueuse.

Voyant son état, Gerbederose, un après-midi, avait renvoyé la serveuse chez elle :

— Va te reposer, mon tit-cœur, je m'occupe de tout, sois sans crainte. Ce n'est pas tous les jours qu'un malheur pareil arrive à une créature ! *Mézanmi !* on dirait qu'un sorcier t'a jeté le mauvais sort !

Et pendant que Gerbederose se dédoublait vaillamment au café pour assurer à la fois le service et la cuisine, Mélanie passa trois jours chez elle à pleurer, sourde aux sonneries du téléphone comme au carillon de la porte d'entrée ; Louis Perez, mort d'inquiétude, voulut entrer, mais la chaîne de sécurité l'en empêcha.

— Laisse-moi tranquille ! cria Mélanie. Je ne veux plus voir personne !

Finalement, le troisième jour, il vainquit son obstination en menaçant à tue-tête d'appeler la police.

— Pourquoi me fais-tu ça, ma petite choune ? s'écria-t-il en la prenant dans ses bras. Tu veux que je crève d'angoisse, ou quoi ? Est-ce que je ne suis pas là pour t'aider ?

— Je ne veux plus vivre, c'est tout, répétait-elle en sanglotant.

Mais le lendemain matin, un brusque changement s'opéra en elle. Elle arriva au café, calme, stoïque, prête à se remettre au travail, et défendit à tout le monde d'émettre la plus petite allusion au malheur qui venait de la frapper. Gerbederose, quelques jours plus tard, s'y risqua. Elle s'en repentit.

— De grâce, lança Mélanie, furieuse, fiche-moi la paix, veux-tu? Est-ce que je te parle de ton curé, moi?

Et elle lui tourna le dos.

Du fond de la cuisine, Tonio avait suivi la scène, tout déconcerté. Est-ce qu'un nouveau malheur venait d'arriver? La Mercier avait-elle joué un autre coup de cochon à cette pauvre Mélanie? Quelques minutes plus tard, tandis que la serveuse s'affairait dans la salle bondée de clients, il se risqua à questionner Gerbederose en train de saupoudrer de sucre en poudre des croissants aux amandes. Elle se retourna brusquement, l'œil sévère, un doigt sur les lèvres, le dominant de toute sa taille:

— Motus et bouche cousue, mon ami. On ne parle plus de ça ici, m'entends-tu? Ce que tu sais, tu l'oublies, ce que tu ne sais pas, tu le bénis. Laisse-la digérer son malheur en paix.

— Bon, bon, bafouilla Tonio en reculant d'un pas, si c'est ça que vous voulez, moi, je suis pas contre…

*

Malgré ses soixante-dix-sept ans, Parfait Michaud avait encore une assez grosse clientèle, qui le tenait fort occupé. Aussi n'avait-il que peu de temps à consacrer à son enquête pour Mélanie Gervais. Et cette enquête piétinait. Après tout, il n'était ni détective ni policier!

Il s'était mis à l'informatique quelques années plus tôt, non par goût mais par obligation. Les mœurs avaient tellement changé! À présent, ne pas avoir d'ordinateur dans une profession comme la sienne (ou dans toute autre, en fait), c'était comme vivre sans électricité ni téléphone : on n'existait tout simplement plus ! La Toile et Internet, son Fils bien-aimé, avaient remplacé la Bible et détrôné le Très-Haut ! Pas surprenant qu'un célèbre fabricant d'ordinateurs ait choisi comme symbole la fameuse pomme du paradis terrestre amputée d'une bouchée. Assis devant son écran, les mains sur le clavier, chacun s'adonnait à la science du Bien et du Mal.

Aussi, chaque jour ou presque, le notaire passait-il une heure ou deux à son ordinateur pour tenter de retrouver cette Élisabeth-Mercier-au-faux-nom. Mais il ne trouvait rien. Rien de rien. On avait magistralement floué la pauvre Mélanie. Et, dans cette affaire lamentable, pas question de s'adresser à la police puisque, d'un côté comme de l'autre, tout baignait dans l'illégalité. Porter plainte, ç'aurait été tomber de Charybde en Scylla !

Il songea un instant à demander l'aide de Charles Thibodeau, son quasi-fils, qu'il avait secouru, guidé et réconforté tant de fois durant son enfance et sa jeunesse tumultueuses. Il était depuis quelques années secrétaire de comté pour un député influent du Parti québécois et saurait sans doute lui ouvrir des portes qui, autrement, lui resteraient fermées. Mais il rejeta bientôt cette idée. Charles venait d'être papa pour la deuxième fois, travaillait comme dix chevaux, et surtout Parfait Michaud ne voulait pas le mêler à une affaire louche qui aurait risqué de compromettre sa réputation. Avoir aidé quelqu'un dans sa jeunesse ne donnait pas le droit de lui nuire une fois adulte !

Vers la fin du mois de mars, il crut avoir enfin mis la main sur le bout du fil qui le mènerait jusqu'à la coupable.

C'était un samedi. Toute la nuit, il avait plu à verse et la neige avait beaucoup fondu. Il avait dormi jusqu'à neuf heures, un luxe qu'il ne se permettait que les fins de semaine. Il quitta son lit un peu courbaturé mais rempli de cette merveilleuse énergie dont il jouissait chaque jour dans sa jeunesse et qui l'animerait à présent pendant une heure ou deux, enfila ses pantoufles, s'approcha d'une fenêtre et leva le store. La chambre à coucher se remplit de lumière et une myriade de grains de poussière se mirent à danser joyeusement autour de lui; une gavotte de ce bon vieux Jean-Sébastien Bach se mit soudain à chanter dans sa tête avec ses accords de clavecin nets et acides comme du jus de citron. Il cligna des yeux, le sourire aux lèvres, et contempla un moment le rectangle de ciel d'un bleu pur qui se découpait entre sa maison et celle du voisin, puis s'amusa à compter les gouttes d'eau qui tombaient d'une des branches du marronnier qu'il avait planté vingt ans plus tôt à l'entrée de sa cour arrière, mais n'y parvint pas, car elles tombaient trop vite. C'était le vrai printemps, cette fois. Enfin! On l'avait mérité.

Il enfila sa robe de chambre, se dirigea en chantonnant vers la cuisine et alluma la machine à café. Deux minutes plus tard, il dégustait son traditionnel cappuccino matinal.

À la troisième gorgée, la caféine se mit à fouetter sa joie de vivre et le remplit d'un optimisme affamé d'action.

C'est alors qu'il prit subitement une décision:

«Je déjeune et je me rends tout de suite à l'adresse que cette Mercier a inscrite sur le contrat. Voilà longtemps que j'y pense. Sait-on jamais? Quelqu'un pourra peut-être me fournir là-bas un renseignement intéressant, un indice qui n'a l'air de rien mais qui ouvre la porte d'un tunnel secret… Qui ne lance pas sa ligne à l'eau n'attrape jamais de poisson.»

À dix heures trente-deux, il arrivait à Outremont et stationnait dans l'avenue de l'Épée.

Malgré son appellation d'avenue, il ne s'agissait que d'un court tronçon de rue qui butait au nord sur une voie ferrée longeant un immense terrain vague et, au sud, sur la rue Bernard. Bordée d'immeubles de briques cossus construits au début du siècle, elle devait avoir fière allure durant la belle saison, ombragée par les frondaisons de ses nombreux arbres. Mais ce jour-là, le sol détrempé recouvert d'une neige grisâtre où traînaient des déchets la ravalait quelque peu.

Parfait Michaud sortit de l'auto, fit quelques pas et, sous le regard impénétrable d'un jeune hassidim qui revenait d'une course un sac dans chaque main, il s'arrêta devant le 412. Il s'agissait du rez-de-chaussée d'un assez bel immeuble de deux étages d'inspiration victorienne avec des cordons de granit en façade et une corniche de tôle ouvragée qui lui donnaient un chic typiquement outremontois.

Après l'avoir contemplé un moment en se frottant les jointures et en poussant de petits grognements dubitatifs, il grimpa les trois marches du perron et sonna à la porte. Des pas traînants se firent entendre à l'intérieur et une vieille femme à l'air revêche apparut dans l'entrebâillement ; elle était courte et osseuse, et les mèches hirsutes de sa chevelure grise rappelaient vaguement les piquants d'un oursin.

— Oui ?

Parfait Michaud s'inclina :

— Chère madame, fit-il en reculant d'un pas comme l'avait enseigné à ses vendeurs itinérants Alfred C. Fuller, le fondateur de la célèbre compagnie Fuller Brush, excusez-moi de déranger votre quiétude matinale. Je m'appelle Parfait Michaud, notaire. Les exigences de ma profession m'ont lancé à la recherche d'une personne avec qui je dois absolument entrer en contact sous peine des plus graves conséquences.

La vieille femme le regarda un moment sans parler, abasourdie sans doute par ce langage fleuri, puis demanda :

— Qui cherchez-vous, monsieur ?

— Voilà le problème, madame, répondit le notaire avec son sourire le plus aimable et en reculant d'un autre pas. C'est que… j'ignore l'identité de cette personne, voyez-vous. On ne m'a donné qu'une adresse, et c'est la vôtre.

— Est-ce qu'il s'agirait par hasard d'une madame Forcier ou Mercier ou quelque chose comme ça ? demanda la femme avec une colère contenue.

Le visage de Parfait Michaud s'illumina :

— Oui, Mercier, madame ! C'est tout à fait cela ! Enfin, je le crois… car il subsiste un doute quant à…

— Vous êtes le *troisième*, le coupa l'autre, qui vient m'achaler avec cette fameuse dame. ELLE NE DEMEURE PAS ICI. ELLE N'A JAMAIS DEMEURÉ ICI. Pour tout ce que j'en sais, elle demeure rue *de la Paix*. Pas *de l'Épée*, mais *de la Paix* ! C'est à croire, miséricorde du Saint-Esprit, que tout le monde est devenu sourd par ici ! Bonjour !

Et elle claqua la porte.

Parfait Michaud, éberlué, retourna à son auto, s'installa derrière le volant et se mit à réfléchir. Mais, croyant sentir pointé sur lui le regard malveillant de son interlocutrice cachée derrière un rideau, il démarra et alla stationner une dizaine de portes plus loin.

Cette histoire prenait une tournure des plus étranges. Première constatation : il n'était pas le seul à rechercher cette fausse Élisabeth Mercier. Qui étaient les autres ? Deuxième constatation : l'épée ayant de tout temps été le symbole de la guerre, on pouvait considérer les noms *de la Paix* et *de l'Épée* comme des antonymes ; Élisabeth Mercier, prise d'une fantaisie aussi enfantine que vaniteuse, se serait-elle amusée au jeu des contraires en donnant une fausse adresse, cachant la véritable (de la Paix) sous le nom de son opposé ? Mais comment la pouffiasse qui lui avait claqué la porte au nez avait-elle eu connaissance de la véritable ?

De toute façon, ces questions étaient bien académiques. Il fallait se rendre rue de la Paix, un point, c'est tout. Mais où cela se trouvait-il ?

Vingt minutes plus tard, le notaire était de retour chez lui et allumait son ordinateur. Une recherche sur MapQuest lui apprit aussitôt que la rue de la Paix se trouvait à Cartierville, au sud de la rue de Salaberry.

— Bon, soupira-t-il en enfilant une seconde fois son manteau, décidément, c'est l'avant-midi des promenades… Eh bien, promène-toi, mon cher Parfait… Après tout, il faut faire le bien de temps à autre pour racheter un peu tout le mal que tu as commis dans ta vie.

*

Debout toute nue devant sa baignoire, Mélanie contemplait son ventre d'un œil haineux. Cette rondeur qui ne cessait de grossir représentait tout ce qu'elle détestait en elle. D'abord, la naïveté, cette naïveté qui l'avait fait tomber si bêtement dans le piège tendu par une aventurière qui avait abusé de sa générosité. Et puis l'amour de l'argent, cet amour de l'argent qu'elle tenait de sa mère, qu'elle avait haï chez sa mère – car on ne peut aimer l'argent à ce point sans devenir indifférent aux autres –, mais qui avait fini par l'aveugler elle-même. La conjugaison de ces deux traits de caractère avait causé cet échec lamentable, une masse qui enflait peu à peu son bas-ventre, où flottait un garçon ou une fille, elle ne savait trop et s'en fichait éperdument, comme sa mère s'était fichée éperdument des enfants qu'elle avait fabriqués par devoir. Quelle tristesse que de ressembler malgré soi à une personne détestée ! Celle-ci morte et enterrée, on croit en être libéré à jamais, et tout à coup, on la retrouve en soi-même !

Elle se mit à pleurer à chaudes larmes, puis ouvrit tout grand les robinets du lavabo pour couvrir le bruit de ses sanglots. Mais Louis devait se trouver tout près, car il frappa à la porte.

— Qu'est-ce que tu as, Mélanie ? Ça ne va pas ?

— Ça va, ça va, laisse-moi.

— Est-ce que je peux faire quelque chose pour toi, ma choune ?

— Non. Non. Tu ne peux rien. Ça va passer.

— Laisse-moi entrer, Mélanie.

Il secoua la poignée :

— Bon. Encore une fois, me voilà devant une porte verrouillée. Ça devient une manie, sacrament. Laisse-moi entrer, je te dis.

Mélanie grimaça. La colère venait de sécher ses larmes :

— Non ! Je ne veux pas que tu entres. Laisse-moi seule.

— Alors, je vais t'attendre au salon. Mais, je t'en prie, dépêche-toi un peu, hein ? J'ai beaucoup de choses à faire aujourd'hui.

— Fais ce que tu as à faire, Louis. Je ne te retiens pas.

— Ah ! ce qu'il faut entendre, parfois, maugréa-t-il en s'éloignant. Quelle vie…

Soudain, il se demanda avec effroi si, par l'effet d'une sorte de maléfice, ils n'étaient pas déjà devenus un vieux couple. L'image de ses parents en train de se quereller lui glaça le dos. Cela ne leur arrivait pas souvent, mais leurs scènes étaient spectaculaires et suivies de longues bouderies.

Il se laissa tomber sur le canapé, saisit la télécommande et l'écran de la télévision s'illumina avec des crépitements. Il venait de tomber sur un bulletin de nouvelles. Le premier ministre Charest, flanqué de son grassouillet ministre de la santé Philippe Couillard, donnait un point de presse pour justifier une nouvelle hausse des coûts de construction du futur Centre hospitalier universitaire de Montréal, qui s'accompagnait d'un nouveau retard dans le début des travaux ; Louis l'écouta d'abord distraitement, puis remarqua une curieuse distorsion entre la voix veloutée et pleine d'assurance du politicien et son regard mobile, presque fuyant.

On passa aussitôt à un reportage sur des inondations dans la vallée de la Chaudière ; assis dans une chaloupe, un père de famille et ses trois enfants contemplaient un pignon, la seule partie maintenant visible de leur maison.

De temps à autre, Louis jetait un coup d'œil vers la porte du salon pour guetter l'apparition de Mélanie. Vingt minutes venaient de s'écouler. Il allait se lever pour voir ce qui se passait lorsqu'un bruit de pas rapides se fit entendre et Mélanie apparut, toute habillée et se dirigeant vers le vestibule :

— Comme je ne peux pas être seule chez moi, annonça-t-elle froidement, je m'en vais ailleurs.

Il ne réagit pas et, reportant son regard sur le petit écran, fit semblant de ne pas avoir entendu. À bouderie, bouderie et demie !

Mais l'instant d'après il enfilait en hâte son manteau et sortait dans la rue. Mélanie était disparue.

Alors, après un long soupir, il sortit un trousseau de clés de sa poche, verrouilla la porte et s'en alla à son tour.

*

L'air dépité, Parfait Michaud stationna son auto devant sa maison de la rue de Bercy et jeta un regard maussade autour de lui. Depuis une heure, la limpidité éclatante du ciel s'était peu à peu barbouillée de lourdes vapeurs et un couvercle grisâtre pesait à présent sur la ville, devenue terne et morose.

Cela se mariait parfaitement à son humeur.

Il venait de gaspiller une avant-midi en vaines recherches. Comme si l'on pouvait s'improviser détective ! Un homme de son âge ! C'était déjà beau qu'il puisse encore travailler !

Après avoir tourné en tous sens dans ce satané Cartierville, après avoir demandé de l'aide à une demi-douzaine de passants, à deux pompistes et à trois commis de dépanneurs (chacun ayant sa conception bien personnelle de la configuration de la ville), il avait finalement trouvé cette fameuse rue de la Paix, une petite chose tordue et tronçonnée près de l'autoroute 15 dont la rumeur faisait mentir son nom depuis belle lurette.

Parfait Michaud, décontenancé, avançait lentement dans la rue en jetant par la vitre des coups d'oeil à droite et à gauche. Les numéros civiques des bungalows qui bordaient la rue ne correspondaient nullement à ceux de l'avenue de la Paix ; ils se situaient tous dans les 4 000 alors que les premiers étaient compris entre 600 et 900.

Le notaire stationna son auto, éteignit le moteur et se mit à réfléchir en promenant la langue dans sa bouche devenue tout à coup acide. Sa géniale intuition n'aboutissait-elle qu'à une fausse piste? Nageait-il dans la mayonnaise comme le plus inepte des amateurs?

Un gros chien bâtard à longs poils beiges s'approcha de son auto, puis, changeant d'idée, bifurqua au milieu de la rue et disparut derrière une haie.

— Mais… mais… mais, murmura soudain Michaud, saisi par une inspiration.

Cette grande futée de Mercier avait donné comme adresse le 412, avenue de l'Épée, alors qu'il s'agissait peut-être de la rue de la Paix. Se pouvait-il qu'elle se soit amusée en plus à retrancher un chiffre au numéro civique de sa véritable adresse, 412 n'en représentant que les trois premiers?

Il était très facile de le vérifier.

Remettant son auto en marche, le notaire parcourut la rue. Une seule adresse correspondait à son hypothèse: le 4120. Il s'arrêta devant, s'épongea le front, rajusta son nœud de cravate, prit de profondes inspirations, puis, s'extirpant de l'auto dans un concert de craquements d'articulations, alla sonner à la porte d'un bungalow tout ce qu'il y avait d'anonyme.

Un jeune Asiatique au ventre rebondi et au regard vide lui avait ouvert aussitôt.

— Bonjour, monsieur, fit le notaire avec un profond salut. Désolé de vous déranger… Quelle merveilleuse journée, n'est-ce pas?

L'homme le regardait en silence avec ce mystérieux sourire des Orientaux si souvent décrit dans les romans exotiques.

— Je me présente, cher monsieur.

Et Parfait Michaud, utilisant encore une fois la chorégraphie Fuller Brush, s'était présenté, avait donné la raison très anodine de sa visite (il avait mal noté l'adresse d'une amie), puis, avec son plus chaleureux sourire, avait finalement demandé :

— Est-ce qu'une certaine madame Mercier demeurerait ici par hasard, mon cher monsieur ?

— Connais pas, monsieur, connais pas.

— Il s'agit d'une grande femme blonde, approchant la quarantaine, plutôt belle, dans le genre distingué, et même un peu BCBG, si je peux me permettre une remarque taquine…

— Connais pas, monsieur. Quel travail, monsieur ?

— Sa profession ? Publicitaire… Publicité… Annonces… Comprenez-vous ? Elle essaie de convaincre les gens d'acheter des choses, des services, n'importe quoi. Vendre. Acheter. Comprenez-vous ?

— Non merci, monsieur. Besoin de rien. Bonjour.

Et il lui avait calmement fermé la porte au nez.

Parfait Michaud était retourné à son auto, puis, au moment de démarrer, s'était soudain demandé : « Et s'il s'agissait d'un autre numéro civique ? Je fais trois portes, au hasard. Et après… *basta !* »

À la première porte, on ne répondit pas. À la deuxième, un chien, venu on ne sait d'où, s'élança vers lui avec des aboiements furieux et le notaire ne s'en sortit indemne que par un miraculeux retour de son agilité de jeune homme qui lui permit, en un temps record, de mettre la portière de son auto entre lui et la bête déchaînée qu'il regarda, pantelant, marteler la glace de ses crocs pleins de bave.

Ça suffisait ! Finie l'enquête ! Ce genre d'activités n'était plus de son âge. Cela ressemblait trop à du casse-pipe. S'il avait eu pour cinq sous de jugeote, il aurait consacré aux choses vraiment essentielles le peu d'années qu'il lui restait sans doute à vivre : ses chers livres, sa chère musique, les bons vins, les bons films – et l'amour, quand l'amour voulait de lui. Mais non! voilà qui était bien trop banal… On voulait jouer au surhomme, au sauveur du monde, au défenseur des filles abusées. Et cela donnait quoi? Niaiseries et pertes de temps. Fatigues et maux de tête. Il revenait chez lui crevé, déçu, avec un début de migraine. Que Dieu (s'Il avait toujours la force d'exister) protège cette pauvre Mélanie. Quant à lui, il accrochait ses patins. Bien sûr, il n'aurait pas le culot de lui réclamer des honoraires, après le travail de cochon qu'il avait fait pour elle, mais à part des excuses et des regrets cuisants, il n'avait plus rien à lui offrir.

C'est dans cette disposition d'esprit qu'il rentra chez lui avec l'intention de faire une sieste, car il avait l'impression que ses jambes allaient le lâcher. Il s'allongea sur le canapé du salon, étendit un mouchoir sur ses yeux pour atténuer la lumière, puis se releva et avala une rasade de cognac, car, à présent, c'était son cœur qui semblait jouer à l'ascenseur!

Le cognac lui fit du bien. Il s'allongea de nouveau et poussa un soupir d'aise:

— Vingt minutes de roupillon, et je serai comme neuf.

Mais vingt minutes plus tard, il n'avait toujours pas roupillé, car la saudite histoire de cette pauvre Mélanie ne cessait de lui trotter dans la tête. Il se releva une deuxième fois et décida, sans raison précise, d'aller au Café Gerbederose. Peut-être que le récit de son fiasco réveillerait chez Mélanie ou sa patronne un souvenir utile, leur inspirerait une remarque judicieuse? De toute façon, il avait envie d'un bon mokaccino et il n'y avait que Gerbederose qui le faisait à son goût. Lui-même, malgré tous ses efforts, n'y était jamais tout à fait parvenu.

Il arriva au café vers trois heures pour apprendre que Mélanie, par exception, se trouvait ce jour-là en congé et que Gerbederose venait de partir pour une course et ne serait pas de retour avant une bonne demi-heure. C'était Tonio qui était aux commandes et, ma foi, il ne se débrouillait pas si mal. Sans valoir celui de Gerbe-derose, son mokaccino s'en approchait quand même d'une façon étonnante. Le bon geste que l'Haïtienne avait eu en engageant ce pauvre diable semblait finalement devoir lui profiter.

Il n'y avait dans la salle que trois clients, qui s'en allèrent peu de temps après. Parfait Michaud se mit à causer avec le plongeur-aide-pâtissier, promu à présent cafetier adjoint, et, de fil en aiguille, raconta la mésaventure qui avait failli lui coûter un morceau de fesse ou de mollet.

Debout derrière le comptoir, Tonio l'écoutait, immobile, le visage figé. Le notaire avait beau se considérer comme un bon conteur, excellant tout particulièrement dans les épisodes dramatiques (et celui du chien en était tout un !), l'expression de Tonio reflétait une gravité si profonde et sévère qu'il finit par s'en étonner.

— Et voilà, mon ami, la fin de mon aventure, conclut-il avec un soupir. La morale de tout ça ? Pour se brosser les dents, rien ne vaut une brosse à dents. Et pour mener une enquête, rien ne vaut un véritable enquêteur ; ceux qui ne tiennent pas compte de cette vérité fondée sur le bon sens courent à la déception. Cela dit, je prendrais bien un deuxième mokaccino.

Alors Tonio eut un petit toussotement et, pointant son index sur le notaire :

— Dites donc, monsieur Michaud, avez-vous pu trouver le nom du bonhomme qui conduisait le char immatriculé FV 26001 ?

« Merde ! s'écria intérieurement le notaire, c'est que j'avais complètement oublié cette histoire, moi ! »

— Euh…, j'attends justement un appel à ce sujet, mon ami, répondit-il en essayant de garder contenance. Ça n'a l'air de rien, mais ce genre de renseignements n'est pas si facile que ça à obtenir.

— On va vous appeler quand?

— Demain ou après-demain, j'espère… Et ce mokaccino?

Il vida sa tasse en trois gorgées et quitta le café.

La pluie s'était mise à tomber.

En arrivant chez lui, il retrouva dans une poche de veston le bout de papier sur lequel Tonio avait griffonné ce satané numéro d'immatriculation et alla s'assoir à son bureau. Il déposa le papier devant lui, le défripa, puis le lissa longuement et soigneusement, pensif. Il s'apprêtait à faire un appel téléphonique lorsque son regard tomba sur une chemise bourrée de paperasses déposée sur un classeur en face de lui; il s'agissait d'un dossier de succession diaboliquement emberlificoté qu'un collègue lui avait refilé deux jours plus tôt en prenant sa retraite; les héritiers, éperdus, attendaient des éclaircissements de sa part pour le lendemain après-midi à deux heures et, pour l'instant, il n'avait rien à leur dire.

— Si l'enfer existe, soupira-t-il en se levant, ce ne sont pas des flammes qu'on y trouve, mais des emmerdeurs. Voilà la souffrance ultime.

20

Un jour d'avril, au début de la matinée, Mélanie s'avançait à petits pas prudents sur le trottoir mal déglacé de la rue Beaubien en direction du Café Gerbederose où l'attendait une autre journée de travail. Un soleil éclatant venait de chasser la grisaille qui baignait la ville depuis une semaine. La neige sale fondait à vue d'œil, transformée en filets d'eau miraculeusement limpides qui coulaient vers les grilles d'égout avec un délicat murmure ; la glace sournoise craquait et s'affaissait sous les talons, amollie, crevassée et minée par le vent tiède qui balayait joyeusement les rues.

Mélanie s'en allait à son boulot, les lèvres serrées dans une expression obstinée, tandis que son ventre lui tirait férocement les muscles des reins et du dos, y allongeant des barres de feu. Mais elle tenait à ces marches quotidiennes, car sa grossesse commençait à l'empâter.

Depuis deux semaines, Gerbederose la suppliait pourtant de prendre congé, son emploi lui étant assuré. « Aie pitié de toi, mon pauv' tit-cœur. Pourquoi t'entêtes-tu à souffrir alors que tu as plein de sous à la banque et que tu pourrais te reposer tout doucement chez toi ? Et puis, ce n'est pas sage, dans l'état où tu es rendue, de bouger et de t'agiter comme ça, est-ce que tu l'igno-res ? Le bas du ventre peut t'ouvrir d'un coup, n'importe quand n'importe où, mon tit-cœur – oui, oui, je t'assure ! –, et qui sait alors ce qui peut arriver à toi et au bébé ? Personne ne le sait, toi pas plus qu'une autre. »

Mélanie souriait, du petit sourire crispé de celle qui ne veut rien entendre. Elle avait décidé de consacrer à son accouchement six jours, pas un de plus : un jour pour la délivrance, cinq pour le post-partum. C'était bien suffisant.

Quant au sort de l'enfant, sa décision n'était pas encore prise. On verrait quand on verrait. Le donner tout de suite lui rappelait trop ces histoires lamentables qu'on racontait autrefois sur ces pauvres pécheresses flouées par un enjôleur et qui abandonnaient dans la honte le fruit de leur débauche aux Sœurs de la Miséricorde, allant souvent jusqu'à quitter leur patelin avant les premiers signes de la grossesse afin que personne ne puisse soupçonner leur ignominie. Flouée ? Oui, elle l'avait été – et comment ! Mais elle ne craignait le jugement de personne. D'ailleurs, les temps avaient changé, quand même. À part les vieux gagas perdus dans leur passé, qui s'intéressait aujourd'hui à ce genre d'histoire ? Et puis, il ne s'agissait pas d'une partie de fesses qui avait mal tourné, mais d'un viol… technique, en quelque sorte. Le plaisir n'y avait eu aucune part. Hélas. Ou heureusement.

À certains sous-entendus de Gerbederose, à certaines remarques de Camille, Mélanie sentait comme une incitation à garder l'enfant… un enfant dont elle n'avait jamais voulu, qu'on lui avait sans doute installé dans le ventre par vengeance (comment savoir, bon sang ?)… Voilà qui était une introduction bien rude à la maternité !… Mais, par bonheur, une porte de sortie existait : Mélina et son ami Bruno, qui allaient bientôt se marier ; spontanément, ils lui avaient offert de prendre l'enfant et de l'élever comme s'il était le leur. Pourquoi pas ? Elle pourrait le voir à sa guise tout en évitant le poids des responsabilités quotidiennes. Et, dans ce cas, elle leur verserait, bien sûr, une pension, qu'ils le veuillent ou non. On n'était pas une fille de rien, quand même !

La seule véritable complication dans cette histoire venait de Louis. Il s'était mis en tête de jouer au père – et, bien sûr, au mari.

Car il voulait devenir père pour devenir mari, le pauvre. Avait-on idée ! Cela avait créé des tensions entre eux. Leur relation s'en était refroidie. Ils se voyaient encore, mais moins souvent, et avec de moins en moins de plaisir. En dépit de tout, elle ressentait encore pour lui de l'attachement, car c'était un joli garçon et il avait bon cœur, mais un cœur un peu à l'ancienne, comme celui de ses parents.

Il restait encore à Mélanie deux coins de rue à franchir ; la porte du café serait alors en vue et une chaise l'attendrait à l'intérieur où elle pourrait s'assoir et souffler un peu. Une longue section de trottoir mise à nu par la fonte du printemps et presque sèche s'étendait devant elle ; elle pressa le pas avec un soupir de satisfaction. Son regard fut attiré pendant quelques secondes de l'autre côté de la rue par des ouvriers en train de monter un auvent de toile devant la vitrine d'un restaurant en prévision d'une terrasse pour la belle saison. Dans le coin, on commençait à copier les cafés-terrasses de la rue Saint-Denis.

Quand elle reporta son regard en avant, il était là, qui l'attendait, bien campé au milieu du trottoir.

Elle poussa un léger cri et s'arrêta net.

Il la regardait avec un sourire à la fois chaleureux et condescendant, les mains dans les poches de son manteau de bonne coupe, surpris et charmé par cette rencontre inattendue (mais l'était-elle vraiment ?). Dans la lumière de ce matin éclatant, sa chevelure abondante et soignée paraissait encore plus blanche, de ce blanc pur et onctueux qui plaît tant à certaines femmes, car il leur semble garant à la fois de sagesse, d'expérience et d'une vitalité prometteuse de bons moments.

— Bonjour, ma chère Mélanie ! fit Justin Périgord en inclinant la tête. Après la raclée que vous m'avez flanquée l'autre fois, je n'ose plus vous aborder que dans la rue… Vous avez des griffes de lionne, ma parole ! ajouta-t-il avec un rire bon enfant. Et je vois que la lionne est sur le point de nous livrer un joli lionceau. Mes plus sincères félicitations ! Après tout, il faut bien que la vie continue, n'est-ce pas ?

La serveuse le fixait, immobile, silencieuse, comme foudroyée. Son visage, devenu livide, semblait avoir aminci. Et, soudain, de violents tressaillements agitèrent son ventre, comme si l'enfant qu'elle portait venait de sentir un danger.

— Vous savez, j'ai des raisons toutes personnelles de me réjouir de votre état, continua joyeusement Périgord, feignant de ne pas voir la terreur de la jeune femme. Oui, toutes personnelles… Une amie m'a tenu au courant de votre histoire. J'en étais ravi… vraiment !

Son visage s'assombrit légèrement :

— J'aurais bien aimé, vous le savez bien, que nos rapports prennent une autre tournure… Mais, que voulez-vous, soupira-t-il en levant les bras dans un geste d'impuissance, cela ne s'est pas réalisé… La vie ne peut satisfaire tous nos désirs, et c'est peut-être mieux ainsi : on finirait sans doute par en perdre la tête !

Il avança d'un pas vers elle :

— Mais l'état dans lequel je vous vois me donne au moins une consolation…

Il s'arrêta et se mit à la contempler avec cette curieuse expression de chaleureuse condescendance, prenant plaisir, semblait-il, à la faire languir après une révélation qu'il retardait (mais Mélanie n'attendait rien, elle employait toutes ses forces à continuer de respirer et de se tenir debout).

— Vous l'a-t-on dit ? Non, je ne crois pas… Alors j'aurai le plaisir de vous l'apprendre…

Il leva un peu la tête, le regard fixé vers le ciel, dans une pose d'un ridicule pompeux :

— À défaut, poursuivit-il d'une voix lente et feutrée, d'avoir eu le privilège d'être l'élu de votre cœur – car ç'aurait été pour moi un privilège et un bonheur incommensurables –, je pourrai du

moins me vanter d'être le père, en quelque sorte, de votre enfant…
Eh oui! Un père un peu… technique, avouons-le, mais un père
quand même. Ce n'est pas rien!

Mélanie sembla alors revenir à elle-même et, d'une voix
étranglée, réussit à articuler:

— Vous dites que… vous êtes…

— Oui, répondit simplement Justin Périgord en inclinant
la tête. C'est moi. J'ai l'honneur de vous l'annoncer, bien humblement.

Elle se mit à respirer par saccades, entrouvrant et fermant
la bouche, l'œil égaré, puis, brusquement, quitta le trottoir pour
traverser la rue sans voir une auto qui approchait. Justin Périgord
s'élança vers elle et la retint par l'épaule:

— Mon Dieu! Attention! Vous n'aviez pas vu?

Il paraissait réellement effrayé. La tenant toujours par
l'épaule, il se pencha vers elle et lui souffla à l'oreille:

— Je sais que vous êtes dans une situation délicate, et même
difficile. Je peux vous aider, financièrement et tout. Il suffirait
de remplir, pendant un très court laps de temps, des conditions
qui, j'ose l'espérer, ne devraient pas vous être trop déplaisantes.
Pensez-y. Voici mes coordonnées.

Et il lui tendit sa carte.

Elle la lança sur le trottoir, s'arracha de sa prise et, avec des
mouvements de pantin, le regard fixe, fonça à travers la chaussée.
Par bonheur, la voie était libre. Elle entra dans le café en coup
de vent, s'avança vers le comptoir derrière lequel Gerbederose
s'occupait à servir un client et, d'une voix claire et vibrante, comme
s'il s'agissait d'une bonne nouvelle:

— Si tu savais! Oh! si tu savais!

Alors, elle tourna de l'œil et s'écroula au milieu de la place.

21

Louis Perez avait quitté le cégep pour s'occuper de Mélanie ; une copine de classe avait promis de lui prêter ses notes de cours ; il espérait ainsi réussir les examens de fin d'année en piochant seize heures par jour durant la semaine qui les précéderait.

Mélanie, l'œil apathique, le voyait aller et venir dans l'appartement. Elle parlait peu, dormait beaucoup, passait de longues heures devant la télévision, muette, immobile, à tel point que son ami se tournait parfois vers elle pour s'assurer qu'elle ne sommeillait pas.

Une seule chose la tirait momentanément de sa torpeur : la crainte de voir apparaître Justin Périgord ; aussi avait-elle demandé à Louis de faire installer une deuxième serrure à la porte d'entrée et de s'assurer fréquemment que portes et fenêtres étaient bien verrouillées.

Mélina avait pris l'habitude de venir deux ou trois fois par semaine pour tenter de l'égayer un peu, lui apportant des repas qu'elle avait préparés à son intention ; en ajoutant ceux que Gerbederose faisait livrer, Louis n'avait presque jamais à cuisiner, ce qui le soulageait grandement, car il avait peu d'attirance pour les casseroles.

De temps à autre, Camille le relayait afin qu'il puisse étudier un peu et faire quelques apparitions réglementaires au domicile familial, où l'on n'était pas loin de croire, malgré toutes ses explications et dénégations, qu'il menait une vie de débauche et allait bientôt joindre les rangs d'un gang de rue. Mais Camille dut bientôt espacer ses visites, car elle déployait une telle vigueur dans ses efforts pour requinquer Mélanie que cela frôlait parfois la torture psychologique. Elle voulut un jour l'inscrire à une ligue d'improvisation (« Ça défoule ! »), puis à un cinéclub (« Faut se changer les idées, voir du monde, tabarnouche ! ») et enfin à des cours d'aquaforme pour femmes enceintes (« Tout le méchant passe dans l'eau, tu vas voir ! ») Ou alors, elle la chapitrait sur son indolence, la pressant de s'adresser à la police, de prendre un avocat, d'engager un détective, etc.

— C'est un écœurant, ce vieux schnock ! Il doit payer ! Qu'est-ce que t'attends ? Que le Frère André t'apparaisse ? Grouille-toi, bon sang !

Finalement, un après-midi, sortant pour une fois de cette indolence si honnie, Mélanie la mit à la porte en lui disant que le plus grand service qu'elle pourrait lui rendre serait de lui ficher la paix. Elle regretta ensuite ses paroles. Cela nécessita une réconciliation au téléphone, puis face à face, et lui fit consommer beaucoup d'énergie.

— Elle veut *trop* m'aider, se plaignait Mélanie à Louis Perez. Elle m'épuise ! C'est avec toi que je me sens le mieux – ou plutôt le moins mal, ajouta-t-elle dans un soupir.

Mélina éprouvait pour Louis une profonde gratitude et la lui manifestait souvent dans l'espoir que cela l'aiderait un peu à supporter les sautes d'humeur de plus en plus fréquentes de la serveuse.

— Louis, comme tu es bon pour ma pauvre petite sœur, lui disait-elle tendrement. Mon Dieu ! qu'est-ce qu'elle ferait sans toi ? Nous n'avons plus ni père ni mère, et notre parenté vit loin de Montréal ; elle serait à deux pas, remarque, que ça ne changerait pas grand-chose : on ne l'a presque jamais fréquentée. Tu es notre sauveur.

— Votre sauveur ? lui répondit-il un soir, la mine sombre. Je le voudrais bien, mais elle n'a pas l'air du tout sauvée, ma choune, et je me demande parfois si elle veut vraiment qu'on la sauve.

Bruno tentait d'utiliser ses contacts à l'hôpital où il travaillait pour lui obtenir un rendez-vous avec un psychiatre, mais c'était comme d'essayer de trouver un chien qui jouerait du xylophone. À grand-peine, il lui avait fait rencontrer un psychologue. C'était un jeune homme fluet, fraîchement émoulu de l'université, dont le visage étroit semblait encore davantage allongé par un front qui était parti à la conquête du crâne.

Nerveuse, maussade, Mélanie s'était présentée chez lui à contrecœur, avait déballé son histoire en quelques phrases, puis s'était mise à fixer le tapis au-dessus de son ventre florissant. Le regard assuré, la main sous le menton, l'index allongé contre une joue, le psychologue, de sa voix grêle qui semblait encore en mue, l'avait bombardée de questions, mais n'avait récolté que des monosyllabes.

Deux séances s'étaient déroulées ainsi. Finalement, Mélanie avait refusé tout net d'y retourner et le psychologue avait dit à Bruno de ne pas s'inquiéter : l'accouchement allait bientôt lui servir de choc thérapeutique. Bruno avait eu un sourire incrédule.

*

Le lendemain après-midi vers trois heures, Louis, attablé dans la cuisine, potassait de l'algèbre en prévision d'un examen tandis que Mélanie, assise au salon, faisait rejouer pour la cinquième fois le premier mouvement de la *Sonate au clair de lune* de Beethoven, qui avait le don, assurait-elle, de « l'amollir comme de la guenille » et de dissiper ainsi les crampes qui, depuis quelques jours, l'attaquaient dans le dos, dans les jambes et jusque dans la nuque, et lui mettaient tout le corps en sueur. Son ami était sur le point de lui suggérer un autre morceau de détente lorsque le téléphone sonna.

— Je réponds, fit-il en se levant d'un bond.

C'est un Parfait Michaud tout guilleret qui se présenta au bout du fil.

— Mon cher Louis, j'ai trouvé! annonça-t-il sur un ton jubilatoire.

— Ah oui? Trouvé quoi?

— Tonio avait bien deviné. Notre Élisabeth Mercier descendait bien, le soir où il l'a aperçue, d'une auto appartenant à Justin Périgord. Le numéro d'immatriculation qu'il m'a fourni le confirme. Notre homme, l'autre jour, ne torturait pas cette pauvre Mélanie avec des histoires à dormir debout: les deux étaient de mèche… *sont* de mèche, plutôt! Il semble bien l'avoir engrossée par personne interposée.

Mélanie, debout dans l'embrasure de la porte, observait son ami, livide et silencieux, le combiné pressé contre l'oreille, en train de se mordiller les lèvres.

— Oh! j'ai dû me donner un peu de mal et faire preuve d'ingéniosité, poursuivit le notaire. Je me suis d'abord rendu au palais de justice consulter le plumitif…

— Le *plumitif*? répéta Louis.

— C'est un registre informatisé où l'on consigne différents procès-verbaux concernant, par exemple, des accidents d'automobiles, des infractions, etc. Le nom des personnes impliquées y figure avec leur adresse et le numéro d'immatriculation du véhicule. Mais celui de Périgord n'y apparaissait pas. Or, il est impossible pour un simple citoyen comme vous et moi d'effectuer une recherche en sens inverse, c'est-à-dire de connaître le nom du propriétaire d'un véhicule à l'aide de son numéro d'immatriculation. Vous me suivez? Les seules personnes habilitées à faire cela sont les membres du Service de renseignement de la police du Québec, énonça-t-il en détachant chaque syllabe. Aucun avocat, notaire ou détective privé n'y est autorisé.

— Alors, comment vous y êtes-vous pris? fit Louis Perez tandis que Mélanie, avec force gestes, lui demandait de quoi il s'agissait.

Il leva la main pour l'inciter à la patience.

— Eh bien, répondit le notaire, j'ai dû ranger au placard pour quelques heures mon éthique professionnelle et contourner la loi en utilisant… la force de la musique, rien de moins !

— Je ne comprends pas.

— Je m'explique.

Et Parfait Michaud, décidément en verve ce jour-là, poursuivit en racontant que, grand amateur de musique classique, il assistait depuis longtemps à des séries de conférences connues sous le nom de Mélomanie et données par un monsieur Ricignuolo, violoniste à l'Orchestre métropolitain. Passionné par son sujet et excellent communicateur, le conférencier savait captiver ses auditeurs et beaucoup d'entre eux assistaient à ces conférences, comme lui, depuis des années.

C'est ainsi que Michaud s'était lié d'amitié avec un certain Gaston Gravel, agent de la Sûreté du Québec et mélomane encore plus ardent que lui-même, s'il se pouvait. On trouvait de ces gens partout, même dans les forces de l'ordre. Souvent, après une conférence, ils allaient prendre un verre ensemble, discutaient musique, s'échangeaient des tuyaux, etc.

— Tu me vois venir, n'est-ce pas ? Jamais, de toute ma carrière, je ne me suis permis ce genre d'entorse à mes principes, mon garçon, car cela peut avoir de graves conséquences. Et puis, on a la fierté de sa profession, après tout. Mais l'état de Mélanie me préoccupe tellement que j'ai décidé, pour une fois, de sauter la clôture.

— Merci pour elle, murmura Louis, ému.

La jeune femme, l'oreille pressée contre le combiné, tentait de suivre les propos du notaire.

— Oh, ç'a été d'une facilité extrême ! Je n'ai même pas eu à lever le petit doigt ! Il m'a dit : « Ça me fait plaisir, Parfait. Je te rappelle dans une vingtaine de minutes. » C'était comme si je lui avais demandé de me donner la température ou de m'acheter un sac de guimauves. Vingt minutes plus tard, j'avais mes renseignements : nom, adresse, numéro de téléphone du propriétaire, modèle et année de l'auto. *Simplicissimus !*

— J'espère que vous allez lui téléphoner pour lui annoncer qu'il est découvert ? déclara naïvement Louis Perez.

— Je m'en garderai bien, mon garçon. C'est très bien de savoir des choses sur son ennemi. Mais c'est encore mieux quand ce dernier ne sait pas qu'on sait.

— Alors, on fait quoi ?

— Pour l'instant, rien. Ou plutôt… comme je possède l'adresse de notre lascar, je vais me permettre d'aller jeter un coup d'œil discret sur sa piaule. Cela pourrait nous apprendre certaines choses. Mais je devrai attendre à la fin de la journée, car je suis débordé de travail.

Mélanie arracha soudain le combiné des mains de son ami :

— Et où demeure-t-il, monsieur Michaud ?

— Ah ! bonjour, ma jolie. J'ignorais que vous écoutiez. Il n'y a pas de mal, remarquez. Ça vous concerne un peu, après tout.

— Où demeure-t-il ? répéta Mélanie.

— Hum… laissez-moi regarder… Voilà : 1759, avenue Upper Lansdowne, à Westmount. J'ai parlé tout à l'heure d'une piaule, mais je risque plutôt de me retrouver devant un petit château.

Et, après s'être aimablement informé de l'état de santé de la jeune femme et l'avoir rassurée de son mieux sur l'issue de l'affaire, il la salua et raccrocha.

22

Vers la fin d'un après-midi brumeux et frisquet, Mélanie, affalée sur la banquette arrière d'un taxi, revenait de chez son gynécologue, perdue dans une sombre rêverie; le médecin venait de lui annoncer que l'étroitesse de son bassin l'obligerait sans doute à pratiquer une césarienne.

Le taxi ralentit, puis s'arrêta, sans qu'elle s'en aperçoive. Alors le chauffeur se tourna vers elle et, d'une voix gutturale et chantante dont elle n'arrivait pas à identifier l'accent:

— C'est bien au 6644 de Lanaudière que vous allez, madame?

C'était un jeune Basque au teint olivâtre et à l'expression vive et changeante qui lui avait causé tout au long du trajet – en général, les chauffeurs de taxi adoraient bavarder avec elle et allaient parfois jusqu'aux propos galants. Par politesse, Mélanie, pendant un moment, avait soutenu la conversation de son mieux, mais elle avait hâte d'être seule.

Le chauffeur trouvait bizarre, et même désagréable, d'appeler «madame» une si jeune et jolie femme, malgré sa grossesse pourtant fort visible; c'était comme reconnaître ouvertement qu'elle s'était liée définitivement à un autre homme et ne serait donc jamais à lui – chose, en même temps, qui lui apparaissait évidente et sans remède.

— Ah! nous sommes rendus? répondit la serveuse avec un sursaut. Excusez-moi, j'avais la tête ailleurs.

Et elle se mit à fouiller nerveusement dans son sac à main à la recherche de son portefeuille; mais ses doigts avaient beau brasser de plus en plus frénétiquement le fouillis d'objets hétéroclites qui le gonflait, le portefeuille n'apparaissait pas. Intrigué et quelque peu inquiet, le chauffeur l'observait. Décidément, cette petite bonne femme filait un mauvais coton. Qu'est-ce qui avait bien pu se passer ?

— Mon Dieu, soupira Mélanie, j'espère que je ne l'ai pas oublié sur la table de la cuisine.

La perspective d'avoir à gravir et à descendre, puis à gravir de nouveau l'escalier extérieur qui menait chez elle lui sciait les jambes.

— Je monterai avec vous, madame, offrit le chauffeur. Ça vous évitera des pas.

— Je l'ai peut-être mis dans une poche de mon manteau… Ah le voilà ! Pfiou…

Elle lui tendit un billet de vingt dollars et quitta le taxi, l'air troublé, sans s'occuper de la monnaie (cela faisait un pourboire colossal) ; alors le chauffeur sortit à son tour et lui remit de force un billet de cinq dollars tandis que, la main agrippée à une rampe, elle commençait à gravir l'escalier en grimaçant sous l'effort.

—Vous êtes sûre que vous n'avez pas besoin d'aide, madame ? (Ah ! ce maudit *madame !*)

Sans se retourner, elle lui fit signe que non et continua sa montée. Il attendit de voir la porte se refermer derrière la jeune femme avant de retourner à son véhicule et de repartir.

— *Ai ama !* soupira-t-il en pressant sur l'accélérateur. *Gaizki iduri du gaixoak ! Zer gertatu ote zaio ? Beharbada bere mutilak utzi du ? Beharbada oso gaixorik dago ?* [2]

Et, comme chaque fois qu'un sentiment tragique l'envahissait, des scènes de son enfance affluèrent dans sa tête, confuses,

---

2. Oh là là ! elle n'a pas l'air dans son assiette, la pauvre… Qu'est-ce qui a bien pu lui arriver ? Peut-être que son homme l'a laissée tomber ? Peut-être qu'elle est très malade ?

sinistres, remplies d'éclats et de rougeoiements, et il se mit à frotter ses jointures saisies tout à coup de démangeaisons.

Debout dans le vestibule, la main appuyée contre un mur, Mélanie reprenait son souffle. Elle se trouvait seule à l'appartement, Louis étant parti après le dîner pour une rencontre au cégep.

Au bout d'un moment, elle enleva son manteau et, d'un pas incertain, alla le suspendre dans la garde-robe. Puis, les mains sur le ventre, elle se rendit à la chambre à coucher, s'allongea péniblement sur le lit et ferma les yeux. Mais au moindre bruit elle les ouvrait brusquement et jetait des regards autour d'elle.

Les mauvaises nouvelles de son médecin (car, pour elle, c'en étaient) s'ajoutaient à celles que lui avait apprises par téléphone le notaire Michaud au début de la matinée.

Son enthousiasme de l'avant-veille avait bien tombé. Il s'était rendu le matin même au 1759 de l'avenue Upper Lansdowne ; l'opulence de la demeure de Périgord l'avait impressionné. « Je suis sûr, ma chère enfant, que Louis XIV aurait accepté d'y passer une nuit ou deux... Remarquez que c'est peut-être tout simplement une maison louée. Ou alors peut-être sommes-nous devant un cas de blanchiment d'argent. Comment savoir ? En tout cas, je n'irai pas sonner à la porte pour le demander ! »

Il revenait de sa mission de reconnaissance un peu dépité, plus hésitant que jamais, comme s'il venait de prendre conscience tout à coup, en voyant son repaire, de la puissance de l'ennemi qu'il s'était engagé à combattre. Les éléments de preuve qu'ils possédaient étaient bien ténus, avait-il de nouveau expliqué à Mélanie. Ce Justin Périgord, pouvait-on l'accuser de harcèlement ? Il ne harcelait pas très souvent, c'était le moins qu'on puisse dire ! Et puis, le fond de leur affaire était bien mauvais. « On ne peut se plaindre en justice d'avoir été lésé dans un marché illégal, ma pauvre fille. La loi ne peut aller contre la loi. Il aurait fallu, dès le début, refuser la proposition de cette misérable Mercier. »

Sans compter que la soi-disant femme d'affaires, seule personne directement impliquée dans l'histoire en tant que signataire du contrat, demeurait introuvable. « J'avance dans mon enquête comme une tortue chaussée de semelles de plomb ! » soupirait-il. En fait, il n'avait pas cherché la coupable bien longtemps. Ce travail aurait demandé un détective. Fallait-il en engager un ? C'était se lancer dans de bien grandes dépenses sans résultat assuré.

Un long craquement parcourut soudain le plancher de la cuisine ; Mélanie se redressa sur les coudes, l'oreille tendue, mais les battements de son cœur qui menaçait de crever sa poitrine masquaient tous les bruits.

Alors, elle se mit à sangloter. D'effroi et de rage. Ça ne pouvait plus durer. Cet homme était une malédiction. Il s'était juré de la torturer jusqu'à la mort.

— Mais qui ? Qui va m'en débarrasser ? gémit-elle en empoignant un oreiller qui traversa la chambre et alla s'écraser mollement contre une commode.

Alors, soudain, sa résolution fut prise. C'est ainsi que, parfois, sous l'effet du désespoir, la peur se transforme en témérité.

Il fallait agir. Et tout de suite.

Elle se leva, se rendit à la cuisine, prit le téléphone et appela un taxi. Le temps pressait, car Louis allait bientôt arriver.

*

En entrant dans le Café Gerbederose, Mélanie constata avec soulagement que c'était Tonio qui, encore une fois, officiait derrière le comptoir ; l'Haïtienne, qui semblait en avoir fait son homme de confiance, était donc absente. Cela facilitait considérablement les choses.

— Eh ben ! s'écria joyeusement Tonio. De la grande visite ! Qu'est-ce qui se passe ?

— J'avais besoin de prendre l'air, répondit Mélanie le plus naturellement qu'elle put. Où est Gerbederose ?

— Le père Carton l'a appelée au début de l'avant-midi, répondit l'autre avec un sourire plein de sous-entendus. Elle devrait revenir bientôt.

Au fond de la salle, trois clients étaient en train de feuilleter des journaux et de passer des commentaires sur l'actualité ; l'un d'eux, vieux professeur à la retraite et plutôt timide, était un habitué. Mélanie le salua :

— Vous allez bien, monsieur Gougeon ?

Il inclina la tête en souriant :

— À mon âge, on peut difficilement demander mieux, mademoiselle.

Puis il perdit contenance et rougit. Est-ce qu'on pouvait utiliser le mot *mademoiselle* pour une femme dans son état ? Mais pouvait-on appeler *madame* une future maman célibataire ?

— Et c'est pour quand ? bafouilla-t-il en voulant quitter ces eaux troubles mais s'y enfonçant davantage.

— Pour la fin mai. J'ai hâte.

— Garçon ou fille ? poursuivit-il en desserrant un peu son nœud de cravate sous l'effet d'une bouffée de chaleur.

— Un garçon, je crois.

— C'est bien, c'est bien… Félicitations… et bonne chance.

Et il se replongea dans son journal en cachant la surprise qu'avait fait naître en lui ce « je crois » plutôt bizarre en fin de grossesse.

Pendant ce temps, Tonio plastronnait derrière le comptoir, ravi de pouvoir montrer encore une fois à Mélanie la confiance que lui accordait Gerbederose :

— Je te sers un café ?

Elle secoua la tête :

— Non merci. Dans mon état, mieux vaut pas. Tu permets ?

Elle passa derrière le comptoir et se dirigea vers la caisse. Il n'y avait pas de temps à perdre. Gerbederose pouvait apparaître d'une minute à l'autre. Une série de tiroirs s'alignaient sous le comptoir ; Gerbederose y rangeait différents objets, surtout de la papeterie. D'un geste décidé, Mélanie ouvrit le deuxième et, sous le regard incrédule de Tonio, en sortit un revolver qu'elle glissa dans sa poche. Un vol à main armée dont l'Haïtienne avait été victime trois ans plus tôt l'avait incitée à se procurer cette arme, sans permis. Mais le registre fédéral des armes à feu était si mal administré qu'elle aurait pu tout aussi bien acheter un canon.

— Qu'est-ce… Qu'est-ce que tu fais là ? souffla Tonio, horrifié.

Les trois clients, engagés à présent dans une vive discussion sur l'interminable série de mésaventures des Canadiens, n'avaient rien remarqué. La clochette de la porte tinta, un jeune couple entra et l'homme, d'une voix de basse russe, demanda :

— Servez-vous de la bière ici ?

— Non, répondit Tonio.

— Un café, ça fera l'affaire, Armand, fit sa compagne en se pressant contre lui. Et puis, les pâtisseries m'ont l'air bonnes ici.

Et elle se mit à humer l'air avec délices. Il la regarda, hésitant, puis sourit, s'avança et lui présenta une chaise.

— Va les servir, ordonna Mélanie à Tonio, puis rejoins-moi dans la cuisine. Fais vite.

Et elle disparut derrière la porte. Quelques minutes plus tard, Tonio venait la retrouver. Il avait l'air bouleversé. Leur conciliabule fut rapide et vif.

— Toi, tu fermes ta gueule, hein ? lui intima Mélanie tout de go. Si tu me dénonces, je ne te parlerai plus jamais de ma vie, m'entends-tu, et personne ne te détestera comme je vais te détester.

Il la fixait, pétrifié. Jamais il ne l'avait vue ainsi, avec ces mâchoires serrées qui lui creusaient les joues et ce regard féroce de bête prête à bondir.

— Mais Gerbederose va m'accuser, Mélanie, gémit-il à voix basse. Elle va me crisser à la porte. Y as-tu pensé? Y a seulement elle et moi, ici. Je parle même pas de la petite étudiante qui vient lui donner un coup de main une couple de fois par semaine après ses cours.

— Invente une histoire. Tu peux commencer tout de suite à y penser.

— Facile à dire… Qu'est-ce que tu veux faire avec ce revolver, Mélanie?

Il faisait peine à voir. La lèvre pendante et luisante de salive, il continuait de la fixer d'un œil angoissé.

— Ça me regarde.

Elle, lui parler comme ça? Que lui était-il arrivé? On aurait dit qu'un mauvais esprit s'était emparé d'elle. Les histoires de vaudou de sa patronne lui revinrent en tête. Il se mit à trembler, comme dans les pires moments de sa vie (et il y en avait eu beaucoup). D'une voix éteinte, lamentable, il demanda:

— Tu veux quand même pas te flinguer, Mélanie? T'en as plein ton casque?

Il allait pleurer.

Elle se mit à rire, soudain radoucie:

— Voyons donc, Tonio, qu'est-ce que tu vas chercher là? Jamais je n'ai pensé à une chose pareille. D'ailleurs, je ne m'en servirai sans doute pas, de ce petit joujou – en fait, *je ne sais pas m'en servir*. C'est juste une précaution, au cas où, tu comprends?

— Je comprends rien.

La clochette tinta de nouveau. Mélanie devint livide et fit signe à son compagnon d'aller jeter un coup d'œil par l'entre-bâillement de la porte.

— C'est des jeunes, chuchota-t-il en se retournant.

— Parfait. Moi, je file par la ruelle. N'oublie pas ce que je viens de te dire, Tonio.

Et elle lui sourit. Une femme ne lui avait pas souri de cette façon depuis… 87 éternités !

Plus que les menaces, ce sourire le terrassa.

Mélanie allait sortir lorsque la clochette tinta encore une fois et on entendit la voix de Gerbederose qui saluait un client.

— Tonio, lança la Noire, on attend à la caisse.

Puis, s'adressant aux trois jeunes qui venaient de s'attabler :

— J'arrive tout de suite, les amis, fit-elle en enlevant son manteau. Café ? Café ? Café ? Parfait.

Alors, faisant volte-face, Mélanie traversa la cuisine et se dirigea vers la salle, suivie de Tonio.

— Eh bien ! qui donc je vois là ? s'exclama l'Haïtienne, ravie. Mélanie qui est venue faire un tour ! Comment vas-tu, mon tit-cœur ? Miséricorde ! ajouta-t-elle aussitôt, comme t'as l'air fatiguée, ma pauvre enfant !

Et elle la prit dans ses bras.

— Oh, je le suis, en effet, répondit la serveuse. Mais je tenais à venir faire mon tour.

Et, tout en disant ces mots, par une sorte de bravade, elle glissa la main dans la poche de son manteau et serra le métal glacé du revolver.

— Surveille-toi, ma fille, lui recommanda Gerbederose en passant derrière le comptoir. À la fin, tu sais, le bébé devient comme un jeune loup dans ton ventre : il veut tout dévorer. Ménage tes forces.

Puis, se tournant vers la salle :

— Je vous sers un autre cappuccino, monsieur Gougeon ? Et vous, messieurs ? ajouta-t-elle en s'adressant à ses deux compagnons de table.

L'ancien professeur refusa d'un geste, tandis que les autres, affriolés par les pâtisseries que dégustaient la basse russe et sa petite amie, commandaient, l'un, une brioche aux amandes, et l'autre, un muffin au sirop d'érable.

Tandis que l'Haïtienne s'affairait, Mélanie s'était assise à une table en attendant un moment propice pour partir. S'en aller tout de suite risquait de paraître louche.

Le regard de Gerbederose s'arrêta alors sur Tonio, debout derrière la machine à café en train de faire mousser du lait. Elle l'observa quelques secondes :

— T'as donc l'air drôle, toi ?

Et, soudain, d'avoir trouvé en arrivant ses deux employés en conciliabule dans la cuisine lui parut curieux. Elle se pencha à son oreille :

— Est-ce qu'il s'est passé quelque chose durant mon absence, Tonio ?

— Quoi ? Mais non… Qu'est-ce que tu veux qu'il se soit passé ? marmonna l'autre en fixant avec une attention singulière la mousse qui gonflait dans le récipient de métal.

— C'est pas à moi de répondre, Tonio. C'est à toi.

— Mais j'ai rien à répondre, patronne… Je suis quand même pas pour inventer !

Il faisait penser à un chien en plein orage attaché à un pieu au milieu d'un champ.

Mélanie, de sa place, n'entendait que des bribes de leur conversation, mais l'air soupçonneux de la Noire disait tout. « Tiens ta langue, lui lança intérieurement la serveuse, sinon, je t'étripe ! ».

La clochette se mit tout à coup à tinter presque sans arrêt et le café se remplit peu à peu. C'était le salut, du moins pour un temps. Gerbederose allait et venait, débordée. Mélanie décida que le moment était venu de partir. S'approchant de la Noire, elle lui toucha l'épaule :

— Je reviendrai une autre fois, quand on aura plus de temps pour se parler.

— Bonne idée, répondit l'autre.

Le ton sur lequel ces mots furent prononcés convainquit Mélanie qu'elle avait peu de temps pour mettre à exécution son projet.

*

Au cours de la soirée, elle dut consacrer la plus grande partie de son énergie à feindre le calme et la bonne humeur devant Louis ; heureusement, il était trop absorbé par la préparation de ses examens pour prendre conscience de l'angoisse mortelle qui habitait son amie. Ce ne fut pas le cas du bébé qu'elle portait ; vers neuf heures, il commença à s'agiter si violemment dans son ventre qu'elle eut l'impression de se retrouver en ce funeste jour où Justin Périgord s'était tenu planté devant elle sur le trottoir. Elle éclata soudain en sanglots.

— Mais qu'est-ce qui se passe, ma choune ? fit Louis en accourant au salon.

— Rien, rien… C'est bête… Je pensais à mon accouchement… Ne t'occupe pas de moi… Retourne travailler, je t'en prie.

Il la prit dans ses bras et se mit à la couvrir de caresses ; pressée contre lui, elle épongeait son visage ruisselant sur sa chemise.

— Comment veux-tu que je travaille quand je te vois dans cet état, ma chérie ?

Elle se mit à sangloter de plus belle, mais, cette fois, sous l'effet du remords : elle avait le sentiment que son projet, qu'elle ne voulait pas lui révéler, les éloignait un peu plus l'un de l'autre à chaque minute et s'infiltrait dans leur amour comme un filet d'acide qui allait tout dévorer.

Alors le téléphone sonna, providentiel. C'était Camille, venue aux nouvelles. Depuis quelques semaines, elle essayait de tomber enceinte à son tour et une curiosité insatiable l'avait saisie pour tous les aspects de la grossesse, même les plus intimes. Mélanie lui répondit de son mieux, en évitant avec soin la moindre allusion à son projet.

Quand elle raccrocha, Louis, fourbu, était au lit et dormait profondément.

*

Le lendemain au déjeuner, il lui annonça qu'il devait se rendre au cégep, puis, de là, chez ses parents pour les aider au réaménagement de sa chambre, désormais inoccupée, qu'ils avaient décidé de louer à un étudiant. Cela leur apporterait un supplément de revenus dont ils avaient besoin. Il espérait que cette aide, qu'il avait promise, leur ferait mieux accepter un départ qui les avait irrités et lui permettrait ainsi de maintenir avec eux des relations convenables.

Sa dernière bouchée avalée, il partit en toute hâte.

Elle avait le champ libre.

Un serrement nauséeux à la gorge, elle ouvrit son sac à main, qu'elle avait déposé tout exprès sur le comptoir de la cuisine, et s'empara d'un calepin où elle avait noté le numéro de téléphone de Justin Périgord que lui avait fourni le notaire Michaud. À la vue du numéro, le souffle lui manqua et elle dut s'assoir un moment.

— Idiote ! se morigéna-t-elle à voix basse, ressaisis-toi ! Tu n'iras pas loin comme ça, espèce de pissoue ! Il faut être forte. Sinon, t'es foutue, ma vieille, bonne pour une boîte de sapin !

Elle s'approcha du téléphone, puis, changeant d'idée, se dirigea plutôt vers une petite pièce aménagée en bureau où se trouvait l'ordinateur. Caché dans un sac sous une pile de livres se trouvait le revolver. Elle s'en empara et, les mains glacées, se mit à l'examiner, fit tourner le barillet, puis le souleva : il contenait quatre balles ; c'était plus que suffisant... à condition de savoir s'en servir !

Il aurait fallu s'exercer dans un coin de forêt perdu ou dans une salle de tir, chose impossible dans les circonstances. Alors elle passa la plus grande partie de la matinée devant l'ordinateur à se documenter sur le fonctionnement des revolvers et leur utilisation. Pas assez valait mieux que rien du tout. Puis, de nouveau, elle examina minutieusement l'arme, la tournant et la retournant entre ses mains pour tenter de l'apprivoiser. À tout moment, des frissons d'horreur la traversaient, comme si elle était en train de manipuler un gros insecte venimeux dont la piqûre serait mortelle.

Dans son ventre, le bébé semblait en proie aux mêmes émotions. Parfois, elle avait l'impression qu'il lui donnait des coups de talon, comme pour essayer de sortir et de se sauver le plus loin possible. Comme il aurait peur, le pauvre petit oiseau, si jamais son plan réussissait!

Peut-être en mourrait-il?

Vers onze heures, elle décida que le moment était venu. Elle ne pouvait plus l'éluder. Elle s'approcha de nouveau du téléphone, son calepin à la main. Marmonnant le numéro, elle se mit à le composer, puis s'arrêta: un coup de nausée venait de la saisir.

— Merde de merde de merde! Mais t'es en dessous de tout, pauvre guenille!

Le pas chancelant, elle se rendit à la cuisine. Une des armoires contenait quelques bouteilles d'alcools. S'emparant d'une bouteille de dry gin, elle s'en versa un demi-verre et, au prix de violents efforts, le vida en deux gorgées.

Tout de suite, la sensation – oh! combien soulageante! – de se détacher du réel l'envahit; elle devenait comme la spectatrice un peu indifférente de ses propres actions.

— Je comprends les alcoolos, à présent, murmura-t-elle en ricanant.

Elle connaissait depuis longtemps les contre-indications au sujet de l'alcool pour les femmes enceintes.

Mais c'était ça ou rien.

Quelques minutes s'écoulèrent. Midi approchait. Prenant encore une fois le téléphone, elle composa le numéro d'une traite. Une après l'autre, les sonneries résonnaient au bout du fil, comme les appels imprudents d'un chasseur essayant de faire sortir une bête sauvage de sa caverne. Elle attendait, le regard dans le vide, l'esprit au ralenti. Elle n'avait préparé aucune phrase. Mieux valait improviser.

À la cinquième sonnerie, un répondeur se déclencha et une voix de femme, agréable et désincarnée – une voix que bien des répondeurs lui avaient fait entendre – lui demanda de «laisser un message détaillé».

Elle raccrocha. Son épreuve était reportée.

23

Le soir de ce même jour, Tonio essayait de résoudre un terrible dilemme dans son minuscule trois-pièces de la rue Chambord. Devait-il se brouiller à tout jamais avec Mélanie en la dénonçant – ou perdre son emploi en acceptant d'être son complice ? Cette alternative cruelle et inéluctable le torturait depuis des heures.

Assis dans son lazy boy trouvé dans une ruelle, il fixait l'écran de sa télévision achetée à l'Armée du Salut ; une partie de hockey se déroulait où les Canadiens se préparaient à une autre défaite (la défaite semblait désormais inscrite dans leur code génétique), mais il ne voyait pas les mouvements des joueurs et n'entendait pas le claquement des bâtons contre la rondelle ni le crissement des lames sur la glace.

Enfermé en lui-même, il souffrait.

Se brouiller avec Mélanie, c'était renoncer à l'amitié de la seule femme qui, de toute sa vie, lui avait manifesté de l'estime et de la gentillesse ; dès le premier instant où il l'avait vue, il s'était pris pour elle de l'adoration d'un chien pour son maître, adoration muette et condamnée au silence, bien sûr, mais qui le soutenait jour après jour comme l'eau soutient le nageur.

Par contre, perdre son emploi, c'était ruiner une des seules vraies chances qu'il ait connue depuis une sacrée mèche ; c'était quitter un métier qu'il adorait, un métier qui lui permettait de vivre décemment et lui procurait un sentiment de dignité. Le salut par l'eau de vaisselle et les pâtisseries ! Le salut dans les chuintements d'une machine à café et le bavardage des clients. Qui l'aurait cru ?

Il fallait agir. Cette histoire de flingue pouvait mal tourner et même finir à la morgue. Mais il avait besoin d'en savoir davantage.

Pour faire le bon choix.

Le bon choix... Fais-moi rire en quatre volumes... «Dis-moi, chose, quelle jambe tu veux que je te scie ? La gauche ou la droite ? Ça pourrait être un bras, si ça fait mieux ton affaire... »

C'est que ça ne la faisait pas du tout ! Rien ne faisait son affaire dans cette histoire de fou où Mélanie l'avait embarqué de force.

— Tabarnac ! qu'est-ce que j'vas faire ? se demanda-t-il tout haut en levant un regard désespéré vers le plafond marqué ici et là de petits affaissements inquiétants.

La veille, au cours de sa tournée de cannettes, il avait trouvé dans un bac de recyclage une bouteille de Triple Sec qui contenait un fond de liqueur... oh, à peine un centimètre... Malgré le serment qu'il s'était fait de ne plus jamais prendre une goutte d'alcool, il avait emporté la bouteille chez lui – mais n'y avait pas encore touché ; il s'était contenté de humer son contenu... L'arôme lui rappelait un bon souvenir, très ancien... Il n'en avait pas tant que ça, des bons souvenirs... Aussi bien, quand il le pouvait, en faire remonter un à la surface.

Pour éloigner la tentation, il avait rangé la bouteille dans la remise attenante à la cuisine... D'autant plus que le Triple Sec, c'était bien meilleur glacé.

L'instant d'après, il tenait la bouteille entre ses mains et avalait le contenu en trois gorgées avec de petits grognements de plaisir.

Il se laissa tomber dans son lazy boy et ferma les yeux, tout rempli de ce feu parfumé à l'orange qui répandait dans son corps un doux bien-être et le réconciliait presque avec la vie.

Soudain, sa décision fut prise : il irait trouver immédiatement la serveuse pour exiger des explications, des éclaircissements, afin de prendre la *bonne* décision. Et si elle refusait de lui en fournir ? Eh bien... eh bien... il ne savait pas trop ce qu'il ferait, tabarnac !

Quelques minutes plus tard, il se dirigeait à grands pas vers la rue de Lanaudière, essayant d'inventer un stratagème qui lui permettrait de parler à Mélanie seul à seul – car Louis se trouvait sûrement avec elle. Mais plus il approchait de l'appartement, moins le stratagème se dessinait dans son esprit. Il en vint à la conclusion que la présence de Louis l'empêcherait, de toute façon, d'avoir un entretien avec la serveuse. Puis il en vint à une deuxième conclusion : son apparition risquait de la mettre dans une colère noire – son apparition *allait* la mettre dans une colère noire !

Il s'arrêta et, malgré le froid humide qui pénétrait ses vêtements, continua de réfléchir, pris d'une indécision croissante, tout en se frottant machinalement le menton avec sa mitaine de cuir.

Il venait d'arriver au coin des rues Beaubien et de Lanaudière et ne se trouvait plus qu'à une dizaine de portes de l'appartement de Mélanie. Une partie de lui-même le poussait à reprendre sa marche et à sonner chez la serveuse – advienne que pourra ! –, mais une autre lui bloquait les jambes et le retenait au coin de la rue, grelottant sous le vent glacé.

La volonté qui l'avait poussé dehors pour exiger des éclaircissements faiblissait peu à peu, minée par la peur, tandis que, de sa mitaine, il essuyait pour la troisième fois son nez dégoulinant et qu'une vague de désespoir parmi les plus terribles qu'il ait jamais connues de toute sa chienne de vie se répandait en lui ; alors ses yeux, à leur façon, se mirent à imiter son nez.

Finalement, il allait tourner les talons, la mort dans l'âme, lorsqu'une voix retentit dans son dos.

— Hé ! Tonio !

C'était Louis Perez qui venait d'apparaître dans la rue Beaubien.

— Où t'en vas-tu comme ça, Tonio ? reprit le jeune homme en approchant.

Alors tout devint subitement clair dans l'esprit de l'aide-pâtissier et un calme profond fit place à son angoisse :

— Je m'en allais chez toi… euh… chez Mélanie, si tu veux.

— Ah bon, fit l'autre, surpris. Pourquoi?

— Pourquoi, bonhomme? Écoute-moi bien.

Et, en quelques mots, il déballa toute son histoire.

— Demande-moi pas ce qu'elle a en tête, j'en sais rien, à part que c'est une connerie, conclut-il. On joue pas avec un pistolet, bonhomme… Alors, j'ai voulu te prévenir.

Louis le fixait sans dire un mot, le visage blême. Des images de suicide et de meurtre se bousculaient dans sa tête. Peut-être était-il trop tard?

— T'es sûr que tu dérailles pas, Tonio? demanda-t-il d'une voix tremblante.

— C'est facile à vérifier, bonhomme: va demander à Gerberose où est son revolver.

Il pencha la tête et poussa un long soupir. Son sacrifice était accompli. Il venait de perdre Mélanie à tout jamais. Mais il lui avait peut-être sauvé la vie. C'était, après tout, la seule chose qui comptait.

Et il s'en alla, rempli d'une tristesse écrasante, mais soulagé, tandis que son compagnon s'éloignait au pas de course.

*

Quand Louis, l'air fiévreux et comme égaré, arriva, hors d'haleine, devant l'escalier extérieur qui menait à l'appartement, Mélanie, debout en robe de chambre au milieu de la cuisine, regardait, perplexe, l'armoire où se trouvait la bouteille de dry gin; une bonne rasade l'aiderait sûrement à dormir; mais elle craignait que son haleine n'intrigue son compagnon, qui risquait alors de poser des questions embarrassantes.

En l'entendant gravir les marches à toute vitesse, elle se hâta vers le salon, prit un livre posé sur le bras d'un fauteuil, s'assit et fit mine d'être plongée dans la lecture. La serrure émit ses cliquetis habituels, puis la porte s'ouvrit avec violence et alla frapper contre un mur.

— Louis ?! lança-t-elle, alarmée, en quittant son fauteuil.

Il y eut un instant de silence, puis le jeune homme apparut.

— Ah bon, tu es là, murmura-t-il avec un soupir de soulagement.

Il enleva son manteau et alla l'accrocher dans la penderie.

— Tu m'as fait peur, s'exclama Mélanie. Qu'est-ce qui se passe ?

— Toi aussi, tu m'as fait peur, se contenta-t-il de répondre.

Il apparut de nouveau dans l'embrasure de la porte, s'avança vers elle et se mit à la fixer.

— Sapristi ! Qu'est-ce que tu as ? s'écria la serveuse.

Elle réussissait à soutenir son regard, mais sa voix tremblait un peu.

— Je sais tout, Mélanie. Tonio vient de m'apprendre que tu prépares une connerie.

Elle poussa un cri de rage :

— Le chien ! Il m'avait pourtant promis…

— Il a encore son bon sens, lui. Donne-moi ce revolver avant de commettre une bêtise.

— Jamais. Ce que je veux en faire, ça ne regarde que moi.

Alors le visage de Louis s'empourpra, ses narines se pincèrent et sa respiration devint sifflante :

— Écoute-moi bien, toi. Tu ne le réalises peut-être pas, mais c'est comme si tu ne l'avais plus, ton cristi de revolver : tant que tu ne me l'auras pas remis, je ne te lâcherai pas des yeux, compris ? Alors, tu me le remets ?

Elle se mit à sangloter. Il se pencha vers elle et caressa sa tête.

— Le chien… le salaud… il m'avait juré… Laisse faire, il va me payer ça ! se promit-elle à voix basse en épongeant ses larmes avec la manche de sa robe de chambre.

— Mélanie, murmura Louis d'un ton cette fois tendre et patient, comme s'il parlait à une enfant prise d'un caprice déraisonnable, Tonio a voulu te protéger, et il a bien fait de me parler. À sa place, j'aurais agi de la même façon.

— Alors, vous êtes tous les deux des chiens!

— Qu'est-ce que tu voulais faire avec ce revolver? Et d'abord, où est-il? T'imagines-tu la réaction de Gerbederose quand elle va apprendre que tu le lui as piqué?

La tête penchée, elle reniflait et toussait, puis se calma tout à coup et sembla réfléchir.

— De toute façon, déclara-t-elle au bout d'un moment, il est trop tard.

Louis eut un sursaut:

— Que veux-tu dire?

Il lui saisit la tête à deux mains et braqua son regard dans ses yeux. D'une violente poussée, elle se dégagea:

— Laisse-moi!

Puis, reculant de deux pas, elle ajouta:

— Je lui ai déjà téléphoné.

— Tu as téléphoné à qui?

— À un autre chien. À Justin Périgord.

Louis tapa du poing sur le fauteuil:

— Tu veux le tuer? Merveilleux! Ça vaut un prix Nobel de stratégie! J'irai te porter des oranges en prison. Mais peut-être que les choses ne tourneront pas comme tu le voudrais, et que je devrai plutôt aller te porter des fleurs au cimetière? C'est pas grave! Dans les deux cas, je peux me permettre cette dépense.

Elle darda sur lui un regard glacial:

— Je peux me passer de ton esprit... De toute façon, je n'ai jamais eu l'intention de le tuer. Penses-tu que j'ai l'étoffe d'une meurtrière? Je veux simplement récupérer l'argent qu'on m'avait promis. Un point, c'est tout.

— Et s'il refuse?

— Alors, là...

Et elle eut un geste vague dans lequel on pouvait lire tout aussi bien la résignation devant l'échec que la volonté d'aller jusqu'au bout, peu importe les conséquences.

Louis se mit à faire les cent pas en fourrageant dans ses cheveux. Son visage exprimait à la fois l'angoisse et l'exaspération. Il s'arrêta devant elle :

— Quand dois-tu le voir, ton fameux Périgord ?

Elle haussa les épaules en signe d'ignorance :

— Il doit me rappeler.

— C'est le notaire Michaud qui t'a donné son numéro ?

— Eh oui. Tu le savais, ça. Je ne t'apprends rien.

L'œil dilaté et poussant force soupirs, il continuait d'aller et de venir dans la pièce ; la nécessité de parer à la situation commençait néanmoins à diluer sa colère. Il s'arrêta de nouveau devant Mélanie et, avec une ironie amère :

— Est-ce que tu peux deviner – oh, même vaguement – ce qu'il va essayer de faire s'il accepte ton rendez-vous, ma pauvre Mélanie ?

— Me prends-tu pour une idiote ? Il veut coucher avec moi. Il l'a toujours voulu. Il me l'a laissé entendre assez clairement au téléphone cet après-midi. Peut-être que, de me voir enceinte, ça l'excite encore plus, qui sait ? Il ne connaîtra pas la paix tant qu'il n'aura pas réussi. Mais peut-être aussi qu'il veut autre chose. Par exemple, me tuer. Ou, en tout cas, me faire souffrir le plus possible, le plus longtemps possible. Voilà pourquoi il me faut un revolver. C'est que, vois-tu, je ne suis pas un mouton qui se laisse mener à l'abattoir en bêlant. Est-ce que tu me comprends, maintenant ? Je veux me défendre. J'en ai le droit. C'est un maniaque. Dans le genre chic et poli. Un sadique de première classe, quoi... Regarde l'état dans lequel il m'a mise, Louis ! Il me poursuit depuis des années... Et moi, conclut-elle avec des sanglots dans la voix, j'ai décidé de m'en débarrasser, de m'en débarrasser une fois pour toutes !

Il sembla réfléchir un moment, puis :

— Alors, si j'ai bien compris, tu ne veux pas récupérer l'argent, tu as plutôt décidé…

— Oh ! je ne sais plus, moi, ce que j'ai décidé ! Je ne sais plus ! éclata Mélanie en se cachant le visage dans les mains. Je suis tellement malheureuse ! Si tu savais comme je suis malheureuse ! Et j'ai peur, Louis ! J'ai peur !

Il la prit dans ses bras et essaya de la calmer. Et, sur son visage, on pouvait lire le travail forcené de son esprit à la recherche d'une solution.

24

Dans un des salons de la résidence située au 1759, avenue Upper Lansdowne à Westmount, au début de l'après-midi du même jour, Justin Périgord allait et venait lui aussi, l'air nerveux et préoccupé. Il avait tiré tous les rideaux de la pièce dans la crainte – enfantine, il en aurait convenu volontiers – qu'un regard curieux ne l'espionne par une fenêtre durant sa réflexion. Comment imaginer, en effet, qu'un citoyen de la noble ville de Westmount – ou même un simple passant – ait l'idée de s'adonner à cette minable occupation ? Néanmoins, il n'avait pu s'empêcher de tirer les rideaux. C'est dire l'état dans lequel il se trouvait ! Voilà longtemps qu'il ne s'était pas senti aussi… désarmé, en quelque sorte, devant les caprices du destin. Non, « désarmé » n'était pas tout à fait le mot… « provoqué » convenait mieux. Provoqué par un destin qui, en accumulant tout à coup les obstacles devant lui, le sommait de se surpasser, sous peine de connaître une ignoble défaite, une suprême humiliation.

Or, jusque-là il s'était toujours montré à la hauteur des situations, si difficiles fussent-elles – soit qu'il les ait lui-même provoquées, comme dans une sorte de jeu risqué mais passionnant, soit que le hasard les lui ait imposées, comme il le fait le plus souvent.

Mais une convergence inattendue de facteurs lui rendait cette fois-ci la tâche un peu plus difficile ; il gardait cependant la certitude de pouvoir se montrer encore une fois à la hauteur, toujours à la hauteur !

Le premier de ces facteurs, et celui sur lequel sa volonté avait le moins de prise, c'était la passion obsessive, excitée par un désir de revanche, qu'il ressentait pour cette petite serveuse qui avait obstinément refusé ses avances – la première femme, de toute sa vie, qui lui eût infligé un tel affront. De cette passion, de ce désir de revanche, naissait une dépendance qu'il n'avait jamais connue et qui n'était pas sans l'inquiéter, car elle menaçait de le priver d'une partie de ses moyens. Il avait beau avoir floué cette petite effrontée de la plus ingénieuse façon, cela ne suffisait pas ; son image continuait de le tourmenter. Il lui fallait une revanche encore plus éclatante, la seule qui lui permettrait de retrouver la paix. Il s'était promis de ne pas quitter le pays sans l'avoir obtenue.

Car il devait bientôt quitter le pays. C'était le second facteur qui compliquait la situation. Pour la première fois depuis de nombreuses années, il allait manquer d'argent. Une affaire qui s'annonçait facile et très lucrative venait d'échouer et le plaçait dans une situation délicate. Il devait plusieurs mois de loyer à cette vieille pimbêche de Flora McDougall qui lui avait loué sa maison pendant le long séjour qu'elle faisait en Italie. Son dernier courriel, envoyé de Venise, laissait transparaître de l'inquiétude et même de l'impatience ; les menaces n'étaient pas loin. Il ne fallait plus tarder. Il avait déjà acheté son billet d'avion pour la Belgique, où une nouvelle identité l'attendait. Il faisait bon, de temps à autre, recommencer sa vie à zéro. Cela rafraîchissait l'esprit. Curieusement, plus il avançait en âge, plus il en ressentait le besoin.

Le troisième facteur était une affaire dans laquelle il avait été impliqué à Boston plusieurs années auparavant ; il la croyait éteinte depuis longtemps mais, à son grand déplaisir, elle s'était tout à coup réveillée. Pour se tirer de ce mauvais pas, il avait eu beau s'adresser à un membre influent de l'entourage du premier ministre (qui lui était redevable de certains services), l'affaire continuait d'allonger ses tentacules vers lui et rien ne semblait devoir l'arrêter. Le bon sens lui aurait commandé de se perdre dans la nature au plus vite – à cet effet, il avait d'ailleurs préparé ses bagages – mais, contre toute prudence, il prolongeait son séjour à Montréal à cause de cette satanée petite serveuse qui, grâce à ses bons soins, n'était d'ailleurs plus si petite que ça. Et tant mieux! Sa nouvelle ampleur ne diminuait aucunement l'attirance qu'il éprouvait pour elle, bien au contraire.

Son appel durant l'après-midi l'avait bien étonné; il n'y comptait plus et préparait une autre stratégie. Au début, il n'avait pu s'empêcher de ressentir un peu de méfiance.

— Ma chère Mélanie! quelle belle surprise! s'était-il écrié en feignant une grande joie. Que me vaut l'honneur?

Pendant un court instant, elle était restée sans parole, respirant avec bruit, puis d'une voix incertaine et embarrassée:

— C'est que… l'autre fois, quand je vous ai rencontré dans la rue, vous m'avez laissé entendre… qu'on pourrait régler cette affaire… de bébé.

— Ce n'est pas exactement ce que j'ai dit, mais si vous voulez l'exprimer dans ces termes, je n'y vois aucune objection. En fait, mon intention en vous parlant était de vous offrir mon aide pour vous tirer d'une situation… disons, délicate.

Mélanie se tut de nouveau. Malgré le mépris que l'homme lui inspirait, elle rougissait de passer à ses yeux – ne serait-ce que quelques heures – pour une sorte de prostituée.

— Mais puis-je vous demander comment vous avez réussi à me joindre? demanda alors Périgord. Il me semble me rappeler que, lorsque je vous ai présenté ma carte l'autre jour, vous l'avez jetée dans la rue.

— Je suis allée la ramasser un peu plus tard, répondit la jeune femme, qui avait prévu cette question.

— Je vois, je vois…

Elle imagina l'odieux sourire de satisfaction qui incurvait les lèvres charnues de son interlocuteur et cela lui donna le courage de continuer.

— Quand vous me parlez d'aide, dit-elle d'une vois étranglée, vous voulez parler d'argent, n'est-ce pas? Il faut être clair. Moi, je vous parle d'argent.

Justin Périgord partit de ce bon rire chaleureux et plein de bonhomie qui lui avait gagné tant de fois la confiance des gens:

— Alors, là, personne ne pourra vous accuser de tourner autour du pot, vous! Oui, je vous ai offert, *entre autres*, mon aide financière. Mais rien ne me ferait plus plaisir, croyez-moi, que de vous rendre tous les services que vous jugeriez utiles.

Il y eut un autre silence, plus court, puis:

— Et… à quelles conditions? demanda Mélanie.

— Il serait bien plus agréable de causer de ces choses en tête à tête, non?

— Vous pouvez venir chez moi. J'y suis la plupart du temps.

— Je préférerais qu'on se voie ailleurs. Dans un hôtel, par exemple. Un hôtel de votre choix, bien sûr.

— Non. C'est chez moi, ou rien.

— Et pourquoi tenez-vous tant à ce que nous nous voyions chez vous, Mélanie?

— Parce que j'ai peur. Je veux dire… dans un hôtel, j'aurais trop peur.

— Peur de moi? demanda-t-il en riant.

— La peur, ça ne se raisonne pas. C'est comme ça. On n'y peut rien.

— Dans les sentiments que vous m'inspirez, ma chère Mélanie, je vous assure qu'il n'y a aucune matière à éprouver de la peur, bien au contraire. Je ne vous veux que du bien, croyez-moi. Je ne veux que vous exprimer mon affection la plus profonde.

Elle n'aurait su dire ce qui la dégoûtait le plus : la voix grave et soyeuse qui prenait si naturellement les accents de la sincérité et de la sympathie ou les propos eux-mêmes qui, dans les circonstances, avaient une allure grotesque. Sa colère en fut fouettée. Cela la raffermit un peu.

— C'est bien gentil de me parler comme ça, répondit-elle, mais je ne change pas d'idée.

Il sembla alors adopter une autre tactique.

— Mais pourquoi m'avez-vous téléphoné, Mélanie ? Je ne vous cacherai pas que je suis un peu étonné par le laps de temps qui s'est écoulé entre notre dernière rencontre et ce coup de téléphone.

— Je vous l'ai dit tout à l'heure : c'est pour l'argent. Je vais accoucher très bientôt et j'ai besoin d'argent. On me le doit, cet argent.

— On vous doit bien plus, Mélanie, répondit Périgord, enjôleur. Votre beauté vous donne droit à tout. À tout, vous dis-je !

— Et alors ? fit Mélanie après un moment de silence.

— Et alors quoi ?

— Est-ce qu'on se rencontre chez moi ?

Justin Périgord se mit à fixer la pointe d'un de ses souliers, où une légère éraflure ternissait le lustre du cuir noir :

— Pour ne rien vous cacher, ma chère Mélanie, je trouve cette insistance presque… blessante. Mais je la mettrai sur le compte de la sensibilité féminine… Je vais réfléchir à votre invitation et je vous rappellerai.

Il entendit raccrocher au bout du fil et grimaça.

Il flairait un guet-apens. Il en avait déjoué plusieurs dans sa vie, était tombé dans quelques-uns – sans grand dommage la plupart du temps, car il avait su réagir avec l'adresse et toute l'énergie nécessaires –, mais cette fois-ci, c'était un peu différent. La passion le rendait vulnérable et risquait d'affecter son jugement. Il fallait donc redoubler de précautions et bien évaluer la situation nouvelle qui se présentait.

Voilà pourquoi, depuis une bonne heure, il arpentait le salon à la fois prétentieux et vieillot de cette casse-pieds de McDougall, à qui il avait dû faire du charme pendant si longtemps.

Pourquoi la petite serveuse tenait-elle tant à ce que leur rencontre ait lieu chez elle ? Voulait-elle le faire chanter ? le dénoncer ? Elle était majeure et il n'avait aucune intention d'utiliser la violence pour satisfaire des désirs depuis si longtemps excités ; le viol lui était toujours apparu comme disgracieux et déplaisant ; il connaissait des moyens bien plus subtils. La matière d'une plainte manquerait donc à la petite serveuse et son stratagème tomberait à plat, qu'il y ait ou non une caméra ou un témoin de cachés. Cependant, la présence éventuelle d'un témoin avait quelque chose de vulgaire, qui rappelait le comique de boulevard, et – bien plus grave encore – elle l'empêcherait nécessairement, comme on dit entre hommes, *d'aller jusqu'au bout*.

Une inspection soigneuse de l'appartement remédierait à ce problème.

S'il n'y avait personne et que les affaires allaient comme il le souhaitait, la petite serveuse aurait beau porter plainte si ça lui chantait : bien malin qui réussirait à le dénicher après son arrivée en Belgique !

Mais, toute réflexion faite, se dit-il en prenant place dans un fauteuil et en allongeant les jambes, ses talons enfoncés dans le tapis, la raison la plus plausible de l'exigence de la jeune femme était sans doute celle qu'elle avait invoquée : la peur. Un décor étranger – une chambre d'hôtel, par exemple – amplifierait cette peur. En restant dans ses pénates, elle pouvait mieux la contrôler. Il y avait là des avantages pour lui comme pour elle.

Le temps qu'elle avait laissé passer avant de lui téléphoner avait d'abord suscité en lui de la méfiance. Mais elle s'était expliquée là-dessus très clairement – et même assez crûment : c'était l'argent, le besoin d'argent, l'attirance de l'argent qui avaient fini par vaincre ses résistances. Rien d'étonnant à cela. Une jeune femme qui acceptait de s'adonner à l'activité illégale de mère porteuse, de toute évidence, aimait beaucoup l'argent. Il était bien compréhensible qu'elle cherchât alors à récupérer le montant promis – et si, pour cela, elle était prête, à la limite, à monnayer ses charmes, eh bien, tant mieux !

Il l'aurait ainsi flouée deux fois (car, bien sûr, elle n'obtiendrait pas un sou), ce qui doublait le plaisir. Et ce plaisir le consolerait un peu de n'avoir pu la posséder comme il l'aurait voulu – c'est-à-dire entièrement.

Après avoir arrêté son regard pendant quelques minutes sur un tableau qui imitait assez fadement l'école paysagiste anglaise du XIXe siècle, il se leva, se dirigea vers un téléphone et appela Mélanie. Ils convinrent rapidement de se voir chez elle le lendemain à deux heures de l'après-midi.

25

Le lendemain matin, les événements commencèrent à se bousculer, tant au Café Gerbederose qu'à l'appartement de Mélanie. Vers dix heures, l'Haïtienne constata la disparition de son revolver et, se tournant aussitôt vers Tonio, lui fit subir dans la cuisine un interrogatoire stalinien. Tonio, qui ne voulait pas trahir Mélanie une deuxième fois, assura qu'il n'était au courant de rien, que lorsqu'il était seul au café il devait parfois quitter la salle pour aller dans la cuisine et qu'un client avait pu tout aussi bien en profiter pour chiper le fameux revolver. Mais, malgré toute la conviction qu'il s'efforçait de mettre dans ses paroles, à certaines expressions de son visage, à certaines intonations de sa voix, Gerbederose, qui en avait vu bien d'autres, sentit qu'il mentait.

Et soudain, un souvenir récent lui revint à l'esprit :

— Eh, dis donc, mon cher, est-ce que par hasard tu ne serais pas de mèche avec Mélanie ? L'autre jour quand je suis arrivée au café, je vous ai surpris en train de chuchoter dans la cuisine. De quoi parliez-vous donc ?

À l'idée que la serveuse pourrait l'accuser de l'avoir trahie auprès de sa patronne, Tonio, au lieu de paniquer, se fâcha tout net, et c'est ce qui le sauva :

— Eh ben ! c'est l'bout de la marde ! Vous trouvez pas qu'elle en a déjà assez sur le dos comme ça, la pauvre ? Vous voulez en plus l'embêter avec cette histoire de flingue ? C'est du beau !

Gerbederose, ébranlée, battit en retraite – mais pour revenir à la charge avec plus de fougue que jamais contre le plongeur :

— Bon. Laissons Mélanie pour l'instant. Mais écoute-moi bien, mon garçon.

Et pointant un index menaçant à quelques centimètres de son nez :

— Si d'ici la fermeture, Tonio, on ne m'a pas remis mon revolver avec les quatre balles qu'il contenait, tu feras bien de te chercher un autre emploi. Compris ?

Elle lui tourna le dos et, troquant son air furibond contre un sourire empreint de la plus charmante amabilité, passa dans la salle où venaient d'arriver deux clients.

Tonio tomba dans un état d'abattement qui lui permettait à peine de s'acquitter de ses fonctions de plongeur-aide-pâtissier. Il venait de perdre Mélanie, il allait perdre son emploi : aussi bien se jeter sous un camion ou se donner un lavement d'estomac à l'acide chlorhydrique.

Bientôt, n'en pouvant plus, il demanda à Gerbederose la permission de s'absenter. L'Haïtienne, avec un sourire plein d'ironie, la lui accorda aussitôt.

Courant alors à une boîte téléphonique, il appela chez Mélanie pour lui crier son désespoir et demander de l'aide. Ce fut Louis qui répondit.

— Tu tombes à pic, toi, lui dit le jeune homme sans prendre la peine de l'écouter. J'allais passer au café pour te parler. J'ai un service à te demander. Amène-toi. Ça presse.

Débordant d'espoir – un service pour Louis, c'était nécessairement un service pour Mélanie et donc une chance d'obtenir son pardon –, Tonio courut alors jusqu'à l'appartement de la rue de Lanaudière.

En arrivant, il aperçut Louis en train de huiler les charnières et la serrure de la porte d'entrée. Son visage avait la lividité des apprentis-conspirateurs. Il avait passé une nuit blanche à concocter un plan avec Mélanie pour la débarrasser à tout jamais de son adorateur tortionnaire. La serveuse, épuisée, s'était retirée dans sa chambre pour prendre un peu de repos.

— Écoute, bonhomme, larmoya Tonio en arrivant en haut de l'escalier. Sais-tu quoi ? Avec cette maudite histoire de flingue, moi, je viens de perdre ma job… Jamais j'en retrouverai une pareille !

Louis, absorbé dans son travail, ne répondit rien ; il fit jouer la serrure à quelques reprises, ouvrit et ferma la porte, puis, satisfait, se tourna vers le plongeur :

— Entre. Si tout marche comme je le souhaite, tu vas la garder, ta job, mon Tonio.

Mais son expression hagarde contredisait ses paroles.

— Entre donc ! reprit-il avec impatience. On n'a pas beaucoup de temps pour mettre au point notre affaire.

— C'est risqué ? demanda le plongeur en refermant la porte derrière lui.

— Pas pour toi. Viens au salon. Je te demanderais de ne pas parler trop fort. Mélanie est en train de dormir.

Et il lui décrivit le stratagème qu'ils avaient imaginé pour piéger Justin Périgord.

L'homme d'affaires devait se présenter vers deux heures, soi-disant pour discuter d'un arrangement financier au sujet de ce fameux contrat de mère porteuse qu'il avait machiné par personne interposée ; mais on pouvait s'attendre à tout, y compris à une tentative de viol.

— Grosse comme elle est ? s'étonna Tonio.

— Grosse comme elle est.

— Maudit écœurant !

— Chut ! Pas si fort, Tonio… Ça, on le sait depuis longtemps.

— J'vas lui rentrer les yeux dans la tête, à ce chien-là !

— J'ai trouvé mieux.

Il avait convenu avec Mélanie d'un signal lorsque surviendrait le moment critique – si jamais il survenait. Faisant mine de consentir à ses avances, elle irait, invoquant le besoin de discrétion, tirer le store du salon ou celui de la chambre à coucher, selon l'endroit où ils se trouveraient – en espérant, bien sûr, que Périgord lui en laisse le temps. Cela ressemblait à du Hitchcock réchauffé ou à du Simenon de second ordre, mais, comme ils n'avaient pu trouver mieux, on devrait s'en contenter.

La fenêtre de la chambre à coucher donnait sur l'arrière, celle du salon sur l'avant ; Tonio irait surveiller la fenêtre de la chambre, caché dans la cour, et Louis surveillerait celle du salon de l'autre côté de la rue ; Tonio et lui seraient reliés par cellulaires (ce disant, il sortit un appareil de sa poche et le lui tendit). Le premier qui verrait un store tiré avertirait l'autre. Louis monterait alors sans bruit l'escalier, ouvrirait sans bruit la porte d'entrée et surprendrait ainsi Périgord. Mais, quoi qu'il arrive, il avait promis à Mélanie de ne pas la laisser seule avec Périgord plus d'une dizaine de minutes. Tant pis s'ils ne parvenaient pas à le coincer.

— Et moi ? demanda Tonio.

— Je préférerais que tu restes dehors.

Le plongeur eut une grimace de dépit :

— Et après, qu'est-ce que tu fais, le jeune ? Sans vouloir t'insulter, t'as pas l'air de Superman, tu sais !

— J'ai un appareil photo. Ça me suffira.

— Hein ? Tu veux le photographier ? T'es niaiseux, ma foi ! Il va te l'arracher, ton appareil !

— J'aurai en plus ceci.

Et, glissant la main dans une poche, il lui laissa voir la crosse du revolver.

Tonio arrondit les yeux, incrédule :

— Tu serais prêt à le descendre? Va raconter ça à quelqu'un d'autre! Un fou dans une poche, les oreilles à l'air! D'abord, t'es-tu déjà servi d'un flingue?

— C'est un jeu d'enfant… Et puis, je n'ai pas l'intention de m'en servir. C'est seulement pour l'intimider, tu comprends.

— Ouais, ouais…, fit Tonio avec une moue de dérision. Ça marchera pas, ton affaire, mon ami.

— Ah non? Pourquoi? rétorqua Louis, piqué.

— Parce que.

Et il haussa les épaules.

Il y eut un moment de silence. Les deux hommes se regardaient, les lèvres serrées.

— Alors, tu me laisses tomber? demanda Louis.

Tonio poussa un soupir, puis, avec la gravité d'un premier ministre au moment d'une décision capitale:

— J'ai jamais laissé tomber un *chum*, chose. C'est quoi, ton numéro de cellulaire?

*

Un peu avant deux heures, une berline noire s'arrêta rue de Lanaudière, à quelques portes de l'appartement de Mélanie. Son conducteur resta un long moment à l'intérieur à inspecter la rue d'un air à la fois anxieux et déterminé. Il était conscient de commettre une imprudence, peut-être même une folie, mais, comme le besoin qui le taraudait était irrépressible, il avait décidé de supprimer en lui toute hésitation et y avait réussi.

Il sortit de l'auto et, s'avançant dans la rue, continua de promener autour de lui des regards discrets et inquisiteurs. Ne voyant rien de suspect, il parvint au pied de l'escalier qui menait à l'appartement, s'arrêta un instant, jeta de nouveau un coup d'œil circulaire, puis se mit à gravir les marches d'un pas assuré. Peu importe ce qui arriverait, cela devait arriver. Le sentiment d'atteindre le but qu'il s'était fixé depuis si longtemps commençait à l'étourdir et sa peur se relâchait peu à peu. Arrivé devant la porte, il attendit de reprendre haleine avant de sonner. « D'habitude, j'ai meilleur souffle, s'étonna-t-il. C'est la nervosité. »

La sonnette au bouton de couleur ivoire serti dans une garniture circulaire de laiton ouvragé était d'une élégance raffinée et sembla lui envoyer un message rassurant. Naturellement, il n'était pas dupe de ce genre d'impression, mais cela le mit quand même de bonne humeur. À présent, il avait le sentiment que tout irait bien.

Il sonna. Un moment s'écoula, puis il entendit comme un glissement de pas, la porte s'ouvrit sans bruit et Mélanie apparut, vêtue d'un pantalon capri et d'une tunique de lin beige qui atténuait un peu ses formes rebondies ; son beau visage, un peu crispé, avait pris un caractère racé qu'il ne lui connaissait pas.

— Ma chère Mélanie, comme je suis heureux de vous voir ! lança-t-il gaiement. Vous avez une mine superbe !

— Entrez, se contenta-t-elle de répondre à voix basse, et elle s'effaça pour le laisser passer.

Elle l'avait enveloppé d'un regard qui lui parut singulièrement froid, comme rempli de défi. Peut-être avait-elle trouvé sa gaieté exagérée, inconvenante même. Il faudrait rectifier le tir, éviter toute apparence de provocation, mais aller quand même droit au but. Les femmes méprisent les hommes hésitants.

Elle le conduisit au salon, lui indiqua un fauteuil et s'assit en face de lui sur un canapé. Ils se regardèrent quelques secondes sans parler. Il en profita pour tendre l'oreille, mais n'entendit aucun bruit suspect. Cela, bien sûr, ne voulait rien dire.

— Alors, comment allez-vous, Mélanie ? demanda-t-il d'un ton bon enfant en inclinant un peu le torse vers l'avant, les mains posées sur les genoux.

— Comme vous voyez, répondit-elle sèchement. Je vais bientôt accoucher. Je ne sais pas ce que je ferai de cet enfant. Mais je veux qu'on règle notre affaire.

— Vous voulez dire…

— Vous savez ce que je veux dire.

— Voilà une histoire bien bizarre, n'est-ce pas, soupira-t-il. Embêtante pour vous comme pour moi.

— Embêtante pour vous.

Il la regarda en souriant, insensible à son animosité. Moins qu'insensible : cette animosité lui plaisait. Il avait le sentiment à présent de maîtriser parfaitement la situation. C'était très agréable. Cela donnait de l'aisance. Cela donnait des idées.

— Il y a un moyen bien simple de nous sortir d'embarras, Mélanie. Pardon : de *me* sortir d'embarras, si vous préférez.

— Ah oui ?

Elle le dévisageait, attendant *la proposition*, dont dépendait sa victoire. La peur qui la torturait depuis la veille, qui l'avait torturée toute la nuit, curieusement, s'était estompée, peut-être dissoute par la haine qu'elle ressentait pour cet homme qui la détaillait comme un butin durement gagné.

— Et quel est ce moyen ? demanda-t-elle enfin, voyant que son interlocuteur attendait qu'elle le relance.

— Oh ! vous le connaissez depuis longtemps. En m'accordant la plus grande faveur qu'une jolie femme comme vous puisse accorder à un homme tombé sous son charme.

La serveuse en réprima une grimace de dégoût :

— Dans mon état ?

— Mais cet état ne fait qu'ajouter à votre beauté, ma chère Mélanie ! J'aurai l'impression de rendre hommage à Cérès, déesse de la fécondité.

Elle le regardait, suffoquée.

Soudain, ses nerfs lâchèrent.

— Vous êtes fou, balbutia-t-elle en pâlissant. Vous êtes un maniaque. Vous êtes horrible.

Toute la stratégie qu'elle avait montée avec Louis s'effondrait. Mais elle n'y pouvait rien.

— Fou ? J'en conviens. L'amour rend fou, c'est bien connu. Je suppose qu'il peut rendre également maniaque, comme vous dites. Est-ce qu'il m'a rendu horrible ? Je ne crois pas que le moment soit propice pour discuter de cette question complexe. Écoutez-moi bien, Mélanie.

Il sortit une enveloppe de la poche de son veston :

— J'ai ici un chèque visé, émis par la Banque Laurentienne, au montant de quatre-vingt-douze mille dollars, qui correspond, d'après mes calculs, à la somme qu'on vous doit. Vous pourrez téléphoner à la banque pour en vérifier la validité. Accordez-moi ces quelques moments de bonheur, auxquels j'aspire depuis si longtemps, et tous vos problèmes seront réglés. Je vous le jure. Excusez la franchise un peu terre à terre de mes propos.

Et, se levant à demi, il voulut poser une main sur sa cuisse. Au prix d'un suprême effort, elle le laissa faire. Il se contenta d'une caresse furtive.

— Je vois que nous allons nous entendre, murmura-t-il en se rassoyant, les pommettes toutes rouges.

Sa voix tremblait un peu.

— Mais auparavant, poursuivit-il, sans vouloir vous blesser, j'aimerais, avec votre permission, inspecter rapidement votre appartement. Cela pourrait éviter une mauvaise surprise.

Et il se leva.

— Allez où vous voulez, répondit la serveuse avec une sorte d'indifférence résignée.

Il s'arrêta alors sur le seuil de la porte, se retourna vers elle et la regarda un instant :

— À bien y repenser, je n'en ferai rien, dit-il alors d'une voix curieusement haut perchée. Ces craintes futiles risqueraient de me faire paraître grossier. Or, pour rien au monde, je ne voudrais vous blesser. Vous m'êtes trop chère, Mélanie.

Il revint sur ses pas, souriant, et s'assit près d'elle sur le canapé ; il y avait quelque chose de fébrile et d'imprévisible dans son attitude. C'est à ce moment que Mélanie réalisa les risques considérables qu'elle avait accepté de courir ; la ruse de Louis lui parut soudain comme une invention de casse-cou – mais c'était son cou à elle qui était en jeu !

Elle tourna vers Périgord un visage livide, luttant de toutes ses forces contre une montée d'angoisse qui l'étranglait.

— Comme vous êtes pâle, Mélanie… Il ne faut pas avoir peur, je vous assure… Vous êtes tellement belle… Vous hantez mes nuits depuis si longtemps…

Il posa une main sur sa cuisse, puis lentement remonta vers le ventre.

Elle eut un brusque mouvement de recul :

— Allons droit au but, voulez-vous ? Vous avez envie de coucher avec moi ? Très bien. Alors, inutile de faire des manières. Vous déposez l'enveloppe sur ce guéridon, et on y va. D'accord ?

Il eut un léger hochement de tête, pitoyable, comme privé soudain de toute volonté. Elle attendit qu'il s'exécute, puis :

— Où voulez-vous qu'on fasse ça ? Dans ma chambre ? Ou ici ?

— Quel ton vous prenez, soupira l'homme d'affaires.

Il hésita, tourna la tête à gauche, puis à droite :

— Ici, répondit-il enfin à voix basse.

Et, se penchant vers elle, il voulut glisser une main dans l'échancrure de son corsage. Elle le repoussa une seconde fois :

— Minute, je vais d'abord aller baisser le store. Je préfère que le store soit baissé.

— Permettez.

Il se leva, se rendit à la fenêtre, baissa le store et revint vers elle :

— Ça va comme ça ?

À présent, chaque seconde comptait. Elle ferma les yeux tandis qu'il la couvrait de baisers et commençait à la déshabiller. Ce n'était plus le même homme. Toute idée de revanche avait quitté son esprit. Le désir lui amenait des larmes aux yeux, sa respiration en devenait haletante, ses mains, moites, ses gestes, désordonnés. La tunique émit un craquement ; un bouton jaillit en l'air et roula sur le plancher.

Un cyclone tournait dans la tête de Mélanie ; ses forces l'abandonnaient. Aussi eut-elle à peine conscience des événements qui se déroulèrent par la suite.

Périgord allait détacher la ceinture de son pantalon lorsqu'un bruit de pas le fit se retourner vers la porte. Louis venait d'apparaître dans l'embrasure, une caméra à la main. Deux éclairs jaillirent.

— Qu'est-ce que c'est ça ? siffla l'homme d'affaires en s'immobilisant.

Il y eut un moment de silence.

— Évidemment… J'aurais dû m'en douter… Donne-moi cette caméra, toi, ordonna-t-il d'une voix sourde, tandis que Louis continuait de le mitrailler en reculant à mesure que l'autre avançait. Donne ! Vite !

— Non, répondit Louis.

— Espèce de punaise de lit ! lança l'autre, le visage convulsé. Je vais t'écrabouiller. C'est tout ce que tu mérites.

Et il leva le poing.

Le premier coup de revolver fit éclater une assiette décorative accrochée au mur. Mélanie poussa un cri strident ; Louis, abasourdi par le bruit qu'il venait de causer, chancelait, la vue brouillée.

Périgord, figé un instant sur place, se ressaisit et leva de nouveau le poing. Alors le jeune homme tira un second coup.

Son assaillant laissa échapper une sorte de hoquet et voulut porter la main à sa gorge, où un trou minuscule et rougeâtre venait d'apparaître; mais ses genoux fléchirent et il s'abattit lourdement la face contre le sol. Des convulsions l'agitèrent un moment, puis cessèrent peu à peu. Un filet de sang s'allongeait à présent en direction de Mélanie avec une lenteur et une régularité horribles. Assise sur le canapé, les bras serrés contre sa poitrine, elle le contemplait, hagarde.

Louis laissa tomber le revolver à ses pieds:

— Bon, fit-il d'une voix étrangement neutre. Voilà une chose de faite.

Il se rendit posément dans un coin du salon, appuya ses mains sur un guéridon et se mit à vomir.

Quand il se retourna, Tonio, dans la porte, contemplait la scène avec de grands yeux:

— Tu l'as tué?

Louis hocha la tête.

— Il faut appeler la police, murmura Mélanie.

On entendait des éclats de voix à l'étage inférieur.

Alors, un profond changement se produisit chez le plongeur. C'était comme s'il n'avait vécu que pour ce moment. Son visage en était transfiguré.

— Ne bougez pas, vous deux, lança-t-il avec une autorité qu'on ne lui avait jamais connue. Je m'occupe de tout.

Il se pencha et ramassa l'arme.

— Qu'est-ce que tu veux faire? demanda Louis dans un souffle.

— As-tu de l'alcool à friction? fit Tonio en se tournant vers Mélanie.

Elle le regardait, hébétée.

— Je t'ai demandé si t'avais de l'alcool à friction, baptême ! C'est pas le temps de niaiser, là. Le monde va arriver ici d'une minute à l'autre. T'entends pas, en bas ? En as-tu ? lui cria-t-il soudain.

— Dans la salle de bains, répondit-elle faiblement. Deuxième porte à droite. Sur une tablette de la pharmacie.

Il s'élança dans le corridor. Un moment s'écoula, puis on entendit un bruit de chasse d'eau. Tonio réapparut, tenant le revolver :

— Je viens d'enlever toutes tes empreintes, annonça-t-il à Louis. Y a plus que les miennes, à présent. Quant à la débarbouillette, elle a pris le bord de l'égout.

Des bruits de pas résonnèrent dans l'escalier.

— Écoutez-moi bien, poursuivit-il d'une voix fiévreuse et saccadée. C'est *moi* qui l'a tué, Périgord, O.K. ? Ta gueule, toi ! lança-t-il à Louis qui allait protester. J'ai pas grand-chose à perdre, moi, dans cette histoire-là. Ma vie est déjà foutue. Oui, chose ! elle est foutue, ma vie ! Un peu de prison, et puis ce sera tout. Peut-être que le notaire pourra m'aider. Tandis que toi, le jeune, vas-tu laisser ta blonde toute seule avec un bébé sur les bras comme un hostie de niaiseux ?

Mélanie et Louis le fixaient, statufiés. On frappa à la porte.

— Faites bien attention à ce que vous allez dire, les mit en garde le plongeur.

Et il alla ouvrir.

26

Cinq jours plus tard, Mélanie, à la stupéfaction générale, donnait naissance à un superbe garçon… de type eurasien. Justin Périgord était homme de précautions ; son chèque visé s'était d'ailleurs révélé contrefait.

La police, intriguée par cette curieuse affaire et soupçonnant qu'on lui cachait une partie de la vérité, avait tourné toute son attention vers Louis Perez, qui subit un long interrogatoire. Pâle, nerveux, irritable, il réussit néanmoins à suivre la consigne de Tonio et parvint à déjouer les questions parfois insidieuses de l'enquêteur. Mais le meurtre qu'il venait de commettre tout comme le sacrifice héroïque que ce meurtre avait inspiré au plongeur l'avaient commotionné.

Gerbederose, qui l'avait rencontré le lendemain du drame, se confia le soir même au père Carton :

— Ah ! quelle terrible histoire ! soupira-t-elle. Si tu le voyais ! Je ne le reconnais plus, le pauvre enfant ! C'est comme si un mauvais sang s'était glissé dans ses veines… Le malheur, c'est du poison, tu le sais bien, et ça peut tuer – ou transformer quelqu'un en monstre, ce qui est pire encore !

— *Alors, annou prier Bon Dieu, chérie'mman,*[3] répondit gravement le curé, et tout finira par s'arranger, tu verras.

Tonio, emprisonné, attendait son enquête préliminaire. Parfait Michaud lui avait trouvé un avocat, qu'il paya de sa poche,

---

3. Alors, nous allons prier le bon Dieu, ma chérie.

bien que le plongeur eût été admissible à l'assistance juridique ; le notaire tentait peut-être ainsi de faire oublier ses nombreuses insuffisances dans l'histoire de Mélanie. Maître Bertrand se disait confiant de pouvoir faire alléger considérablement la peine du plongeur en invoquant des circonstances atténuantes. Tonio n'avait-il pas surpris Justin Périgord, fraudeur, manipulateur et peut-être pire encore, en train d'abuser d'une femme qu'il avait réduite à un état de profonde détresse par une longue série de tromperies et de manipulations ? D'ailleurs, Périgord ayant alors attaqué Tonio, celui-ci avait agi en état de légitime défense.

Le deuxième jour de son hospitalisation, Mélanie, toujours décidée à donner son enfant, assista à une scène qui fit sur elle une profonde impression.

Sa compagne de chambre, une jeune femme d'à peu près son âge, reçut durant l'après-midi la visite de quelques membres de sa parenté ; parmi eux se trouvait une vieille tante devenue aveugle bien des années auparavant à cause d'un glaucome mal soigné.

Depuis le début, la conversation roulait sur des banalités et Mélanie, qui y avait prêté une oreille distraite, était sur le point de s'endormir, lorsque la vieille femme dit tout à coup, de sa voix pâteuse et un peu éteinte :

— Vous savez, des fois, dans mes yeux je vois des enfants qui dansent. Ils sont beaux, vous pouvez pas savoir ! Mais j'ai pas de clarté, bien sûr. C'est comme dans un rêve…

Elle avait levé la tête et semblait fixer un coin de la chambre avec une expression à la fois triste et ravie, comme si les enfants venaient de se lancer de nouveau dans leurs gracieuses gambades.

Mélanie se tourna de côté, luttant contre les larmes, puis tira le drap par-dessus sa tête. Il lui fallut bien du temps avant de retrouver son calme. Elle s'étonnait que des propos aussi simples aient produit sur elle un tel effet et finit par l'attribuer au délabrement nerveux dans lequel l'avaient mise les derniers événements. Le soir même, elle rapporta les paroles de la vieille dame à Louis et y revint à deux ou trois reprises. Il ne fit aucun commentaire et se contenta de l'écouter.

Elle avait décidé de ne pas allaiter l'enfant et de le voir le moins possible. Mais le lendemain matin, quand son ami fut de retour à ses côtés, elle se rendit avec lui à la pouponnière et, par la vitre, regarda un long moment le nouveau-né au visage rouge et chiffonné qui semblait dormir avec une détermination féroce.

— Dire qu'il vient de moi, murmura-t-elle avec un étonnement douloureux.

Et, appuyée sur son ami, elle retourna à sa chambre, perdue dans ses pensées. Louis se prit à espérer que, les jours passant, elle s'attacherait peu à peu au nouveau-né, au point de ne plus pouvoir s'en séparer. Mais elle en a tant bavé à cause de lui, dut-il aussitôt s'avouer, que ce serait comme un miracle. Et un miracle qui risquerait de mal tourner.

Le soir même, il confiait ses espoirs et ses craintes à Gerbederose.

— Mon cher, si tu veux mon avis – veux-tu mon avis ? –, bon, eh bien, le voici…Moi, je pense que ta Mélanie, elle va le garder, son enfant. Et sais-tu pourquoi ? D'abord, parce que c'est une bonne fille, qui a *beaucoup* de cœur, ah, ça, oui, beaucoup ! Et aussi, parce que son enfant ne vient pas de cet affreux Périgord – Dieu en soit loué jusqu'à la fin de l'éternité ! –, mais d'un Chinois, ou d'un Vietnamien, ou d'un Japonais peut-être ? On ne saura jamais. Et c'est mieux ainsi. Mais ce qui compte, vois-tu, c'est qu'elle n'aura pas l'impression d'élever un petit Périgord, tu comprends ? C'est ça qui compte, mon garçon ! Tu sauras me dire si j'ai raison…

Les choses ne se déroulèrent pas tout à fait comme elle l'avait prédit.

Une semaine après son retour chez elle, Mélanie, cédant aux offres répétées de Mélina et de Bruno, leur confia son enfant ; elle ne lui avait toujours pas choisi de prénom ; elle lui donna celui de Colin, sous lequel il fut dûment enregistré. Un mois plus tard, par une de ces facéties dont le hasard s'amuse parfois, Mélina, qui en désespérait, tomba enceinte à son tour.

On aurait pu croire que la vie reprendrait peu à peu son cours normal ; il n'en fut rien. Mélanie s'aperçut bientôt que Louis Perez avait changé. Son caractère s'était assombri, il s'impatientait pour des riens, avait des accès de colère qui frôlaient parfois la violence ou alors sombrait dans une apathie rêveuse dont elle n'arrivait pas à le tirer.

Pendant des semaines, Justin Périgord vint rendre visite au jeune homme presque chaque nuit durant son sommeil, et toujours la même scène se répétait. Le coup de feu partait. Les traits décomposés, Périgord voulait porter la main à sa gorge, sans y parvenir ; l'expression de ses yeux était insoutenable ; un hurlement épouvantable s'échappait alors de sa bouche béante, et il s'écroulait lourdement sur le plancher, saisi de convulsions. Louis Perez, bouleversé, se penchait vers lui pour le secourir, puis se réveillait, inondé de sueur.

— Qu'est-ce que tu as ? lui demandait Mélanie, à qui ces cauchemars rappelaient des mauvais souvenirs d'une autre vie.

— Rien, rien, je ne sais plus, marmonnait-il en frissonnant. Excuse-moi de t'avoir réveillée.

Et, couché sur le côté, les yeux grands ouverts, il attendait les premières lueurs de l'aube.

Le jour, son tourment, plus subtil et plus vague, changeait de nature. C'était Tonio qui l'alimentait, Tonio Blanchet, plongeur, aide-pâtissier et cafetier à ses heures, et pauvre diable par-dessus tout ça, qui, dans un moment de généreuse folie, avait décidé de prendre la responsabilité d'un acte qu'il n'avait pas commis.

Louis Perez en vint presque à le haïr, car l'héroïsme de sa conduite ne faisait que souligner sa propre lâcheté. Il avait beau essayer de se raisonner en se disant que Tonio avait agi librement, les forçant même au silence, c'était peine perdue : il continuait de se sentir comme un crachat dans de la poussière.

À deux ou trois reprises, il fut sur le point d'aller se dénoncer à la police, et ce n'est que la pensée de Mélanie qui le retint, car son aveu la compromettrait. Après tout ce qu'on lui avait fait subir, elle méritait la paix.

Au fil des semaines, des querelles éclatèrent entre eux, pour toutes sortes de motifs, souvent futiles. Ils s'éloignaient peu à peu l'un de l'autre.

Alors, vers la mi-juillet, par un dimanche de canicule, il annonça à Mélanie qu'il venait de s'engager à Oxfam Québec comme travailleur humanitaire. Après une période de formation, il devait se rendre à Haïti pour un séjour de quelques mois.

— J'ai besoin de changer d'air, tu comprends. Et puis, si on a à se séparer, je ne veux pas que les mauvais souvenirs gâchent les bons.

Mélanie pleura, mais ne le retint pas.

*

Louis Perez quitta Montréal en septembre pour Port-au-Prince, d'où on l'envoya à Jacmel se joindre à une équipe de coopération internationale qui montait des maisons préfabriquées. Le spectacle de la misère et de la rapacité luttant l'une contre l'autre, se nourrissant l'une de l'autre, l'étourdit. Dans ce corps à corps quotidien du courage, de l'abnégation et de la bassesse la plus abjecte, où la mort venait placer son mot avec une tranquille insolence, tout changeait de dimensions. Les soucis de la vie quotidienne achevèrent de le sortir de lui-même. Enfin, il vivait de nouveau ! Durant les premières semaines, il envoya quelques courriels à Mélanie ; elle répondit aux premiers, puis cessa. Il en ressentit de la peine mais aussi du soulagement : peut-être étaient-ils allés au bout de leur chemin.

Un an passa. Il était resté en contact avec Gerbederose, qui avait des parents à Jacmel et à Port-au-Prince et essayait, par son intermédiaire, de les aider. C'est par elle qu'il avait appris que Mélanie avait quitté son emploi au café en décembre 2005 pour ouvrir avec son amie Camille une petite auberge dans les Cantons-de-l'Est, près de Sutton.

« Son rêve s'est enfin réalisé, s'était-il dit avec un serrement au cœur. Dire qu'avec un peu de chance, c'est moi qui aurais été à ses côtés. »

Il chercha un jour à savoir par Gerbederose si Mélanie s'était fait un ami, mais la discrétion de l'Haïtienne fut comme une forteresse.

« Elle veut me ménager, en conclut-il. C'est donc qu'il y a un nouveau mec dans le décor. Le contraire m'aurait bien étonné, d'ailleurs. Eh ben… c'est comme ça, la vie, faut croire… Je n'avais qu'à ne pas décamper. Chien qui va à la chasse perd sa place. »

Il eut le cafard pendant une dizaine de jours, puis, peu à peu, les nécessités de la vie reprirent le dessus et sa peine passa à l'arrière-plan.

27

Le dernier client venait de partir après une longue jasette avec Mélanie au cours de laquelle il avait déclaré à trois reprises que Le Beau Séjour était la meilleure auberge qu'il eût jamais fréquentée – et il s'y connaissait !

Elle se tourna vers l'horloge grand-père qui se dressait dans un coin du hall d'entrée ; il approchait neuf heures. Camille était allée faire des courses à Sutton. Au premier, on entendait le ronflement d'un aspirateur. La journée risquait d'être tranquille ; novembre approchait et l'accalmie de l'entre-saisons venait de commencer. Elle était bienvenue ! L'été ne leur avait pas laissé beaucoup de répit. À partir de l'hiver précédent, après une habile campagne de publicité sur Internet et dans les journaux locaux, les clients avaient commencé peu à peu à se présenter. Les tarifs de l'auberge étant raisonnables, la cuisine, savoureuse et le service, impeccable et chaleureux, le bouche-à-oreille avait fait son œuvre. Cependant le succès restait encore fragile, à la merci d'une malchance, d'un changement dans les goûts de la clientèle et de combien d'autres impondérables.

Conrad Beauséjour, l'ancien propriétaire, considérant son patronyme comme un signe du destin, avait acheté l'auberge quinze ans plus tôt et lui avait donné son nom. Mais en l'achetant, il n'avait pu acquérir du même coup le sens des affaires – et sa femme Alphonsine en était aussi dépourvue que lui. Joviaux et pleins d'entregent, ne reculant pas devant le travail, ils n'avaient par contre aucune expérience dans le métier ni de talent particulier pour la cuisine. L'engagement, à trois reprises, d'un cuisinier s'était avéré ruineux, car les revenus de l'auberge se montraient chaque fois insuffisants pour absorber ce salaire. Ce n'est pas que Le Beau Séjour avait mauvaise réputation ; c'est qu'il n'en avait pas du tout. L'établissement avait vivoté, les années médiocres succédant aux mauvaises, jusqu'à ce que le malheureux aubergiste décide de le mettre en vente. Mélanie s'était présentée, avait imposé son prix, puis avait offert à Camille de se lancer avec elle dans l'aventure. L'autre, qui venait de rompre avec son ami et sentait le besoin de se changer les idées, avait aussitôt accepté.

Camille était aux fourneaux, Mélanie s'occupait de l'administration et de l'accueil. Deux semaines avant qu'elles ne prennent possession des lieux, Gerbederose, avec sa générosité habituelle, avait donné à Camille des cours de perfectionnement culinaire où n'avaient pas manqué les réprimandes, les avertissements et les énergiques mises au point. Tout cela avait été bénéfique pour la future cuisinière, fort douée, mais qui avait dû parfois déployer des prodiges de patience pour maîtriser sa fougue naturelle et ne pas envoyer promener sa professeure.

Camille, qui adorait Colin, l'avait amené ce matin-là avec elle à Sutton. L'enfant était *en visite* chez sa mère biologique depuis le début de l'été ; Mélina ne se faisait plus beaucoup d'illusions depuis quelque temps sur la durée du séjour de Colin à l'auberge ; il semblait bien qu'il y resterait à demeure. Mais comme elle avait elle-même mis au monde un enfant, la séparation lui paraissait un peu moins douloureuse. D'autant plus qu'un doute persistait chez Mélina : sa sœur, accaparée par l'auberge et qui n'avait guère montré jusque-là de dispositions maternelles, ne se lasserait-elle pas un jour de cette nouvelle responsabilité ?

Mélanie monta au premier pour parler à la femme de ménage, puis revint à la réception et décida de profiter de ce moment de tranquillité pour étudier des soumissions qu'elle avait demandées pour la réfection du toit. Elle ouvrit un tiroir, prit une chemise, en retira quelques feuilles et, penchée au-dessus du comptoir, se mit à comparer les données. Mais ses idées s'embrouillaient, son regard s'égarait dans les colonnes de chiffres, elle confondait des montants ou le sens de deux termes, puis une crampe dans un mollet l'obligea à interrompre son travail.

Bref, elle perdait son temps.

Avec un soupir, elle glissa les feuilles dans la chemise et remit celle-ci dans le tiroir. Depuis quelques semaines, c'était chaque fois la même chose. Dès qu'elle quittait le feu de l'action, avec son tournoiement de petits problèmes à régler et de décisions à prendre sur-le-champ, une sensation de vide l'envahissait, et parfois avec une telle force qu'elle en avait le souffle coupé et les larmes aux yeux. À présent, deux nuits sur trois, l'insomnie penchait au-dessus de son lit sa face blême et décharnée, et elle avait dû se résigner à prendre des somnifères pour ne pas débuter ses journées avec la mine d'une rescapée du Titanic.

— C'est le métier qui rentre, lui disait pour l'encourager une Camille resplendissante de santé. Le stress, ça nous ronge les nerfs comme de l'eau de Javel. Patience, ma vieille! Tu vas reprendre du poil de la bête, ça ne sera pas long.

Mais Mélanie savait bien qu'il ne s'agissait pas de cela.

Après avoir vendu leur auberge, les époux Beauséjour avaient décidé de s'établir à Montréal. Le jour de leur départ, Patrick, leur fils aîné, était apparu au Beau Séjour pour aider ses parents à déménager quelques caisses de leurs possessions personnelles et un frigo qui ne faisait pas partie de la vente. C'était un beau gaillard de vingt-sept ans, costaud et déluré, qui travaillait pour un entrepreneur de construction de Magog. En apercevant Mélanie, il avait arrondi les yeux d'admiration, s'était présenté, lui avait posé quelques questions en apparence anodines, puis s'était occupé de papa et de maman. Mais le lendemain après-midi, il téléphonait à l'auberge pour inviter Mélanie à souper au Duetto, un restaurant réputé de la place. Surprise et amusée, elle avait accepté. Par la suite, ils s'étaient revus de façon plus ou moins régulière ; quelques mois plus tard, ils commençaient une liaison.

Le principal effet de cette nouvelle aventure fut ce que Mélanie appela *la maladie de la comparaison*.

Patrick était un bon garçon, aux goûts simples et à l'humeur égale, d'agréable compagnie. En fait, sous plusieurs aspects, c'était le compagnon idéal. Mais un tic exaspérant portait sans cesse Mélanie à le comparer à Louis Perez, et chaque fois au détriment de son nouvel ami. Patrick se montrait bon amant, mais Louis était bien plus délicat et imaginatif. Patrick adorait le cinéma, mais sa culture faisait pitié à côté de celle de Louis. Patrick était du genre boute-en-train, mais son humour sonnait comme du fer-blanc à côté de celui de Louis. Le caractère de Louis n'était pas particulièrement facile, mais jamais elle ne s'était ennuyée en sa compagnie, tandis qu'avec Patrick, parfois… Et ainsi de suite.

Cela gâchait tout le plaisir.

Cela devenait intenable.

Elle avait quand même connu quelques hommes dans sa courte vie, mais c'était la première fois qu'une telle chose lui arrivait. Que se passait-il ?

*

Un jour, sa sœur Mélina, parvenue au septième mois de sa grossesse, lui avait téléphoné pour lui annoncer qu'elle partait en vacances avec Bruno à Mont-Tremblant. Mélanie pouvait-elle prendre le petit Colin avec elle pendant leur absence ? Celle-ci, qui ne voyait son fils que de temps à autre, avait accepté avec empressement – et même avec joie. C'était nouveau chez elle.

Après deux ou trois jours tumultueux, le fils et la mère s'étaient peu à peu adaptés l'un à l'autre, et, en dépit de l'effervescence qui régnait parfois à l'auberge, une douce intimité s'était établie entre eux. Mélanie reporta le départ de son fils à quelques reprises, puis indéfiniment.

Louis en aurait été ravi. Il avait tellement souhaité élever l'enfant avec elle, ce romantique à l'eau de rose!

Mélanie se demanda si, en gardant Colin auprès d'elle, ce n'était pas pour retrouver d'une certaine façon la présence de son ancien amoureux ou pour gagner son approbation. Question absurde, évidemment. Mais chaque fois qu'elle se la posait, d'étranges résonances se propageaient en elle, créant cette impression de vide qui la plongeait dans le désarroi.

Elle avait besoin de Louis, mais il n'était plus là. Il ne le serait plus jamais. Il avait décidé de partir à l'aventure pour tenter de dissoudre l'horreur qui l'habitait depuis le drame où elle l'avait plongé. Elle l'avait brûlé, comme on peut brûler le métal le plus précieux avec un acide trop corrosif. Justin Périgord en avait ainsi tiré une vengeance posthume.

Était-ce ça, le véritable amour?

Elle avait le sentiment d'avoir raté une chance unique. D'être obligée de se contenter désormais d'un pis-aller qu'elle s'efforcerait de voir, bien sûr, sous le jour le plus attrayant possible, car il fallait bien vivre, après tout.

Elle restait penchée au-dessus du comptoir, les coudes appuyés sur la surface de chêne vernis, les joues posées sur ses deux poings fermés.

Soudain, elle rouvrit le tiroir, sortit la chemise et disposa les feuilles devant elle avec précipitation pour fuir l'insupportable tristesse qui l'envahissait encore une fois.

Alors la sonnette de la porte d'entrée résonna et elle entendit la voix de Camille et les gazouillements de son fils.

— Ma foi du bon Dieu! s'écria son amie en l'apercevant. Tu en fais une tête! Qu'est-ce qui t'arrive?

— *Ménie*, bredouilla Colin en se dirigeant vers elle d'un pas incertain, les bras tendus.

*

En décembre, Louis Perez revint au Québec pour y passer le temps des fêtes. Il logeait naturellement chez ses parents, qui déployaient de touchants efforts pour cacher leur désapprobation sur la façon dont il menait sa vie. Le lendemain de son arrivée, il se rendit au Café Gerbederose, par nostalgie, et aussi parce qu'il l'aimait bien, cette pétulante Noire, malgré les soucis qu'elle lui causait parfois avec ses *missions d'aide familiale.*

Elle l'accueillit avec des exclamations de joie et, en dépit de l'affluence, tint à lui parler quelques minutes tout en lui faisant goûter à son pouding aux fruits confits aromatisé au Barbancourt. Une jeune fille à l'air déluré remplaçait Mélanie et ne cessait de lui jeter des regards intrigués; il comprit qu'elle connaissait une partie de son histoire.

Gerbederose lui parut un peu vieillie, mais toujours aussi vive et énergique. Il n'osa pas prendre des nouvelles de Mélanie et elle ne lui en donna pas.

— S'il se conduit bien, Tonio va être remis en liberté conditionnelle dans moins de deux ans, lui annonça-t-elle en dressant le menton comme s'il s'agissait d'une victoire personnelle. Sa place l'attend ici, mon cher. Et qu'on ne vienne surtout pas l'embêter! Il y a des gens pires que lui qui siègent au tribunal.

Louis sourit:

— Vraiment?

— Tu ne connais pas encore la vie à fond, toi… Ça viendra, ça viendra.

Le lendemain matin, vers dix heures, il s'étirait dans son lit en essayant de soulager une courbature à la hauteur de ses omoplates lorsque sa mère fit irruption dans sa chambre, tout énervée.

— Il y a quelqu'un pour toi à la porte. Vite. Enfile ta robe de chambre.

— C'est qui?

Elle leva les yeux en l'air comme si le plafond allait lui tomber sur la tête et tout le ciel avec lui, et quitta la pièce sans répondre.

Louis s'élança vers l'entrée, pieds nus, la veste de son pyjama à demi déboutonnée, puis s'arrêta avec un cri d'étonnement si vif qu'on n'aurait su dire s'il exprimait la joie ou la douleur.

Debout dans le vestibule et tenant par la main un petit garçon aux grands yeux effarouchés, Mélanie, incertaine, avait reculé d'un pas. Mais elle avait un de ces sourires comme on ne s'en fait adresser qu'une fois dans toute sa vie.

Longueuil, le 11 octobre 2011